天生嬌媚

中

目次

壹之章 天付良緣

班恆咬了一口糖人，差點沒吐出來。

「姊，這糖人太甜了！」班恆把糖人扔到盤子裡，擦著嘴角的糖漿，大口大口灌水喝。

「誰讓你吃了，我是拿來給你看的。」班嫿嫌棄地看了班恆一眼，「糖人這麼像你，你居然下得去嘴？」

「只要是能吃的，我就能下得去嘴。」班恆喝了半盞茶，不解地看著班嫿，「妳買這玩意兒回來幹什麼？」

「在路上碰見，就讓人捏了。」班嫿站起身，「早知你不稀罕，我還能省二十文錢。」

對於普通人來說，糖是稀罕東西，所以糖人裡面即便加了麵粉，價格也偏高。大概是因為班嫿出手大方，捏糖人的師傅便在糖人裡多加了些糖，這是他對大方買主的感激之情。

「誰說我不稀罕，我稀罕著呢！」班恆想起自己這個月身上又沒多少銀兩了，於是趕緊捏起盤子裡的糖人又舔了兩口，「妳放心，我肯定能把它吃完！」

「還吃完？」班嫿被他氣笑了，伸手搶過糖人，用帕子粗魯地在他臉上擦了兩下，「這麼甜你吃完做什麼，牙齒還要不要了？」

班恆嬉皮笑臉地喝了一口茶，「姊，妳是不是要出門？」

班嫿挑眉，「幹什麼？」

「沒什麼，沒什麼！」班恆嘿嘿笑道：「就是最近幾天，不少人聽到妳跟容伯爺訂親，驚訝得眼珠子快掉出來了。妳還記得那個周常簫吧，他昨天還跑來我們府上打聽這件事。」

「那你們還真是夠無聊的！」班嫿哼了一聲，「馬上就是二皇子大婚了，他們不去湊這個熱鬧，跑來關心我做什麼？」

「因為妳比二皇子妃美嘛！」班恆理直氣壯地道：「那些女人每一個都想嫁給容伯爺，

結果……嘿嘿嘿！」

當初外面那些話傳得多難聽？說他姊剋夫？又說他姊嫁不出去，什麼有貌無腦，好像嘲諷一下他姊，那些人就能更高貴似的。結果怎麼樣？他們推崇的容君珀，不是求上門來了嗎？還是陛下做的媒，這些人氣不氣惱不惱？

想到這些人不開心，他就忍不住開心。

「何必跟這種無聊的人一般見識。」班嫿站起身，「你也不嫌無聊。」

班恆喝著水道：「他們說人閒話的時候不嫌無聊，我嘲笑他們的時候也不嫌無聊。」

班嫿忍不住笑了，她知道弟弟一直在為她抱不平，只是擔心她難過，從不把外面那些難聽的話傳到她的耳中。她伸手摸了摸弟弟暖呼呼的腦袋，「小小年紀，操心這些做什麼？」

班恆抱住頭，「姊，跟妳說過多少次了，男人的頭不能隨便摸！」

「還男人呢！」班嫿又在他頭上摸了幾下，「連成年禮都沒辦，你算哪門子男人？」

班恆：班家四口，他的地位最低……

等他回過神的時候，班嫿已經不在屋子裡了，他招來身邊的丫鬟，「妳說……我姊是不是去找容伯爺了？」

丫鬟笑著道：「世子，奴婢哪裡知道這個？」

班恆有些低落地托腮，「果然姊姊還是不嫁人的好。」

「世子，您為什麼會這麼想？」丫鬟把桌面收拾乾淨，小聲道：「郡主若是能覓得如意郎君，便是多了一個人關心她，這不是一件很好的事嗎？」

班恆懨懨地道：「話雖是這麼說，但是……」

但是心裡還是不太高興，他從小就跟姊姊在一起，小時候如果有人欺負他，姊姊就會幫他出氣。只要有姊姊在，他就不會受半分委屈，雖然他總是與姊姊鬥嘴，但是他心裡明白，姊姊有多疼他。

也許……他是捨不得，捨不得讓姊姊嫁給一個不太了解的男人，擔心她受委屈，擔心她過得不好。

身為互相關心的親人，只要對方不在自己身邊，就難免會掛念會擔心。想到姊姊日後嫁了人，就要被人稱為榮夫人，班恆就老大不樂意。

姊姊明明是他們家的人。

此時的成安伯府，杜九神情有些不太好看地走進書房，對低頭看書的容瑕道：「伯爺，外面有些不太好聽的話傳出來。」

「什麼話？」容瑕合上書，抬頭看向杜九。

「外面有人說你……乃是依附女人之流。」杜九這話說得比較含蓄，實際上外面有人說容瑕是在吃軟飯。

「我就知道石家人會用這種手段。」容瑕輕笑一聲，「由他們說去，多少人想吃軟飯還吃不著，由著他們羨慕去。」

杜九道：「伯爺，你……」

「而且，我覺得外面的人說的很對。」容瑕笑容變得隨性，「我本就是在吃軟飯。」

杜九……

「價值萬金的書籍、有錢也求不到的名畫，這些東西隨隨便便哪一樣都能讓人瘋狂，班家卻送了這麼多給我。」容瑕撫著《中誠論》的書頁，「你說我不是在吃軟飯，是吃什麼？」

杜九：這麼一說，還真有些像是在吃軟飯。

這話他沒法接。

「杜九，外面那些話不必在意，背後的人就等著我們跳腳。」容瑕垂下眼瞼，笑聲在書房中響起，「由他們去吧，我不是第二個謝啟臨，不會中這種激將法。」

杜九猶豫片刻，「您的意思是說，這事是石家在背後操作？」

「除了他們家，還有誰這麼擔心我背後的勢力大起來？」容瑕諷笑，「隨他們去，他們再跳腳，只要我們不放在心上，就不會有什麼影響。」

「可是屬下擔心那些文人因此對你有其他看法。」杜九面有難色地道：「有些人難免人云亦云，對您終究會有不太好的影響。」

「你把這些讀書人想得太簡單了。」容瑕搖頭，「只要我沒有失勢，只要陛下還信任我，他們就不會輕易人云亦云。這個世界上沒有幾個真正的傻子，石家把自己看得太重了。」

這個方法對謝啟臨有用，便以為對他也有用，當真是好笑。

杜九雖然不太明白，但是聽到伯爺這麼說，也只能點頭道：「屬下這就安排下去，讓人知道話是從石家傳出去的。」

不過是玩輿論手段，他們這邊也不是沒有用過。

「伯爺。」管家捧著一個木盒進來，見杜九也在，對他點了點頭，「剛才班世子讓人送了一樣東西過來，您要親自看看嗎？」

管家早就明白，每次打著班世子名號送東西的護衛，實際上是班郡主的人。每次伯爺收了班家送的東西，心情就會格外的好，這次見班家送了東西過來，他便直接拿到了書房。

「送東西的人呢？」容瑕接過盒子，問了一句。

「送東西的人說他還有事，扔下盒子便走了。」管家沒有看盒子裡放著什麼東西，所以也不知道班家這是幹什麼。

「我知道了。」容瑕對管家點了點頭，管家便沉默地退了下去。

杜九好奇地看著盒子，班家又送什麼珍貴書籍來了？

想到外面那吃軟飯的傳言，杜九覺得，伯爺這軟飯……吃得還真是太容易了。

容瑕打開盒子，看到裡面擱著的東西後，忍不住笑出了聲。

杜九抬眼，班郡主送了什麼東西，竟然讓伯爺高興成這樣？他大著膽子往前面蹭了幾步，看到裡面放著的竟是一個不值錢的糖人後，愣了半晌？

這糖人是什麼意思？

耿直的，沒有與年輕女人接觸過的杜九，完全不懂這種男女之間的情趣。他只覺得，今天的軟飯似乎有些便宜。

容瑕拿起糖人，在糖人的手上舔了舔。

杜九忙道：「伯爺，不可！」

容瑕抬了抬手，示意他不要說話。

嗯，這個糖人很甜！

如意收拾首飾盒的時候，發現郡主的表情很愁苦。

當如意端來桂圓蓮子粥給郡主的時候，郡主的表情仍舊很愁苦。

「郡主，您怎麼了？」如意見郡主的表情一直不對勁，還不說話，就覺得郡主現在這個模樣真是有意思極了。要知道，郡主可不是藏得住話的性子，現在一個人悶了這麼久都沒開口，可算是極為難得。

「沒事。」班嫿有氣無力地趴在桌子上，連桌上的蓮子粥都沒有心情用。她故意讓捏糖人師傅捏了一個醜醜的容瑕，就是為了送過去逗他玩的，沒有想到她竟然放錯了油紙包，把捏成自己模樣的糖人送出去了。

想一想都覺得……她還是很要臉的。

「真沒事？」如意見擺在郡主面前的食物，郡主都不感興趣了，這還叫沒事？

「對了，明天是不是二皇子與謝宛諭大婚？」班嫿突然想起，謝宛諭與二皇子的好日子應該要到了。

「正是明日。」如意道：「夫人說，咱們家帶孝，就不去參加二皇子的婚禮了。」

「去了也沒什麼意思。」班嫿單手托腮，「反正就是你給我見禮，我給你回禮，這種熱鬧湊著也沒意思。」

用了幾口蓮子粥後，班嫿搖了搖頭，「我去躺一會兒，晚膳的時候再叫我。」

如意伺候班嫿到床上躺著，見郡主躺上床沒一會兒便睡著，她把帳子放了下來，輕手輕腳走到外間，吩咐了兩個丫鬟隨時在內間門口候著，以免郡主醒來的時候找不到人伺候。

兩個小丫頭歡天喜地應了，能到主子身前伺候，那也是個顏面。

如意端著沒動幾口的蓮子羹剛出門，就碰到了從宮裡回來的常嬤嬤，她忙屈膝行禮。

「郡主呢？」常嬤嬤見屋裡靜悄悄的，如意手裡又端著東西，就猜到郡主可能睡覺去了。想到這，她壓低聲音道：「陛下讓我帶了一些東西回來給郡主，既然郡主已經睡下了，東西便先都放到夫人的院子裡。」

如意原本還擔心常嬤嬤是大長公主殿下身邊的人，會對郡主的規矩要求十分嚴格，所以常嬤嬤剛來那幾天，她一直戰戰兢兢的，害怕自己做錯什麼，給郡主也帶來麻煩。

幸而常嬤嬤是個非常隨和的人，不因為她在公主殿下身邊伺候過便倚老賣老，不僅教了她們這些丫鬟不少東西，還對郡主十分好，就像是……就像是民間嬌慣孫女孫子的奶奶。

「郡主胃口不好嗎，怎麼就用了這麼點東西？」常嬤嬤知道班嫿有下午用些吃食的習慣，也知道她的胃口很小，今天竟然只用了這麼點，倒是讓她忍不住擔心。

如意搖頭，「奴婢伺候郡主睡覺時，郡主身上並沒有發熱，瞧著也不像是身子不舒服，或許是有些睏了。」如意下意識裡，沒有把郡主方才表情不太對的事情告訴常嬤嬤。

她是郡主的貼身婢女，即便是常嬤嬤，也不會事事都告訴她。

班嫿迷迷糊糊聽到院子裡有人在說話，但她實在是太睏了，就像有什麼拉著她，催促著她睡過去。恍惚間，她覺得自己似乎在飛，穿過一層層濃霧，降落在皇宮最高的屋頂上。

前方的廣場上，百官齊拜，龍椅上坐著一個身著玄衣鑲金邊龍袍的男人，御冠前的垂珠遮住了這個男人的臉，她想要靠近看看，卻始終動彈不得。

她乾脆在房頂上坐下來，她在這邊，龍椅上的男人在那邊。

「起！」

這個聲音班嫿聽得很耳熟，也是她聽過好多年的聲音。是王德，大月宮的太監總管。

她疑惑地偏了偏頭，新帝登基，竟然會毫不避諱地用前任皇帝留下來的心腹太監，這個皇帝還真夠奇怪的。

忽然，原本坐在龍椅上的男人抬起頭，她忘進一雙漆黑猶如漩渦的雙眸中。

忽然，她身邊的場景又變了，她站在了一個陰森可怖的地牢中，地牢的牆上滿是斑駁的髒汙痕跡，她分不清這只是簡單的髒東西，還是……人血。

身後傳來痛苦的慘叫聲，她慌張地回頭，看到了那個穿著玄袍的男人，他背對著她站在一個牢門前，牢裡關押的人她也認識，是這些年一直只長個不長腦子的二皇子蔣洛。

蔣洛張大嘴在罵著什麼，可是她一個字都聽不清，她往前走了幾步，在快要靠近玄衣男人的時候，便又走不動了。彷彿有什麼在拖著她的腳，不讓她靠近。

用來關押蔣洛的是個牢籠，蔣洛蹲在裡面，猶如一頭喪家之犬。

「戾王殿下，您就在此處好好頤養天年吧。」王德笑咪咪地看著牢房裡的蔣洛，「這裡風景別致，相信殿下您一定會很快習慣的。」

班嫿這才注意到，王德左手缺了三根手指，看起來格外奇怪。

戾王……

這是新帝給二皇子的封號嗎？

突然，玄衣男人轉過身來，她眼前一黑，整個人彷彿掉入了無盡深淵，滿身冷汗地睜開眼時，看到的便是床帳上的蓮紋。

真是一個奇怪的夢。

她披上外衫，從床上走到桌邊桌下，沉思良久以後還是無奈地嘆口氣。

還能不能讓人好好做夢了，就不能讓她看清那個玄衣男人是誰嗎？這簡直就是拿著餌料釣魚，魚兒想上鉤還不讓，簡直有病。班嫿不高興了，偏偏這個不高興還來得莫名其妙。

如意進來的時候，見到班嫿皺著臉坐在桌邊生悶氣，忍不住問道：「郡主，您睡了一覺，心情還是不好嗎？」

「越睡越生氣。」班嫿把手往桌上一拍，桌上的茶壺都跟著跳了跳，「這簡直就是耍著人玩，以後見到有人喜歡穿黑衣服，我先揍了再說！」

如意一臉莫名其妙。

「姊！」班恆的聲音在外面響起，不過他知道班嫿有可能還沒起床，所以沒有闖進來，「容伯爺又送禮物給我了，妳要不要去看看？」

反正他就是一座過河橋，再好的東西也只是在他頭上過過路，跟他沒啥關係。

班嫿想到自己送錯的那個糖人，於是更氣了。

她撇了撇嘴，哼哼道：「我不看！」

如意伺候著她穿好衣，又把她披散在身後的長髮梳順，才轉身去開門。

「世子，請。」如意使了一個眼色給班恆，示意郡主的心情可能有些不好。

班恆邁進去的腳往後縮了縮，但是見他姊坐在桌子旁，委屈巴巴的模樣，他又硬硬著頭皮走了進去，「姊，妳怎麼了，不高興？」

班嫿趴在桌上，抬起眼皮看了眼班恆，有氣無力道：「我又做夢了。」

一聽到姊姊提「夢」這個字，班恆就無比緊張，他屏住呼吸道：「妳……看清臉了嗎？」

班嫿搖頭。

班恆瞬間洩氣，小聲道：「老天爺這是耍著我們玩啊！」

讓他們知道了，卻又不讓他們知道清楚，這比不知道還要讓人糾結啊！就像人在看一場特別有意思的戲，興趣正濃時，突然這些戲子收起行頭，高冷地表示，他們不愛唱了。

如意見姊弟倆似乎有悄悄話要說，便識趣地退到了外間。

回頭還能見到兩人竊竊私語的模樣，她忍不住搖頭輕笑，郡主與世子的感情真好。

「姊，算了吧。」班恆道：「反正這些夢也沒用處，咱們還是別費這腦子去想了。妳有時間就去看看美人，遇到不喜歡的人就欺負欺負，好日子過一天算一天。不就是個夢嗎？愛怎麼做就怎麼做。」

「不，其實還是有點用處的。」班嫿笑得一臉滿足，「知道總跟我過不去的那個蔣洛日後過得不好，我心情就好了。」

班恆一聽，頓時來了興趣，「他日子過得怎麼樣？」

「被關在牢籠裡，還得了一個稱號戾王。」班嫿感慨，「那個地牢陰森黑暗，以他的性格待在裡面，恐怕過不了多久就會發瘋。」

有了一個最慘的人做對比，他們班家似乎又不是那麼慘了。

班恆笑出聲，「像他那樣的人，就該活得艱難一點。」

姊弟兩人聊著蔣洛的下場，心情又愉快起來，直到晚飯時間快到了，班恆才突然想起，容瑕讓人送來的東西，他還沒有給他姊。

他讓等在門外的丫鬟把東西拿過來，然後遞到班嫿面前，「喏，盒子我沒打開過，不知道裡面裝著什麼。」

班嫿打開盒子一看，裡面放著一個用寶石搭成的孔雀擺飾。孔雀尾巴上的寶石，每一顆都是精挑細選的，即使現在沒有燭光，仍舊散發著美麗到極致的光彩。

班恆驚豔地看著這個擺飾，「這位容伯爺別的不說，為人還是挺大方的。」

自從認識以來，容瑕送給他姊的東西，不是寶石就是玉，都是稀罕的好東西。有句話說得好，男人願意為女人花銀子，不一定是有多愛她，不願意為她花銀子，肯定是不愛她。

班恆覺得這話挺有道理的，見到容伯爺這麼大方，他有些放心了，至少他姊嫁過去以後，不用過苦日子了。

看容伯爺穿著總是偏素雅，不過對他姊好像沒有這方面的要求，送來的這些東西，哪個不是又豔又美，倒像是為他姊量身訂做的一般。

班嫿摸著孔雀擺飾尾巴上的藍寶石，像是挺喜歡的。

「郡主！」如意急急地走來，臉上的表情不太好看，「嚴家二公子堅持要見您，已經在府門外站了近一個時辰了。」

聽到嚴二公子這個稱呼，班嫿愣了片刻才反應過來。

「他不是病得起不了床嗎？跑到我們家門口站著是什麼意思？」班恆氣得跳了起來，「管他什麼相府公子，讓護衛把人給趕走！」這人簡直有毛病，明知道他姊已經跟容瑕訂親了，還跑來找他姊幹什麼？

這話傳出去了，就算是容瑕不在意，別人說起來也不會太好聽。

「叫人去通知嚴相府上的人，別到時候磕著碰著，又怪我們國公府的臺階沒修好，絆住這位貴公子的腳了。」班恆對嚴甄這種行為不滿到了極點，要不是嚴甄平時不出門，他早套麻袋把人給揍一頓了。

「嚴家怎麼教孩子的，一點規矩都不懂！」末了，班恆不忘罵了一句。

班嫿莫名覺得這話有些耳熟。

「姊，妳別搭理他，越理他，他就會越來勁兒。」班恆餘怒未消，轉頭對班嫿道：「說什麼情深似海，實際上他就是看多了書，愛的就是情深似海，妳可不要見他可憐就心軟。」

班嫿從頭到尾連一句話都還沒來得及說，結果什麼話都讓班恆說得差不多了。

「好好，我不見他，你跟他氣什麼？」班嫿拍了拍班恆的頭，就像是主人在安撫寵物狗，班恆一邊鬧著不讓摸頭，一邊把氣給順下來了。

「那我們現在怎麼辦？」班恆可以揍人，套麻袋，帶著小廝找人麻煩，但就是不擅長動腦子，雖然他覺得班嫿不比他聰明到哪兒去，可腦子還是要好那麼一點點的。

「你剛才不是說了嗎，派人去嚴相府，讓他們把人帶回去。」班嫿站起身，長長的頭髮披散在身後，「我一個身在孝期，又已訂親的人，怎麼能去見外男呢？」

班恆道：「可是妳上午才出去買了糖人回來，這個藉口是不是太牽強了？」

「那你覺得用一個牽強的藉口好，還是直接說我根本懶得見他好？」班嫿反問。

「那還是牽強著吧，好歹有個藉口。」班恆摸摸鼻子，匆匆走出院子，找父母親去了。

不過班嫿與班恆能想到的，陰氏早就想到了，見兒子進來，她便開口道：「不要慌，我知道你要說什麼，我已經派人去嚴相府了。」

班恆一屁股坐下，不高興地道：「嚴甄也太不識趣了，存心是想給其他人找樂子看。」

「年輕人讀了幾首意境優美的情詩，便覺得愛情是世間最美麗的東西，其他都是俗物。唯有為這份愛情嘔心瀝血，生生死死，方能顯出他的深情還有愛情的美。」陰氏語氣淡淡的，「然而世間哪有那麼多轟轟烈烈的愛情，更多的是相濡以沫，攜手到老。嚴家二郎是把書讀傻了，嚴家人沒有教好他。」

她敢肯定，嚴暉絕對不知道嚴甄在做什麼。如今嚴家剛復起，根基還未穩，嚴暉最怕的就是再出事，怎麼可能縱容兒子？結論只有一個，那就是嚴甄是偷偷跑出門的。

一個人擁有了權力，失去後又得到，自然會萬分珍惜，怎麼會猖狂得忘乎所以？

嚴甄在家中休養了很久，一度差點熬不過去，直到大哥一巴掌打醒了他，他才從渾渾噩噩中醒過來。這些日子他一直在家中休養，雖然日日掛念福樂郡主，卻礙於家人的關心，沒有把這些思念宣之於口。

本來他想著，父親已經重得陛下信任，他也準備到朝堂上任職，到時候再靠著自己的真本事，讓郡主看到他的能力與真心，讓她願意下嫁。

靠著這個念想，他從床上坐了起來，每日堅持鍛煉身體，現如今精氣神已經恢復了大半，甚至瞧著與福樂郡主初遇時還要結實幾分。可是他設想得再完美，卻沒有想到，在他恢復的這幾個月裡，班嫿已經跟別人訂了親。

偶然從下人口中得知這個消息，他整個人猶如被重擊了一般，恍恍惚惚地往外走，不知不覺便來到了班家大門外。他不敢上前去敲門，他甚至沒有勇氣對著班嫿問一聲，妳真的要嫁給容伯爺了嗎？

他知道自己骨子裡是懦弱的。

「二弟。」嚴茗趕過來時，見弟弟還傻愣愣地站在班家門口，心裡又是生氣又是無奈，想起他身子剛好，便壓著心底的怒氣道：「天色不早，我們該回去了。」

就在他以為二弟會拒絕時，沒想到二弟竟然乖乖點頭，他心底的火氣頓時消去了一半。

「大哥，我不想騎馬，我們走回去。」嚴甄回頭看了眼班家緊閉的大門，轉頭便朝嚴相府的方向走。

嚴茗愣了片刻，跟了上去。

「大哥。」嚴甄神情茫然地看著嚴茗，「福樂郡主何時……與成安伯訂親的？」

「我也不太清楚，據說是大長公主遇刺後，讓兩人訂了下來。」嚴茗對班家的觀感十分複雜，有愧有怨，所以反而不太關注班家的消息。他能知道的，也都是從外面聽到的傳言。

「大長公主殿下遇刺之時？」嚴甄愣愣地想了很久，「成安伯心儀她嗎？」

成安伯是個文雅之人，福樂郡主似乎不太喜歡書畫一類，他擔心兩人在一起後關係不和睦，郡主會受到冷落。

「這個……」嚴茗嘆了口氣，見二弟這副癡傻的模樣，說不出話來。

因為大長公主臨死之言，才不得不應承下來娶回家的女子，成安伯又會有多喜歡呢？如今誰不知道容瑕年紀輕輕便成為吏部尚書，一是皇上信任他，二是皇上有心補償他。

有什麼人能讓皇上做出補償的行為？自然只有班家。

大長公主拿命來護住陛下安全，陛下自然要滿足她老人家臨死前的願望，那麼也就只能委屈成安伯了。但是這些話他不能告訴弟弟，便點頭道：「據傳成安伯常常陪同福樂郡主在外遊玩，兩人舉止親密，想來應該是喜歡的。」

「喜歡就好，喜歡就好。」嚴甄勉強了笑了笑，「大哥，你上次說戶部有個空缺，我想去試試看。」

嚴茗見二弟想通了，露出欣慰的笑，「行，回去我就讓人去安排。」

「小嚴大人，嚴二公子。」

有些人總是會在你不想他出現的時候，突然出現在你的面前。對於嚴茗來說，容瑕就是他現在不想見的人。當初若不是容瑕落井下石，他們嚴家的名聲也不會一落千丈。

「容伯爺。」嚴茗對騎在馬上的容瑕抱拳，「在下現恭賀容伯爺升遷之喜。」

「小嚴大人客氣了，全靠皇上厚愛，在下才能有此殊榮。」容瑕目光落到嚴甄身上。「嚴二公子好些日子不見，倒是比上次見到的時候精神了許多。」容瑕似笑非笑地道：「看來休養得不錯。」

嚴甄抬了抬肩，讓自己看起來更有氣勢些。

他對容瑕作揖道：「多謝容伯爺關心，在下很好。」

他忽然想起上一次見到容瑕，似乎還是在石家別莊的時候。那時候他有心求娶福樂郡主，就在他想向福樂郡主剖白心意的時候，盛裝打扮過得容伯爺突然出現。容瑕的出現，把別莊其他男人比得黯淡無光，甚至包括他。

看著這個微笑的男人，嚴甄再一次意識到，他比不上這個男人。

無論是容貌、氣勢，還是才能。

這對於男人說是最大的打擊，心儀的女子要嫁給別人，而這個別人還處處都比他出色。

「二公子沒事就好。」容瑕輕笑一聲，他語氣裡不帶任何惡意，嚴甄卻感受得到，這個男人看不起他，或者說，他在蔑視他。

嚴甄面色有些冷，沒有說話。

容瑕彷彿沒有看到他不太好看的臉色，瑩白如玉的手捏著馬鞭把玩著，笑著道：「聽說嚴相爺最近對戶部某個空缺很感興趣？」

嚴茗聞言，頓時謹慎起來，「成安伯這話是何意？」他不敢小瞧容瑕這個人，此人雖然年紀輕輕，卻盛名在外，如今在朝中還小有勢力，加上他與福樂郡主訂親，讓朝上一些與班家關係好的閒散勳貴也有意無意幫他一把，這樣的人很不好得罪，甚至說輕易得罪不起。

「小嚴大人想多了，容某不過是多問一句而已。」容瑕坐直身體，馬鞭也從右手換到了左手，「既然二公子身體痊癒，到戶部補個空缺，倒也是合適的。」

嚴茗勉強陪了一個笑，沒有說話。

容瑕見兄弟二人這副模樣，臉上的笑容越發謙和，「二位貴人事忙，我不再多擾。在下還有要事去拜訪靜亭公，便先告辭了。」

嚴甄面色一黯。

嚴茗咬著牙朝容瑕拱手道：「伯爺慢走。」

「告辭！」容瑕一拍馬兒，馬兒緩緩從兩人身邊走過，還悠閒地甩了甩馬尾巴。

嚴茗盯著容瑕離去的背影，臉色變來變去，終究忍下這口氣，他轉頭對嚴甄道：「二弟，我們走了。」

嚴甄愣了愣，緩緩跟在嚴茗身後。

不知道是不是他想太多，容瑕與往日的模樣似有不同。可究竟哪裡不同，他亦說不上來。或許是他內心嫉妒此人的緣故吧。

「伯爺，我們真要去國公府？」杜九問道。

容瑕淡淡道：「我忘記帶拜帖，便不去了。」

杜九：你高興就好。

容瑕正欲轉頭回去，就見前方一頂輕紗小轎朝這邊行來。小轎輕紗重重，隱隱可見一個身姿曼妙的女人坐在裡面。

不多時，這頂小轎停在了他的面前。

像這種輕紗小轎，不像是正經人家女兒乘坐的轎子，更像是舞女歌姬或是風塵女子使用的一種代步工具。

見轎子停到自己面前，容瑕不動聲色地拍了拍馬兒，準備繞開轎子離開。

「奴家芸娘見過成安伯。」一個身著雪色紗衣的女子走了出來，她身材豐盈，就像是熟透的蜜桃，散發著吸引男人的女性魅力。與她的身材相比，她的相貌反而稍微遜色些。不過她雖然滿身風塵，但在容瑕面前卻收斂得極好。

容瑕看著這個陌生的女人，沒有說話。

杜九對這個女人還有印象，可上一次他見到芸娘的時候，她還穿著普通婦人裝，頭髮也簡簡單單用布包裹著，沒有想到幾個月過去，她像是換了一個人，由一朵樸素的茶花，變成了妖豔的美女蛇。

「姑娘。」杜九開口道：「不知姑娘有何要事？」

「奴家上香回來，碰巧遇到成安伯，便想向伯爺見個禮。」芸娘對容瑕徐徐一福，「上次多謝伯爺助了芸娘一臂之力。」

她來到京城後，等了謝啟臨足足一個月有餘，也曾到謝家拜訪過，可是謝家的門房怎麼也不讓她進門，甚至奚落她一個低賤的風塵女子竟也妄想嫁進謝家大門，實在是可笑至極。

是，她是可笑，是有了妄想之心，可這些妄想不是他們謝家二公子給她的嗎？

是，她是風塵女子，配不上謝家門楣，可當初是謝家二公子想帶她私奔，不是她求著謝啟臨帶她走，究竟是誰更可恥，誰更可笑？

所以，她不甘心，她想要找謝啟臨說清楚，但她一個無依無靠的風塵女子，而且還離開了京城好幾年，四處求助無門，又能上哪找謝啟臨？

正在絕望的時候，還是成安伯府的護衛帶她見到了謝二郎。

猶記得情深時，他為她描眉作畫，她喚他二郎，他說她是清蓮，最是美麗高潔。然而這個往日滿嘴甜言蜜語的男人，如今卻任由她被謝家下人辱罵，彷彿往日深情只是過眼雲煙。

她見到他的時候，他正與幾個文人在吟詩作賦，即使戴著銀色面具，也無損他的風雅。

他似乎沒想到她會出現，愣了很久，才走到她面前，用一種陌生的表情看著她。

似懊惱，似愧疚，更多的是尷尬。

「芸娘。」他開口說了第一句話，「妳怎麼來京城的？」

是啊，一個沒有路引的女人，身上銀錢有限的女人，是怎麼來京城的？

芸娘冷笑，「二郎，我身為女子，你說我有什麼辦法？」說完這句話，她看到謝啟臨臉上的表情變得更加難看。隨後他似乎擔心其他讀書人見到她，便把她帶到了一個僻靜處。

「芸娘，是我對不住妳。」謝啟臨給了她一個荷包，裡面有不少碎銀子和幾張銀票，足夠她舒舒服服過上好幾年的日子，甚至夠她在京城裡買一棟小獨院。

「還是做你的謝家二公子好。」芸娘笑著接下荷包，「單單這裝銀子的荷包，只怕也要值幾十兩銀子。不像當年，你養著我這個沒什麼用處的女人，四處求人賣字畫。」

「芸娘……」

「謝二公子不必再多言，芸娘雖是低賤之人，但也知道禮義廉恥四個字如何寫。」芸娘對謝啟臨行了一個福禮，「謝君贈我一場歡喜夢，如今夢醒了，芸娘也該回去了。」

「妳要去哪兒？」謝啟臨開口道：「妳一個弱女子，在京城裡無依無靠，我讓人替妳安排住的地方……」

「難道謝公子還要養著我做外室嗎？」芸娘冷笑，「公子帶著芸娘私奔，已是負了一名女子，難道還要負了你未來的娘子？便是謝公子捨得，芸娘也是捨不得了。孽，芸娘作過一次，已經不想再作第二次了。」

謝啟臨愣愣地看著芸娘，彷彿沒想到她竟然會說出這席話，半晌才道：「往事與妳無關，皆該怨我。妳不必與我置氣，我只想給妳找個安身立命之處，並沒有養妳做外室的意思。妳在京城無親無故，我怎能讓妳獨自一人？」

「便是公子無此意，但人多嘴雜，誰能保證你未來的娘子不會誤會？」芸娘輕笑出聲，不知道是在笑謝啟臨還是在笑自己，「我獨自一人在薛州生活了近兩年，不也還好好的嗎？另外，女兒家的心很軟，請公子多多憐惜你未來的夫人。」

「那妳要去哪兒？」

「從哪兒來，便回哪兒去。」芸娘捏緊手裡的荷包，「奴家本該是玉臂任人枕，朱唇任人嘗的人，是公子贈予了奴家一場歡喜夢，如今夢醒，自然該做回自己。」

「公子，奴家告辭。祝君餘生安康，子孫金玉皆滿堂。」

「芸娘！」謝啟臨抓住了芸娘的手。

芸娘回頭看著他，「公子捨不得芸娘，是想納芸娘進府為妾嗎？」

謝啟臨的手如同火燒般鬆開，他愧疚地看著芸娘，「我很抱歉，芸娘。」

「謝公子不必多言。」芸娘垂下眼瞼，看著自己被抓皺的衣服，這套衣服她一直沒捨得穿，是今天特意換上的。裙襬上還繡著他最喜歡的蓮花，不過他現在也不會注意到這些了，「公子若真對芸娘心有所愧，便請公子回答芸娘一個問題。」

「妳儘管問。」

「當年你攜芸娘私奔，真的是因為心悅於芸娘嗎？」

謝啟臨沉默著沒有說話。

芸娘面色蒼白地笑了笑，「奴家明白了。」

再次看到杜九，深藏在腦子裡的這段記憶便浮現出來，她若無其事地笑了笑，轉頭看向班家大門上的牌匾，「奴家並無他意，只是今日有緣得遇伯爺，便想向伯爺道個謝。」

「另外……」芸娘妖豔一笑，風塵氣十足，「福樂郡主是個好女子，請伯爺好好待她。」

她向容瑕道謝的時候沒有行大禮，說完這句話以後，反而是結結實實行了一個大禮。

沒有人知道，對於她而言，過往那段荒唐，唯一慶幸的竟是她遇到了一個好女人。當年但凡班嫿狠心一些，不講理一些，她早就身首異處，哪還能活到今日？

她不止一次想過，或許當初福樂郡主已經猜到她跟謝啟臨並不會長久，所以不僅沒有怨恨她，反而送了她一筆銀錢。

全靠著這筆銀錢，她才能走到京城，再次見到讓她轟轟烈烈一番的男人。

吱呀！

班府大門打開，班恆從門後走出來，看到自家大門口站著這麼多人，疑惑地看向容瑕。膽大包天，竟然跑在他們班家門口跟女人調情，這是挑事啊？

「你堵在門口幹什麼，到底還出不出去？」走在後面的班嫿見班恆傻愣愣地站在門口，伸手戳了戳他，把頭伸出去朝外張望。

「姊！」班恆來不及攔，只好無奈地摸了摸臉，跟在他姊身後走了出去。

班嫿看到自家門口站著不少人，也是愣了一下，不過她首先看到的不是容瑕，而是芸娘。

「是妳？」班嫿驚訝地看著芸娘，儘管兩年過去，儘管芸娘的妝容比以往更豔，但是班嫿仍是一眼便認出了她。

「郡主。」芸娘朝班嫿恭敬一拜，「奴家路遇成安伯，因成安伯對奴家有恩，所以奴家特下轎向他道謝。」這是向班嫿解釋，她為什麼跟容瑕一起站在班家大門口。

班嫿這才注意到容瑕，她望了望天，天色已經不早，「這都傍晚了，你吃了沒？」

對於班家人來說，有沒有吃飯是很重要的問題。

容瑕從馬背上下來，走到班嫿面前，說道：「我不餓，方才聽到有人來找妳麻煩，所以我就過來瞧瞧。」

麻煩？

班嫿呆了片刻，才明白容瑕是在說誰，她乾咳一聲，「我沒見他，他已經被嚴家領走了。」

容瑕笑了笑，「我知道。」

然而他這個溫柔的笑容在此刻吸引不了班嫿，因為班嫿的注意力已經飄到了芸娘身上。她走到芸娘身邊，看了眼她身後的輕紗小轎，以及她臉上的妝容，沒有問她現在住在哪兒，只是道：「妳……什麼時候回京城的？」

「去年便到京城了。」芸娘沒有提那次差點用窗戶撐桿砸到成安伯的事，只是道：「郡主一切可還好？」

「一切都好。」班嫿想起謝啟臨和芸娘私奔後發生的事，嘆了口氣，「妳不該回來的。」

「芸娘自小在京城長大，其他地方雖然好，但終究不是我的故鄉，獨自一人過活也沒什麼意思。」芸娘低頭笑了笑，「見到郡主一切都好，芸娘便放心了。」

班嫿知道她說的是什麼，嗤笑一聲，「往事如風，不必再提，由他去吧。」

「是啊！」芸娘跟著笑了笑，「奴家當年不懂事，害得郡主受了那麼多委屈，這輩子只怕都不能償還郡主了。」

「這與妳有何干？」班嫿搖頭，「負我者尚未提愧疚，妳何必有愧？」

芸娘抬頭，見容瑕就站在她們倆不遠處，擔心自己再提謝啟臨，會讓成安伯對郡主產生誤會，便不再開口提往事。她心中對班嫿有愧，又聽說了外面那些傳言，擔心成安伯對班嫿不好，班嫿會受委屈。

女人怕嫁錯郎，福樂郡主又與成安伯性格差別這麼大，她真擔心成安伯介意郡主的過往。她自覺身分下賤，若是與班嫿站在一起太久，會惹來其他人說班嫿閒話，便道：「郡主，時辰不早，奴家告退。」

「天這麼晚了。」班嫿見芸娘坐的轎子遮擋得不太嚴實，便叫來了兩個護衛，「他們都是班家的好手，這會兒路黑人少，讓他們陪妳一道回去。」

芸娘忙搖頭道：「這可如何使得？」

「不必推辭，若就讓妳這麼回去，我也不放心。」班嫿擺了擺手，「就這麼說定了。」

儘管班嫿用的是不必再商量的語蠻橫氣，芸娘卻是心裡一暖。她沒有再拒絕，只是朝班嫿行了一個禮，坐進了輕紗小轎中。

幾個轎夫原本內心對芸娘這種風塵女子有些輕視，可是見她竟與郡主這種貴人認識，貴人還親自派護衛送她，心裡不免有了幾分敬畏之心。在普通百姓看來，給貴人家看門的人也很是了不起的，他們更不敢得罪。

芸娘走後，班嫿轉頭看容瑕，「你還不回去，難道想留在我家門口當耳報神？」

「莫說耳報神，便是給嫿嫿做馬夫也是使得。」容瑕看著遠去的輕紗小轎，不知道為何，他覺得這個叫芸娘的女人只怕不是碰巧路過，她是來找嫿嫿的？

可是為什麼見到孅孅以後，反而什麼話也不說了？

難道是因為他在的緣故？

「罷了，若是被別人知道我讓你這個謙謙君子做馬夫，那我可要被千夫所指了。」班孅摸了摸容瑕坐騎的脖子，「快些回去吧，明日二皇子大婚，你一早就要進宮，晚上早些睡。」

「好。」容瑕笑了笑，沒有跟班孅提嚴甄的事情，班孅也沒有跟他解釋什麼，兩人相視而笑，容瑕翻身上馬。

「這是一匹好馬。」班孅拍著馬脖子，「可有名字？」

「尚未。」容瑕的坐騎是一匹棗紅馬，額際還有一縷白毛，毛髮油亮，雙目有神，四蹄健碩有力，是匹難得的好馬。

馬兒在班孅身上蹭了蹭，似乎很親近她。

容瑕見這匹脾性不太好的馬竟然如此親近班孅，便道：「不如妳幫牠取個名字？」

「牠的毛這麼紅……」

杜九頓時立起了耳朵，這匹馬可是萬金難得的御賜寶馬，名氣可不能太隨便。

「就叫白玉糕吧。」

毛紅為什麼要叫白玉糕，不應該叫紅玉糕或紅棗糕？

不對，這麼威風凜凜的駿馬，為什麼要叫這麼土氣的名字？

「為什麼……會想到取這個名字？」容瑕也沒料到自己的愛馬會被取這麼隨意的名兒，見這馬兒還傻乎乎地蹭班孅的手。身為一個主人，秉著對愛馬認真負責的態度，容瑕覺得自己還能替馬兒爭取一下。

「牠這一身紅，就額頭的白毛最顯眼。」班嫿摸著馬兒脖子，「叫白玉糕正合適。」

容瑕張了張嘴，最後點頭道：「妳說的對，這個名字確實挺合適。」

杜九：你們……開心就好。

「嫿嫿很喜歡馬兒？」容瑕見她所有注意力都放在了自己的馬兒身上，在馬背上伏身看著班嫿，「我府裡還有一匹這個品種的馬兒，明日我便讓人送過來給妳。」

「不了。」班嫿搖頭，「那匹肯定是白玉糕的同伴，還是把牠留在貴府陪著白玉糕吧。我有自己的坐騎，只不過從小喜歡馬兒，看到漂亮的馬兒就忍不住想摸一摸。」

她很小的時候，祖父就帶她坐在馬背上玩，跟她講戰場上的事情，還有將領與自己馬兒之間的故事，以致於她從小就形成了一個觀念，那就是馬兒是自己的夥伴，就算牠老了，也要好好養著，不隨意丟棄，更不能隨意替換。

容瑕想起班嫿確實常騎一匹白色的馬，「是那匹白色的馬？」

「對。」班嫿點頭，「牠叫墨玉，是陛下賞下來的。」

「墨玉？」容瑕啞然失笑，一匹白馬取名為墨玉？

「嗯，牠的眼睛很漂亮，就像是墨玉一樣。」提到自己的愛馬，班嫿十分驕傲，「日後若是有機會，我帶牠跟你比一比騎術。」

「好。」容瑕一口應了下來。

杜九面無表情地想，自家的馬兒就叫墨玉，別人家的馬就叫白玉糕，不加後面的糕字不是挺好的嗎？

「行啦。」班嫿把手從馬兒身上收回來，「你回去吧。」

容瑕看著班嫿，她的眼睛很美，就像是一汪湖泊，乾淨澄澈，乾淨得讓他差點移不開眼，可是這雙乾淨的眼睛裡沒有不捨，沒有留戀，甚至看不到多少情誼。

她並不喜歡他，或者說……並未對他動心。

她看他的眼神，就像是在看一個喜歡的擺設、一隻漂亮的孔雀，有驚豔，有欣賞，唯一缺少的便是男女之間的情愫。

「告辭。」容瑕笑了笑。

「嗯。」班嫿笑得眉眼彎彎，對容瑕搖了搖手，「慢走。」

馬蹄聲輕響，待容瑕的身影看不見以後，班嫿轉頭對班恆道：「走，回去。」

「姊，我們不去別莊了？」班恆本來還想著再去埋點銀子什麼的，沒想到出門就遇到了容瑕，一來二去就把時間拖到了現在。

「不去。」班嫿抬頭看天，「天都快要黑了，下次吧。」

「好吧。」班恆頗為失落，埋過兩次銀子以後，他突然覺得挖坑埋銀子這種感覺還是挺爽的，他有些愛上這種遊戲了。

貴人們住的地區離芸娘住的樓子有很大一段距離，幾個轎夫一路快行，還沒到樓子時，天已經漸漸黑下來了。

越靠近紅燈區的地方，來往人員的身分就越複雜，有時候遇到幾個不講理的酒鬼撒酒瘋，他們還要小心應付。剛進巷口，就有一個衣衫凌亂，做書生打扮的年輕男子走了出來。

他走起路來搖搖晃晃，嘴裡還嘀嘀咕咕念叨著，似乎在抱怨官場不公，又似在咒罵親朋。隨後他一頭撞在轎子上，摔在地上翻了兩個跟頭。他正欲開口大罵，哪知道一個男人走到他面前，拔出散發著幽幽寒光的大刀，他頓時嚇得一聲不吭。

大業朝能佩戴武器在大街上行走的，都是有特定身分的人，比如士兵、衙役、品級高的貴人護衛，一般百姓誰敢扛這種刀走在大街上，不出二十步就會被扭送到衙門。

他以為這輕紗小轎裡坐著的乃是哪個貴人喜好的花魁，所以才會派護衛送回來，於是等這行人離開以後，才敢小聲咒罵起來。

「不過是個妓女，有什麼了不起，等大爺我……考上狀元，連公主都能娶。書中自有、自有顏如玉，女人都不是什麼好東西……」他打著酒嗝，從地上爬起來，連身上沾上的灰也不拍，便跌跌撞撞走開了。

走到一條人煙稀少的巷口，他赫然看到兩個黑衣人正將一把刀從某個肥碩的男人肚子裡拔出來，他嚇得差點把肚子裡的東西吐出來。不過或許是因為之前被人拿刀嚇了一嚇，他竟是忍住了沒有出聲，直到黑衣人離開很久，他才敢扶著牆一步一挪靠近躺在地上的男人。

不知道踩在了什麼地上，他往前一撲，剛好摔在了胖男人面前。手撐在地上又黏又膩，他藉著微弱的星月之光，看到手掌上沾上了什麼東西。低頭聞了聞，忍不住大口嘔吐出來。

「殺人……殺人啦！」

「殺人啦！」

這個可憐的讀書人，喊出了生平最大的聲音，驚起百家燈火，也引來了衙門的人。

死者身分很快確定，一個從五品的工部郎中，在滿地貴人的京城，此人身分並不高，但是此人姓趙，是趙氏一族的偏支，祖上也是幾代襲爵的貴族。

趙氏一族的族長是趙力，他的長子趙俊現任兵部左侍郎，二子趙仲乃是薛州刺史。趙家人行事十分低調，平日在京城並不顯眼，唯一能拿來當作談資的，竟是他家早夭的第三子。

原因就是趙家這位早夭的第三子曾與福樂郡主訂下娃娃親，後來這孩子夭折，這門親事便自動作廢。後來謝家又跟班嫿退婚，於是趙家三郎早逝這事，便成了班嫿剋夫的鐵證。儘管趙家人一次又一次解釋是他們自家孩子身體不好，跟班嫿無關，然而熱愛八卦的人們並不在意當事人的意見，甚至覺得趙家是在討好班家才這麼說，仍舊自個兒猜測得很歡樂。

在有談資有話題的時候，誰會在意當事人的意見，誰知道當事人是不是在撒謊？

死者是族長趙力的堂弟趙賈，趙賈屬於正事樣樣不會，吃喝嫖賭門門精通的墮落子弟，是以班淮為代表的紈絝派不愛帶著一起玩的那類，不過這兩類紈絝互相看不順眼，所以彼此間幾乎很少有來往。

趙賈身上有兩處刀傷，自前腹穿透後背，可見兇手力氣很大，而且有可能是兩個人。誰會下這麼大的力氣去殺一個沒多少用處的人？要知道明天就是二皇子大婚，京城裡為了保證明天婚事不出意外，增派了許多人手對城內進行了嚴密的監控。

這種情況下竟然有人刺殺成功，他們還找不到兇手的半分身影，這裡面的水就深了。為了不讓婚事觸楣頭，這件刺殺案被暫時按壓下來了。第二天一早，京城裡一片紅，謝家準備好的嫁妝一抬又一抬地抬出了門，雖不是真正的「十里紅妝」，但也是讓京城民眾看到了不少熱鬧。

班嫿正在睡夢中，聽到外面吹吹打打，她把被子往頭上一拉，想要繼續睡，可是吹吹打打結束了，又是劈里啪啦的鞭炮聲，她氣得坐起身，「外面怎麼這麼吵？」

「郡主，您忘了，今天是二皇子與謝家小姐大婚的日子。」如意知道郡主有起床氣，忙小聲安撫道：「外面擠滿了瞧熱鬧的百姓，只怕要熱鬧一陣子。」

「妳不說我都忘了。」班嫿揉揉太陽穴，整個人往床上躺回去，懶得像煮軟的麵條，「真不想起床。」

「您不起沒事，奴婢先伺候您洗臉漱口。」如意溫柔笑道：「早飯我讓人端進屋子來？」

「嗯。」班嬗有氣無力地趴在被子上，連臉都不想抬起來。

「新郎官來接新娘子囉！」

「新郎官呢？」

迎接新娘的馬隊到了謝家門口，大家才發現，來迎接謝宛諭進宮的不是二皇子，而是禮部的官員。謝家人的笑容有些僵硬，面上卻不好表露出來。

按照規矩，皇子迎娶皇子妃，確實不必親自前來，也可以由禮部的迎親使代為迎接，但是如果同住在京城，一般皇子們都會給岳家一個臉面，親自前來迎娶新娘，就連當初太子迎娶太子妃的時候，也是太子親自出面的。

二皇子究竟是何意，竟如此不給謝家顏面？

謝宛諭靜靜地坐在閨房中，聽著外面的鞭炮聲，一點一點抓緊了身上的喜袍。

時間過得那麼快，又那麼慢。

她期待了很久，又害怕了很久的日子終於到來，腦子裡亂哄哄一片，她不知道自己究竟是高興還是難過。

「迎親使到啦！」

聽到「迎親使」三個字，她心底顫了顫，就像是一根冰寒的針對著她的心尖扎了進去，她的內心頓時便變得空空落落，不知道是失落還是難過，奇異的是，她竟然沒覺得憤怒。

握了握拳，她的指尖有些涼，大腦卻是前所未有的清醒。

「妹妹。」謝家大郎聲音裡帶著強忍的怒氣，他彎腰背起謝宛諭，對她小聲道：「宮中諸事複雜，妹妹一切皆要小心。若是需要什麼，就讓人回來告訴家裡，不要太過委屈自己。」

謝宛諭拽緊大哥的衣服，低聲應下。

這門婚事是他們謝家自己應下的，如今就算知道二皇子可能不是良配，謝家也沒有膽量悔婚。若是普通人家婚事不幸，只要有娘家人支持，女兒家尚能提出和離，可是嫁入皇家，那就只能生是皇家的人，死是皇家的鬼。

出了內院，謝宛諭聽到四周充斥著恭喜的聲音，她卻覺得格外難堪。天下人都知道二皇子不喜歡她這個二皇子妃，連親自迎接她都做不到。

這本該她一輩子重要的時刻，卻成了她這一生最恨的時候。

事實上，蔣洛沒有來接謝宛諭，也沒有在宮中。

婚禮的吉時在傍晚，他換下新郎服，來到了石飛仙常去的竹林。他只是心有不甘，所以出來散散心，沒有想到的是，石飛仙竟然真的在林中。

「二殿下？」石飛仙從亭中站起身，驚訝地看著這個男人，「今天不是你大喜的日子嗎？你怎麼在這裡？」

蔣洛看著眼前這個神情落寞的女子，忍不住朝她所在的方向走了幾步，「所娶之人，非我心儀之人，何喜之有？」

「你……」石飛仙避開蔣洛的視線，嘆息一聲道：「你不該說這話，宛諭若是知道，該有多麼傷心難過？」

「妳總是替別人著想，為什麼就不能替自己想一想，不為我想想？」蔣洛大步上前，抓住石飛仙的手腕，「我喜歡誰，難道妳還不知道嗎？她是妳的朋友，那我又算什麼？」

跟在二皇子身後的太監，嚇得跪在了亭外，今天這場婚事若是出了意外，跟著殿下一道出宮的他，恐怕連命都保不住了。

「那你就算是腦子不太好囉！」穿著淺色騎裝的班嫿似笑非笑地從林子走出來，她身後還跟著幾個有名的紈絝子弟，這些人有男有女，都是京城混不吝的人物，他們臉上都帶著意外之色，誰能想到今天成婚的二皇子，竟然與石相的女兒不清不楚？

謝宛諭與石飛仙不是交好嗎？

本來他們幾個都是不去湊婚宴熱鬧的遊手好閒之輩，今天約好出來騎騎馬，賞一賞春景，誰料到剛出來就會看到這場好戲？

班嫿若不是被班恆提醒，也忘了今天約好要跟人賞春。他們一行人見到疑似二皇子的人進了竹林，出於好奇便跟了進來，沒想到會發現這種事。

新郎不去迎接新娘，卻跑來跟新娘密友訴說衷腸，連話本都不好意思這麼寫，二皇子與石飛仙倒是幹出來了。

蔣洛回頭看向班嫿等人，把石飛仙攔在身後，沉下臉道：「你們怎麼在這裡？」

石飛仙的臉色比蔣洛更加難看，今天這事傳出去，對她絕對沒有好處。可是看看班嫿身後那些人，有周家的、王家的，還有皇室遠宗同姓蔣的，這些都不是她與二皇子能夠隨隨便便命令的人。

越想石飛仙臉上的表情越不自在，尤其是二皇子竟然把她攔在身後，她忍不住在心裡罵了二皇子一句，究竟有沒有腦子，這不是明著告訴這些人，他們之間的關係，超出了男女正常的情誼嗎？

她想了想，若無其事地從蔣洛身後走了出來，對班嫿等人福了福身，「今日真巧，你們都是來賞春的？竟然跟二殿下前後腳到？」

「班嫿，妳竟然帶著這些人跟蹤我？」蔣洛聽到石飛仙這話，頓時想到，世上怎麼可能有那麼巧的事情，他剛跟石姑娘說話，這些人就冒出來，明顯就是跟著他來的。

「二殿下見諒，我等見二殿下只帶著幾個太監進山，擔心您出意外，所以就多事跟著進來了。」周常簫是曾聽說過二皇子打斷班嫿手臂這個傳言的，擔心二皇子再次發瘋，便搶著開口道：「請殿下明察。」

他們這麼多公子小姐在場，要說跟蹤就太過了，這個鍋他們不會背，二皇子也沒本事讓他們硬背鍋。他們是紈絝，不是笨蛋，二皇子可不是陛下或是太子，還沒這麼大的本事來指鹿為馬。

再說了，他倆一個是即將成婚的新郎官，一個是未出閣的女兒家，在這荒郊野外做什麼，有什麼不能看的？這林子又不是皇家禁地，他倆來得，他們便來不得了嗎？

「哼！」蔣洛冷哼一聲，伸手指著班嫿，「周常簫，你給我讓開！班嫿，妳給我說清楚，什麼叫我腦子有病？妳竟敢以下犯上，究竟有沒有把皇室看在眼裡？」

「今日乃是二殿下的大婚之日，但你卻與其他女人在密林中幽會，這事一般正常人根本幹不出來。」班嫿抬了抬下巴，指了指腦袋，「你若是覺得我說的不對，可以把今日之事上報陛下或是娘娘，臣女甘願受罰。」

「妳——」蔣洛不敢讓雲慶帝知道這件事，更不敢讓母后知道。若是母后知道他竟然這麼做，不僅他要受罰，恐怕連飛仙也會受到母親厭棄，所以他不敢賭這個可能，所以這口氣竟只能忍下了。

「郡主，我想妳可能誤會了。」石飛仙勉強笑道：「我跟二殿下只是碰巧遇見。」

「石小姐不必跟我們解釋這種小事。」班嫿搖了搖食指，顯得十分好說話，「只要二皇子妃相信妳就好了。」

石飛仙面色微變，隨後陪笑道：「只要諸位不誤會我，二皇子妃自然不會有什麼誤會。」

這是要他們不要亂說話的意思？

幾位紈絝挑眉。

他們長這麼大，什麼時候講理過？什麼時候別人說什麼，他們就聽什麼了？

「窈窕淑女，君子好逑，石小姐乃是大業第一美人，別人傾心於妳也是正常。」一位與石飛仙有過節的貴族小姐捂嘴笑道：「這不怪妳，我們都明白。」

自從艾頗國王子把班嫿錯認為第一美人以後，石飛仙這個大業第一美人就成了笑話，石飛仙自己也不再想聽別人這麼稱呼她。只要一聽到「第一美人」，她就會想起當日在宮殿外受到的奇恥大辱。

眾人齊聲笑起來，這些笑聲就像是一巴掌搧在石飛仙的臉上。

石飛仙與這些紈絝們沒有多少交情，她覺得這些人是自甘墮落，而紈絝們亦覺得石飛仙、石晉之流做作虛偽，不過是假正經。兩邊人互相不理睬，平日也玩不到一塊。

現在石飛仙做出來的事情，在他們看來那就是挖好友牆角，是他們最不屑做的事情。

「閉嘴！」蔣洛哪裡能眼睜睜看著這些紈絝欺負石飛仙，當下沉著臉道：「你們說話不必這般陰陽怪氣的。」

幾個紈絝翻了白眼，雖然沒有直接跟二皇子吵，但仍舊用眼神來表達他們不屈的靈魂。

「二殿下。」班嫿看了石飛仙一眼，「謝小姐今日乃是你的新娘，你現在該回宮了。」

「妳算個什麼東西，本殿下還用不著妳來指手畫腳！」蔣洛嫌惡地道：「妳一個訂了親的女人，就該好好待在家裡，等著男人來娶妳，別到時候又被人退婚，這次可沒有人來幫妳找個好男人嫁了。」

石飛仙下意識覺得這話不太好，以班嫿的脾氣，二皇子這話只怕會惹來麻煩。

班嫿幽幽地看著二皇子，說道：「是啊，臣女的祖母已經遇刺身亡，大約二殿下對這個結果是很失望的。」

蔣洛一時間沒反應過來班嫿這話是什麼意思，但是石飛仙卻明白了過來。

班嫿這是暗指二皇子對德寧大長公主幫陛下擋下刺客一舉不滿。身為皇子，他為什麼要對這事不滿，難道他在盼著陛下死？

這個罪名誰也背不起，尤其是皇子。

石飛仙轉頭看二皇子，見他竟還沒有反應過來，張了張嘴，想起自家是支持太子登基的，便裝作什麼都沒有聽懂，默默地低下了頭。

「殿下！」近身伺候的小太監著急地看著蔣洛，這時候你不說話就等同於默認啊！

蔣洛疑惑不解地看了眼神情焦急的太監，瞪著班嫿道：「妳這話是什麼意思？」

「臣女並沒有什麼意思，二殿下你自己明白就好。」班嫿淡淡地對二皇子福了福身，「既然二殿下是與石小姐有事商談，並不是孤身在外，我等也就放心了，告辭。」

蔣洛一直都不明白，班嫿長得也算不錯，為什麼就這麼不討人喜歡呢？

從小就這樣，明明他跟班嫿年齡更接近，她卻喜歡黏著太子。再後來太子娶妻了，班嫿便不愛到後宮來了，即使進宮，也只是見一見父皇與母后，便再也沒有私下與他們來往過。

以致於他總是覺得，班嫿這樣的女人，天生骨子裡就知道討好誰，忽視誰。只要他與太子在，班嫿便懂得討好太子，因為她從小就明白，太子比他更尊貴。

這種對班嫿的討厭，從蔣洛年幼時便養成了，後來他長大可以自己出宮了，認識了不少女人，才知道世界上並不是所有女人都像班嫿那樣。石家小姐性格溫婉，善解人意，即使路邊的小乞兒都能引起她的憐憫心，她就像是最溫暖的春水，讓他整個人都柔軟起來。

他有多討厭班嫿，便有多喜歡石飛仙。因為石飛仙所擁有的，都是班嫿不曾有過的。

見班嫿提出要走，蔣洛冷笑一聲，「本就是多事之人，早些滾吧！」

在場眾人聞言皺了皺眉，他們都是貴族出身，就算是再沒風度的紈絝，在面對女兒家的時候，也會有意保持幾分斯文，二皇子竟這麼對女兒家說話，實在是……

原本他們還覺得二皇子摔斷了福樂郡主手臂有些誇張，現在看來，傳言恐怕不是假的。

「二殿下，臣女可不會滾。」班嫿似笑非笑地看了石飛仙一眼，「早有鳩占鵲巢一說，不知石小姐是什麼？」

石飛仙面色一變，「郡主，請注意您的措辭。」

「石小姐這話說得真奇怪，我說了什麼不得了的話嗎？」班嫿笑道：「我一直覺得石小姐是個難得一見的奇女子，能與謝家二公子暢所欲言，成為知己好友，也能與二殿下……惺惺相惜。對了，還能對成安伯心有千千結，似語又無言，世間有多少人能夠做到？」

「謝二公子？」眾人驚訝地看著班嫿，這裡面還有謝二公子的事情？

班嫿是個愛玩的活潑性子，但是大家都知道她有個特性，從不輕易說哪個女兒家的壞話，她若是不喜歡誰，便直接說她與這人性格不合，多的話卻不會隨便亂說。

她現在能當著石飛仙的面說這些，可見事情是真的發生過。

「妳、妳不要胡說八道！」石飛仙聲音尖利道：「班嫿，妳別逼我！」

「石小姐真有意思，去年謝二公子在給妳送詩集回來的路上摔壞了眼睛，結果沒過幾日，流言竟變成了我剋夫。」班嫿攤手，「他謝啟臨與我解除婚約都兩年了，這算哪門子的剋夫，他算我什麼夫，妳說這有沒有道理？」

石飛仙被班嫿氣得渾身發抖，她嘴硬道：「妳胡說八道，我根本不知道什麼詩集！」

「妳究竟知不知道，老天爺清楚，妳清楚，送詩集的謝二公子也清楚。」班嫿輕笑，「對了，不知道謝二公子有沒有跟妳說，他送妳的這本詩集手抄本原本是從我班家得去的？」

石飛仙愣住，一時間竟不知道說什麼合適。

「郡主。」謝啟臨從林子外走了進來，他看了一眼石飛仙，對二皇子與班嫿行了一個禮，「往事已成風，請郡主不必再提。」

「你算什麼東西，你叫我姊不提她就不提嗎？」班恆翻白眼，「你的臉這麼大，三個面具都裝不下。」

班嫿笑了笑，「今天真是個好日子，連一個僻靜的竹林都這麼熱鬧。」

「謝啟臨，你的眼睛真是給石小姐送詩集回來的途中摔壞的？」蔣洛是個男人，即便他現在要成婚了，也不想要自己喜歡的女人與其他男人有曖昧的關係。

謝啟臨對蔣洛拱手道：「殿下，您該回宮了。」

他來這裡，不是跟蔣洛為了一個女人爭吵，而是為自己的妹妹鳴不平。他看了眼蔣洛身邊的石飛仙，平靜得就像在看一個沒什麼交情的陌生人。

「急什麼，吉時不還沒到嗎？」蔣洛不耐煩道：「你先跟我說說，你究竟有沒有送詩集給石姑娘？」

石飛仙看著謝啟臨，滿臉蒼白，眼裡帶著乞求。

謝啟臨移開自己的視線，緩緩道：「沒有。」

蔣洛鬆了一口氣，他轉頭對看向班嫿，「妳為何要抹黑石姑娘的閨譽？」

「二殿下，我一個女人怎麼能抹黑她的閨譽？」班嫿嘆口氣，「您這個準新郎，與她在這密林中見面，才是抹黑石姑娘的閨譽啊！石姑娘如天上明月般皎潔，怎麼會與自己好姊妹的丈夫幽會，您說是不是這個道理？」

石飛仙聽到這話，心裡對班嫿恨得咬牙切齒，可是她心裡清楚，她現在越說話，就越容易被抓住把柄。她不明白，當初謝啟臨送詩集給她這件事，只有她與謝啟臨知道，班嫿是從哪打聽到的？

難道是他們身邊的下人管不住嘴巴？

班嫿這話，逗得不少人都笑了起來。是啊，石小姐這麼美，這麼出塵，這麼講規矩，又怎麼會與一個今天就要成婚的男人拉拉扯扯，尤其新娘還是她的好姊妹。

「郡主……」

「閉嘴！」班嫿臉上的笑意淡了下來，她嘲諷地看著謝啟臨，「我看到你就覺得噁心，別跟我說話。」

謝啟臨唇角顫了顫，沒有說話。

「身為男人，你無能。身為人子，你不孝。身為兄長，你……」班嫿擺手，「算了，我都懶得說你，反正我弟若是你這種男人，我早就一腳踹走他，免得他在外面丟人現眼。」

「姊，」班恆狗腿地蹭到班嫿身邊，「我可是一直都乖乖的。」

班嫿拍了拍他的頭，「嗯，所以我沒有踹過你。」

謝啟臨沉默良久，對班嫿深揖道：「郡主，對不住。」

他終究對不起她，這是改不了的事實。

蔣洛覺得今天這事有些奇怪，他只是出來散散心，巧遇石飛仙，但是事情的發展好像有些不對勁。

謝啟臨這副被班嫿怎麼嘲諷都不還口的模樣，怎麼看都不像是沒事情發生的樣子。還有班嫿剛才說石姑娘與謝啟臨、成安伯的那些事，真的是她在撒謊？

成安伯可是班嫿的未婚夫，班嫿應該沒必要拿自己未來的夫君撒謊。

可是石姑娘不是說，她心儀成安伯這事，都是外面的流言，她對情愛並無興趣，只寄情於山水詩畫之中嗎？

儘管他處處看班嫿不順眼，可是每次她說過的話，他都忍不住深思幾分，萬一……她說的是真的呢？

「妳……」蔣洛看向石飛仙，見她眼中含淚，欲語還休的模樣，心頭一股煩躁之意突起，對身邊的小太監道：「罷了，回宮。」左右是他無緣能娶的女人，多想又有何益？她乃相府千金，又不可能嫁給他做妾室。

「恭送殿下。」石飛仙對二皇子福了福身，然而這一次蔣洛沒有回頭，徑直離開了竹林。

「戲都看完了，我們也該走了。」班嫿懶洋洋地對石飛仙道：「石小姐多多保重。」

「郡主。」石飛仙叫住班嫿，「我不明白，妳為何處處針對我？」

班嫿挑眉，「妳就當我嫉妒妳的美貌好了。」

「噗！」

有人忍不住笑出聲，石飛仙的臉頓時變得十分難看。

班嫿出場的時候，總是前呼後擁，離開的時候也是浩浩蕩蕩。她與那些紈絝離開以後，竹林裡便安靜下來。

謝啟臨對石飛仙道：「告辭。」

「等等。」石飛仙叫住了謝啟臨，眼眶微紅地道：「你是不是也像他們一樣，在心裡偷偷嘲笑我？」

「石姑娘，」謝啟臨看著地上乾枯的竹葉，語氣平靜地道：「在下什麼想法都沒有，妳不要誤會。」

「你不是沒想法，而是在怨我，對不對？」石飛仙忍不住又哭又笑地道：「如果不是我，你也不會與班嫿鬧成那樣，謝家與班家也不會成為仇家。班家人心眼小，又愛記仇，若不是他們的報復，謝家又怎麼遇到這麼多事。所以，這一切事情的起源都在我身上，你若怪我，也是應該的。」

「我能怪的只有我自己。」謝啟臨打斷石飛仙的話，「當年我年輕不懂事，犯下的錯，已經不能彌補了。」

「若是石姑娘真覺得對不起我，日後便離二殿下遠一些。他是在下妹妹的夫婿，在下只有這個妹妹，不忍心她被好友與丈夫一起背叛。」謝啟臨看著石飛仙，「妳能做到嗎？」

石飛仙尷尬地避開謝啟臨視線，「在你眼中，我就是這樣的人？」

謝啟臨沒有說話，回答石飛仙的只有一片寂靜。

「好，我明白了，」石飛仙自嘲道：「你終究是怪我的。」

風起，竹林發出沙沙的聲響，謝啟臨站在原地，就像是沒有感情的人偶。

「謝啟臨，你當年……真的有那麼愛我，真的對班嫿一點感情也沒有嗎？」石飛仙忽然說道：「你口中說著不怪我，但是你的心裡卻是怨著的。剛才你的目光，一直都落在班嫿的身上，恐怕連你自己都沒能察覺吧。」

謝啟臨肩膀動了動，他摸摸自己的銀面具，淡然道：「隨便石姑娘怎麼想都好，告辭。」

石飛仙看著謝啟臨離去的背影，自嘲地笑出聲。

當年謝啟臨送給她一幅畫像，畫像上的她站在柳樹下，宛若仙人。然而她卻一點都不喜歡那幅畫，因為那幅畫上，她的裙襬上繡著大朵的牡丹花，很美，很豔麗。

可她從不穿有牡丹花紋的裙衫，亦不喜歡豔麗繁複的髮型，畫上的人是她，又不是她。

謝啟臨對她說盡愛戀相思語，可是他真的有他說的那麼愛她嗎？

當年他說著愛她的話，心裡卻對別的女人動了心思，也就不要怪她算計了他。

只恨班嫿這個女人竟像是一個銅豌豆般，毛病一堆，她偏偏拿她沒有辦法。

想到班嫿日後會嫁給成安伯，石飛仙心裡的恨意便怎麼也止不住。

✿　✿　✿

「伯爺……」杜九靠近正在與其他官員喝酒說話的容瑕，在他身邊輕語了幾句。

容瑕臉上的笑意不變，只是沉默地點了點頭。

杜九對同桌的幾位大人抱了抱拳，退到了外面。

待二皇子大婚過後，容瑕便要去吏部任職，所以坐在這一桌的是六部尚書以及兩位相爺。

這八個人心思各異，甚至立場各有不同，但是面上一派和諧，彷彿彼此從未產生過矛盾。

在迎親隊伍出宮的時候，在座八人都知道二皇子沒有去親迎，但誰也沒先開口提這事，只扯著無關的話題，打發著時間。

今天這個婚禮辦成這樣，最高興的便是石崇海，對於他而言，二皇子犯下的蠢事越多，太子的地位就越穩，他恨不得二皇子出宮以後就不要回來了。

「藉著這個好日子，老夫冒昧地向容伯爺問一句，不知道我們什麼時候才能喝上你的喜酒呢？」石崇海笑得溫和，彷彿壓根兒不知道嚴暉的二兒子為了容瑕的未婚妻鬧得要死要活。

旁邊嚴暉聽到石崇海這話，連眼皮都沒有動一下。

其他官員看向容瑕，似乎對這個話題也極感興趣。

「石相爺說笑了，福樂郡主尚在孝期，我又怎麼能在她悲痛之時談論這個問題？」容瑕笑道：「在下心儀郡主，又怎麼捨得她受委屈？」

石崇海聞言笑道：「是極是極，我竟是忘了福樂郡主是在孝期了。倒是要委屈成安伯，久等佳人了。」

「能娶得福樂郡主已是三生有幸，就算等得再久，在下也是甘之如飴。」

石崇海聽到這話，雞皮疙瘩都快要起來了。這話說得好聽，大義情理都被他占了，別人還要誇一句好。

原本大家還想拿著容瑕與福樂郡主打趣，可是想到福樂郡主還在孝期，他們這些熟讀詩書禮儀之輩，就不能再拿這個說事了，不然就是沒規矩。

這樣一來，最開始提這話題的石崇海就顯得有些尷尬，好在同桌的人岔開了話題，氣氛還算不錯。

容瑕似乎並不想就這麼放過石崇海，他狀似無意地道：「石相爺有對出色的兒女，不知道誰才有幸能與石相爺家做親呢？」

石晉年齡與容瑕差不多大，這些年一直沒有娶親，石二小姐也是十七八歲的年紀，現在談婚論嫁也不算早了。

石崇海輕笑道：「婚姻大事不可馬虎，慢慢來，不著急。」

容瑕若有所思道：「石大人說得有道理。」

同桌的其他人頓時恍然，原來傳言石崇海有意讓大兒子求娶安樂公主，只是後來不知怎麼的，這事沒能成。看石崇海這樣子，恐怕這事還真不是什麼傳言。

陛下膝下雖然有幾個女兒，但是真正受帝后重視的，也只有皇后所出的安樂公主。雖然安樂公主有過駙馬，不過皇帝的女兒不愁嫁。雖然安樂公主比石晉大上幾歲，但是女大三抱金磚，何況還是一隻金鳳凰。別說只大幾歲，就算大上十歲，能把人娶回來也是好事。

這會兒大家看石崇海的眼神就變得有那麼點微妙了，賣兒女求榮這種事，果然是不分身分貴賤高低的。

宮外，一群看完熱鬧的紈絝子弟們也沒心思賞什麼春景了，他們回到京城的第一件事，就是跟自己的親朋好友分享這個驚天大祕密。但是祕密這種東西，知道的人多了，那就不是祕密，而是大家心知肚明的流言。

不出一日，二皇子婚禮當天私會石相爺二女兒的消息便傳遍了整個上流圈子。紈絝們可不像那些君子，還講究什麼不說人壞話這一套。再說了，他們說的又不是壞話，而是實話。

這件事一傳開，二皇子、石家、謝家都受到了影響，尤其是對於石飛仙而言，這件事簡直就是把她的臉面放在地上踩，可是她還不能站出去解釋。

解釋了，別人說她是惱羞成怒；不解釋，那別人以為她是默認。本來這種事最好的解決源頭應該在二皇子蔣洛身上，可是蔣洛從小到大都不是什麼體貼的人，他回到宮裡以後，便覺得自己的感情似乎受到了石飛仙的傷害，哪管外面洪水滔天，哪管石飛仙陷入流言以後會有什麼樣的後果。

這事傳得難聽了，頂多是帝后責罰他一番。他陪著謝宛諭多出現幾個重要場合，關於他的那些話題，自然就變成男人成親前不懂事的風流，只要成親後浪子回頭，那就是好男人。

更何況他還是皇子，身邊最不缺女人，他又何必去管別人怎麼看他？

流言這種東西，永遠是越傳越烈，傳到班嫿耳中的時候，已經變成石飛仙勾引了京城很多男人，卻還要裝作清冷高潔的模樣，引得那些傻書生為她寫詩作畫，猶如犯了傻一般。

當初也是各種各樣的流言圍繞在班嫿身邊，不過那時候她不在意這些，但是石飛仙能不能像她一樣不在意，班嫿就不知道了。班嫿能夠肯定的是，從今以後，「品行高潔」這四個字是用不到石飛仙身上了。

關於石飛仙的各種流言傳得沸沸揚揚，倒是很少有人去關注趙賈被殺一案，就連班嫿也未曾耳聞，直到大理寺的官員找上門來，班嫿才知道趙家有人被殺了。

大理寺少卿是個三十多歲的斯文男人，他雖是來問案，但是面對班嫿時的態度卻十分恭敬，說出的每一個字都仔細斟酌過，唯恐班嫿有半分不滿。

實際上，他一點都不想來靜亭國公府，他早就聽過福樂郡主鞭笞負心郎探花的威名，手無縛雞之力的他，對這般潑辣的女性十分畏懼。可是大理寺其他人身分不夠，若是貿然到靜亭國公府問話，就有冒犯之嫌。他的上司大理寺卿也不太適合來，因為那又太過鄭重。本來只是單純問幾句話，驚動了大理寺卿，再單純的事情就要變得不單純了。

他一夜未睡，在床上輾轉反側幾個時辰，才鼓起勇氣拜訪了傳說中彪悍不講理的班家。

讓他沒有想到的是，班家的門房很普通，既沒有拿斜眼看他，也沒有惡言惡語攻擊他，反而客客氣氣領他進去。府邸裡面確實精緻講究，但這是國公府，講究一些也是應該的。

小廝丫鬟們都很講規矩，沒誰亂探頭亂跑，瞧著反而比他家的下人精神一些，連身上的布料也穿得比他家下人好。

「劉大人請往這邊走。」管領著劉大人進了正廳，對他行了一個禮，「請。」

劉大人見上首坐著靜亭公與其夫人，世子與郡主分坐兩邊，四人面上並沒有倨傲之色，更多的是好奇與不解。

「下官見過國公爺，見過夫人、世子、郡主。」劉大人朝班淮行了禮，班淮笑咪咪地讓他坐下。看到這個燦爛的笑容，劉大人心裡更加不踏實了。

寒暄幾句後，班淮終於問起正事：「劉大人，不知今日你貴足踏臨寒舍，有何要事？」

「不敢，不敢，下官貿然來訪，是為了工部郎中趙賈被殺一案而來。」

「誰？」班淮差點以為自己的耳朵出了問題，「誰被殺？」

「回國公爺，是工部郎中趙賈趙大人。」劉大人觀察著班淮表情，對方眼睛微張，瞠目結舌的模樣，不似偽裝，看來是真不知道這件事。他再扭頭去看福樂郡主，對方臉上更多的是茫然，似乎連趙賈是誰都不知道。

班淮愣了半晌，才不敢置信道：「他在外面得罪什麼人了？」

要不然殺他幹什麼？趙賈在趙家的地位不高，在工部也就過著混吃等死的日子，文不成武不就，平時沒事就是喝花酒賭錢，這樣的人有什麼被殺的價值？

班淮嫌棄的眼神實在是太過明顯，劉大人想裝作沒看見都不行，他小聲解釋道：「趙大人的屍首，是在煙柳巷外發現的，發現者是一個落第書生。」

聽到這個解釋，班淮頓時恍然，難道是為了歌姬花魁爭風吃醋，最後被人殺了？

「根據這個落第書生的口供，我們得知曾有貴府的護衛持刀經過，所以下官例行公事，便來貴府問一問。」劉大人早已經打聽清楚，這兩個碰巧路過的護衛是福樂郡主的人，他今天主要的詢問對象是班嫿。

「夫人，我可從不去這種地方。」班淮忙轉頭看陰氏，「妳要相信我。」

當著外人的面，陰氏從不會讓班淮難堪，她溫柔笑道：「妾身相信夫君。」

班淮扭了扭屁股，滿身的不自在，偏偏當著陰氏的笑臉，他還一個字都不敢多說。

「你說的是前天晚上？」班嫿見父親那坐立不安的模樣，不想讓他被黑鍋，便開了口，「劉大人，你說的那兩個護衛，應該是我派過去的。」

劉大人心裡暗暗叫苦，妳一個好好的郡主，派護衛去那種地方做什麼？他現在可是問也不是，不問也不是，實在是為難人。

「當日我遇到一個叫芸娘的女子，擔心她回去的路上出意外，便派護衛送了她。」班嫿想了想，「當日成安伯與他的護衛也在場。」

聽到成安伯的名號，劉大人便信了幾分。他又見班嫿並不似傳言那般刻薄不講理，反而十分講理，便放下心來，「請郡主原諒在下冒犯，請問這位芸娘是何人，與您是什麼關係？」

「她……」班嫿想了想，不知道該怎麼形容她與芸娘之間的關係，「她是謝二公子當年私奔的對象。」

謝二公子私奔的對象？也就是說，當年攪了福樂郡主牆角，還勾得謝二公子私奔的女人，就是福樂郡主口中的芸娘？既然是這樣，為什麼福樂郡主還會擔心她出意外，特意派護衛送她回去，她與那個芸娘不應該是仇人嗎？

沈鈺因為與福樂郡主退婚，便被福樂郡主用鞭子抽，那個芸娘害得福樂郡主丟了這麼大的臉，她竟然沒有報復？

看到劉大人明明很糾結，卻偏偏要裝作若無其事的模樣，班嫿忍不住笑出聲，她道：「劉大人，芸娘不過是一個風塵女子。她深陷泥潭，有一隻手伸給她，她自然會緊緊抓住，我還不至於與她一般見識。」

劉大人乾笑道：「郡主菩薩心腸，下官佩服。」

班恆翻了個白眼，什麼菩薩心腸，不過是他們班家向來講究冤有頭債有主罷了。把氣撒在一個妓女身上有什麼用，真正缺德的是謝啟臨。

「郡主，下官還有一事不明，請郡主為下官解惑。」

「劉大人請直言。」班嫿微微頷首，「我定知無不言，言無不盡。」

「下官聽聞郡主曾在班將軍身邊熏陶多年，對騎射武器都有所涉獵，不知您可知道，造成這種傷口的利刃，是刀還是劍？」劉大人自始至終都沒有把班嫿當作兇手，先不說班家與趙家關係不錯，就說班家的身分與地位，他們殺趙賈有什麼用處？殺著好玩，給二皇子的婚禮添晦氣嗎？

就算真要添晦氣，也不會用這麼蠢的手段。

他掏出兩張紙，一張紙上是大理寺畫匠模擬的幾種凶器，一張紙上畫了一個男人上半身的正反面，上面畫著傷口的位置與形狀。

班嫿接過紙，仔細看著上面幾種模擬凶器，又照著傷口看了看，緩緩搖頭道：「沒有看過真正的傷口，我不敢確定。說出來不怕劉大人笑話，我雖確實跟在祖父身邊長了不少見識，但也只是紙上談兵而已，若是我有說錯的地方，劉大人不要見笑。」

劉大人聽到這話，對班嬙的印象更好了。究竟是誰抹黑福樂郡主名聲的，這不是挺好的一個小姑娘嗎？

「郡主請儘管說，下官洗耳恭聽。」劉大人期待地看著班嬙。

班嬙又問了他幾個問題，比如血液的噴濺如何，傷口皮肉顏色如何，是否外翻等等，最後班嬙搖了搖頭，「劉大人，恐怕這幾種武器都不是。」

劉大人頓時來了精神，「不知道郡主有何高見？」

班嬙叫下人拿來紙筆，自己畫了一幅出來，「我覺得倒是有些像這種外族使用的兵器。」

劉大人接過紙一看，看著上面歪歪扭扭的圖，看不出是刀是劍還是硬鞭的東西，便委婉地問道：「不知這種武器叫什麼名字？」

「名字？」班嬙不解地看著劉大人，「這就是艾頗族常用的一種刀，沒有名字。那個艾頗國王子不是還厚著臉皮留在大業嗎？你去問問他應該就清楚了。」

劉大人恍然大悟，起身朝班嬙行了一個大禮，「多謝郡主為下官解惑，下官告辭。」

班嬙忙道：「這只是我的猜測，作不得準的，若是出了錯，你可別怪我。」

劉大人見班郡主一臉「我幫了你，但你別坑我」的表情，不由鄭重道：「請郡主放心。」

「那就好。」沒事不要瞎往身上扛責任是祖母教她的行事法則之一，班嬙記得牢。見這個姓劉的大人如此識趣，班嬙便多嘴問了一句：「你叫什麼名字？」

「回郡主，下官姓劉，名半山，字青峰。」劉半山對著班嬙恭敬一拜。

班嬙點了點頭，「我記下了，你去忙吧。」

三十出頭就擔任了大理寺少卿一職，說話做事還講究規矩，這樣的人就算以後改朝換代，日子應該過得也不會太差。

劉半山雖然不明白福樂郡主為什麼用一種欣慰欣賞的眼神看著自己，但想著這是伯爺的未婚妻，未來的夫人，他還是恭恭敬敬行了一個禮，才退了出去。

等劉半山離開，班家四口臉上的嚴肅全部垮掉了，班恆震驚地道：「趙家人竟然被殺了，用的是外族兵器，還是在二皇子大婚前夕，這是不是有心人在挑撥大業與附屬國的關係？」

「我就說吃喝嫖賭不是好事。」陰氏拿眼睛瞥夫君與兒子，「你看看這有什麼好的，死得還不光榮。別人以後提起他，想到的就是他死在了煙花柳巷外面，到死都丟人。」

「死都死了，哪還管丟不丟人啊！」班恆小聲道：「再說，趙賈也不是什麼名人，京城裡能有幾個人認識他？」

「照你這話的意思，還覺得他做得沒錯？」陰氏挑眉，一雙漂亮的鳳眼掃到班恆身上，班恆忍不住抖了抖，「沒沒，我是說這樣的人活著沒意思，死得沒名堂，值得我們警惕。」

「人啊，若是連死都死得不好看，那才是死不瞑目。」班嫿感慨地道：「恆弟，你終究還是太年輕了。」

「妳也別說妳弟，妳自己做事也不多動動腦子。」陰氏瞪班嫿，「妳一個姑娘家，便是不放心其他人，也該讓府裡的護衛去送。派妳身邊的親衛過去，讓其他人看見了，說起妳的閒話來，很好聽嗎？」

「反正外面的人總是愛說我閒話，要說就說我一個得了，何必還要連累全家被人說？」班嫿覺得自己這麼做挺划算的，「我哪能因為一點小事就連累自家人。」

「妳跟妳弟從小到大，做過連累全家的事情還少嗎？」陰氏淡淡地道：「不要給我扯這些亂七八糟的，下次做事再這麼不長腦子，妳跟妳弟都去跪祖先牌位去。」

班嫿和班恆齊齊噤聲，偷偷拿眼睛去瞧班淮。身為一家之長，兩個兒女的父親，班淮此刻默默地低著頭，秉持著打死也不出聲的優良風格，堅決不幫兒女說一句話。

家裡這種小事，夫人說了就算，他還是不要多事為好。

班嫿、班恆……

宮外的流言終究還是傳到了宮中，謝宛諭聽下人說完事情經過後，捏彎了一根銀簪，尤其是聽到二哥的眼睛是因為送詩集給石飛仙才摔壞的以後，謝宛諭的表情更加陰沉。

原來二哥與石飛仙之間有牽扯，只有她傻乎乎地擔心二哥，還恨上了班嫿。

她有種被背叛的感覺，被好友背叛，被親兄長背叛，這種打擊讓她有些承受不住。看著鏡中面色蒼白的自己，謝宛諭把銀簪扔到妝臺上。顫抖著手打開口脂盒，把口脂點在唇上。

這個世間無人真心待她，她能依靠的唯有自己。

豔紅的口脂，粉紅的胭脂，如墨的眉黛，一層層的妝容，把她心底的情緒掩飾住。

她不僅僅是謝宛諭，亦是二皇子妃。

貳之章 ✿ 悍女尋凶

花落春去，京城的氣候變得怪異起來，乍暖驟寒，早上穿得厚實，到了中午又熱得不行，所以每年這個時候，貴人們就格外注意，生怕染上風寒。

班家每日都熬著預防風寒的藥，不管班嫿與班恆喜不喜歡，每天都會被陰氏盯著給灌下一碗，不然想出門都不行。

好不容易嚥下一大碗藥，班嫿差點吐出來，儘管漱了好幾次口，嘴裡的藥味也沒有散盡。

雖然早已過了熱孝期，但自從大長公主過世後，班嫿再也沒有穿過大紅大紫的衣服。今天出門，她穿著碧湖色裙衫，髮髻上也避開了豔麗的髮釵，但是美色卻沒有因此被掩蓋半分。豔有豔的美，淡有淡的風情，最重要的就是看臉。

剛從酒樓裡出來的阿克齊王子老遠就看到了班嫿，雖然他只見過班嫿寥寥幾次，但是對她印象卻非常深刻，因為這是一個讓他知道大業貴人們審美與他們艾頗族人不同的女子。

來了大業快半年了，他仍舊覺得這位郡主比石相爺家的姑娘漂亮，可是他怕被人笑話，一直把這話憋在心裡。今天看到班嫿，他有些激動，忍不住就跑到了班嫿面前。

「郡主，我是塗阿奇，您還記得在下嗎？」

班嫿見這個捲毛青年又是自稱「我」又是自稱「在下」的，騎在馬背上歪頭看了他片刻，笑問道：「你是艾頗國的王子殿下？」

「郡主好記性，多日不見，竟然還記得在下。」塗阿奇不好意思地撓頭，那蓬蓬的頭髮就跟著彈了彈，「您也是出來看蹴鞠的嗎？」

「蹴鞠？」班嫿愣了一下，這才想起每年到了四五月的時候，京城裡一些貴族子弟就會去蹴鞠，或者打馬球，常常引得百姓爭相觀看，聽塗阿奇這話，恐怕今天又是有哪些貴族子弟在賽球。

「不是，我就是出來看看。」班嫿搖頭，「王子想去看球？」

塗阿奇不好意思道：「是啊，我就是沒有找到地方。」

他們艾頗國是個不太富裕的小國，為了能讓大業皇帝信任他們，也為了學到大業的先進知識，他厚著臉皮想盡辦法才留在了京城。但是為了不惹大業人討厭，他並不敢在身邊留太多人，現如今陪伴在他身邊的所有人員，加起來也不到二十個。

他聽人說，大業身分高的貴族，身邊有幾十個人圍著伺候，更別提家裡的粗使下人、各種護衛。他聽了以後豔羨不已，在他們艾頗國，便是他的父親也不會有這麼奢侈的生活。比如說他現在見到的這位郡主，她現在身後就跟著十餘人，應該全是她的跟隨者。在這裡待久了，他發現大業的文化太多，他就算在這裡待十年，也不能完全學會。還有那些貴族的各種玩樂方式，他也是似懂非懂，連看熱鬧都找不到方法。

「那我帶你過去。」班嫿見塗阿奇可憐兮兮的模樣，難得起了善心，「走吧，跟我來。」

塗阿奇一喜，連連道謝道：「多謝郡主！」

他身後跟著的兩個護衛也跟著行禮，不過他們行禮的樣子頗怪異，似不習慣大業的禮儀。

❀ ❀ ❀

「尚書大人，大理寺那邊的案子結案了。」一位吏部官員道：「趙賈大人與人起了爭執，兇手懷恨在心，便請了兩個沒有京城戶籍的外族人士刺殺趙賈。」

這個案子漏洞頗多，可是既然陛下說要結案，那麼大理寺就只能找個理由結案。

所有人都知道，兩個連戶籍都沒有的外族人士，不清楚巡邏軍的換班規律，根本不可能避過巡邏軍，但是皇上想要包庇幕後之人，他們這些做臣子的，也只能裝作不知情。

吏部官員還想再說什麼，突然語氣一頓，情不自禁開口道：「前方……可是福樂郡主？」

說完這話，他才意識到這位郡主是尚書大人的未婚妻，頓時閉上了嘴。

「王大人，請問還有事嗎？」容瑕彷彿沒有看到吏部官員臉上的尷尬，極其自然地道：「如果沒事的話，我就先告辭。」

「容大人慢走。」吏部官員暗暗鬆了一口氣，幸好上峰不是性情怪異又記仇的人，不然今天他這一嗓子，就要得罪人了。他一個大老爺們兒，沒事注意上峰的未婚妻，這種事說出去實在是……

實際上，這也不能怪他，要怪只能怪福樂郡主長得太好了，這就跟天鵝掉進雞群一樣，只要眼睛不瞎都能發現天鵝。

更何況班郡主出門，向來是親衛隨行，白馬為騎，這幾乎已經成了班郡主的標誌了。

據傳班郡主身邊的親衛都是當年老國公親自為她挑選的，從小沒學好詩詞歌賦，反而擅騎射，擅拳腳功夫。擅騎射他相信，至於拳腳功夫……

王大人在心裡搖頭，長得這般嬌滴滴的模樣，也不像是有多厲害的樣子，恐怕是會些花拳繡腿，身邊的護衛們又有意吹捧，便成了所謂的英雌。

不過漂亮女人嘛，就算只是擺個花架子，那也有無數人擁護，理所應當。

班嫿與塗阿奇之間隔著彼此的護衛，雙方保持著國際友好標準距離，既不會冷淡待人，也不會顯得過於親密。他們兩個，一個是大業郡主，一個是外族王子，該講的規矩不能省。

班嫿見這個外族王子確實對大業文化很感興趣，而且還時不時問一些風俗習慣，她都笑咪咪地答了，直到這個王子開始問她詩詞歌賦、名人雅士以後，班嫿直接道：「王子，你可對我們大業有部分誤解，不是所有大業人都喜歡詩詞歌賦，談人生哲學的。我們大業人，有人愛詩詞，有人愛行兵佈陣，也有人對民生農業感興趣，您若是向一個對詩詞不感興趣的人問詩詞相關的問題，他也不能為您解惑。」

塗阿奇傻呆呆地愣了半晌，這才聽明白班嫿是什麼意思，他撓著頭道：「大業不是以文為尊，武次之嗎？」

「當然不是，我大業陛下是個文韜武略的偉大帝王，他不僅重視文化，也看重武將，王子殿下剛來大業不久，對大業了解得不透徹，產生這樣的誤解也是應該的。」班嫿笑道：「我的祖上，皆是武將出身，可是陛下卻十分厚待我們一家。」

事實上，塗阿奇說的沒錯，大業越來越以文為重，文官與武將即使是相同的品級，在文官面前也要矮半個頭。文人們雖然仍舊學六藝，但很多都是走走過場，早已經違背了早先君子應「文武雙全」的要求。

武將們守衛邊疆，受凍受寒，拿命來守衛江山，可在文官看來，這都是理所當然的事。做得好是應該的，若是有什麼地方不如意，朝堂上便是口誅筆伐，唇槍舌劍。

祖父曾跟她說過，筆是無形殺人刀，若是朝堂上的文官們都要針對你，就算你拋頭顱灑熱血，到了最後你也有可能變成一個通敵賣國的罪人。

現在邊疆的很多將軍，為了不讓自己惹上不必要的麻煩，每年都會派人到京城送禮，讓一些文官在陛下面前美言幾句，不然軍餉發不下來，下面的士兵們就得挨餓受凍。

做將領的，大多都心疼自己一手帶出來的兵，想要自己的兵過得好一點，那就只能送禮，討好京城裡的文官們。

什麼氣節，什麼脊樑骨，在武官地位一日不如一日的當下，早就彎的彎，沒的沒。

這些雖是事實，但班嬗絕對不會在一個外族人面前承認這些事，她岔開話題，說著說著便談到了艾頗國的武器。

「郡主，您說的這種刀，確實是我們艾頗族常用的一種刀，不過這種刀過於笨重，我們現在已經學著貴國的冶煉方法，鍛造出更鋒利的刀刃。現在這種刀只有平民還在使用，貴族們都喜歡用貴國這種刀。」塗阿奇身上沒有佩戴利刃，但是他帶的兩個護衛都帶了刀，不過就像他說的那樣，這兩個護衛佩刀的刀鞘上雖然印著代表艾頗族文化的花紋，卻已經跟大業使用的佩刀很接近了。

班嬗笑道：「貴國的刀也有很特色。」

塗阿奇憨厚一笑，露出一口白燦燦的牙齒。

班嬗這口牙齒晃得眼花，忍不住轉頭往旁邊望去，就看到了容瑕，他怎麼在這裡？

「郡主。」容瑕走到班嬗面前，朝塗阿奇行了一個禮，「王子殿下。」

「容大人。」塗阿奇回禮，他知道容瑕，因為他的文臣告訴他，這位容大人是天子近臣，屬於不可得罪人員列表中的排名前幾的人物。

容瑕騎著馬與班嬗並肩走在一起，對班嬗道：「準備去哪兒，我陪妳。」

「你最近是不是很忙呀？」班嬗仔細想了想，她好像已經有好幾天沒有看到容瑕了，雖然他三不五時送東西過來，人卻是忙著不見影子。

「有一點，我剛到吏部，有很多事還伸不開手。」吏部一堆的老狐狸，他年紀輕輕坐上吏部尚書的位置，不知道有多少人心裡不滿，暗地裡對他的命令陽奉陰違。不過這些事，他不想跟班嫿提，只是輕描淡寫地道：「事情已經解決，以後我就有更多的時間陪妳了。」

班嫿把頭往容瑕那邊靠了靠，小聲道：「是不是有人對你羨慕嫉妒恨？」

容瑕愣了一下，輕笑出聲，在班嫿不解的目光下緩緩點頭。

「我就知道，有些老頭子本事一般，心氣兒還高，看到你這麼一個年輕好看有才華的年輕小夥子踩在他們頭上，他們能高興才怪。」班嫿嘖了一聲，「對付這種人，不用太給面子，太給面子他們就會蹬鼻子上臉。找機會抓住他的錯處，狠狠地收拾他一頓，再給他一個甜棗，日後自然就老實了。」

祖父以前跟他說過，軍營裡有時候會遇到一些心高氣傲的刺頭，只要好好教訓他一頓，展示出自己的能力後，又找機會給他一個不大不小的面子，他不僅會老實，還會感恩戴德。

按照祖父的糙話來講，這就是賤得慌，多收拾幾次就好了。

當然，前提是有本事收拾下來。

在這一點上，她從未懷疑過容瑕。

這話糙是略糙了一點，大理上卻是沒錯，容瑕確實用這種手段收拾了兩個人。現在見班嫿一門心思地幫自己出主意，容瑕心情極好地點頭表示贊同，面上還做出幾分苦惱之色，與班嫿又說了幾件事。

什麼誰說他嘴上無毛，辦事不牢。

「他嘴上毛多，也沒見他做幾件實在事，鬍鬚長見識短，別理這種人。下次遇到他兒子，我幫你收拾他。」

什麼誰故意卡了他的命令，還裝作不知道。

「這種人就是欠收拾，多收拾幾次就好了。他兒子還想我們帶他一起玩，他老子這麼不識趣，那我們也不帶他玩了。」他們紈絝也是有標準的，不是什麼人都有資格跟他們玩。

聽著班嫿說著怎麼幫他出氣的話，容瑕臉上的笑容越來越明顯，在班嫿望過來時，又收斂住臉上的笑，「謝謝妳，嫿嫿。」

「你跟我客氣什麼？」班嫿疑惑地看著容瑕，「你可是我們班家的自己人，誰能看著自己人受委屈？」

自己人？

容瑕愣愣地看著班嫿，嘴角上揚也不自知。

這頭班家的另一個自家人班淮正在一家鋪子裡買東西，什麼東西好買什麼，特別是女孩子用的東西，但凡是他看上眼的，全都訂了下來。

「國公爺，您這都是給郡主買的？」掌櫃與班淮比較熟，所以就大著膽子調侃了一句。若是別的貴人，他還不敢開口，可是這位國公爺雖然紈絝，卻是個十分講理的紈絝，所以不會因為他這一句玩笑話就動怒。

京城現在誰不知道國公爺的女兒跟成安伯訂了親，據說這位伯爺長得極俊，有爵位不說，還很受萬歲爺的賞識，這確實是個不錯的女婿。

「唉……」班淮嘆口氣，挑著一盤盤裝好的頭面，「姑娘家傍身的東西，再怎麼買都擔心她不夠用。」

「那是您疼郡主，便覺得給她再多的東西都不夠。」掌櫃道：「像我們這些人家，能給女兒陪嫁一套純銀首飾，便已經是很大方了。」

在他看來，福樂郡主身上有爵位有食邑，訂下的親事也不錯，按理說這位國公爺應該高興才是，怎麼還這般愁眉苦臉？

班淮知道這些人理解不了自己的心情，他點了點幾套頭面，「就用這種材質，但是圖案要獨一份的，別人若是用過的便不用了。」

「好咧！」掌櫃高興地記下了，見班淮心情不佳，把人送到門口後，才轉頭對身後的堂倌道：「富貴人家就是不一樣，養的女兒比兒子還金貴。」

班淮騎著馬兒慢悠悠地走著，正在失神間，看到女兒就在不遠處，當即一拉韁繩，馬兒便調頭跑了過去。

馬兒剛調頭走出沒兩步，突然聽到砰一聲，一個土陶花盆掉了下來，正好是班淮剛才準備經過的地方。若是班淮方才沒有調頭，直接這麼過去，這個花盆就要砸在他頭上了。

班淮身邊的護衛頓時面色大變，抽出佩刀便把這個樓圍了起來。

「父親！」班嫿翻身下了馬，容瑕還沒反應過來，就感覺自己面前一陣風飄過，他的未婚妻已經跑到幾丈開外的地方。他忙讓自己的護衛也趕了過去，幫著班家護衛一同把這棟掉花盆的木樓圍了起來。

「父親，您沒事吧？」班嫿拉著班淮的袖子仔仔細細來回看了好幾遍。

「沒事，沒事。」班淮還沒有反應過來發生了什麼事，見女兒一臉焦急地看著自己，還有些沒反應過來。

聽到父親沒事，班嫿放心下來，然後抽出腰間的鞭子，走到小樓大門前，拿腳狠狠踹了幾下門，木門被踹開一個洞，班嫿回頭對護衛道：「把門給我劈開！」

門被劈開以後，班嫿帶著幾個護衛衝了上去。

眾人看著那破破爛爛的大門，還有班家護衛們嚴肅的架勢，都有些害怕。

杜九嘖了嘖口水，一邊看那破開的大門，一邊看自家伯爺的細腰，這要是踹在伯爺的身上，伯爺這細胳膊細腿，受得住嗎？

「看我做什麼？」容瑕下了馬，「派人去報官。」

「是。」杜九對未來的伯爺夫人敬畏無限。

「伯父，」容瑕走到班淮身邊，「您沒有受到驚嚇吧？」

「我沒事。」班淮這會兒已經反應過來，他看著地上的陶土花盆，忍不住出了一身冷汗，這要是砸在他身上，他這條小命恐怕就要玩完了。

容瑕讓護衛把現場監視起來，順便看了一下土的樣子。摔在地上的土鬆軟沒有凝結，花盆看起來也很新，不像是久用過的。

養花也是有講究的，不同的花要用不同的盆子。跟著花盆一起摔下來的這種花很不值錢，隨處可見，像是從田野間隨便挖來的，倒是這個笨重的陶土盆要花近百文錢才能買到。對普通人來說，是捨不得花這麼多錢買這麼一個花盆的。

「伯父，我們可能要請大理寺的官員來了。」容瑕拈了拈花盆裡的土，站起身對班淮抱拳道：「這有可能不是意外，而是謀殺。」

「什麼？」班淮驚訝地看著容瑕，「我一個遊手好閒的紈綺，這些人殺我幹什麼？」

容瑕：……

他發現班家人說話似乎都比較不講究。

「不管是什麼原因，這件事都不能掉以輕心。」容瑕忍不住慶幸，幸而方才伯父朝他們這邊看了一眼，然後調頭往這邊走，不然今天就要血濺當場了。

想到班嫿與家人的感情，容瑕心頭微顫，不敢去想刺殺如果成功會有什麼樣的後果。

「砰！」

木樓裡傳出聲響，容瑕擔心班嫿出事，抬腳就想往木樓裡走，結果被班淮伸手攔住了。

「君珀啊……」班淮乾咳一聲，「這事交給嫿嫿就好，你就不用去了。這孩子什麼都好，就是火氣上頭以後，做事有些沒輕沒重，你……」

「啊！」

木樓裡傳出一個男人的慘叫聲，班淮跟著顫了顫。面對未來女婿疑惑的眼神，班淮乾笑兩聲，轉頭裝作什麼也沒有看見。

很快木樓裡又響起兵器交接的聲音，容瑕見裡面動了武，自己又被班淮拉著，便對杜九道：「你進去看看。」

「是。」杜九神情凝重地繞開地上的土與花盆，快步跑了進去。

四周看熱鬧的百姓越來越多，很快京城步兵衙門的人也來了，一見有這麼多人在看熱鬧，便拉了一根繩子把這棟小木樓圍了起來。為首的官員看到班淮就覺得頭疼，正準備去向他見禮，就聽到一聲猶如殺豬般的嚎叫傳出來，嚇得他肩膀忍不住跟著抖了抖。

「裡面……」官員朝班淮抱了抱拳，「請問國公爺，裡面可是貴府的護衛？」

班淮點了點頭，沒有說話。

時不時有幾聲慘叫傳出來，官員縮著脖子感慨，靜亭公府的護衛真不愧是武將後代，抓歹人的手段就是跟人不一樣，知道的是在抓刺客，不知道的還以為有人在樓裡殺豬。

杜九跑進木樓以後，看到一樓櫃檯後面倒著兩個男人，瞧著像是掌櫃與堂倌，他彎腰摸了摸兩人的脈搏，鬆了一口氣，人還活著。

這棟木樓應該有些年頭了，踩在腳下發出嘎吱嘎吱的聲響，杜九剛走到拐角處，就見樓上一個人像鐔子般滾了下來。他往旁邊一避，這人撞在拐角處的牆上，發出沉悶的撞擊聲，腿抖了兩下後便再沒動靜了。

他蹲下身看了看這個人的掌心，虎口有老繭，胳膊結實有力，應該是常下苦力或是用武器的人，不過身上的衣服髒汙破舊，不像是專業的刺客。這人滿臉血汙，臉腫得不能看，也不知道原本長什麼模樣。見人還沒死，衙門的人也來了，杜九便沒有再管他。

樓上還有動靜傳來，可見刺客應該不是一個人，他走上樓便見樓梯口處躺著一個男人，樣子看起來比躺在樓梯拐角處的那個好不到哪裡去，衣服破破爛爛的，還有被鞭子抽過的痕跡。

想到鞭子，他就倒吸一口冷氣。

舉目四忘，就看到班嫿狠狠一鞭子抽在了一名灰衣男人的胯下，這個男人的慘叫聲還沒結束，就被班嫿踩在地上，用腳使勁磨著男人們不可言說的部位。

這個男人不知是因為太疼還是已經暈過去了，一張臉青白交加，連聲音沒有吭。似還是不解氣，班嫿又踢了地上這個男人一腳，轉頭看向現場唯一還能說話的刺客，鞭子一甩，這條鞭子竟像靈蛇一般，纏住了刺客的脖子。

「說，誰派你來的？」班嫿雙目赤紅地盯著這個護衛，臉上再無往日笑咪咪的模樣。

杜九忍不住停下腳步，心裡隱隱有些不安，不知道是不是他的錯覺，他覺得福樂郡主現在的樣子有些不太對勁。

刺客抓住自己的脖子，臉漲得通紅，一個字也說不出來。

「不說是吧？」班嫿把鞭子一甩，鞭子鬆開了刺客的脖子，刺客轉身想要跑，但是被班嫿的一個護衛踹了回去。

班嫿把人從地上拎了起來，厲聲道：「誰讓你動我的家人？你不說可以，我會讓你後悔這輩子今天做的事情！」

「我、我說！」這個刺客看起來並不像是死士，看到其他三個同伴淒慘的模樣，他早就害怕了，現在只求能死得痛快，「我們只是街頭混混，近來京城戒菸，我們日子不太好過，就接了些活兒。我們只是拿錢辦事，與人消災，其他的跟我們無關啊！半個時辰前有人告訴我們，讓我們在這裡等一個穿淺色衣袍，騎黑馬，又帶著不少護衛出門的富貴老爺，只要事成就給我們一百金。」

「富貴老爺？」班嫿冷笑，「堂堂國公爺的命就值一百金？少用這種藉口來誆我！」

自從做了那些奇怪的夢以後，不讓家人出事就是班嫿的底線，只要家人平平安安，就算是被抄了家也不是那麼難以接受，至少家人們都還好好活著，可是現在竟然有人想要刺殺她的家人，她的理智頓時全部消失。

想到父親方才有可能在自己眼前喪命，班嫿恨不得把這些人一寸寸捏碎，讓他們求生不能求死不得，去他爺爺的！

「國、國公爺？」刺客一臉絕望，他們刺殺的竟然國公爺？不是說只是一個富商嗎？那個雇主還說了，只要他們刺殺成功，就派人送他們去南邊，讓他們躲開官府的追查。

他們被騙了？

刺客全身一癱，半晌後瘋狂大吼道：「我說，我說，我願意把一切都說出來，求貴人饒命！」

「你說。」班嫿把他扔到地上，看著自己手上沾滿血汙的鞭子，把鞭子扔到桌上。她的護衛彎腰撿起鞭子，無聲退到了一邊。

刺客把事情經過一五一十說了出來，大意就是前幾天有人找到他們，要他們刺殺一個人。到了今天，那個人來告訴他們可以動手了，並且還跟他們說明了刺殺對象穿什麼衣服。

他們都是底層混混，沒機會接觸什麼了不起的貴人，所以拿了訂金後便躲在木樓上。計畫等刺殺對象經過時，就用花盆砸死他。

這個方法笨是笨了一點，卻很管用。他們仔細算過，如果人被砸死，大家第一反應是圍著人看，然後再去樓裡找人。京城的人都愛看熱鬧，這個時候定會有很多人跑進樓裡，他們可以趁著這個時間找個地方躲起來，等進屋的人越來越多，他們就可以裝作看熱鬧的人擠出來，任誰也不能發現他們。

然而，他們千算萬算，沒算到這個有錢老爺的運氣那麼好，都差一步的距離了，偏偏就突然調頭離開。但花盆已經推出去，反悔都來不及，而且護衛們的反應也快得不可思議，當場便拔刀把屋子圍了起來，看熱鬧的人連門邊都挨不上。

早知這不是普通的有錢老爺，而是堂堂國公爺，就是給他們一萬金，他也不敢接這活兒。

「郡主……」杜九擔心福樂郡主氣得太狠，把唯一能說話的也揍暈死過去，便鼓足勇氣走了過去，「衙門的人已經到了，就在樓下。」

「這件事衙門的人處理不了，直接上報大理寺。」班嫿用手帕擦乾淨手，聲音冷得駭人，「這件事一定查得清清楚楚，若是大理寺的人查不出來，我就去宮裡求皇上。」

杜九正欲回答，樓梯口有腳步聲傳來。

這個腳步聲杜九很熟悉，是伯爺走路的聲音。

他看著這滿地的狼藉，還有福樂郡主散亂的髮髻，心裡的不安感更重。

伯爺……看到這些時候，會怎麼去看待福樂郡主？

世間潑辣的女子不少，但是這般狠厲的人，又有幾個？

腳步聲越來越近，在樓梯口處停了下來。

杜九回頭看去，伯爺就靜靜地站在那，臉上沒有反感，沒有厭惡，眼神複雜得讓杜九也看不清楚。他從小跟在伯爺身邊，第一次發現伯爺竟然有這這種奇怪的表情。

班嫿沒有注意到容瑕的到來，或者說她此刻的注意力沒有在其他人的身上。她看著痛哭流涕的刺客，聲如寒冰：「聯繫你的人，身上有什麼特徵？」

刺客搖頭，「此人長相很普通，穿著也很常見，我實在說不清。」

「說不清？」班嫿拔出護衛身上的佩刀，指著他的下半身，「你若是說不清，就送你去皇陵別宮做罪奴。」

罪奴不僅要在臉上刻字，還要被去勢做不成男人，刺客嚇得渾身顫抖，連連討饒，當刀尖劃破他的褲管時，他忍不住慘叫起來。

「害人性命時膽子這麼大，怎麼這會兒怕了？」班嫿冷笑，刀又近了幾寸，「你們連死都不怕，還怕掉幾兩肉？」

杜九快要給班嫿跪了，這可真是位姑奶奶，拿男人的二兩肉來威脅人，都不見臉上有幾分羞澀，他一個男人自己反而尷尬。見伯爺走了過來，他小聲道：「伯爺，郡主只是氣急……」

他雖覺得班嫿不是伯夫人最適合的人選，但是見她一個女人，為了護住家人拋卻一切，心裡還是敬畏的。

或許沒有多少男人敢喜歡這樣彪悍的女人，但是他們從內心又敬佩這樣的人，這是對真性情人的敬佩，與性別無關。

容瑕沒回答他的話，他大步走到班嫿身邊，握住她拿刀的手，「嫿嫿別急，放著我來。」

班嫿回頭看他，「你怎麼來了？」

「衙門的人在樓下發現了這棟樓的掌櫃與堂倌，人已經被送到醫館了。」容瑕拿過班嫿手裡的刀，遞給身邊的護衛，「替我準備紙筆來。」

班家的護衛看了眼班嫿，匆匆下樓，很快就拿了紙筆上來。

容瑕把紙鋪在桌上，蘸了蘸磨得不太好的墨，對班嫿小聲道：「別為這種人髒了眼睛。」

班嫿抿著嘴沒有說話。

容瑕笑了笑，整整衣袍，自在得彷彿他站的地方不是地上躺著刺客的屋子，而是一個墨香陣陣的書房。

「找你的人高多少？」

「梳的什麼髮髻，用的什麼髮釵？」

「身上穿的什麼衣服，顏色如何，布料是什麼？」

一個又一個問題問了下去，容瑕不斷地在紙上寫寫畫畫。班嫿坐在他身邊，看到一個中年男人出現在他面前的紙上。

「可是這個人？」容瑕放下筆，待墨乾了一些，才遞到刺客面前。

刺客驚駭地睜大眼睛，怎麼會這麼像？

這個男人見過幕後主使？

見刺客露出這樣的表情，容瑕得到了答案，他把畫紙遞給班嫿，「妳對此人有印象嗎？」

班嫿搖了搖頭，「不認識。」

「不認識也無妨，我把畫紙交給大理寺，讓他們的畫師臨摹幾份，不愁抓不住人。」

班嫿沒有說話。

容瑕伸手隔著布料握了握她的手腕，「妳別擔心，有什麼事我們一起想辦法。」

班嫿眼瞼微顫，她抬頭看著容瑕，半晌才咬著唇角道：「謝謝你。」

她的樣子就像是被人搶走了糖果的小孩，既委屈又無助，彷彿在等待有人過來牽住她的手，然後對她說，不要害怕，我有很多糖果，吃再多都吃不完。

伸手拽住容瑕的袖子，班嫿心情慢慢平靜下來，她看了眼被她砸亂的屋子，對身後的護衛道：「回去讓店主人核算一下損失的銀錢有多少，加倍賠給他們。」

「是。」

杜九看著躺在腳邊生死不知的刺客，小聲道：「郡主、伯爺，大理寺少卿劉青峰求見。」

容瑕見班嫿臉上沒有排斥之色，才點頭：「讓他上來。」

刷！

班嫿抽出刀鞘裡的劍，對著還在求饒的刺客劃了下去。

「啊……」刺客抱著腿大聲哀嚎，在地上打起滾來，很快地上就染上了鮮紅的血。

原來班嫿竟然挑斷了他一根腳筋。

杜九眼睛亮了亮，福樂郡主這刀法看起來像是練過。

「回去記得把地板的錢也算上。」班嫿把刀遞給護衛，「我們班家人，從不讓人無辜的人吃虧，但也從不會饒過任何一個與我們有怨的人。」

「大人。」衙差看到樓梯拐角處躺著的男人，拔出佩刀，對劉半山道：「請您小心。」

「無礙，此人已經昏迷，讓人把他帶出去吧。」劉半山看了眼地上躺著的人，徑直往樓上走。就算聽到有人慘叫，也只是頓了頓腳步，臉上的表情卻是半分不變。

跟著他的衙差心中敬佩，不愧是大理寺少卿，肯定見識過各種淒慘的罪犯，聽過各種哀嚎聲，這點動靜都嚇不住他。

一行人上了樓，見到在地上哀嚎打滾的男人，還有亂七八糟的屋子，都有些發懵，這全是靜亭公府的護衛幹的嗎？

「下官見過福樂郡主，見過成安伯。」劉半山走到班嫿與容瑕面前，向兩人行了禮。

班嫿低頭看了眼他的腳下，他的腳踩到了血，卻沒有挪動半步，臉上仍舊是恭恭敬敬的神色。她神情稍緩，「劉大人不必多禮。」

班家的護衛把事情經過跟劉半山說了一遍。

「這幾個刺客……」一直沒有變臉色的劉半山，臉上終於出現了一絲裂痕。

「我打的。」班嫿淡淡地道：「這幾個刺客激烈反抗，試圖逃跑，我也只能如此了。」

劉半山用眼角餘光去看容瑕，見容瑕只是安靜地坐在班嫿身邊，便躬身道：「多謝郡主幫我們抓住歹人，不然這個案子還不好查了。」

「若是別的人，我免不了要多說幾句，但既然是劉大人，我廢話就不多說了。」班嫿把畫像遞到劉半山手裡，「我希望大理寺的人盡快幫我抓到此人。」

劉半山看著手裡這張栩栩如生的人面描像，猛地轉頭去看容瑕。

容瑕一雙桃花眼中帶著絲絲寒意，「劉大人還有什麼問題？這個人的口音是京城人士，肯定會有人認識他，劉大人當務之急就是先把此人抓住，你說呢？」

「是！」劉半山對容瑕深深一揖，「下官這就讓人去辦。」

本來這種案子應該交給衙門處理，但是靜亭公身分特別，又算得上是皇親國戚，案子自然要移交到大理寺。

他打了一個手勢，身後的衛兵就把地上躺著的這些刺客拖了出去，至於那個哀嚎不止的刺客，直接找來一塊布塞住嘴，就把人架著拖了出去。

守在外面看熱鬧的見刺客被帶了出來，而且每一個都形容狼狽，於是在腦海中描繪了一場官兵大戰刺客的好戲，並且互相交換起各自的看法起來。

最後見到容瑕與班嫿出來，眾人齊齊驚豔了一場。

當真是俊男美女，這兩人站在一起，其他人便全成了歪瓜裂棗。

有人聽說這對男女是未婚夫妻，當下鬆了一口氣，這才對嘛，打眼看去，這麼相配的人若是不能在一起，那可真是老天不開眼了。

京城百姓們的想法就是這麼簡單直接。

班嫿下來的時候，見弟弟正陪在父親身邊，應該是聽到消息趕過來的。

「姊……」班恆見到她，走到她身邊道：「妳沒事吧？」

「我能有什麼事？你跟父親先回府，我還有事情要辦。」班嫿臉色仍舊不太好看，「加強府裡的守衛，在事情沒有查清以前，你跟父親都少出門。」

「我……」

「沒有別的選擇，要麼我打斷你的腿讓你躺在床上，要麼你乖乖待在家。」班嫿沉下臉的時候，讓班恆想到面對母親時的敬畏感，一個不字到了嘴邊都不敢說出來。

「那妳現在要去哪兒？」班恆擔心班嫿去鬧衙門或者大理寺，到時候這事就熱鬧了。

「我們受了委屈，自然是進宮找皇上了。」班嫿小聲道：「父親受到驚嚇，生病了。」

班恆轉頭看著毫無受驚過度跡象的父親，點了點頭，「姊，妳放心，我就這帶父親回去。」

送走父親與弟弟，班嫿翻身上馬，正準備離開的時候，見容瑕還站在原地，便道：「你近來也小心些，我不知道這些人是針對我父親，還是針對我們整個班家。你跟我訂了親，我擔心你會受到連累。」

「我不怕受連累。」容瑕走到她的馬前，「妳進宮小心。」

「嗯。」班嫿點了點頭，一拍馬兒，馬兒便飛馳出去。

容瑕看著班嫿離去的背影，靜靜地站在原地沒有說話。

「伯爺？」

「去大理寺。」容瑕的聲音有些冷，「這個案子必須要查出來。」

大理寺每天都很忙，今天格外的忙，查案人員在排查班家與其他家有無仇怨的時候，發現跟班家有過恩怨的人家實在不少。地位高的有二皇子，地位低的有調戲民女的街頭混混。

這班家人沒事就愛招惹人玩吧，這長長一排名單下來，真覺得他們家這麼多年沒被人收拾，不知道是因為後臺穩，還是運氣好。

「劉大人，成安伯要見你。」

「快請。」劉半山猜到容瑕到來的原因，他放下手裡的筆，停下臨摹了一半的畫。

片刻後，面色有些冷淡的容瑕進了他的屋子。

「劉大人。」

「成安伯，您請坐。」劉半山讓一個下屬出去泡茶，然後道：「不知道成安伯現在過來，所為何事？」

「自然是為了靜亭公遇刺一事。」容瑕道：「不知道大人現在有何發現？」

「花盆的來源我們已經弄清楚了，刺客們的嘴巴也不嚴，我們問什麼他們就答什麼，應該不是專業刺客，現在唯一棘手的問題就是怎麼抓住幕後主使。」

劉半山沒有隱瞞案子經過，待下屬泡好茶以後，他對下屬道：「你們都下去吧，我跟成安伯單獨談一談。」

整個大理寺沒人不知道靜亭公是成安伯未來岳丈，不管他跟福樂郡主究竟有沒有真感情，這個時候成安伯都不能無動於衷，所以現在這會兒成安伯過來，他們都很理解。

待其他人都退出去以後，劉半山道：「四個刺客，其中有一個尚在昏迷中，其他三個傷勢都很嚴重。伯爺，福樂郡主的……武藝不俗。」

容瑕端起茶杯沾了沾唇角，「這樣我就不用擔心她日後吃虧，挺好的。」

劉半山到底沒有再多說什麼，他高聲道：「成安伯請放心，下官一定盡快查清此案。」

「容大人。」大理寺卿走了進來，抬手對容瑕行了一個禮，容瑕起身對他回禮，他忙側身避過，「容大人，這件案子我們一定用心查，怎麼能勞煩您親自跑這一趟？」

「剛好今天我休沐，就來叨擾叨擾大人，大人不會嫌在下煩吧？」

「哈哈！」大理寺卿陪笑，「容大人言重了，您能過來，下官自然是歡迎之至。」身為大理寺卿，他知道一些別人不知道的事情，比如說陛下身邊有自己的密探，不過密探是哪些人，首領是誰，都是他們這些人沒法弄清楚的。

大理寺卿懷疑過容瑕，又覺得這樣的人不適合做密探這種事，所以只是半信半疑，但這並不影響他對容瑕的敬畏。

「大人辦事，我自然放心。」容瑕淡笑，「我也是不忍心未婚妻為這件事動怒，整日惶恐不安，所以才來這裡打擾諸位，還請諸位多多見諒。」

大理寺卿乾笑，成安伯這是在向他們施壓啊！

「不知靜亭公那邊……」

「靜亭公受到驚嚇，已經回府休息了，至於福樂郡主……」容瑕端起茶杯，緩緩喝了一口，用杯蓋輕輕刮著杯沿，刮得大理寺卿的心裡七上八下，只求容瑕能給他一個痛快。

「郡主乃一介女流，見父親受此難，心裡難受萬分，如今已經去宮裡求見陛下了。」容瑕嘆口氣，「陛下待班家如何，大人心裡應該也明白，所以這個案子拖不得，越拖陛下心中的火氣就越大，到時候誰來幫大人擔這個辦事不力的罪名？」

「多謝容大人提醒，下官一定嚴查此案。」大理寺卿更愁，也不知道班家人哪來的本事，愣是能哄得陛下對他們格外看重，即便是在孝期裡，陛下也隔三差五地賞賜東西給他們，就算大長公主有救駕的恩典，也不至於讓陛下如此掛念他們吧？

「大人事忙，我就不打擾了，告辭。」

「容大人慢走。」

送走容瑕，大理寺卿才走到劉半山面前，愁眉苦臉地道：「這個案子沒頭沒尾，讓我們怎麼查啊？」

「大人，這是刺客供出的指使者畫像。」劉半山把畫像遞給大理寺卿，大理寺卿接過後看了一眼，驚嘆一聲，「好厲害的畫工，青峰，你的畫技又提升了。」

「大人，此畫非我所作。」劉半山苦笑道：「此乃成安伯墨寶。」

他一個大理寺官員，審案作畫的功底竟是不及成安伯，真是讓人又愧又敬。

「什麼？」大理寺卿驚訝地看著這幅畫，「容君珀不是從不畫人像嗎？」

「大概萬事總有例外吧。」劉半山想起了福樂郡主，搖頭笑道：「無論如何，幸而有這幅畫，能讓我們這次辦案輕鬆不少。」

大理寺卿小心翼翼地把畫放到桌上，這可是容君珀的第一幅人物畫像，他竟有幾分塞進懷裡的衝動。

原本還有人說容君珀不畫人像是因為不擅長，可是憑藉刺客的嘴巴，便模擬出犯人的模樣，這樣的人怎麼可能不擅長畫人物？

可惜畫上是一個貌不驚人的犯人，不然他怎麼也要厚著臉皮把這幅畫收起來。

大月宮，一位歌姬正在給雲慶帝唱曲，眼見陛下對她有了幾分興趣，歌姬心頭暗喜。

「陛下，福樂郡主求見。」

還沉醉在歌姬曲子中的雲慶帝聞言坐直了身體，看向王德，「你說誰？」

「回陛下，是福樂郡主。」

「喲，這丫頭終於不跟朕講規矩了。」好些日子沒見到這孩子，雲慶帝還有些想念，他笑著摸了摸下巴，對王德道：「你這老貨還不把人給請進來。」

「是。」王德退下，不過想到福樂郡主眼淚汪汪的模樣，只怕陛下又要頭疼了。

果不其然，雲慶帝見班嫿走進來的時候眼眶發紅，身上衣服皺皺巴巴，當下就以為她被人欺負了，不由道：「嫿嫿，妳這是怎麼了？」

「陛下！」班嫿跪在雲慶帝面前，癟了癟嘴，像是被欺負的小可憐終於找到了主心骨，哇的一聲哭了起來。

她不是雲慶帝的嬪妃，不用哭得克制優雅，此刻她是有多委屈便哭得多傷心。

「這是怎麼了？」雲慶帝被這一場變故弄得傻了眼，哪還有心思去管什麼歌姬，忙讓女官扶著班嫿坐起身，整個大月宮的宮人忙得團團轉，就為了哄這個哭得不能自抑的姑奶奶。

「嫿丫頭，咱不哭了，受了委屈，儘管跟表叔說，表叔幫妳出氣。」這若是自己的嬪妃哭成這樣，雲慶帝早就甩袖子走了，可這是自己喜歡的後輩，雲慶帝心態又不同，他心裡想的是究竟誰這麼不長眼，連他寵愛的後輩都敢不給臉面。

不給他寵臣的面子，就是不給他臉面，雲慶帝表示自己有點不高興。

「陛下……」班嫿吸了吸鼻子，眼睛鼻子紅通通的，雲慶帝突然想起了幼時養的一隻小白兔，後來那隻白兔怎麼了？

似乎被那個受父皇喜愛的二弟要走了，沒過幾日那隻兔子便被二弟玩死了，二弟還讓人把兔子剝了皮掛在了樹上，等他知道此事時，兔子早已經被晾成了骨架。

記憶太過久遠，他已經記不太清楚了，但是那種被人欺壓的心情卻一直沒有忘記。

「不哭不哭，咱們不委屈啊！」雲慶帝親手端了一杯蜂蜜茶到班嫿面前，「先喝點水。」

班嫿接過杯子，抽抽噎噎道：「謝謝陛下。」

雲慶帝長長地舒了一口氣，總算是不哭了。

「陛下，有人想要殺我們。」班嫿水汪汪的大眼睛盯著雲慶帝，「我不想死。」

「誰要殺你們？」雲慶帝驚訝地瞪大眼，腦子裡想的卻是，難道是因為有人見他對班家太好便不滿了？豈有此理，他身為帝王，想對誰好就對誰好，竟然有人敢對此不滿？

班嫿不知道雲慶帝腦補了什麼，她把事情經過說了一邊，不過她實在太傷心太害怕，如果在講述的時候偶爾有個疏漏，那也算是正常。

「臣女不明白，為什麼會有人想要殺我們，難道是因為……」班嫿似乎想到了什麼，面色變了變。

雲慶帝知道她是藏不住話的性子，「有話直說無妨，在表叔面前不用講究這些。」

「是不是因為我們家做了什麼讓別人不滿的事情，所以有人來報復我們？」班嫿嘟囔道：「我們家最近一直在守孝，沒去得罪過誰啊！」

雲慶帝聽到這話，心裡想得更遠。

這些人不是對班家人不滿，恐怕是對他這個皇帝不滿。之前發生的刺殺事件，姑母因為救他喪了命，惠王府的舊部若是想要報復，自然會挑班家的人下手。

因為姑母膝下就只有班家這幾個後輩了。

身為帝王，最為忌諱的便是別人算計他的帝位。他是最大方的人，給予寵愛之人無上的尊崇。他也是最小氣的人，很多事他能記一輩子，甚至很多倒楣事都能牽扯到討厭的人身上。

若是惠王舊部還沒處理乾淨，那麼他這個皇帝是不是仍舊有危險？

「嫿丫頭，我這就下旨到大理寺，讓他們嚴查此案，絕對不讓你們受委屈。」

「臣女謝陛下大恩。」班嫿吸了吸鼻子，似乎才想起自己剛才哭得毫無形象，雙手捂住臉道：「陛下，方才臣女哭的模樣，您還是忘了吧。」

雲慶帝大笑出聲，「這有什麼害羞的，妳小時候還尿朕身上過，現在想起丟人也晚了。」

班嫿臉紅道：「陛下，臣女是姑娘家，您好歹給臣女留些臉面。」

「好好好，給妳留臉面。」雲慶帝站起身道：「走，妳隨朕一起去看看妳表嬸，今天我們叔侄兩個都去妳表嬸那裡蹭飯吃。」

皇后正在跟兩個兒媳婦說話，聽到太監說陛下與福樂郡主要過來，便對宮人道：「把這些茶點都撤了，換福樂郡主常用的來。」

謝宛諭見宮人連她手邊的茶也跟著換了，有些驚訝，班嫿竟當真如此受皇后看重。難怪往日她那般有恃無恐，誰的顏面都不給。

太子妃偏頭看了眼謝宛諭，用手絹擦了擦嘴角，沒有說話。自從傳出她妹妹與二叔感情不清不楚以後，她與這位二弟妹就是面上的情分，其他時候連一句多餘的話都不曾說過。太子妃心裡非常不痛快，她是個講規矩的人，哪知道妹妹竟鬧出這種事，還是跟她的小叔子，這讓她面上十分難堪。雖然宮人不敢當著她的面說這種事，但她心情又能好到哪去？

不一會兒，陛下與班嫿進來了，她看到班嫿臉上紅通通的，脂粉未施，身上的衣服也亂糟糟皺巴巴，忍不住挑了挑眉。班嫿這是做什麼，進宮面見帝后，連這點規矩都不講了？

謝宛諭低眉順眼地起身向皇帝行禮，似乎沒有看到皇帝身後的班嫿一般。

「哎喲喲……」皇后一見班嫿這個樣子，便道：「這是怎麼了，快跟人去換身衣服，左右我這裡有合妳身量的衣服。」

「謝皇后娘娘。」

班嫿對皇后勉強笑了笑，便跟著宮人去了後面。

皇后看向皇帝，「陛下，發生了什麼事？」

雲慶帝沉下臉道：「有刺客暗殺靜亭公。」

什麼？

屋內三個地位尊貴的女人都露出了驚訝的表情。

那……靜亭公死了沒？

「好在靜亭公運氣好，恰巧躲過了。」雲慶帝臉上猶帶怒氣，「這些歹人實在太過猖狂！」

太子妃不知道自己是失落還是別的，她轉頭看了眼謝宛諭，對方竟然沉得住氣，臉上一絲表情都不顯。她見帝后二人對班家都十分關心，便道：「定是上天知道父皇和母后對班家十分關心，不忍你們為班家傷心，方才庇佑他們周全。」

「太子妃說的是，」謝宛諭接過話頭，「靜亭公確實是個好運之人。」

這話雲慶帝沒有反駁，因為在他記憶裡，班淮的運氣確實比較好。每次他搗亂，就剛好遇到父皇心情不錯的時候。還有惠王故意使用小伎倆嚇他們的時候，每次只要帶著班淮一塊，惠王的小伎倆就很難成功。

這麼一想，雲慶帝反而笑了，「他是姑母的兒子，皇祖父的外孫，自然受到上天庇佑。」

皇后鬆了一口氣，靜亭公沒事就好，「這就叫懶人有懶福。」

太子妃心想，還有一句話叫禍害遺千年呢！

「陛下，娘娘。」班嫿很快出來了，身上衣服換了一套，髮髻也重新梳過了。確實如皇后所說，這套素色衣服很合身，像是為班嫿量身訂做的一般。

「坐下說話。」皇后招呼著班嫿坐下，「事情經過我已經聽陛下說了，妳受驚了。」

班嫿接過宮女端來的奶茶喝了一大口，小聲道：「臣女氣急了，帶護衛打了刺客一頓。」

「既然是傷人性命的刺客，便是打殺了也不過分，只要留著能說話的活口就行。」皇后說完這句話，注意到兩個兒媳婦還在，便道：「妳父親受了驚嚇，這幾日注意別吹了風，不然身體可要吃虧。」

皇后一直感念大長公主的好處，她十五歲就嫁給了陛下，當時陛下不受先帝重視，名為太子，過的日子卻不如一個皇子，所有人都覺得陛下的太子坐不穩，常常冷待他們。

唯有大長公主真心待他們，最後保住了陛下的太子之位，而靜亭公雖然紈絝了些，但是在陛下還沒登基那些年，也常常護著陛下，不讓他受二皇子欺負。

若是沒有大長公主，就沒有他們的今日。皇后一直沒有忘記班家的好，班家人雖然紈絝，但是在她看來，班家人比很多人都好。

「嗯，臣女的弟弟一直陪在父親身邊。」班嫿乖乖點頭。

皇后見向來活蹦亂跳的小姑娘垂頭喪氣的模樣，握住她的手輕輕拍了拍，「且不用擔心，萬事還有本宮與陛下在，定不會讓你們受委屈。」

「先用午膳，我讓廚房裡的人做了妳喜歡吃的菜。」皇后見她這般乖巧的模樣，伸手點了點她光潔的額頭，「走，吃了飯才有力氣去找刺客算帳。」

「嗯！」班嫿鄭重點頭，挨著皇后坐了下來。

皇后指了指兩個空位，對太子妃與謝宛諭道：「不必伺候我，坐下用飯。」

「謝母后。」太子妃坐在班嫿下首，謝宛諭在太子妃下首，這位置倒似班嫿比太子妃還要尊貴了。

謝宛諭自己倒是無所謂，反正看到太子妃心情不好，她就開心了。她以前是討厭班家，現在她發現石家人比班家人還要討厭。兩害取其輕，與石家人一比，班家人也顯得可愛了。

一道道精緻的菜餚上桌，太子妃發現桌上確實多了好幾道母后平日不用的菜，而且這幾道菜全都擺在了班嫿面前。她頓時胃口全無，略吃了幾口便覺得今天這頓飯堵心得厲害。

她曾經這樣想過，若不是班嫿比太子小了七八歲，指不定皇后會做主讓班嫿嫁給太子。瞧皇后待班嫿這股熱情勁兒，與安樂公主相比，也不差什麼了。

一頓飯吃完，皇后見班嫿坐立不安的模樣，知道她放心不下班淮，便道：「妳且回去陪陪妳老子娘，我這裡有些安神的藥材，妳一併帶回去。」

班嫿想要推辭，卻被皇后攔住，「妳不必推辭，我也不留妳在這裡久待，快快回去吧。」

「謝娘娘。」班嫿對帝后兩人行了禮以後，便匆匆離開了。

皇后對雲慶帝道：「是個孝順孩子。」

雲慶帝點頭，「這孩子純善，就是性子烈些。幸而容卿脾性好，兩人在一起倒是互補。」

皇后笑道：「這倒是，整個京城看來瞧去，還是成安伯最適合嫿嫿。您這個媒做得好，妾身覺得，成安伯比前兩個都要好。」皇后沒有把趙家早夭的那一個算進去，人都沒有立住，好不好便不談了。

陪坐在下方的太子妃與謝宛諭聽到這話，心裡都犯堵，顯然皇后並未考慮她們的心情。

之前太子妃聽家裡人提過，妹妹心儀成安伯，她想著陛下重視成安伯，就連太子對此人也十分欣賞，便覺得這是一門好親事，於是點頭答應家人安排人去探成安伯口風。沒有想到成安伯直接就一口回絕，半點猶豫都不曾有。

在她看來，班嫿與自己妹妹相比，是多有不及的。

不過妹妹近來也是糊塗了，怎麼能與二皇子、謝啟臨傳出那些蜚語流言，難道是因為成安伯拒絕了這份心思，便破罐子破摔了不成？

相比太子妃的鬱悶，謝宛諭更多的是難堪。皇后說成安伯比班嫿前面兩個未婚夫好，這兩個人說的自然是她二哥與沈鈺。身為當事人的妹妹，謝宛諭又怎能不尷尬？

皇后既然能當著她的面說，是不是代表皇后娘娘對二哥或是謝家不滿？

不管這兩位皇家兒媳婦如何愁腸百轉，班嫿帶著一大堆帝后送的藥材回家，到家就見父親正在埋頭吃麵，桌上擺著近十樣小菜，那狼吞虎嚥的模樣，不知是受了驚還是餓狠了。

她丟了一個眼神給班恆，這是怎麼了？

班恆用手偷偷指了一下陰氏：被母親訓了，這會兒才吃上飯。

班嫿頓時了然，走到陰氏身邊撒嬌道：「母親，您用過飯了沒有？」

「氣都氣飽了，還吃什麼？」

班淮捏著筷子的手一頓，就要把筷子放下。

「吃你的。」陰氏看著班淮，既心疼又生氣。想到他今天出門，差一點就回不來了，眼睛一酸，說不出話來。

班淮見陰氏這樣，哪還吃得下，他掏出帕子擦了擦嘴，走到陰氏身邊道：「夫人，我這不是好好的？妳且別惱，最近幾日我都不出門了，不會再讓妳擔心的。」

「我真不明白，我們家已經夠低調了，不插手政事，不攬權，為什麼這些人還不願意放過我們？」陰氏氣急，「難道我們這些年做得還不夠嗎？」

權勢過大，引皇家猜忌。現在一家子紈絝，卻仍舊有人算計他們，這要他們怎麼做？

「母親。」班恆把茶端到陰氏面前，「您別氣壞了身子，我們腦子雖然不太好，但是咱們家不是多了一個腦子好的未來女婿嗎？」

陰氏想要說什麼，但是看了班嫿一眼，搖頭輕輕嘆息一聲。

班嫿瞪班恆一眼，「你傻啊，女婿還有出賣岳家換榮華富貴的呢！」

班恆聽到這話，頭皮有些發麻，「姊，這話妳可不能在容伯爺面前說。」

「我又沒說他。」班婳乾咳一聲，「反正現在我們家裡的事情不太適合告訴他。」

「其實我覺得容君珀挺不錯了。」班恆小聲道：「若是其他讀書人見妳把刺客打成爹媽都不認識的樣子，早就嚇得變了臉色，滿口女子該如何了。我看容君珀比其他讀書人強，還能幫著咱們畫歹人的頭像，光這一點就能甩一大堆讀書人九十九條街。」

「他十七歲得中狀元，能不甩別人那麼多條街？」班淮說到這兒，嫌棄地看了自家兒子一眼，「而你連個秀才也考不上。」

「父親，您這話說得……」好像您考上了似的。

然而班恆並不敢說這句話，這話一出口，他就要被罰跪先人牌位了。

被夫君兒女一鬧，陰氏心裡的恐慌感消失大半，她想了想，道：「近來我們一家四口都要少出門，別讓壞人鑽了空子。若是你們出了事，我這心裡怎麼受得了？」

「不出去，不出去。」班淮想了想，「我們明天就帶護衛去溫泉別莊住幾日。」

「去別莊也好，只是要多帶護衛才成。」陰氏點頭，「那我安排人去準備。」

「國公爺、夫人，成安伯求見。」

「快快有請。」班淮讓下人撤走桌上的碗筷，然後整了整衣衫，坐在了上首的位置。

容瑕走進班家內院，就見幾個下人提著食盒匆匆避開了他。

「伯爺，請往這邊走。」

容瑕見管家要領自己進二門，猶豫道：「這……是二門裡面？」

「伯爺不必在意，我們家老爺與夫人都在，府裡也沒有其他女眷，伯爺既然是自己人，就不必講究那些俗禮。」管家已經聽說了容瑕幫著郡主畫人像抓歹人的事情，所以對容瑕的笑容都多了幾分真意。

自從沈鈺退婚過後，班家下人對讀書人就有了偏見，幸好容瑕的行為讓班家的下人對讀書人重新有了好感。

班家二門裡面的景致比容瑕想像中的還要溫馨，並沒有像其他人家一味講究雅或是奢華，班家內院看起來更有人氣。一眼看過去，就知道這一家人在生活上很講究享受。

越往院子裡走，容瑕就能看到越多別人家不太可能出現的東西。

鋪著柔軟墊子的躺椅、鞦韆架、吊床、軟墊椅，還有桌子上的新鮮水果，最明顯的是院子中間搭著一個檯子，看起來有些不倫不類。

「府裡養著幾個歌姬、說書人，有時候夫人與郡主會讓她們來表演一段。」管家注意到容瑕的目光，微笑著解釋道：「伯爺，請。」

「挺好的。」容瑕點了點頭，隨即道：「回去以後，我也讓人在內院搭個檯子。」

管家笑著沒有說話，很多話不是他一個下人該說的，「伯爺，就是這裡了。平日主子們喜歡在一起用飯，也不太讓人伺候。」他領著容瑕進了內門，「國公爺，成安伯到了。」

容瑕抬頭看了眼這屋子上掛的牌匾，上面寫著「饕餮閣」三個字。字體十分優美，大氣卻不失娟秀，像是女子的字體。

「請進。」

裡面傳來班淮的聲音，容瑕整了整衣袍，走進了門。

「晚輩見過伯父、伯母。」容瑕向二老行禮的時候，見班嫿正在對他笑，忍不住對她回了一個微笑。笑完以後，他才恍然回神，他多久不曾做過這般失禮的舉動了？

「坐吧，我們家都不是講究這些俗禮的人。」班淮見容瑕身上的衣服沒有換，還是之前看見的那一套，「用過飯沒？」

按照讀書人的規矩，這會兒就算是沒用，也是要說用了的。

容瑕看了眼班淮與班嫿，緩緩搖頭道：「方才去了一趟大理寺，還不曾用飯。」

「年輕人怎麼能不吃飯。」他招來下人，讓他們馬上去準備。

「伯父，這怎麼好意思。」容瑕忙道：「我……」

「方才不是說了嗎？咱們家不講那些沒用的規矩。」班淮起身拍了拍他的肩，「餓了就要吃，渴了就要喝，再講理也不能委屈自個兒的肚子。好在我們一家人方才也沒有好好用飯，就當你是陪我們用了。」

小半個時辰後，幾碗熱騰騰的素麵、一堆小菜就擺在了桌上。

飯食確實不算講究，但是容瑕的胃口卻格外的好。他似是很久沒有跟人坐在一起，就這麼簡簡單單吃碗麵，甚至不講究食不言的規矩，可以在用飯的時候講話。

「姊，妳怎麼只吃這麼一點？」班恆坐在班嫿身邊，把她跟容瑕隔開了，「是不是在宮裡吃過了？」

班嫿點頭，「我就是無聊，隨便陪你們吃點。」她望向容瑕，「你剛才說去大理寺了？」

「對，我跟大理寺的人有些交情，就在這案子上跟他們多說了幾句。」容瑕一看班嫿笑，就忍不住跟著笑，「妳去宮裡還順利嗎？」

班嫿點頭，「陛下與娘娘都說要徹查此事。」

容瑕聞言輕笑出聲，「早知道嫿嫿這麼厲害，我就不去大理寺多走這一趟了。」

「話不能這麼說，這叫雙管齊下嘛！」班嫿見容瑕為了她父親的事情如此費神，於是把自己面前的小菜推到容瑕面前，「來，這個給你。」

「謝謝。」

坐在兩人中間的班恆……

在這個瞬間，他覺得自己就是一條分開牛郎與織女的銀河。

用完飯，班家四口懶洋洋坐在柔軟的椅子上，挺直脊背的容瑕，差點跟著他們一起歪歪斜斜坐著。好在多年的生活習慣及時阻止了他，他仍舊是那個坐著也能優雅到極致的翩翩公子。

案子剛發生，容瑕不好猜測兇手是誰，之前他猜測過刺殺班淮的人，是不是與刺殺趙賈的人是同一個，但是很快他就推翻了這個想法，刺殺趙賈的殺手很專業，就連作案凶器也特意選了外族常使用的一種。一是讓人猜不到他的具體身分，二是為了讓陛下不敢大張旗鼓地查。

艾頗族雖是小地方，可是大業的附屬國不少，這事若是鬧大，對大業周邊安定會有很大的影響。大業現在的兵馬早不如以往強壯，若是多國聯合起來與大業為敵，大業能不能贏還是兩說。恐怕就算是勝利了，也是慘勝，所以陛下不敢打仗。

這次刺殺班淮的兇手不同，他們都是上不得檯面的小混混，平日做的都是偷雞摸狗的事情，因為日子過不下去才鋌而走險，想的殺人手段也如此上不得檯面。但凡有心計有手段的人，都不可能用這樣的混混來辦事。

趙賈一案，有可能牽扯到國家大事，而班淮這個案子，更有可能是私仇。

班淮是什麼樣的人，他早就了解過。性格懶散，不思進取，但是此人有一個很明顯的特點，那就是識趣。不該做的事情從來不做，雖然不是什麼善心人士，可也從未做過壞事，甚至連花酒都沒嘗過。

實際上，當他得知班淮從未喝過花酒的時候，還十分震驚。大業朝有名的紈絝，竟然從未進過煙花柳巷，也從未進過賭館，也不好酒，這樣的一個人，究竟是怎樣傳出紈綺名聲的？

容瑕以前不明白，直到求見大長公主，看了大長公主留給他的東西後，才知道是為什麼。伴君如伴虎，富貴埸帶毒，班家無非求一個安穩活著罷了。

或許是班家的氣氛太過友好，容瑕不知不覺便在班家待了一下午，又在班家蹭了一頓晚飯才起身告辭。他走到門口的時候，卻見班嫿追了過來。

「你等一等。」班嫿見他只帶了幾個護衛過來，「我不知道是什麼人在算計班家，也不知道他究竟想要做什麼，你跟我訂了親，萬事小心些。」

容瑕沒想到她特意追過來，竟是為了說這件事，愣了愣，點頭道：「好。」

班嫿笑了笑，然後擊掌，她身後走出四名護衛，「他們四個都是當年祖父親自為我挑選的，天黑路滑，讓他們陪你一起回去。」

容瑕看向班嫿身後的四名護衛，這四人年齡相近，約莫都是二十五六，應該是從小就當作親衛培養的，所以對班嫿的態度十分恭敬。看來老靜亭公早就有所思量，所以才給子孫後代安排了這些忠心可用的護衛。

他點了點頭，沒有拒絕班嫿的好意。

班嫿頓時露出笑臉，「路上小心。」

「嗯。」容瑕忽然低頭，輕輕拂去她肩頭的一片樹葉，「妳安心，我不會出事的。」

班嫿眨著一雙明亮的眼睛看著他，沒有說話。

容瑕伸出手掌，輕輕遮在她的眼前，聲音低沉道：「嫿嫿的眼睛，真美。」

班嫿眨了眨眼，長長的睫毛在他掌心掃來掃去。

「說我眼睛美，還把我的眼睛遮住。」班嫿抓住他的手腕，把他手拉了下來，「你這是嫉妒我眼睛比你好看。」

容瑕笑出聲來，「嫿嫿的眼睛太美了，我捨不得別人看到。」

這是什麼奇怪想法？

班嫿踮起腳，雙手都捂在容瑕臉上，「你這張臉長得這麼好看，我都沒讓你給捂住呢！做人嘛，要大度一點！」

容瑕嗤嗤地笑，鼻尖的熱氣竄到班嫿的掌心，她覺得自己的手心有些癢，然後……伸手捏住了容瑕的鼻子。事實證明，再好看的男人，鼻子被捏起來以後，也會變得不那麼好看。

「嘻嘻，豬鼻子！」班嫿又在鼻翼上捏了兩下，充分感受到美男柔嫩的皮膚是何種觸感後，才心滿意足地收回手。

「嫿嫿。」容瑕睜著一雙桃花眼看她，「妳這種行為，算不算是調戲？」

班嫿扭臉，「摸自己未婚夫的鼻子，怎麼能算調戲呢？」

「這樣嗎？」容瑕伸出手，輕輕地在她鼻尖刮了一下。因為他動作實在太輕，輕得讓班嫿以為這是幻覺。

容瑕露出燦爛的笑，「妳摸了我，我就是妳的人了，妳以後要對我負責。」

班嫿愣愣地看著容瑕迷人的雙眼，呆呆地點頭。

直到容瑕騎上馬，她都還有些回不過神。

無他，只因那雙眼睛實在太美了。她以前也經常看容瑕的眼睛，但是從未覺得容瑕的眼睛像今天這麼美過。黝黑，閃亮，那雙眼睛裡還映著她的倒影，當這雙眼睛笑彎起來的時候，她的心尖兒都在跟著顫抖。

世間有此絕色，再看其他男人，就全都變成了渣渣。

男顏禍水，她班嫿從今天開始，看美色的眼光又要提高了，以後的日子可還怎麼過。

回家的半道上，容瑕與輪休的石晉遇上了，兩人相互見禮便各自離開，沒有多寒暄半句。

「大人，」跟在石晉身後的一個禁衛軍道：「剛才跟在成安伯身後的幾個護衛中，有幾個是福樂郡主身邊的人。」

石晉捏韁繩的手一緊，轉頭問下屬：「你如何得知？」

禁衛軍聞言臉紅道：「福樂郡主那般美人，只要她出門，咱們這些兄弟免不了就……就偷偷多看上幾眼。她常帶在身邊的那些親衛，我們早就認了個臉熟。」

說完這話，他擔心受石晉責罰，便又補充道：「大人，我們這些兄弟並不敢多看，也不敢擅離職守，就是這眼珠子有時候不聽話，就稍微多看了那麼一點點，一點點。」

「愛美之心，人皆有之，不怪你們。」石晉深吸一口夜間的寒氣，「想來是福樂郡主不放心他，所以派人送他回家吧。」

「哪有女人派人送男人回家的……」這個禁衛軍摸了摸下巴，語氣有些酸，「不過這成安伯也是好豔福，居然能做福樂郡主的未婚夫。」

他們這些士兵不懂詩啊畫的，反正在他們看來，福樂郡主就是美得不得了，誰能娶到誰就是福氣。武將與讀書人的口味，那還是不同的。

✿ ✿ ✿

班淮遇刺一案，在短短一天之內便傳遍整個京城，與毫無存在感的趙賈相比，班淮這個頂級紈絝的身分就無比貴重了。不管他有沒有實權，但是在這個時候傳出遇刺的消息，足以引起許多貴族們的恐慌。

天下沒有幾個人不怕死，尤其是過著奢靡生活的貴族。

一些與班家關係還不錯的貴族們紛紛攜禮上門探望，他們見班淮躺在床上休養萎靡不振的模樣，都忍不住多說了幾句勉勵的話，大多是好好養身體、大難不死必有後福之類。

還有人實在沒話可說了，便誇班淮找了一個好女婿，為了他遇刺一案，跑前跑後操心勞累，連罪犯的畫像也畫出來了。眾人到此時才知道，原來成安伯並不是不擅長畫人物，而是不喜歡畫，但是為了幫未來岳父找到罪犯，他還是因此破例了。

有原則的君子讓人敬佩，但是為了長輩放下自己原則的晚輩，同樣讓人動容。原本還有很多人在背後嘲笑班淮有可能找了一個瞧不起班家的女婿，哪知這個女婿不僅對班家沒有半點不敬，反而對班淮處處恭敬，這廂還沒娶班家姑娘進門，就把班家的事當成了自己的事來操心。

這下大家對班淮又羨慕起來，這是走了什麼樣的狗屎運，才找到一個哪兒都好，還對女方父母這般尊敬關心的未來女婿？

難怪有人想刺殺他呢，說不定就是因為他運氣太好，讓人眼紅得瞧不下去了。

皇帝連下了兩道聖旨讓大理寺盡快徹查此案，甚至還讓刑部協助查案，整個京城被這個大陣仗弄得人心惶惶，這也讓眾人再一次見識到班家受帝王重視的程度。

由於容瑕畫的人物太過接近罪犯本人，所以即便這個罪犯相貌十分普通，還是有人為了五十兩的賞銀，把此人的身分供了出來。

原來此人乃惠王府的一名管事，但自從惠王夫婦在火災中喪生，惠王世子與郡主被養到宮裡後，惠王府的下人便遣散了很多，而這個被供出來的管事，戶籍早已經被註銷，註銷理由是在火災中喪生。

一個原本在火災中喪生的人卻買凶殺人，殺的還是靜亭公，若說這其中沒有陰謀，任誰都不相信。可憐養在宮裡的蔣玉臣與蔣康寧，出了這事以後，在宮中的日子便更加難過了。

京城早有傳言，之前大長公主遇刺一案，幕後主使就是惠王。只不過惠王已經喪生在火海，陛下也不曾提過這件事，所以這件事很多人就算有所懷疑，也不敢大張旗鼓說出來。

可是，現在惠王府的舊部要刺殺靜亭公，理由是什麼？

理由只可能一個，那就是惠王舊部恨大長公主壞了他們刺殺皇帝的計畫，但是大長公主已經死了，他們能報復的對象就只有大長公主的兒子靜亭公。

不少人開始同情班家人，最大的靠山因為救駕喪命，現在幕後主使還恨上了他們，這是何等倒楣的命運？

一天後，衙役在一座破廟中找到了這個惠王舊部的屍首，經過仵作查驗，這個管事至少死了十個時辰以上。

這明顯是爪牙暴露，背後主使狗急跳牆，所以把這個管事滅了口。

隨後仵作在管事的嘴巴中發現了一粒珍珠，這粒珍珠成色極好，像是女眷用來繡在衣服或是鞋子上的。

這粒珍珠管事藏在牙齒的蟲洞裡，若是不仔細看，任誰都不知道他嘴巴裡還有這個東西。難道這是他在臨死之前感到不甘，所以有意留下兇手身上的東西？

大理寺的官員頓時頭疼，這怎麼又跟女人牽扯上了？

不過，有了這粒珍珠，他們就有了查案的頭緒，於是全京城提供珍珠的管道都被大理寺派人嚴查一遍，尤其是專門給貴族提供珍珠用品的管道。

有句話叫做高手在民間，有個老匠人認出這種珍珠是來自海邊的一種蚌珠，十分難得，上等的都由皇商送進了宮，略次一等的也被貴族買走了，這種成色的今年只賣給了三家人。靜亭公府、忠平伯府以及石相府。

大理寺的人最先查到忠平伯府，最後查明這些珍珠全都做了二皇子妃的嫁妝。

至於靜亭公府，大理寺去受害者家裡一問，這家人竟然連買沒買這珍珠都想不起來，最後還是從入庫單子中找到這匣子珍珠，原來這個匣子自從進入班家大門以後就沒有開封過。

原因是皇后送了一匣子更好的珍珠來，他們便把次品給忘記了。

大理寺官員終於見識到了班家人的奢侈，這麼好的東西說忘就忘，連一點猶豫都不帶的，可見平時裡用慣了好東西。

「大人，這靜亭公府真是富得流油，讓人羨慕。」一個大理寺官員走出班家大門跟在劉半山身後感慨道：「他們家擺的那盆栽，全是用寶石鑲嵌出來的，我從未見過這般華麗的東西。」

只可惜他家沒有女兒，不然能攀上班家這門親事就好了。

「我倒是見過。」劉半山似乎是想到了什麼，他笑了笑，「班家也是幾百年的富貴人家，家裡有好東西也不奇怪。」

「可是外面不是都傳言，班家當年跟著祖帝打天下時，因為運氣不好，沒有得到多少好東西嗎？」這個官員道：「到現在還有說書先生津津有味地提起兩百多年前的事情，班家先祖打仗是這個。」他比了比大拇指，「不過運氣卻是這個。」

劉半山看著同僚伸出來的小拇指，嘆了口氣，「王大人，你說我們該怎麼去拜訪石家？」

剛才還侃侃而談的王大人頓時沉默下來，石相爺現權傾朝野，太子妃還是他的長女，他們這些小官哪敢去冒犯這位？方才去謝家的時候，他們尚還能有底氣，但是面對石家……

「走吧，既然我等奉皇命查案，想來以石相爺對陛下的忠心，一定不會為難我們的。」劉半山整了整衣衫，對眾人道：「若是石相爺不能理解我等的苦心，那我們也只能稟告皇上了。」

眾大理寺人員：請不要把告狀說得如此委婉。

石崇海正在與長子提到班淮遇刺一事，就聽到下人來說，大理寺少卿求見。

「劉半山這個時候來我們家幹什麼？」石崇海皺了皺眉，對長子道：「你去接待，就說我已經睡下了。」

「是。」石晉心裡隱隱有種不好的預感，但是當著石崇海的面沒有說出來。他退出父親的院子，出二門的時候，遇到了正從外面回來的石飛仙。

「飛仙，妳出去過？」

這些日子因為外面的那些傳言，石飛仙已經好些日子沒有出門。

石飛仙勉強笑了笑，「昨日我與幾位小姊妹約好在詩社見面，哪知道她們都有事，所以就把日期挪到了今天。」

石晉擔心她整日悶在家裡出事，能出去走走也好，於是點頭道：「最近京裡有些亂，妳自己要多加小心。」

石飛仙沉默地點頭，她今天跟平日裡常在一起玩的小姊妹說話，發現她們對自己似乎沒有往日的親近，可是面上卻挑不出半點不對，她心裡又氣又難過，卻沒法發作。

她既恨班嫿與那些紈絝子弟胡亂傳謠言，也恨二皇子竟然沒有站出來幫著她說過一句話。天下的男人都是這般，閒暇時覺得妳長得好，有才華，便說著愛慕傾心之類的話，可是真到出事了，他們一個比一個消失得快。

二皇子如此，謝啟臨亦如此。

男人……

呵！

劉半山與大理寺的幾位官員在正廳等了兩炷香的時間，終於等到了石家的人，不過露面的不是石崇海，而是石晉。

「劉大人、各位大理寺的大人，今日是什麼樣的吉祥風，把諸位大人都吹來了？」

「石大人客氣了，我們冒昧打擾石大人，還請石大人原諒。」互相見過禮以後，石晉請眾人坐下。他見大理寺的官員們神情不自然，劉半山的表情也不太對，便淡淡地道：「無事不登三寶殿，諸位大人有話直說。」

「下官確實有事相求，不知大人可曾在家中女眷身上見過這種珍珠？」劉半山打開盒子，裡面放著一粒珍珠。

石晉皺了皺眉，「珍珠等物再尋常不過，我身為男子，怎麼會盯著女子身上的東西看，劉大人這話是何意？」

「石大人誤會了，此物是在刺殺靜亭公一案的主使者嘴裡發現的。」劉半山似乎絲毫不在意這東西是從死人嘴裡扒出來的東西，「我們發現這粒珍珠是今年新進的一種蚌珠，整個京城只有三戶人家買過。」

石晉聞言沉下臉，「劉大人的意思是說，我們石家也是三戶人之一？」

「確實如此。」面對石晉難看的臉色，劉半山半步不退，「除了貴府以外，買過此物的還有忠平伯府、靜亭公府。」

聽到靜亭公府這個名字，石晉垂下眼瞼喝了一口茶，「既然劉大人想知道珍珠的去向，我就讓下人去查一查。」

大戶人家都有總管事以及分管事，買了什麼東西，東西誰用了，都會有自己的記錄。石晉發了話以後，不到兩刻鐘就有下人來彙報，府裡確實買過這種珍珠，不過這種珍珠雖然難得，但是夫人與小姐嫌它顆粒有些小，便沒有拿來做髮釵，唯有小姐前些日子取了一些做繡鞋。

聽到繡鞋二字，大理寺的眾人眼神都亮了亮，有個冒失的官員甚至忍不住道：「石大人，不知能否讓下官看一看這些繡鞋？」

「放肆！」石晉重重放下茶盞，「諸位大人是來羞辱我石家，還是來查案的？女兒家穿的繡鞋，怎麼可能拿出來任由這些男人看？

「諸位大人都是飽讀詩書之輩，怎能提出如此荒誕的要求？」

「石大人請息怒，下官的同僚一時情急，言語上有所冒犯，請石大人恕罪。」劉半山起身朝石晉拱了拱手，「請石大人放心，我大理寺有女子任職，我等怎敢冒犯石小姐。」

被喝斥的官員忙起身請罪道：「下官一時口快，沒把話說清楚，請大人見諒！」

劉半山也不等石晉說話，直接開口讓身後一個穿著大理寺制服的女子出來，對石晉道：「石大人，請貴府的下人帶路吧。」

石晉冷冷地看著劉半山不說話。

劉半山微笑著迎視著石晉的雙眼，一言不發。

「看來劉大人早就有備而來。」石晉冷聲道：「本官怎不知大理寺還有女子任職？」

「石大人前幾年在外地任職，恐怕對京城有些事情不太了解。」劉半山笑道：「因為我大理寺一些案子涉及女眷，經過諸位大人討論及陛下的多番考慮，便決定選一些出身清白、飽讀詩書的女子到一些部門任職。她們的品級雖不高，在很多事情上卻是幫了大忙。」

石晉看了眼那個穿大理寺衣服的女人，約莫三十歲出頭，頭髮只梳了一個很簡單的髻，容貌亦很平凡，只有眼神十分堅毅，瞧著不像是女人，更像是兒郎。

他不想讓這些人進二妹的院子，因為他不清楚二妹是否真的與此事無關。即自己的妹妹自己了解，平日裡面上看著還好，性子卻十分倔強，很容易鑽進死胡同。即使有人跟他說，二妹為了讓班嫿再守三年孝，不讓班嫿嫁給容瑕，所以雇人去殺靜亭公，他也會相信這事有幾分可能。

越是這麼想，他越是不能讓大理寺的人進門，至少這個時候不行。

然而，他不願意，不代表劉半山會放棄。這件案子不是小事，若是五天之內查不出來，到時候他們不用得罪石家，自己就先倒楣了。更何況，這次的案子還牽涉到成安伯的未來岳父，無論如何他都要查個水落石出。

「石大人，我等是奉旨查案，您不要讓我們為難。」

「這話說得倒是有些可笑，劉大人難道是奉旨來搜查我們石家嗎？」

劉大人反問：「既然貴府問心無愧，又何懼我等？」

「此話實在可笑。」石晉沉著臉道：「難道你們去謝家、班家查案的時候，也是這般態度？」

「石大人，您多想了。」劉半山皮笑肉不笑道：「忠平伯、靜亭公並沒有拒絕下官等人的要求，把珍珠的來源去脈說得一清二楚，並沒有半分隱瞞。」

大理寺的人紛紛為劉半山捏了一把冷汗，這是要直接跟石家人扛上了？

「公、公子，福樂郡主來了！」一個小廝匆匆忙忙跑了進來，臉上帶著沒有散開的驚慌。

石晉從椅子上站起身，「你說誰？」

「福、福樂郡主！」小廝想起福樂郡主帶來的那些侍衛，就覺得一陣陣膽寒，這哪裡是來拜訪，是來砸場子的啊！

石晉還沒有來得及說話，就聽外面傳來喧譁聲，一個穿著碧色裙衫的女子快步走了進來，臉上還帶著未消的怒意，「石大人，我這個不速之客上門拜訪，你不會不歡迎吧？」

她走路如風，手執馬鞭，身後還跟著佩刀的護衛，不像是來拜訪，更像是來找麻煩的。

就在大理寺的人以為兩邊會打起來的時候，哪知道石晉竟然沒有動怒，而是語氣溫和道：「郡主有話坐下慢慢說，您能來鄙府，在下十分歡迎。」

班嫿在椅子上坐下，「京城眾人素來說我這個人蠻橫不講理，既然我是蠻橫慣了的人，石大人就不必跟我講虛禮。我聽說貴府買了一批珍珠，卻不想大理寺的人去查看，這是為何？」

「郡主，下官以為這事存在誤會。」石晉勸道：「舍妹一個弱女子，若是傳出她的衣物被大理寺查驗，對她始終不好。郡主亦是女子，想來應該理解女子的不易。」

「石大人怕是忘了令妹曾經做過的事情，既然身為女人不該為難女人，為何她當初又要為難我？」班嫿迎視著石晉的雙眼，「既然石大人不願意讓我們去查看，那也可以，只要石大人立下誓言，說明此事絕對與令妹無關，那我二話不說，直接離開貴府。」

石晉看著班嫿猶帶怒火的雙眸，閉了閉眼。

四年以前，他喜歡上了一個鮮活的少女，可是這個女子已有未婚夫，失落下他自請去邊關，直到去年他才從邊關回來。

而他想像中應該嫁為人婦的女子，仍舊獨身一人，卻比四年前更加鮮活，更加美豔，耀眼得讓他不敢多看一眼。現在這個即將嫁給別人的女子，第一次如此認真地看著他，但是眼中沒有任何情意，只有憤怒與恨。

他以為四年前的心思早已經化為過往，然而只要看到她，就會一次又一次地提醒他，他曾經有過的那份心思。

「郡主……何必如此咄咄逼人？」石晉嘆息一聲，「此事本與石家無關，妳如此冒然而來，若是找不到半點證據，妳日後又該如何自處？」

「為了家人冒失一場又何妨？若是我錯了，我願意當著京城所有人的面向石家上下道歉。」班嫿冷笑，「我不怕丟人，只怕家人受到傷害卻找不到罪魁禍首。」

石晉愣愣地看著班嫿，半晌沒有出聲。

「妳竟是如此……」

如此荒誕，如此不講規矩，天下怎會有這般女人？

石晉的心被複雜難言的情緒壓迫得喘不過氣來，他看著班嫿，問出了一句他不該問的話。

「妳這樣做，想過成安伯怎麼看妳嗎？」

世間有幾個男人能夠接受這樣的女人？

班嫿聞言竟是笑了，「我今日選擇上門來叨擾貴府，就沒有想過別人怎麼看我。此生有父有母，方有我。他們視我如珠似寶，愛我如心頭血，我若是衡量別人如何看待我以後才回報他們，那我又有何顏面做他們的孩子？」

這番話出口，原本覺得班嫿荒誕無禮的大理寺眾人臉上略有動容。一個女子為了家人，可以衝破世俗禮儀，甚至不懼別人如何看她，這樣的赤誠之心……

班嫿見石晉站在那裡沒有說話，便道：「石大人，失禮了。」

她打了一個手勢，身後的幾個女護衛帶著大理寺的女子便直接往內院方向走，大有石家若是不放人，她就帶人硬闖的架勢。

大理寺眾人緊張地看向石晉，擔心他突然暴起，到時候他們是幫著福樂郡主，還是不幫？然而，石晉沒有任何動作，甚至沒有開口讓下人去攔班嫿的人，只是沉著一張臉不說話。

大理寺的官員手足無措地望向頂頭上司劉半山，哪知道劉半山一言不發，只是低頭喝茶，彷彿他手裡的茶是由靈山茶葉泡製而成，喝一口就能返老還童，長壽一百年似的。

「郡主喜歡喝什麼茶？」石晉坐回原位，看向班嫿，「據聞郡主甚喜大紅袍，鄙府雖無這等好東西，但還有一些碧潭飄雪，郡主若是不嫌棄，就請您嘗一嘗。」

班嫿睫毛微顫，「不用了，謝謝。」

石晉勉強一笑，對下人抬了抬手，很快有下人捧了一盞茶進來，正是最好的碧潭飄雪茶。

劉半山放下手中的毛尖茶，視線在石晉與班嫿身上掃視了一遍，眉梢微動，看向大門外，任由這尷尬的氣氛繼續下去。

時間一點一點過去，大多數人的茶杯見了底，可是內心卻更加不安起來。人進去了那麼久還沒出來，這事只怕真的不簡單。不過，如果真與石家有關，那他們圖什麼？

石家如今權傾朝野，女兒又是太子妃，班家只是閒散宗族，又不跟石家爭權奪利，他們家刺殺班淮能得到什麼好處？而且堂堂相爺府，難道連個拿得出手的殺手都請不到，非要找幾個辦事不牢靠的混混？

總不能說，這是石家二小姐因為吃醋，所以想要殺了班嫿的父親？

那還不如殺了班嫿有用，殺了情敵的父親有一文錢的用處？

「劉大人！」一個大理寺的帶刀衛匆匆走了進來，用微妙的眼神看了一眼石晉，「有人來報，昨天傍晚時分，有位年輕女子帶著婢女途經破廟。屬下等人經過查驗，發現這名年輕女子正是石府二小姐。」

石晉端著茶盞的手抖了抖，杯中的茶水濺在他的手背，瞬間燙紅了一片皮膚。

「你們含血噴人！」石飛仙從外面走了進來，伸手指著班嫿道：「班嫿，妳不要欺人太甚，我殺妳父親有什麼用？我若是真想誰死，那也不是靜亭公！」

「而是我對不對？」班嫿冷笑著瞪回石飛仙，「我早就在想，妳既然心裡恨著我，何必整日對我保持笑臉，早這麼指著我的鼻子跟我吵，豈不是更解氣？」

「我不跟妳說這些廢話。」石飛仙現在已經氣極，她沒有想到班嫿竟然讓護衛強行闖進她的院子，這實在是太欺負人，全然不把她放在眼裡，「妳究竟想幹什麼？」

「我想知道幕後主使是誰。」班嫿語氣冰寒，「若是石小姐與此事無關，不必如此動怒。」

石飛仙胸口劇烈起伏，她轉頭看向石晉，「哥，把她給我趕出去，這裡是石家，不是讓她為所欲為的班家！」

「石小姐，這恐怕不能如您願了。」劉半山揣著手，似笑非笑地看著石飛仙，「我的下屬在您的屋子裡發現一雙缺失了珍珠的繡鞋，而且這雙繡鞋上還沾著廟宇裡的塵土與乾草，請問您一個閨閣女子，為何要去那等地方？」

石飛仙愣住，她看著劉半山，「你這話是什麼意思？」

「石小姐。」劉半山臉上的笑意一點一點消失，「不好意思，恐怕要暫時請您到大理寺做幾日嬌客了。」

「你憑什麼帶我去大理寺？」石飛仙冷笑，「你算什麼東西？」

她可是堂堂相府千金，這些人僅憑一張嘴一雙繡鞋，便要定她的罪，還要把她帶去大理寺，實在可笑至極。

班嫿冷笑一聲，「石小姐又憑什麼不去？」

古人曾經說過，當女人的戰役打響的時候，男人最好不要插嘴，不然就會成為女人戰役中最大的犧牲品。至少大理寺眾人看到福樂郡主與石小姐爭鋒相對，都忍不住放輕了呼吸聲。

「班嫿，妳休要猖狂，這天下可不是妳班家說了算！」石飛仙道：「我不會任妳欺負！」

「這天下當然不是由我班家說了算，這個天下是陛下說了算。」班嫿上前一步，把石飛仙的手反剪到背後，在石飛仙的尖叫聲中，把她的手綁在了一起，「既然是陛下說了算，那麼妳現在有嫌疑，就該到大理寺說清楚。」

「妳放開我！」石飛仙沒想到班嫿如此膽大包天，她掙了一下沒有掙開，轉頭想去向石晉求助，結果頭還沒轉過去，就被班嫿給扳住，愣是不讓她回頭，「石小姐，請吧。」

大理寺眾人：跑到別人家搶人，還當著人家哥哥的面把人給綁起來，福樂郡主這膽氣……

「郡主！」石晉攔住班嫿，手沒靠近，班嫿便道：「你做什麼，男女授受不親懂不懂？」

眾人看著石晉收回手，臉上還帶著尷尬與無奈。

劉半山乾咳一聲，「石大人請放心，只要令妹說清楚事情的前因後果，我們就放她回來，定不會讓她受委屈。」

「你們都要把小女帶到大理寺審訊，還說不讓她受委屈？」石崇海從外面走進來，看到女兒的手竟然被反綁在身後，沉下臉道：「劉大人，你這是什麼意思？」

「石相爺不要誤會，因石小姐拒不配合大理寺的調查，我才迫不得已把她綁了起來。」班嫿對石崇海行了一個福禮，「還請石相不必如此動怒。」

「此案乃是大理寺負責，福樂郡主為何來插手？」石崇海對班嫿並不客氣，「這恐怕有些不合規矩。」

「石相爺請放心，小女子已經請示過陛下，此事小女子有權利跟進。」班嫿美目一掃，落在了石崇海的身上，「石大人若是對小女子此舉不滿，也只能請您多多包涵了。」

這話等於是在挑釁石崇海，連皇上都沒有意見，你有什麼意見呢？

身在高位者，身上大多帶著一股讓很多人敬畏的威嚴，大理寺一些低品級的官員甚至不敢直視石崇海，因為他們站在他的面前就忍不住心生膽怯之意。

可班嫿是誰，她是連在皇帝面前都敢撒嬌哭鬧的主兒，怎麼會懼怕石崇海的這點氣勢，她把石飛仙推到大理寺護衛面前，皮笑肉不笑道：「石大人、石小姐，只能先暫時得罪你們了。」

「福樂郡主！」

石崇海臉色十分難看，他伸手想去拉女兒，班嫿卻攔在了他面前，「石大人這是心虛嗎？」

「福樂郡主請慎言！」

「既然石大人不懼真相，又何必攔著我們帶走石小姐？石小姐一個未出閣的女兒，擔上買凶殺人的罪名可不好，不如早些查清案子，也能還她一個清白。」班嫿寸步不讓，現在如果讓石崇海把石飛仙攔下了，那他們日後想帶走石飛仙就很難了。

石崇海面沉如水，「福樂郡主當真打算這麼做？」
班嫿道：「非我要這麼做，這是大理寺查案的流程。」
石崇海不再看班嫿，他轉頭看向劉半山，「劉大人，你們大理寺辦案，是如此流程嗎？」
他的眼神裡帶著威脅，在他看來，劉半山不過是從三品的大理寺卿，根本不敢跟他作對。
「石大人，」劉半山微微一笑，對石崇海拱手道：「我大理寺辦事的規矩，確實如此，請石大人見諒。」
石崇海沒有說話，他半眯著眼看著劉半山，劉半山恭敬地回望著他，臉上的笑容不變。
「大人，成安伯求見！」
「不見！」石崇海聽到成安伯這三個字就沉下臉來，「請成安伯自行回去。」
「等等。」石崇海看了眼哭泣的女兒，想起這件事鬧大以後有可能引發的後果，不得已，只好說道：「讓他進來。」
女兒雖重要，但是石家更重要。
班嫿沒想到容瑕竟然也跟著過來了，她轉頭朝外面看去，就看到身穿淺色錦袍的容瑕大步而來。在她的記憶中，容瑕走路似乎很少這麼快過。
「石相爺，」容瑕走進內廳，對石崇海與石晉拱了拱手，「下官冒昧前來，石相爺見諒，不要責怪在下的叨擾。」
「不敢。」石崇海淡然道：「容大人乃是皇上面前的紅人，石某豈敢有責怪之意。」
「石大人這話說得，讓下官如何自處？」容瑕走到班嫿身邊站定，微笑道：「下官受陛下聖令，協助大理寺徹查靜亭公遇襲一案。」

「哦？」石崇海挑眉，「容大人乃是吏部尚書，怎麼還管到大理寺上面去了？」

「非是管大理寺，而是協助。」容瑕道：「為陛下分憂，乃是為人臣子的職責，與下官在那個部門任職無關。」

「父親，不是我，我沒有做過這種事！」石飛仙見到容瑕進來，掙扎得更加厲害，「我是被冤枉的，班嫿這個賤人她陷害我！」

「石小姐，」容瑕臉上的笑容盡消，「此案一直是大理寺在審查，妳身上的疑點有人證有物證，與福樂郡主又有何關係？」

石飛仙愣愣地看著容瑕，「你不信我？」

「在下信證據，信大理寺的查案結果。」容瑕對石飛仙抱拳道：「在下對石小姐還有一句話要說，請石小姐聽了以後，不要動怒。」

「你想說什麼？」石飛仙有些失神，看著這個俊美無情的男人，她覺得自己像是個笑話。

「身為人，說話做事當留口德。」容瑕語氣微寒，「在下的未婚妻是個好姑娘，何賤之有，還請石姑娘日後慎言。」

石飛仙愣住，原來他是在為班嫿打抱不平嗎？

她被班嫿反手綁了起來，被人闖進院子四處搜查，難道這一切不是班嫿帶來的嗎？若不是班嫿，她又怎會有今日之恥？

「石姑娘，此事就要請妳多多包涵了。」容瑕對守在外面的衛兵道：「把人帶走。」

「你……」石崇海往前走了一步。

「石大人，下官勸您還是不要抗旨。」容瑕停下腳步，看向石崇海，意有所指道：「被滅口的那人，可是惠王府的管事。」

石崇海不知想到了什麼，突然面色大變，他看著滿眼乞求的女兒，長長嘆息一聲，轉過身不再看女兒的眼睛。

「父親？」石飛仙不敢置信地看著轉過身的父親，難道連父親也不願意幫她了嗎？

她倉皇四顧，最後目光落到了石晉身上，「大哥，我是冤枉的，這些事我真的沒有做！」

石晉想要開口說句什麼，可是他看到父親緩緩搖了搖頭，他張開的嘴又艱難地閉上了。不過他沒有躲開石飛仙乞求的目光，而是走到她面前，輕輕摸了摸她的頭頂，「妹妹，妳且安心，我跟父親一定會盡快把妳帶出來的。」

石飛仙想說，她不是想要他們把她帶出來，而是想要他們阻攔這些人把她帶走。可是，她知道，在家族利益面前，她已經不那麼重要了。她從小就該明白這一點，生來她就學著心計謀略，後宅御下之術。母親總是對她說，妳是石家的女兒，不可以任性。

都是貴族出身，為什麼班嫿可以什麼都不顧忌？班家人難道就不需要女兒來博得好名聲，為班家謀得權勢嗎？

被人帶出石家大門的時候，石飛仙腦子裡一片空白，她抬頭看著灰濛濛的天空，眼淚撲簌簌落了下來。

「石小姐，請上馬車。」

她面前的馬車收拾得很乾淨，甚至精緻講究，但是她知道，今天只要她坐進這輛馬車，日後她的名聲便會一落千丈，比現在還要不如。

她停下腳步，轉頭看向班嫿，「這下妳如意了？」

班嫿微愣，隨後被石飛仙這理直氣壯的態度氣笑了，「我有什麼如不如意的，妳好與不好，於我而言有什麼影響呢？」

石飛仙目光掃過班嫿身後，忽然笑道：「妳處處針對我，不就是因為謝啟臨當年與妳訂親後還心悅於我嗎？我早就勸過他不要再接近我，可是他偏偏不喜歡妳，我又能有什麼辦法呢？」

走在班嫿身後的容瑕靜靜地看著石飛仙，面上的表情並沒有因為她這些話有什麼變化。

「他喜歡妳就喜歡妳唄，與我有什麼關係？」班嫿微抬下巴，「我的未婚夫長得比他好看，地位比他高，才華橫溢又體貼，我稀罕他幹什麼？就這麼一個人，也值得妳特意說出來？」

「罷了。」班嫿見石飛仙表情很難看，「如果這麼想能讓妳開心一點，那妳就這麼認為吧，我不會在意這種小事的。」

石飛仙看到容瑕臉上露出了溫柔的笑容，心裡就像是被針扎了一般，她轉身鑽進馬車，再也不看班嫿一眼。

這個賤人！

賤人！

石飛仙恨得把唇角咬出了血，此刻這股滔天恨意與羞意，她這一輩子都無法忘記。

班嫿騎上馬背，與容瑕並肩前行。

容瑕面上帶笑，似乎心情極好。

班嫿看了他一眼，又看了他一眼，忍不住開口道：「你在笑什麼？」

「嗯……」容瑕摸了摸下巴，「心情好，就笑了。」

班嫿心想，當年謝啟臨與沈鈺每次看到她做出一些超出常人的舉止後，可從未笑出來過。

「為什麼心情好？」班嫿想了想，「看到我跑到石家來鬧事，你……有什麼想法？」

「這事妳確實做得不太妥當，」容瑕皺了皺眉，「太過衝動了。」

「哦。」班嫿覺得自己的表情肯定有些冷漠。

「下次要去找誰的麻煩，提前告訴我一聲，好歹讓我心裡有數，若是遇到不好解決的事情，我還能幫妳一起處理。」容瑕眉梢微皺，「妳性子直，我怕妳遇到魯莽之輩會吃虧。」

班嫿愣了片刻，才反應過來容瑕這話是什麼意思。

「你嫌棄我腦子不夠用，會吃虧？」班嫿癟嘴，「我武藝還是不錯的。」

容瑕啞然失笑，這怎麼成了嫌棄她了？

「有句俗語說的好，叫男女搭配幹活不累，文武並重，能打退熊。」容瑕忍著笑意道：「妳會武，我會文，雙管齊下，遇上我們，對方豈不是更吃虧？」

班嫿恍然大悟，「你這話說得也很有道理，那我下次叫上你一起？」

「嗯，好啊。」容瑕笑著應下。

跟在容瑕身後的杜九維持著一張麻木臉，裝作自己什麼也沒聽見的樣子。

比如他沒有聽見伯爺要跟著郡主一起去使壞，比如他沒有聽見伯爺幫著郡主出壞主意。

班家人……實在太可怕了，他們身上有種能把人帶歪的神奇力量。

班嫿與容瑕跟在大理寺的人後面，一路直接到了大理寺，班嫿親眼看到石飛仙被關進一個乾淨的牢房裡以後，臉上終於露出了微笑。

大理寺卿早就接到了皇帝的旨意，說是成安伯要來協助查案，所以他樂得當甩手掌櫃，一切都交由劉半山來操心，不過在看到自己的下屬把石家小姐關進大牢，他還是嚇得腿軟了一下。這事怎麼還牽扯上石相家的千金了？

「青峰啊……」大理寺卿把劉半山偷偷帶到角落裡，小聲問道：「這是怎麼回事，你們怎麼把石家小姐關進去了了？」

「大人，這事屬下也是無奈。」劉半山把事情經過跟大理寺卿說了一遍，「屬下也沒有想到石小姐竟然如此大膽，會做出這樣的事情。」

「殺人滅口？」大理寺卿咋舌，這石家小姐看起來嬌滴滴的模樣，竟然敢做出買凶殺人，殺人滅口的事情？

「這其中會不會有什麼誤會？」他仍舊不放心，「要不再查一查？」

「查自然要查的。」劉半山嘆口氣，滿臉無奈，「若是往日，這件事本不會牽扯到石小姐本人，但是今日有福樂郡主在場，成安伯又協理此案，下官帶走石小姐，也是無奈之舉。」

「你也不容易，我明白。」大理寺卿拍拍劉半山的肩，苦著臉道：「這幾日你再辛苦一下，成安伯與福樂郡主那裡……」

「請大人放心，下官一定好好辦理。」劉半山看了眼四周，小聲道：「大人請放心，此事既然成安伯插手進來，日後出了事，自然由成安伯負責，與我們大理寺就算有關係，但是干係也不會太大，大人放心便是。」

大理寺卿聞言便笑了，對劉半山的識趣很滿意，「你去告訴容大人，就說我病了，這件案子就由成安伯全權負責，他需要什麼，你們儘量配合就是。」說完，再次拍了拍劉半山的肩膀，笑咪咪地走開。

「大人慢走。」劉半山對著他的背影恭敬地行了一個禮。等大理寺卿走遠以後，他轉身往大牢方向走去。走進大牢，他看到容瑕與班嫿竟然坐在一邊喝茶，臉上的笑容有些僵硬，

「容大人，不知您問出什麼了嗎？」

容瑕放下茶杯，「劉大人還未來，我又豈能擅專？」

「容大人客氣了。」劉半山笑道：「下官的上峰身體不適，需要在家休養幾日，這件案子恐怕要由大人全權負責了。」

「這不太妥當。」容瑕搖頭道，「我與靜亭公府有婚約，恐怕不適合獨理此案，不如請來刑部的李侍郎，我們三人共同協商此案？」

刑部右侍郎李成開，性格平庸，生來是個怕事的人，算是石黨中的邊緣人物，尤其是近來被平調到刑部以後，就更加不受石崇海重視了。

容瑕讓石黨的人參與這件案子，也算是堵住了悠悠之口。

「容大人說的是，下官這就派人去請李侍郎。」

李成開正在家中教兒子念書，最近也不知怎地，他這個寶貝兒子變得不愛四處亂惹事了，喜得他讓人連放了三串炮仗。

他在刑部雖然是個侍郎，卻一直不太得重用，也就樂得清閒。

聽到大理寺的人請他，他心裡雖然疑惑，但不敢拒絕，只能換好官服準備走一趟。

「父親。」李小如從外面回來，見李成開穿著官服準備出門，便道：「您要出去？」

「是啊，為父要去大理寺走一趟。」李成開笑道：「妳弟弟正在院子裡念書，妳看著些。」

「大理寺？」李小如想起近來鬧得沸沸揚揚的案子，轉頭見院門外大理寺的人還等著，便小聲道：「您過去的時候小心些，我聽說剛才大理寺的人闖進石相爺家，把石小姐帶走了。」

「不能吧？」李成開臉色頓變，「大理寺的人膽子有這麼大？」大理寺卿他接觸過，是個膽子很小的人，他敢帶下屬去石相爺家搶人，而且抓的還是石家小姐？這不像是他會做的事。

「帶人的不是他，是大理寺少卿。」外面早就傳得沸沸揚揚，李小如也是因為聽了這些才匆匆趕回了家，「據說是福樂郡主帶護衛闖進石家，後來成安伯又趕了過去，才把人帶走的。」

「福樂郡主？」李成開嘖嘖道：「這位郡主的脾性可真是烈，妳日後若是遇到她，可記得遠著些，不然吃虧的可是妳。」

李小如沒好意思跟父親說，她早已經在這位郡主手上吃了幾次虧，以致於她現在看到福樂郡主就犯怵。

「不過成安伯為什麼去？」李成開不解地看著女兒，「難道他是幫著未婚妻撐腰？」

李小如聞言忍不住笑了，「哪有這麼簡單，石相跟成安伯可不太對盤，而且聽說成安伯奉旨協理此案，他上門要人，也可以理解。」

「李大人，」大理寺的官員站在門外，對李成開拱手道：「請問您還未準備好嗎？」

「好了，好了。」李成開忙笑道：「這就來。」

李小如看著父親離去的背影，低低嘆息一聲，只盼這次的事情早日了結，不要牽扯到父親身上。她雖不懂政事，但是直覺告訴她，這件事會非常麻煩。

參之章 往事隨風

大理寺的大牢裡關押的都是重大案件的嫌疑犯，一般罪犯就算想要關進大理寺的監牢，都還沒有這個資格。班嫿也是第一次來大理寺的監牢，所以她特意看了眼牢房裡是什麼樣。

牆上沒有隨處可見的血跡，也沒有掛滿牆的刑具，就是屋子裡暗了點，窗戶有些小，圍欄也是鐵製品，看起來有些冷冰冰的，不過若是發生火災，這屋子肯定燒不起來。

她坐在外面喝茶，石飛仙關在裡面發呆。班嫿以為石飛仙會大吵大鬧，或是對她高聲怒罵，結果進了這裡以後，石飛仙反而安靜下來了，只是臉色有些蒼白，神情看起來也頗驚惶。

就在她準備移開視線的時候，石飛仙忽然抬頭看向了她，眼裡滿是濃濃的恨意，彷彿她今天所遭受的一切都是班嫿造成的。

班嫿愣了一下，隨即對她露出燦爛的笑臉。

石飛仙抓破了身下坐著的草垛。

「容大人，劉大人。」李成開走進大牢，笑呵呵地與容瑕、劉半山行禮，他看了眼牢中的石飛仙，面上露出幾分震驚之色，「這不是石姑娘嗎？這是怎麼回事？」

劉半山在心中暗罵老狐狸，他就不信李成開來之前不知道他們把石家小姐抓進大牢。

「這件案子太過棘手，所以下官與容大人才想請李大人一起查明此案。」劉半山笑道：「陛下曾過旨，要刑部協查此案，所以最近一段時間，恐怕要麻煩李大人了。」

李成開擺手道：「下官才疏學淺，只怕是幫不上兩位大人的忙，不如……」

「李大人，」容瑕看著李成開，「您身為刑部侍郎怎麼會才疏學淺，這玩笑可不太好笑。」

李成開渾身一僵，他怎麼忘了容瑕是吏部尚書？

他今天若是不答應下來，那麼刑部侍郎這個位置恐怕就要保不住了。

想到這裡，李成開只能苦笑道：「下官雖然才能有限，但容大人若有需要的地方，下官一定鼎力相助。」

強權之前，他又能如何？

劉半山見狀笑了笑，「既然人都已經在場，那我們就可以問了。」

話音一落，他轉身走到牢門前，對石飛仙拱手道：「石姑娘，請問妳昨日下午為何要去那座人跡罕至的破廟？」

石飛仙看了他一眼不說話。

劉半山見她不理會自己，也不動怒，而是再次問道：「下官覺得很奇怪，妳乃相府千金，本該是一腳出八腳邁的貴人，為何要單獨進破廟中，廟中有什麼妳想見的人？」

「是啊，我確實有想見之人。」石飛仙忽然轉頭看向容瑕，「因為有人送了一封信給我，與我約好了在那裡等他。」

「約妳的人是誰？」劉半山追問。

石飛仙再度沉默。

「石小姐，既然妳說自己是冤枉的，可妳如果不說出實情，我們怎麼能證明妳的清白？」

「約我的人，沒有說明他是誰。」

「石小姐，一個不知身分的人約妳，妳為何要赴約？」

「因為這個人的字我認識。」石飛仙雙目灼灼地望向容瑕，「他的字我看了很多遍，所以只需要看一眼，我就知道那個字是他寫的。」

「是誰？」劉半山回頭看了眼容瑕，仍舊追問。

「成安伯，容君珀。」

滿室皆靜，有人在看容瑕，也有人在看班嫿。

班嫿只是看了容瑕一眼，便低下頭繼續喝茶。

容瑕眉梢微微一挑，「我？」

石飛仙淒厲笑道：「若不是你，我又何必去那人跡罕至的破廟？」

「可是，石小姐，我從未寫過任何字條給妳，也不可能寫字條給妳。」容瑕坦然地看向石飛仙，「不知妳能否把字條給在下一觀？」

石飛仙冷笑，「如今出了這種事，你自然不會再承認寫過字條給我。」她雖有些虛榮，但是這世間能讓她自願做出這種行為的人，也只有容瑕一人而已。

現在當著這麼多人的面，而且還有屬於石黨的李成開在場，石飛仙不擔心容瑕會毀滅證據，於是沒有多猶豫，便把那張藏在懷中的字條拿了出來。

容瑕沒有伸手去接，劉半山看向李成開，李成開猶豫了一下，伸手接過這張摺得整整齊齊的字條。他也曾看過容瑕的字畫，所以打開字條一眼看過去，便覺得這字確實像是容瑕所寫，但李成開不敢直說，他只是把字條舉到劉半山面前，「劉大人，您看這……」

劉半山只看了一眼，便笑著搖頭道：「這字非容大人所寫。」

「什麼？」石飛仙猛地抬頭看向劉半山，「不可能！」

她不可能不認識容瑕的字跡，這明明就是容瑕的字。

「石姑娘，下官亦十分喜歡容大人的字，所以這些年來收藏了幾幅容大人的墨寶，但……」劉半山轉頭看容瑕，「事實上，容大人的墨寶少有傳出，外面很多所謂容大人的真跡，其實都是別人臨摹的。」

「這幅字雖然很像容大人所寫，可只要請鑑定字跡的老先生來看上一眼，就能證明這並不是同一個人的字體。」劉半山對石飛仙道：「石姑娘，大理寺有鑑定字跡的官員，他的眼力連陛下都曾稱讚過，下官這就把人叫來鑑定一番。」

見劉半山態度如此肯定，石飛仙內心已經信了一半。她神情恍惚地看著容瑕，腦子裡漸漸清醒起來。容瑕平日裡對她態度那般冷淡，又怎麼會寫字條約她見面？

她身體晃了晃，無力地坐在了冰涼的地上。

很快能鑑定字跡的老者來了，他手裡還拿著容瑕寫過的字，只看幾眼便肯定地搖頭，「這是兩個人寫的字。容伯爺的字蒼勁有力，而且寫到最後有微微帶鉤的習慣，給人遊龍舞鳳般的驚豔感，而這張紙條上的字，只是形似而不是神似，再者此人下筆的時候可能是因為腕力不足，落筆間稍顯虛浮。」

「寫這種字的人，若不是較為文弱的書生，便是一名女子。」老者放下字條，對三位大人拱手道：「這只是老身的一家之言，還請諸位大人多請幾位先生再辨別一番。」

「有勞先生。」劉半山對老者行了一個禮，轉身對石飛仙道：「石姑娘……」

「不用了。」石飛仙面無表情地抬頭，「我相信你的話。」

劉半山笑道：「既然如此，請問石姑娘能否證明妳只是恰好與人約在了破廟中見面？」

李成開見石飛仙啞口無言的模樣，在心中暗暗搖頭，石家姑娘這事只怕是說不清楚了。整個京城誰不知石家二姑娘寫得一手好字，或許這張紙條是她故意臨摹出來當作藉口也未可知。而且不少人都知道她對容大人有幾分情誼，她完全可以拿這個藉口來掩飾她殺人滅口的真相，真真假假誰又能說清楚？

「石小姐，在事情沒有查清楚之前，只能暫時委屈妳在此處住上幾日了。」劉半山轉頭看了眼容瑕與班嫿，「不過，請妳放心，我們不會放走一個壞人，也不會冤枉好人。」

石飛仙沒有說話，怪只怪她看到別人送來的字條，便以為是容瑕所寫，連仔細辨認字體都不曾做到。她知道自己現在唯一的出路就是等待父兄來救她，可是想到她被人帶走時父親背過身的沉默姿態，她又為自己這種想法感到可笑。石家的姑娘，生來就是為家族犧牲的。

她唯一有過的奢望，也不過是想嫁給心儀的男人，然而這個奢望也破滅了，因為這個男人並不喜歡她。

「我知道了，你們走吧。」石飛仙唇角勾出一個嘲諷的笑意，「不需要對我擺出這副偽善的面孔。」

坐在旁邊一直沒有說話的班嫿突然站起身，對容瑕道：「我該回去了。」

「等等。」容瑕跟著站起身來，「我送妳回去。」

「容君珀。」石飛仙叫住容瑕，神情嚴肅地看著他，「你能不能告訴我，為什麼你寧可與班嫿這種女人成婚，也不願意多看我一眼？」

班嫿聞言停下腳步，回頭看向石飛仙，臉上的表情不太好看。

世上總有一些人自認深情，即便別人不喜歡他，也要堅持為自己的感情索要一個答案，若是對方不回答，便是冷漠無情。哪怕這個人已經有戀人，或是有娘子，這些人也不會覺得自己的問題有多難回答，而且對方也要必須回答才算禮貌。

他們全然沒有想過，不計場合地提問，本就是不禮貌，不管出於什麼目的，而世人也總是被一些莫名的付出與深沉感動，比如說現在，班嫿就看到在場有些人已經開始動容了。

是啊，一個漂亮的弱女子傾心於一個男人，這是何等美妙的事情，甚至值得人著書立傳，並且來感慨一番她的愛情。若是男人不感慨，哪還算得什麼風流才子？

「石姑娘，」容瑕停下腳步，「妳在容某眼中與京城其他姑娘一樣，而福樂郡主卻不同。」

「望妳日後不要再問在下這種問題，更不要當著在下未婚妻的面問這種問題，這種話問出口只會讓人感到為難，更會讓在下的未婚妻不高興。」容瑕微抬下巴，「告辭。」

直到容瑕與班嫿離開，眾人才漸漸回神。

對啊，這位石姑娘明知道容大人與福樂郡主已經訂親，還當著人的面問這種問題，是不是有些不妥當？福樂郡主與容大人感情本不錯，但被她這麼一問，沒問題都鬧出問題了。

李成開在心中暗暗叫苦，這都是什麼事，他現在是左右為難，進退維谷。

他在石崇海那裡一直不受重用，心裡對石家多多少少有些意見，現在對石家的事情，也很難盡心盡力。

走出大理寺，班嫿抬頭看天，見天色仍舊有些陰沉，於是對容瑕道：「你現在回府嗎？」

「我先送妳回去。」容瑕爬山馬背，「正好我有些事想要跟妳說。」

「石二姑娘的事？」班嫿挑眉，「不用了，我相信你跟她沒什麼。」

容瑕詫異地看著她。

班嫿見他這副吃驚的模樣，不由笑道：「男人看女人的眼神，跟女人看女人的目光不一樣。在我看來，你看石二姑娘的眼神，與看李侍郎的眼神一樣。」

容瑕愣住，半晌後失笑道：「嫿嫿竟如此相信我？」

班嫿認真地點頭。

容瑕看著她黑白分明的雙眼，忍不住低低地笑了幾聲。

相爺的女兒被帶進大理寺大牢的消息，很快傳遍了整個京城，甚至連一些百姓都開始繪聲繪色地描述整個案情。什麼石小姐因為嫉妒福樂郡主的美貌，請殺手來刺殺福樂郡主，事情敗露以後，成安伯衝冠一怒為紅顏，把石二姑娘告到了御前，寧可得罪權傾朝野的石相爺，也要把石二姑娘押進大牢。

結論是，石二小姐真是太壞了，成安伯對福樂郡主癡心一片。還有那可憐的福樂郡主，一定是因為長得太好看才被人嫉妒。

這個故事裡面，已經沒班淮這個當事人什麼事了。

也有人說，石小姐才是大業第一美人，怎麼可能嫉妒福樂郡主？只是這種說法很快被人打臉。理由就是，艾頗國王子聽說石小姐是第一美人，便想要求娶其為王妃，哪知道在宴席上他竟對著福樂郡主叫石小姐。

這說明什麼？

說明在艾頗國王子眼裡，真正的第一美人是福樂郡主，而不是石小姐。

又有人問，那為什麼之前大家都默認石小姐才是天下第一美人？

有機智的百姓表示，肯定是因為石小姐會吸引男人，據說連福樂郡主第二任未婚夫也是被石小姐勾引走的。

於是這個故事版本裡，也就沒青樓姑娘芸娘什麼事了。

種種愛恨情仇、狗血恩怨，在百姓的嘴巴裡足以編成長達百萬字的話本，情節都還不重複。據說一些茶樓裡已經有說書人根據這件事進行改編，靠著這些故事，賺了不少的打賞錢。

石崇海被外面這些流言氣得忍無可忍，於是跑到雲慶帝面前喊冤告御狀，然而不是每個人都能像班嫿那樣，只要向皇帝告狀就能拿到好處。

皇帝這次沒有看在太子的面子上，為他們石家保住聲譽，而是當著群臣的面斥責了他。說他教子不嚴、態度懶散鬆懈等等，雖然沒有直接定他的罪，但他的臉面卻丟了個精光。石崇海已經很久沒有丟這麼大的顏面，下朝的時候雙腿都在發抖，靠著兩位同僚扶著才坐進轎子裡。

謝宛諭聽宮人說著石家人的狼狽模樣，笑著坐在銅鏡前輕輕描著自己上揚的眉毛，「有什麼好高興的，左右陛下也更喜歡太子，就算一時間讓石家難堪，也不會動他們的根本，我們最多也就看看熱鬧罷了。」

宮人見她言語雖然冷淡，臉上卻猶帶笑意，頓時便明白過來，繼續道：「王妃您有所不知，外面說石二姑娘的那些話，傳得可難聽了，若是奴婢被人這麼編排，早就羞憤而死了。」

「哦？」謝宛諭放下眉黛，轉頭看向宮人，「外面的人都在說什麼？」

宮人挑揀了一些適合在宮裡講的流言，講完見謝宛諭心情似乎極好，又補充了一句：「聽說她還當著成安伯的面問，為什麼寧可娶福樂郡主那樣的女人，卻不願意多看她幾眼呢！」

謝宛諭似笑非笑，「成安伯怎麼回答的？」

「成安伯說，石小姐在他眼裡，與京城其他女子一樣。」宮人皺了皺眉，「這話大概是說石小姐沒什麼特別的意思？」

「不，」謝宛諭輕笑出聲，「這話是在說，他眼裡從頭到尾就沒有她。」

成安伯此人對女子十分疏離，從未見他與哪個女子特別親近過，她唯獨見到的一次，就是陛下萬壽禮的雪地裡，他與班嫿並肩前行，兩人間的氣氛，讓她有種若是出去破壞他們，就是犯了天大錯處的感覺。

她從未像今日這般慶幸，那天她選擇了沉默，而不是把事情告訴石飛仙。

石飛仙不是自認魅力非常，天下男人都會為她折腰嗎？她就要看看，到了這個地步，究竟有多少男人真正願意為她折腰。她從細瓷瓶中取出一枝嬌豔欲滴的花朵，伸手掐去花冠上的花瓣，咯咯笑出聲來。

「妳在笑什麼？」蔣洛走進屋子，見謝宛諭坐在梳妝檯前，便懶洋洋地往椅子上一靠，「再過幾日是成國公的壽誕，妳記得準備好壽禮。」

謝宛諭鬆開手，任由花瓣落了一地，然後用手帕擦著掌心的花汁，垂下眼瞼道：「殿下，既然是您外公的壽誕，你要親自前去才有誠意。」

「這個我知道，不用妳來教。」蔣洛有些不太耐煩，「妳只管準備好壽禮，到時候跟我一塊出門就行。」

他喜好美色，娶了謝宛諭以後，總覺得她容顏不夠美，所以兩人同房的次數並不多。這會兒見到謝宛諭長髮披肩的模樣，他突然又有了幾分興致，於是走到她身邊道：「宛諭今日甚美。」

「是嗎？」謝宛諭抬頭看蔣洛，笑著道：「可能是我心情好的緣故。」

「那妳平日可要多笑一笑。」蔣洛走上前，輕輕抓住了她的手。

伺候的宮人們見狀，低頭沉默地退了出去。

三日後，刺殺靜亭公的四個刺客判了斬首之刑，而石飛仙仍舊被關在大理寺的監牢中。

太子妃在太子面前哭求了幾日，連眼睛都哭腫了。她一再強調此事定不是自家妹妹所為，石家對陛下忠心耿耿，不可能與惠王舊部有牽扯，更不可能安排這種小混混去刺殺靜亭公，這一定是別人陷害的。

太子被她哭得心軟，於是去大月宮到雲慶帝面前為石家求情。

「太子，」雲慶帝看著太子，語氣中帶著失望，「你是我們大業的太子，未來的皇帝，不是石家的女婿。」

太子即便性格有些溫吞，也知道雲慶帝這話不太好，連忙請罪道：「父皇，兒臣並無他意，只是覺得此案疑點重重，應該慎重審查，請父皇三思。」

「你又怎麼確定這種疏漏不是石家有意為之？」雲慶帝面無表情地道：「他們故意請混混動手，若是事情敗露，也能讓人以為這是有心人陷害石家。因為相府怎麼可能連殺手都請不起，要找幾個小混混動手？」

「但是，你不要忘了，就算這只是幾個上不得檯面的混混，若不是靜亭公恰巧回頭，那麼現在他們就已經得手了。」雲慶帝把手裡的朱筆一扔，怒罵道：「大長公主為了救朕，連性命都沒了，如今這些人還想把姑母唯一的兒子給暗算了，何曾把把朕放眼裡過？」

見雲慶帝如此動怒，太子一撩衣袍跪了下去，「請父皇息怒，兒臣並無此意。」

「息怒？」雲慶帝看著太子的頭頂，只覺得怒火更重，「你讓朕怎麼息怒？那是你姑祖母唯一的兒子，你放著他們不去關心，反而去替石家人求情，你說這話時對不對得起你姑祖母？」

「父皇，」太子以頭扣地，惶恐道：「兒臣對靜亭公並沒有半分不滿，在兒臣眼中，靜亭公就是兒臣的半個親人，又豈會如此無情？請父皇明察。」

「你身為儲君，竟聽信後宅女人的話，你讓朕怎麼放心把江山交給你？」雲慶帝頹然地擺了擺手，「你且退下好好想想，今天究竟應不應該來為石家求情。」

太子告罪後惶然而退，再不敢提石家一個字。

見太子如此便退縮了，雲慶帝心裡更加失望。若是太子為石家據理力爭，他反而會高看太子幾眼，可是太子被他訓斥幾句後就打了退堂鼓，這般沒有魄力，又怎麼能成為一國帝王？

然而，想到魯莽的二兒子，雲慶帝更加心煩，太子最多也就優柔寡斷，老二純粹是沒腦子，這個江山若是交到老二手裡，遲早會天下大亂。

早年因為父皇偏寵庶子吃了不少苦，所以他登基以後就絕了庶子們的念想，誰知道這兩個嫡子竟如此不爭氣。

雲慶帝晃了晃身體，眼前有些發黑，勉強扶住御案，才沒讓人看出異樣來。

近來他時不時出現暈眩的症狀，即便讓太醫來把脈，太醫也說不出什麼來，只說他是耗費心力過度，需要靜養。

靜養？身為帝王，又怎麼做到靜養？

想到早年那些事，又想到為自己而死的姑母，雲慶帝嘆口氣，難不成這是老天給他的報應？

太子受了皇帝訓斥的消息雖然沒有傳開，但是東宮的氣氛卻不太好。太子妃心情不佳，太子又整日待在書房，不去太子妃房裡，也不去妾室房裡，這讓他們做下人的心裡如何能安？

太子妃沒有想到她只是讓太子幫著求情，太子去了大月宮後就不愛理會她了。冷淡的丈夫、陷入麻煩中的娘家，兩方的苦惱讓她心中異常煎熬，幾乎每夜都枕著眼淚睡去。

若此事只是單純的爭風吃醋便罷，偏偏牽扯到惠王舊部。宮外的人不知道，她心裡卻很清楚刺死大長公主的刺客是誰派來的。他們家若是洗不清罪名，在陛下眼裡就等於與惠王勾結。

他們家與一個想要造反卻不成功的王爺牽扯在一起，能有什麼好處？

「太子昨夜還是宿在書房嗎？」太子妃看著鏡中的自己，小心地揉著眼角，覺得自己似乎憔悴不少。

「回太子妃……太子昨夜並沒有去其他妾室處。」

太子妃聞言苦笑，他若是去妾室那裡反而好了，卻是睡在書房。他這是在怪她，還是在表明他對石家的態度？

「安排人備下厚禮送到靜亭公府上。」太子妃站起身，看著窗外冒出一點點新芽的樹木。班家若是願意鬆口，石家尚有回轉的餘地。班家人行事張狂又魯莽，恐怕連惠王府試圖謀反一事都不知道，只要班家人鬆了口，陛下就算有所不滿，也不會明著為難石家。

這樣石家至少能得到片刻的喘息。

很快東宮備下的厚禮，就以太子的名義送到了班家。

班家人看著滿屋的珠寶首飾、藥材字畫等物，感到有些莫名其妙，東宮這是準備把庫房搬到他們家嗎？

本來他們想要多問幾句，哪知東宮的人放下東西就走，連他們送的荷包都不敢收，那副誠惶誠恐的模樣，讓班家人忍不住懷疑，難道他們是洪水猛獸？

「這東西恐怕不是太子送的。」陰氏翻看禮單，「太子雖細心，但也仔細不到這樣。」有些東西是後宅女人才會注意到的，太子又怎麼會想到準備這些？

「是太子妃？」班嫿頓時反應過來，「太子妃想藉此跟我們家示好？」

「她跟我們家示好有什麼用？」陰氏放下禮單，「如今事情已經不僅僅是石家與我們家的恩怨，而是朝廷的黨派之爭。太子妃以為我們家是傻子還是沒見過好東西，拿了這些玩意兒就會給石家求情？」

「那這些東西怎麼辦？」班恆道：「難道送回去給她？」

「既然這是太子送給你父親的壓驚禮，那我們就好好收著。」陰氏輕笑一聲，「這跟石家有什麼關係嗎？」

東西照收，至於其他的？

對不起，他們家的人腦子不太好，太複雜的事情想不明白。

「明日你進宮去向太子謝恩，就說謝謝他送來的壓驚禮。」陰氏對班恆道：「懂嗎？」

班恆恍然大悟，「是，兒子明白了。」

這禮就算不是太子送的，他們也要讓它變成是太子送的。

班嫿猶豫良久，看向陰氏，「母親，這事……真的是石家幹的嗎？」

「是不是石家已經不重要了。」陰氏嘆口氣，輕輕摸著班嫿的頭頂，「重要的是，陛下覺得這是石家做的。」

班嫿沉默下來，片刻後道：「可是，我不想放過幕後主使之人。」想到父親差一點點就真的出事，她的心裡便無名火起。

朝堂上的事情是別人的事情，但是班家的事就是她的事。

陰氏冷笑，「誰說要放過呢？」

這些人都把班家當傻子，可是誰又真正能欺負到他們頭上來？

✿　✿　✿

成安伯府。

一個穿著極其普通的中年男子大步走進書房，來到容瑕面前，「伯爺，查出來了！」

「說。」

「謝家大郎，謝重錦！」

「他？」容瑕眉梢動了動，「謝家什麼時候有這麼大的能耐了？」

中年男人猶豫了一下，「屬下發現，陛下另一支密探隊似乎在此事中插了手，幫著謝重錦掩蓋了一些痕跡。」

「是在靜亭公遇襲之前，還是之後？」容瑕倒是很想知道雲慶帝對班家有幾分真情。

「靜亭公遇襲之後。」

容瑕聞言意味不明地輕哼一聲，「看來他的心眼還沒有狠到極點。」

看來皇帝是在靜亭公遇襲以後，才將計就計把石家拉進這團渾水中。

「伯爺，需要屬下把疑點弄到明面上嗎？」

容瑕靜立在窗前，良久以後道：「不用。」

他把乾淨潔白的手放到窗櫺上，聽著窗外一隻鳥兒嘰嘰喳喳叫個不停，「安排好人馬護住福樂郡主，不要讓她有半點意外。另外，不要讓班家人牽扯到這些事情中。」

「左右……他們也幫不了什麼忙。」

「是！」中年男人面上露出異色，但是很快便低下了頭。

班家人背後那些武將舊部可都是難得的人脈，怎麼可能幫不上忙？

伯爺這話，是什麼意思？

❀ ❀ ❀

皇后聽聞太子被皇帝訓斥以後，在屋子裡枯坐了半個時辰，最終無奈地嘆息，沒有去大月宮為太子求情，也沒有在雲慶帝面前提起過此事。

直到她聽聞班恆進宮謝恩，才讓人把班恆與太子叫到了自己跟前。瞧著班恆怎麼看都是一幅討喜模樣的臉，皇后臉上不自覺露出了幾分笑意，「聽說你進宮來謝恩，是要謝哪門子恩？」

「微臣見過皇后娘娘。」班恆笑嘻嘻地向皇后行了一個禮，「前幾日太子殿下讓宮人送來不少的好東西，家中二老心裡對此感激不盡，便讓微臣進宮來向太子殿下謝恩了。本來兩天前就要進宮的，哪知道微臣的父親這兩日身體又不大好，微臣便在家裡耽擱了幾日。」

「自家人談什麼謝不謝。」皇后笑著轉頭，見太子面上有異，心裡頓起一種不太好的預感，「太子，你送什麼好東西給靜亭公家了，值得這孩子眼巴巴進來謝你一趟？」

「兒臣……」太子不敢直視皇后的雙眼，「也不是什麼稀罕東西。」

皇后的目光在他身上掃視一遍，隨後對班恆笑道：「聽見太子說的話沒有，不是什麼稀罕東西，哪裡值得你這般了？下次再這麼客氣，我可是要生氣了。」

班恆不好意思地笑了笑，「這次因為家父的事，累得陛下如此費神，事情還牽扯到……」他看了眼太子，尷尬地把話嚥了下去，「早知道事情會鬧得這麼大，微臣就勸著家人一些了。」

「勸什麼？」皇后瞥了太子一眼，語氣有些冷淡，「做錯了事就該受到懲罰。你們可是本宮與陛下的親戚，這些膽大包天之人也敢出手算計，若是不加以制止，遲早有一天他們也能算計到本宮與陛下的頭上。」

太子聽到這話，面色有些不自然，但是皇后彷彿沒有看到他神情不對般，只道：「日後你再不可跟我說這種話，不然我就要生你的氣了。」

班恆別的不擅長，但是跟自家母親與姊姊待久了，哄女孩子開心的本事卻是練出了幾分，所以沒一會兒就把皇后哄得眉開眼笑，竟是忘了太子還在場似的。

太子是個性格柔和之人，見皇后這般待他，內心並無半分怨恨，只是想著自己究竟做了什麼讓母后不高興的事情。之前他因聽了太子妃給他的說法，覺得石家確實無辜，才願意幫石家求這個情。然而，這幾日他又在書房裡細細思索過，雖石家確有被冤枉的可能，但也有撒謊的可能。太子妃說她的妹妹是個只知詩畫的弱女子，可是他派人打聽過後，發現太子妃的妹妹並不是她口中說的那般模樣。

與多個男子有染，甚至還與嫿嫿曾經的未婚夫不清不楚，現在嫿嫿與成安伯訂了親，又傳出她心儀成安伯這等流言。這讓太子不得不懷疑，石二姑娘心術不正，甚至有意在針對嫿嫿。不然為何京城裡那麼多兒郎她不選，偏偏總是與嫿嫿有婚約的男人有牽扯？

最重要的是，就連二弟成婚當日，都還要特意去見她，這是何等的魅力，才能讓二弟做出拋下新娘子的行為？之前二弟總是與嫿嫿過不去，甚至故意欺負嫿嫿，難不成也是因為聽信了太子妃二妹的話，才做出這種事來？

人的腦子很奇怪，當自己認定一件事以後，就算事情有地方不合理，他也會自動把它補充完整，讓它變得合理起來。

太子妃近來一些行為已經讓太子不滿，可是他性格軟和，又念舊情，所以一直把這種不滿藏在心底，甚至有可能連他自己都沒有察覺到這絲不滿。直到這次因為石家的事情，他被父皇斥責，他恍然清醒過來，他現在做的很多事情、很多決定，背後都有石家的影子，以致於他養成了一種習慣，只要有事就愛找岳父問幾句，再根據他的建議來下決定。

可岳父終究只是岳父，不是他父親，這個天下也姓蔣不姓石，難怪父皇對他如此失望。想明白這一點，在看到班恆以後，太子對班家的愧疚之情就忍不住了。別說現在皇后當著班恆的面冷落他，就算是班恆罵他兩句，他也不會回嘴。

班恆在皇后宮裡坐了小半個時辰後就起身提出告辭。他身為兒郎，在後宮待太久不太妥當。皇后留他不住，便讓身邊得臉的宮人送他出宮。

待班恆離開以後，皇后的臉色沉了下來。

「太子。」

「母后。」太子垂首站在皇后面前，滿臉愧疚。

看著兒子這般模樣，皇后是又氣又心疼，「你啊你啊……」

「兒臣讓母后失望了，兒臣知錯，」太子握住皇后的手，「只求母后莫氣壞了身子。」

「你這性子該改改了。」皇后拍拍他的手背，嘆息道：「你是太子，未來的帝王，怎麼能連自己後院的事都管不好。班家收到的厚禮是你送過去的，還是太子妃借你的名義送去的？」

「是……太子妃。」

「這都怪母后，當年見這石氏端莊大氣，又頗有賢名，便覺得她是太子妃最好的人選，哪知道她竟是如此糊塗……」皇后說到這，又連連嘆息數次，「這事不可外傳，更不能讓別人知道是太子妃做的，她糊塗了你可不能糊塗，這東西就是你送的，也只能是你送的，明白嗎？」

「兒臣記下了。」

「一個個都不是省心的。」皇后揉了揉額頭，「你退下吧。」

「母后，兒臣見您面色不太好，要不讓太醫來替您把把脈。」太子見皇后神情疲倦，心中愧意更濃，「不然兒臣內心難安。」

「沒事，都是老毛病了。」皇后搖頭，「你跟你弟少氣我一些，我就什麼毛病都沒有了。」

「是。」

太子回到東宮，見太子妃跟前伺候的太監一直在書房門口張望，想起母后說的話，便沉下臉對身後的宮人道：「把那個探頭探腦的小太監抓起來，杖十下。」

「太子殿下，那是太子妃……」

「孤說的話不管用了嗎？」

「是！」

太子與太子妃成婚這些年，太子妃膝下無子，太子也不曾讓太子妃受到半分難堪，不過這一次太子妃的顏面，只怕是保不住了。

不過，沒有臉面的太子妃也是太子妃，他們這些做宮僕的，除了乖乖聽話以外，便沒有多餘的選擇。

很快前朝開始出現彈劾石崇海的奏章，石黨們紛紛尋找門路，這副惶惶然的模樣，與去年嚴家失勢時那些嚴黨們又有何異？只可惜嚴暉的前車之鑑沒有讓他們學會低調，反而因為嚴暉失勢，變得更加得意猖狂，才終於惹下了今日的禍端。

石崇海又怎麼能認下買凶刺殺朝廷國公這種罪，所以兩邊人一直在打著嘴仗，但石家日子確實變得艱難，就連石崇海與石晉也暫時回家「休養」了。

大理寺的監牢裡，石飛仙除了失去自由，沐浴洗漱不太方便以外，並沒有受到太大的折磨。看守監牢的護衛對她客氣，飯食味道雖不講究，卻也是乾淨能下嚥，他們甚至也不阻攔相府的人來看她，她幾乎算得上是整個監牢中最受優待的人。

這與石飛仙預想中有些不同，她以為容瑕會因為班嫿的關係，故意讓人為難她，可是這些天過去，她才知道自己這種想法太過小人。若是容瑕對她殘酷一些，她心裡或許更加難受，而他只是再沒出現到她面前，彷彿她與大理寺其他犯人一樣，不值得他多看一眼。

「石姑娘，」牢頭走了過來，客客氣氣向她行了一個禮，「您的母親來看您了。」

「母親？」石飛仙抬起頭，看到石夫人以後，激動地站起身，「母親！」

「孩子……」石夫人看著形容憔悴的女兒，心疼地走到牢門邊，隔著圍欄，抓住女兒的手，「孩子，妳受苦了。」

母女二人執手相看淚眼，好好地哭了一場後，石夫人便開始說著家裡一些瑣碎小事，什麼太子妃受了天子厭棄，相爺在朝堂上舉步維艱，只能暫時在家休養。御史咄咄逼人，以前那些石黨都是牆頭草，真正得用的沒幾個人云云。

石飛仙聽著母親的抱怨，看著自己許久不曾保養，變得沒有光澤的手臂，內心因見到母親後升起的激動之情，一點一點平靜下來。

「母親今日來，就是為了跟女兒說這些嗎？」她聲音發抖，鬆開抓住石夫人手腕的手。

「孩子……」石夫人看著女兒，話在嘴裡打了無數個轉兒，卻始終說不出來。

「母親是不是想讓我把罪獨自扛下來？」石飛仙雙眼含淚，卻露出嘲諷的笑，「左右我現在壞了名聲，就算出去也只能找個沒什麼用處的男人入贅，說不得還會連累整個石家。不如我把罪名擔下來，父親大姊大哥都不會受到連累，您說對不對？」

石夫人捂著嘴痛哭搖頭，卻不知道該說什麼好。

「可我沒有做過這些，你們身為家人，不該為我討回公道嗎？」石飛仙聲音變得尖利，「就像當初靜亭公那樣，誰欺負了他的女兒，就去砸了誰家的門，就算女兒名聲再差，也要護著她不讓她受半點委屈，這才是父母家人該做的事，不是嗎？」

石夫人趴在圍欄上，哭得上氣不接下氣，她不敢看女兒的臉，也沒臉面對女兒。

「我知道了。」石飛仙看著痛哭不止的石夫人，用手背擦去臉上的淚，「妳走吧。」

「孩子……」

「您放心，這罪……我擔下了。」石飛仙背過身，不再去看石夫人，聲音顫抖，「就當是女兒償還父母的生養大恩。」

「我也不願，我也不願啊……」石夫人哭著捶打自己的胸口，「是為母沒用，護不住妳！」

石飛仙看著牆上經年累月留下的灰塵，哭得渾身顫抖，卻始終不願意回頭看石夫人一眼。

一日後，大月宮。

大理寺卿對雲慶帝行了一個大禮。

「陛下，石姑娘招了。」

「她怎麼說？」

大理寺卿把供詞雙手呈上，躬身答道：「石姑娘承認，她因出於嫉妒，不想讓福樂郡主嫁給成安伯，所以就想請殺手刺殺靜亭公府裡的人。只是相府管教極嚴，絕對不容許女兒做出這等大孽不道的事，所以她只能自己私下找到幾個膽大的混混，讓他們去刺殺福樂郡主。只是恰好那幾日找不到合適的機會，她才改變計畫，讓那幾個小混混對靜亭公下手，這樣福樂郡主就需要守孝三年，這三年內她都不能嫁給成安伯。」

雲慶帝放下手裡的奏章，面色深沉道：「那她有沒有說，是怎麼跟惠王府的下人認識的？」

「石姑娘說，她根本不知道此人是惠王府的下人，只當他是介紹殺手的中間人。」

大理寺卿覺得這理由有些牽強，石姑娘明顯是想把所有罪名扛下來，免得連累石家。他以為陛下定不會相信這種拙劣的理由，沒有想到陛下竟然沒有反駁，只是讓他放下供詞便讓他走了。離開大月宮前，他忍不住想，皇上恐怕還是想護著太子，才沒有繼續追究下去。

幾日後，靜亭公遇襲一案真相大白，原因竟是由於女人的嫉妒。經此一事，成安伯容君珀的美名傳遍了天下，因為能讓閨閣女子心生嫉妒而殺人的男人，一定是十分出眾迷人的。

一時間，容瑕在京城中受歡迎的程度不減反升，若不是他已經與人訂了親，只怕每天女子們扔的鮮花手帕瓜果等物，都能把他給埋起來。

石崇海「得知女兒犯下此大罪，不僅在皇帝面上泣血求罰，還到班家負荊請罪」，這種不包庇女兒，勇於承認自己錯誤的行為，贏得了部分讀書人的讚譽。

這還不算，石崇海甚至自請離職，他認為自己教女不嚴，無顏擔任相爺一職。皇帝被他真誠的態度感動，言明女兒犯下的錯，不應該由他承擔，世上只有父債子償，沒有子債父償的說法。最後結果就是石崇海罰銀五千兩，並且親自設致歉宴向靜亭公賠罪，停俸半年。

石崇海當下毫無異議，第二天就擺了盛大的致歉宴席，不僅請班淮當座上賓，還請了很多有名望的人士來做客。

此舉一出，更是為他贏得不少讚譽。

班淮帶著一對兒女到達的時候，酒樓裡已經有不少人了。雖然宴席擺在二樓，但是下面大堂裡卻有不少人看熱鬧，大家都在等班家人會作何反應。

班嫿看著樓下那些神情激動的讀書人，輕哼一聲，移開了目光。

班恆見樓下那些人的目光像狼一樣盯著他姊看，便擠到樓梯一邊，把班嫿擋在了裡面。

「靜亭公！」石崇海看到班淮，還沒說上兩句話，便先紅了眼眶，對著班淮長揖到底，「在下教女不嚴，實在是慚愧慚愧，在下幾乎無顏見您。」

班淮視線掃過四周看熱鬧的賓客，避開石崇海的禮，不甚在意道：「沒關係，你不還是見到了嗎？不過你這個女兒雖然沒怎麼教好，但幸好我運氣好，保住了一條命。」

說完這句話，他便氣喘吁吁地在旁邊椅子上坐下，不好意思道：「讓各位看笑話，我這人膽子有些小，這次的事嚇得我病了一場。今日本不想出門，可想到我今日若是不來，石相爺定會為難多想，只好勉強來了。我精神頭實不太好，若是有什麼失禮的地方，請諸位見諒。」

眾人聞言紛紛關心起班淮的身體狀況，一堆人七嘴八舌，好不熱鬧。

石崇海在旁邊一直陪著笑臉，又說著致歉的話，不過很多人忙著討好班淮，一時半會兒也沒人在意他做了什麼。

班嫿沒心思看這種鬧劇，轉頭對上了石晉的雙眸。兩人的視線在空中相匯，班嫿沉默著沒有說話。石晉猶豫了一下，走到離班嫿兩步遠的地方站定，「郡主近來可好？」

「家父患病，身為女兒的我，又能好到哪去？」班嫿語氣淡淡的，「石大人有事？」

石晉向她作了一個揖，沉默著沒有說話。

班嫿轉頭看著坐在貴客位的父親，「石大人，石姑娘可還好？」

「舍妹犯下滔天大罪，被大理寺判服役十五年。」石晉沉默下來，他與班嫿竟無話可說。

「在哪兒服役？」

石晉聽到班嬧這樣問，驚訝地抬起頭，見班嬧臉上並沒有多少怒意，便答道：「西州。」

「西州地遠苦寒，風大沙多，令妹如何受得了那裡的氣候？」班嬧垂下眼瞼，語氣略軟了幾分，「何不換個氣候好的地方？」

「犯了錯就該受罰，石家並不敢有怨言。」石晉垂下頭，不去看班嬧的眼睛。

「你們自然沒什麼可怨的。」班嬧對石家人有些膩味，她雖然與石飛仙有怨，但是如果石飛仙真的與父親遇襲無關，她也沒有恨不得對方去死的想法。

倒是石家人比她這個外人想得開，她如果再多說廢話，反而就討人嫌了。

當天石崇海向班淮敬了道歉茶，班淮表情平靜地喝下了。就在宴席快要正式開始的時候，班淮忽然面色蒼白，暈厥了過去。嚇得大家連忙請了大夫來，才知道他身體尚很虛弱，根本不能太過勞累。於是這宴席也不吃了，大家把班淮送回了家，走出班家大門後回頭一想，班淮這是接受石崇海的道歉還是沒有接受？

不管接沒接受，這事就這般落幕了。表面上看，石崇海與嚴暉都仍舊是相爺，地位沒有受到影響。然而事實上兩家人都不復往日的榮光，不僅風光不在，還要過著如履薄冰的日子。

自此以後，朝中再無石黨嚴黨一說，但是這個平靜的表面之下，似乎又潛藏著暗潮，只等著誰來揭開它，就會翻天覆地，天地變色。

在石崇海向班淮道歉後的第三天，石飛仙戴上了鐐銬、頭夾，與一批同被發配到西州的女犯坐進了一輛木車中。

狹窄破舊的木車裡滿是異味，同車幾個女人看著她，實在想不明白，這麼嬌滴滴的一個女兒家，究竟犯下了多大的罪，才會被發配到西州那個苦寒之地？

馬車裡最年長的女人近四十歲，實際上才三十出頭。她殺了整日磋磨她的丈夫與婆婆，又因為年輕時救了一位官員的女兒，得了幾分人情，所以沒有判死罪，而是判了流放。

她忍不住對石飛仙道：「姑娘，妳犯了什麼事啊？」

「我？」石飛仙愣愣地看著眼前這個面容滄桑的女人，半晌才道：「投錯胎，做錯事。」

木車四周釘得很牢實，只留下幾個小小的孔供馬車裡的人換氣，她聽著外面熱鬧的喧譁聲，忍不住恍惚地想，這大概是她這輩子最後一次聽京城的繁華聲了。

西州風沙大，雨水少，烈火般的太陽足以烤破她的皮膚，她不知道自己能不能熬下去。

木車出了城以後，道路兩邊有犯人的家人來送衣物，有人哭，有人磕頭，不過因為押送犯人的衙役收了這些人的銀錢，對這種情境便睜一眼閉一隻眼了。

車上的幾個女犯，除了石飛仙外，所有人都得了親人備下的東西，包括剛才問她的女人。

她彎腰坐在窄小的木車裡，看著車外的生離死別，面色麻木到了極點。

「石姑娘。」一個騎著馬的護衛從城裡追了出來，他的手裡還拎著一個不小的包袱。

石飛仙雙眼一亮，可是看清護衛的長相以後，她眼中的亮光消失了。這個人她不曾見過，肯定不是石家的人。

「我家主子說，山高路遠，從此便天涯相隔，往日恩怨一筆勾銷，望自珍重。」護衛把包袱塞到石飛仙手裡，用平板的聲音道：「這包袱請姑娘收下。」

「等等。」石飛仙捏住包袱的一角，看向這個相貌普通的護衛，「你家主子是誰？」

護衛行了一個禮，「請恕在下不能回答妳這個問題，告辭！」

石飛仙拽著碩大的包袱，看著護衛騎馬離去的背影出神。很快其他女犯也被關回了木車中，她們都開始翻看家人備下的包袱，急於知道裡面裝了什麼，唯有石飛仙拽著包袱沒有動。

她不知道裡面裝著什麼，也沒有多大的興趣知道，或許是詛咒她的東西，即便是死老鼠、蟑螂之類也有可能。

她一直都知道，京城有些小姐在心中暗暗嫉妒她，她更加清楚，因為父親與姊姊的關係，這些人就算是嫉妒，也不敢在她面前表現出半分，甚至要費盡心思討好她。而那些所謂愛慕的男人們，早就躲得遠遠的。就連她的家人都不願沾染上她，更別提這些男人。

「閨女，妳包袱的料子真好。」一個女犯道：「用上好多年都不會壞呢！」

在這些人期待的目光下，石飛仙咬了咬牙，伸手去拆這個包袱。

她想要知道究竟是哪個與她有過恩怨的人，敢在這個關頭送東西給她。連石家都不敢做的事情，她哪來的膽子這麼做。

包袱解開，裡面沒有死老鼠，也沒髒東西，只有一個水囊和幾套不顯眼的四季衣服、一包乾糧，還有一個小荷包。她伸手捏了捏，裡面放著的有可能是銅錢與碎銀子。

車內女囚豔羨地看著石飛仙手裡的包袱，東西準備得真齊全，衣物料子好不說，甚至連女人的貼身衣物以及每月需要的那東西都準備了幾條，可見準備包袱的人是花了心思的。

天涯相隔，從此恩怨一筆勾銷。

真正與她有過恩怨的那些人，有幾個能有這般膽量，安排護衛送這些東西來？

往日她根本不會多看一眼的東西，此刻卻成了她唯一能擁有的。她的家人、她的朋友、愛慕她的男人，都避她如蛇蠍，唯有此人，竟是做了別人不敢做的事。

片刻後，她眼前模糊一片，眼淚順著臉頰滑過，落在了包袱上。

「駕！駕！」

駿馬在街道上飛馳，路邊的行人紛紛避讓，心裡想著，這又是哪位貴人心情不好，跑出來縱馬飛奔了。不過這些人有錢，就算鬧市縱馬罰銀一百兩，他們也願意。有錢人的世界，他們普通百姓不懂。

石晉騎馬出了城，在四周找尋了一遍，卻沒有看到妹妹的身影。他回頭找到看城門的衛兵，「今天發配到西州的女犯出城沒有？」

被問話的是個新上任的護衛，他見問話的人錦衣華服，氣勢逼人，不敢隱瞞，連忙開口回答道：「兩個時辰以前就已經出城了。」

「兩個時辰前？」石晉抓住護衛的衣襟，「不是說午時才押送犯人出城嗎？」

「公、公子，在下並沒有聽到這個說法。」護衛見這位公子形容癲狂，不敢惹得他更生氣，小心翼翼道：「在下接到上峰的文書，說的是辰時一刻有一批女囚被發配到西州。」

「辰時……」石晉愣愣地鬆開護衛，一時間竟有種天旋地轉之感。

「大公子！」石家的護衛追了過來，「相爺說，請您立刻回去。」

「滾開！」石晉踢開離他最近的護衛，冷臉瞪著這些護衛良久之後，整個人彷彿失去了神魂般，「你們自己回去，我四處走走。」

「公子……」被踢的護衛從地上爬起來，急切道：「相爺說了，萬事不可衝動，您的言行影響著整個家族。」

石氏一族，除了石崇海這一脈以外，還有很多依附在石家羽翼下過活的分支，若是石崇海倒臺，石家羽翼下的所有人都要跟著倒楣。

石晉渾身一顫，他苦笑一聲，牽著馬便往城內走，看也不看這些護衛一眼。

自從出生，他便被父母耳提面命，要以家族為重。大姊嫁給了太子，二妹也被父母養歪了性子，就連他也要嚴格按照父親的意思辦事，不然便是不孝，拿整個石家的榮華富貴開玩笑。

背負著這樣一個家族，太累了。

他走到熙熙攘攘的人群中，看著四周來往的行人，竟有種喘不過氣來的感覺。

路邊有個小姑娘牽著父親的手，然後耍賴讓她父親抱。她父親低頭說了什麼，便把小姑娘抱在了懷裡，小姑娘高興地摟住父親的脖子，臉頰邊的酒窩可愛極了。

這樣……才算是家人吧？

石晉站著原地，直到這對父女走遠後，他才收回視線。轉頭見一個年邁的老太太在賣絹花，他忽然起了幾分憐憫，掏出一把銀錢把對方整籃子的花都買了下來。

「公子今日怎麼是一個人？」老太太把籃子跟花都遞給他，笑容溫和，「您的未婚妻沒有與您一起嗎？」

石晉聞言愣住，這位老婦人是認錯人了？

他見這老婦人頭髮花白，臉上的皮膚猶如蒼老的樹皮，也不好跟她解釋，笑了笑就接過籃子提在了手裡。

「老婆子我在這裡賣了很久的花，再沒見到有幾個人比公子還要俊俏。」老太太把銀錢小心翼翼地裝進荷包，「您下次再來買，老婆子就免費送你，這些花不值當這麼多錢呢。您上次送的錢太多，老身回去買了一小塊地，如今家裡的日子也有盼頭了。」

「老太太，妳認錯……」

「正說著，人就來了。」老太太臉上的笑容更加溫柔，「您的未婚妻是個好姑娘，面帶貴人之相，你們在一起肯定會有後福的。」

石晉順著老太太的視線望了過去。

班嬙騎在馬背上，身上穿著一件素色裙衫，裙衫上繡著素白的雲紋，頭髮挽成了百合髻，美而嬌憨。

石晉愣愣地看著班嬙，心中被絲絲縷縷的苦意占滿。

在班嬙朝這邊望過來時，他狼狽地收回視線，剛好石家的護衛追了上來，他把花籃遞給一名護衛，轉頭爬上了馬背。有些人，既希望見到，又害怕見到，便不如不見。

然而，事與願違，就在他準備離開的時候，班嬙已經來到了他的面前。

「姑娘好。」賣花的老婦人在懷裡掏了掏，摸出一根紅繩，「這是老身在月老觀求來的，姑娘若是不嫌棄，便收下吧。」

老婦人的手很粗糙，掌心有著厚厚一層老皮，但是這條紅繩卻很鮮豔。班嬙不知道這根紅繩在老婦人身上放了多久，她跳下馬背，收下紅繩後，對老婦人鄭重地道了一聲謝。

「您太客氣了，祝您與好心的公子早日成婚，白頭偕老。」見這位漂亮的小姑娘沒有嫌棄自己送的東西，老婦人臉上露出燦爛的笑意，心滿意足地離開了。

在看到班嬙的剎那，石晉就知道剛才那個老婦人把他認作了容君珀，不過她認錯了他，卻沒有認錯班嬙，可見在她心中，印象最深刻的還是這個把不值錢的粗劣紅繩放進懷中的女子。

「方才……她認錯了人。」石晉對班嬙行了一個禮，「抱歉。」

「與你無關。」班嬙爬上馬背，語氣淡然，「石大人帶這麼多護衛出門，是要做什麼？」

石晉嘴唇動了動，想起獨自上路去西州的妹妹，回頭看了眼馬背上放著的包袱，心中苦意更重。班嬙也看到了那個包袱，眉梢微挑，「辰時就出了城，你現在趕過去能找到什麼？」

「福樂郡主，請您不要誤會，我們家公子並沒有去找二小姐。」石晉身後的護衛見石晉沒說話，怕這件事惹出麻煩，忙開口解釋。

「你是什麼東西，主人家說話，有你插嘴的份？」班嫿美目一掃，立刻瞪得那個護衛不敢說話，「便是去送個東西又怎麼了，就算是死囚斬首前還能吃上幾口家人送的飯。堂堂相府，竟是小心到這個地步，實是可笑。」

石晉看到了班嫿眼中的譏諷，不自覺開口道：「我以為是午時……」

就連昨日他派去打聽消息的護衛，也說是午時才會送女犯出城。在找不到二妹身影那一刻，他就知道是父親騙了他。那個被滅口的人是惠王舊部，父親害怕了，他不敢拿整個家族去賭，所以連給妹妹送行都要避諱。

可是妹妹從小到大什麼時候吃過這樣的苦，她什麼東西都沒帶，往後的日子該怎麼熬？

「身為兒郎，只有手中的權力足夠做出決斷的時，才會有人在意你說了什麼。」班嫿淡笑，「石公子真是一個好兒子。」

石家的護衛聽到這席話皆吶吶不敢言，轉頭見自家公子不說話，只能乖乖地閉上嘴。

忽然，石晉對班嫿作揖道：「福樂郡主所言有理，在下受教。」

班嫿眉梢抖了抖，她剛才說什麼？她就是隨便諷刺了石晉幾句而已，他是受刺激了？

偷眼瞧石晉，對方好像並不是在開玩笑。面對如此認真的人，班嫿有些不自在，便找了個藉口告辭了。走出一段距離後，班嫿回頭一看，石晉似乎還在盯著自己。

她扯了扯袖子，忍不住想，這石晉……該不會是恨上她了吧？

「郡主，」班嫿的一個護衛小聲道：「您該回去用飯了。」

班嫿嘆口氣，朝城門望了一眼，「嗯。」

少了石飛仙這個第一美人，京城沒有什麼變化。二皇子沒有變化，謝家沒有什麼變化，就連那個曾經說要求娶大業第一美人石小姐的艾頗國王子，也彷彿忘記了這件事，仍舊以傾慕大業文化的藉口，留在了大業京城。

對於天下來說，這不過是個女人而已，再美也只是一個有罪的女人，他們以談起她為恥，又怎麼會承認自己戀慕過這樣一個「佛口蛇心」的女人？

一日後，皇帝的岳父，皇后的父親成國公誕辰。雖然班家人身上還戴孝，但是成國公府卻再三表示不在乎這些俗禮，連發了幾道請帖，請班家一定要登門坐一坐。

對方如此熱情，班家人再推辭不得，班嫿便換上了一件素色繡銀杏裙。銀杏寓意吉祥，去參加壽誕剛好合適，剛好顏色也不打眼，適合尚在孝期的她穿戴。

乘坐馬車到了成國公府，剛下馬車，成國公府的人便迎了上來，然後熱熱鬧鬧地把陰氏與班嫿迎到了後院。

剛走到垂花門口，就聽到裡面有笑聲傳來，好不熱鬧。裡面的人見到陰氏與班嫿母女，紛紛起身迎了過來。

「可算是來了，剛才還一直念叨呢！」

「靜亭公可還好？」

「我家裡有凝神的方子，不如拿去照著方子抓一副藥喝喝？」

陰氏與這些女眷們互相見了禮，又一一答了她們的問題，氣氛融洽，但隱隱可以看出，很多婦人在有意無意討好著陰氏。

班嫿與晚輩們坐在一起，她是京城裡有名的紈絝女，與她交好的女子性格大多比較外放，所以她們幾人便坐在一起聊了起來。正說到興頭上，一個面容甜美的少女走了過來，臉頰微紅道：「我能坐下嗎？」

周常簫的同胞妹妹周家小姐抬頭看了眼來人，輕聲撫掌道：「妳不是姚家姑娘嗎？不用如此客氣，快坐吧。」

姚菱對周家小姐感激一笑，小心翼翼地蹭到班嫿身邊，在她旁邊坐下了。

周家小姐見狀，頓時笑道：「瞧瞧，瞧瞧，妳這張臉可真招小姑娘喜歡，就連剛回京的姚妹妹也愛盯著妳臉紅。」

班嫿見這個姚家姑娘有些面生，臉上還帶著孩子氣，便從桌上拿了個果子放到她掌心，「妳別理周姊姊，她最愛逗妳這般可愛的小姑娘。」

幾人見狀更是笑了，趙家小姐性子比較文靜，這個時候也要插一句嘴道：「周家姊姊可不是撒謊，只要妳出去，什麼時候不是招貓逗狗，惹得一干小姑娘姊姊長姊姊短圍著妳打轉？」

班嫿摸了摸臉，挑眉，「天生麗質難自棄，這都是命。」

「讓我瞧瞧妳的臉皮有多厚。」周家小姐輕輕捏了捏班嫿的臉頰，只覺這皮膚又嫩又滑，就算她是個女人，也忍不住想多捏兩下，「臉倒是不厚，看來妳說這話，是不打算要它了。」

眾人齊笑了出來，姚菱偷偷地看班嫿，只覺得眼前這位郡主好看極了，世間萬物所有景致，都不如她一個笑臉。

若她是個兒郎，定要把她求娶回家。每天給她最舒適的生活，雖自由的日子，讓她永遠開心愉快，即便老了以後，也會變成最美麗的老人。

班嫿注意到身邊這個姚家姑娘總是偷偷瞧自己，忍不住笑道：「姚姑娘，妳在看什麼？」

「我……」姚菱絞著手裡的帕子，「我看妳好看。」

班嫿聞言笑出聲，「這話真好聽。」

「啊？」姚菱疑惑地張大嘴，這個時候不應該自謙或是害羞嗎？

「早跟妳說了，這人是極不要臉的，妳偏偏還誇她。」周家小姐對姚菱招了招手，「來，妳還是離她遠著些，免得被帶壞了。」

「郡主很好的。」姚菱想了想，又補充一句：「不會帶壞。」

班嫿見這幾個同伴又要笑，便道：「行了，妳們不要拿小姑娘打趣，我臉皮厚，妳們還是笑我吧。」

原本還不好意思的姚菱聽到這話，心中一動，忍不住多看了班嫿幾眼，只覺得福樂郡主溫柔極了。然後她發現，在福樂郡主說了這話以後，這幾位小姐竟真的沒有再拿她打趣，只是聊天的時候時不時把她帶進來。跟這些人坐在一起，沒一會兒她身上那股不自在便煙消雲散。

原來京城有這麼多好玩的去處，原來那家看似文雅的公子私底下竟然如此壞。越聽越有趣，姚菱忽然覺得，回京以後的這段日子過得實在太無趣了，哪像這些貴女般多姿多彩。

「妳以前住在薛州？」班嫿忽然想起自己跟容瑕去一家麵館吃過麵，那個老闆似乎就是薛州人，「那裡怎麼樣？」

「以前我聽人說過一些不太好的話，不過自從前幾年換了一個刺史以後，薛州百姓的日子好過了很多。」姚菱道：「我曾隨人去拜訪過刺史夫人，是個十分溫柔的女子。」

「薛州刺史？」周家小姐轉頭看趙家小姐，「薛州刺史不是妳的兄長嗎？」

趙家小姐臉上的笑容燦爛了幾分，「姚小姐，不知我哥哥與嫂子在薛州可還習慣？是胖還是瘦？我的侄兒還好嗎？」

姚菱還沒弄清京城裡的人情關係，所以也不知道薛州刺史竟然是這位趙家姑娘的兄長，她愣了一下後道：「我去刺史府的次數不多，不過未曾聽過趙刺史身體不好的話，刺史家的小郎君雖然只有兩三歲，但是十分機靈可愛，我回京前小公子已經會很利索地說話了。」

「那便好，那便好。」趙家小姐臉上的笑意更濃，拉著姚菱又問了不少薛州的風土人情。有了這個插曲，姚菱算是真正融入了這個小團體，壽宴還沒有開始，已經有不少人稱她為姚妹妹，而不是生疏的姚小姐或者姚姑娘了。

「嫿嫿，」周家小姐把班嫿帶到角落裡，與她小聲道：「石家那邊的事情，妳小心些。」

班嫿點了點頭。

周家與班家的關係不錯，但是石家的關係雖然算不上多好，也不算太差，所以兩家若是有矛盾，周家也不好插手過多。石家這次吃了這麼大一個虧，而且還當著眾多人的面折了面子，她擔心石家日後會報復。

「妳這人什麼都好，就是性子直了些。」周家小姐往四周望了望，「姚菱這姑娘雖然看著不錯，但是她回京以後，一直跟著石飛仙那些人一起玩。現在石飛仙出了事，那個什麼竹林七仙女、七才女之類的，也都散了。防人之心不可無，妳……」

「周姊姊，我知道妳是為我好，」班嫿捏了捏周家小姐的手，「我不會多想的。」

「誰管妳多不多想。」周文碧輕哼一聲，伸手扶了一下班嫿鬢邊的銀步搖，「妳給我稍微省心一些，我就能心滿意足了。」

班嫿對周文碧討好一笑，聽到外面有喧譁聲，似乎是什麼重要人物來了。兩人走過去一看，原來是二皇子與二皇子妃，這兩人攜手走來的模樣，倒不像是外面傳聞那般感情不好。

二皇子進門後，就向外祖父和外祖母行了大禮，做足了孝順的姿態。

若不是外面關於他亂七八糟的傳聞太多，任誰也不敢相信這人會是個混蛋。不管他人品怎麼樣，皮相還是不錯的，如果他不是皇子，靠著這張臉，去給貴女做小白臉也是勉強夠的。

行完禮，蔣洛就要去外面與男客們坐在一起，哪知他一回頭就看到了站在人群中的班嫿。

他走了幾步，來到班嫿面前，語氣嘲諷，「妳不是在家裡守孝，跑來這裡湊什麼熱鬧？」

班嫿恨不得在心裡翻一個大白眼，「來向成國公賀壽，是小女子的榮幸。」

「嘖，裝模作樣！」蔣洛意味不明地笑了一聲，轉身大步走了出去。

周文碧小聲對班嫿道：「二皇子對妳意見很大？」

班嫿挑眉，「腦內有疾，我原諒他。」

二皇子走了沒一會兒，太子就到了。不過，與二皇子不同的是，他是單獨來的，並沒有帶女眷一起出來。

與跳脫的二皇子相比，太子更為文雅，也更為沉穩，在班嫿看來，成國公一家似乎也更加喜歡太子，或者說，他們更欣賞這樣的外孫。

寒暄過後，成國公夫人順口問道：「太子妃呢？」

太子道：「太子妃身體不適，我便讓她在宮中休息了，不過她也為二老備下親手做的禮物，外祖父與外祖母見了以後，可不要嫌棄。」

「太子妃身分貴重，怎能勞動她？」成國公夫人笑瞪太子一眼，「你這就太不體貼了。」

「非是我不體貼，是太子妃惦記著二老，我攔也攔不住。」太子說話速度很慢也很溫柔，這樣一個男人，是很容易得到長輩喜歡的。

班嫿看著眼前這一幕，心下想，她若是長輩，大概也更喜歡太子這樣的孫子。只可惜她養不出這麼大的一個孫子，而且不知道是不是她想太多，太子與太子妃之間可能出問題了，不然這樣的場合下，太子不可能不帶太子妃出席。

至於太子妃究竟有病沒病，就只有太子自己心裡明白了。

「國公爺、夫人，成安伯到了。」

「快快有請！」眾所周知，成國公十分喜愛成安伯，對待成安伯的態度，就跟自己的親孫子一般。現在聽到成安伯來了，臉上露出燦爛的笑意。

老還小，老還小，年紀大了的人，做事就難免開始任性起來。

容瑕身上穿著還沒來得及換下的官服，像是匆匆趕來，他進門後便向成國公行了一個大禮，「晚輩來遲，請成國公恕罪。」

「快起來，快起來。」成國公笑呵呵地讓他起身，「你現在是吏部尚書，忙才是正常的，若是不忙我才要不高興呢！」說完這話，他又看著容瑕道：「瘦了，瘦了。平日再忙，也要好好吃飯，待你日後成婚了，可不能還像現在這樣。」

容瑕偏頭看向人群中的班嫿，笑著答道：「是，晚輩記下了。」

成國公對容瑕如此聽話很滿意，轉頭又道：「對啦，我記得你前些日子已經訂婚，是哪家的姑娘來著？」

「回國公爺，是靜亭公的女兒，福樂郡主。」容瑕提到班嫿的名號時，嘴角上揚的弧度都忍不住大了幾分。

「福樂郡主？」成國公雖然老得有些糊塗，但是對班嫿還是有印象的，他想了好一會兒，點頭讚嘆道：「這個好，這個好。她祖母乃是大業第一美人，這孩子又長得靈氣十足，你能娶到她倒是福氣。」

是的，在成國公這一輩心中，大業第一美人仍舊是曾經的德寧大長公主，這些小輩都是還沒長好的小豆芽。年輕一輩口中的「第一美人」，他是從來不承認的。

「是，能與福樂郡主訂親，確實是晚輩的福氣。」容瑕笑著應了，他轉頭去看班嫿，班嫿朝他做了一個鬼臉。

「那你什麼時候成親啊？」成國公道：「前些日子我還跟大長公主說好了，要帶夫人一塊去喝她孫子孫女的喜酒呢，你動作快著些，別讓我等太久了。」

屋子裡氣氛就像是沸水中扔進了一大塊冰，冷熱對撞，氣氛頓時生出幾分怪異出來，有人在看陰氏與班嫿母女，也有人在看成國公府的人。

「祖父，」成國公的孫女笑著解釋道：「今天這麼多客人在，您單單顧著問成安伯如何，把我們其他人都給忘了，我可是會吃味的。」

大長公主過世的時候，祖父與祖母難過了許久，但是沒過幾日，祖父彷彿忘了大長公主遇刺這件事，時不時提一些過往舊事。家人不敢刺激他，只能順著他的話頭說。現在當著班家人的面，祖父又提這種事，就有些戳心窩了。

成國公府的後輩們對陰氏與班嫿露出歉然的笑意，身為晚輩他們左右為難，但求班家不會以為他們是有意冒犯。

「妳這孩子……」年紀大了的人就喜歡後輩在他面前撒嬌，成國公聽到孫女這麼說話，樂呵呵地搖頭，「妳當初成親的時候，我也是關心的。」

容瑕轉頭看向班嫿，見她面色有些不好，不想成國公繼續問下去，便道：「明年開春後晚輩就成婚，到時候您老人家一定要來。」

「今年不是挺好，為什麼還要等到明年？」成國公不滿，「你們這些年輕人，對自己的事情真是越來越不上心了。我像你這般大的時候早已經成家，老大都能跑能跳了。」

容瑕耐心地解釋道：「前些日子晚輩請欽天監的人算過，欽天監的人說，晚輩與郡主最好在明年成婚。」

實際上，大長公主過世，身為其孫女的班嫿要守孝一年，不管今年有沒有好日子，也不可能與別人成婚，但是容瑕不能提這件事，他擔心成國公接受不了大長公主已經去世的噩耗。

這個解釋讓成國公非常受用，他連連點頭，已經忘了方才催婚的是自己，「這話說的對，婚姻大事不可兒戲，日子要看好才行。我跟我們家老婆子成親那會兒，也是特意請了欽天監的人來算日子，你看看我們感情多好。」

容瑕看著上首這兩個滿頭銀霜的老人，行了一個大禮。

退出內院的時候，容瑕停下腳步往女眷中望了一眼，班嫿與尚書令之女站在一起，兩人之間的舉止看起來十分親暱。周秉安在朝上頗有威望，偏偏兩子一女中，只有大兒子成熟穩重，剩下的一對兒女都是貪玩的性子。

當初嚴家想要與班家結親，中人便是周秉安的夫人，可見周家與班家的關係是不錯的。

周秉安是二十多年前的科舉榜眼，比較有意思的是，周家祖上是行武出身，周家後人雖然都有心由武轉文，可子孫後輩不是讀書的料，到了周秉安這一輩，才算真正考到了功名。

周家成功轉型為文臣，班家成功……淪落成紈綺，這簡直是積極向上與自甘墮落的對照組。然而比較神奇的是，周家與班家關係一直很好。值得注意的是，這兩家關係雖然好，但是兩家人從未聯過姻。這事教會大家一個道理，想要兩家人關係友誼長存，就不要變成親家。

剛走出內院，容瑕就看到班恆、周常簫與另外幾個華服公子紮堆在一塊，氣氛熱鬧，不過那吊兒郎當的模樣，讓人一眼就能看出這是幾個紈絝。

周常簫用手肘撞了撞班恆，「班兄，你未來姊夫過來了。」

班恆回頭看去，果見容瑕穿過月亮門朝這邊走了過來，他揮了揮手，想要招呼他過來坐。不過手剛伸出去招了兩下，就被旁邊的周常簫把手拉了下來，「咱們又不談詩論畫，你把人叫過來幹什麼？」

更何況，容瑕這樣的斯文人，跟他們站在一塊，能受得了他們的行事風格嗎？

可這話他沒有跟班恆提，說出來就有挑撥離間之嫌了。

「班弟。」容瑕走到班恆跟前，與諸位公子哥兒互相見禮，面上沒有半點不自在。不像其他有了實職或者自詡有才華的貴公子，面對他們時，總有一種莫名其妙的優越感。

容瑕陪著他們說了好一會兒話，才被一個吏部的同僚叫走。等他離開，紈絝們紛紛豔羨地看著班恆，「班兄，你這個未來姊夫很不錯啊！」

班恆抬下巴，「那是，不然咱們家會答應他的求親？」

「班兄，」一位離班恆最近的紈絝把手搭在班恆肩上，長長嘆息一聲，「可惜你姊這麼一個大美人，就要嫁給別的男人了。」

對於很多紈絝而言，班嫿在他們心中就是大美人的極品，沒事多看幾眼，在她面前獻一獻殷勤，都能讓他們心情好上一整天。不是說他們喜歡班嫿，而是愛美之心人皆有之，與美人在一起心情自然會很好。

這也是京城女兒家們喜歡向美男子扔花扔瓜果的原因，反正看一看也不違反大業律法。

「沒事你拿我姊做什麼話頭？」班恆拿了一杯酒塞進此人手裡，「喝你的酒去！」被塞酒的紈絝也不生氣，捧著酒杯就喝下去了，不過沒有再提班嫿的事情。

二皇子與太子作為這裡身分最高的人，兩人一左一右坐在同桌的兩個尊位上。蔣洛笑著挑眉，「聽聞太子妃病了，太子可要多多注意，女人生病很麻煩的。」

蔣涵聞言笑道：「多謝二弟提醒，我一定多加小心。」

「呵！」蔣洛諷笑一聲，「太子果然宅心仁厚。」

蔣洛知道二弟向來是越搭理越來勁的性格，便只是笑了笑沒有說話。

見太子不跟自己說話，蔣洛頓時有些不得勁兒，轉頭看到容瑕過來，便冷聲道：「你欣賞的那位成安伯過來了，也不知道他擺的什麼譜，來得比我們還要晚。」

「二弟。」蔣涵見蔣洛對朝廷命官態度如此惡劣，皺眉道：「成安伯既然遲來，定是有事耽擱了。他如今是吏部尚書，需要操心的事情不少，怎麼可能有那麼多的閒置時間？」

「太子這話是在說臣弟太閒了？」蔣洛冷笑，「我不像大哥命好，能早投生幾年，六部的事情都可以插手。」

蔣涵十五歲以後就開始在六部行走，熟悉六部的工作流程，蔣洛現在雖然已經成婚，卻還沒有實差，也沒有爵位，平時別人叫他也一口一個殿下，這導致他對太子不滿的情緒越來越重。

本來是皇帝偏心，但蔣洛不敢去恨父皇，就把所有的怨氣轉到了太子身上。因為太子性格溫和，又不愛跟他計較，他就越發覺得太子裝模作樣，做什麼事都不能讓他順眼。

「臣見過太子殿下，見過二殿下。」容瑕走上前行禮，對蔣洛難看的臉色視若無睹。

「容君珀，」蔣洛指了指旁邊的位置，「坐吧。」

「多謝二殿下。」容瑕沒有在蔣洛指的位置坐下，而是選了一個不起眼的位置落座。

蔣洛覺得容瑕與太子有時候挺像的，都善於作戲，在一堆頑固的酸儒眼裡，他們就成了翩翩君子的代名詞。什麼正人君子、仁愛厚德，在他看來都是假的，世上若真有這麼多聖人，就不會有那麼多人為了功名利祿使盡陰謀詭計。

成國公年紀大了，在外面待客的是成國公的兒孫輩，陪太子同桌的是成國公府世子，太子與二皇子的親舅舅。在蔣洛話裡話外與太子過不去的時候，他就沒有開口說過話，鎮定得就像是吃齋念佛的和尚。

容瑕坐下後，他的神情變得略微輕鬆了些，希望容瑕的到來能讓氣氛好一點。哪知他想得太過太美好，顯然二皇子對成安伯的態度也不太友好，這桌的氣氛於是變得更加尷尬了。

「嚴相這邊請。」

「石相這邊請。」

沒過多久，嚴暉與石崇海也到了，兩人前後腳到，過來向太子行禮以後，就在這桌坐下。可憐的成國公世子，看著這一桌氣氛詭異的人，心口堵得差點沒吃下飯。直到老爺子出來，坐在了太子與二皇子中間的主位上，他才鬆了一口氣。不管這桌人各自抱著什麼心思，在他父親面前，這些人都只能陪笑臉。

性格已經變得像小孩子的成國公自開席後，就不斷招呼著兩個外孫以及容瑕吃多些，讓下人給他們布菜。他也不管同桌其他人怎麼想，只管跟自己喜歡的人說話。成國公世子擔心其他人尷尬，便只能招呼著被父親「冷落」的同桌貴客。

用完宴席，成國公忽然道：「容小子，帶我去瞧瞧你的未婚妻，剛才後院人太多，我都不曾好好瞧上一眼。」

成國公世子心中暗暗叫苦，人家堂堂郡主又不是阿貓阿狗，隨隨便便就由人看。他也沒有法子，忙叫下人去後院傳消息，並且向福樂郡主提前道歉。

班嫿用完飯，正與閨中友人閒聊，成國公的孫女就過來跟她道歉，說是老爺子想要見她。

班嫿想著成國公年紀已經不小，便答應了下來。

「很是抱歉。」成國公孫女領著班嫿往內院正屋走，苦笑道：「祖父近一兩年做事越發像小孩子，記憶力也不太好了，若是他說話有什麼冒犯的地方，請郡主一定不要放到心裡去。」

見成國公孫女向自己行禮致歉，班嫿忙扶著她，「家有一老，如有一寶，姊姊妳的祖父祖母尚在，是大喜事呢！」

成國公孫女想起大長公主生前對福樂郡主這個孫女十分寵愛，現在聽班嫿這麼說，她不知道是該心疼，還是該岔開話題好。

很快兩人來到了正院，成國公孫女帶著班嫿進了院子，裡面說說笑笑的聲音傳出來，讓這個院子裡充滿了鮮活氣。

「姑娘來了。」一個穿著藍衣的婢女迎了上來，對班嫿行了一個禮，「請往這邊走。」

有丫鬟替兩人打起簾子，班嫿進去一看，成國公夫婦二人坐在上首，除了這兩位老人以外，太子、二皇子、容瑕三人也都在，班嫿心下有些疑惑，這是要做什麼？

「來來。」成國公夫人是個慈祥的老太太，看到班嫿，便露出了幾分笑，「在我這邊坐。」

屋子裡的丫鬟們端來茶水點心，幾乎把班嫿當作了小孩子來哄。

「我就知道這丫頭一定長得水靈。」成國公笑得一臉滿足，對容瑕道：「這麼好的姑娘，你可得好好對她。」

容瑕與班嫿的視線對上，容瑕笑著應下：「晚輩一定會好好對郡主的。」

蔣涵笑著對容瑕道：「你日後也算是我的表妹夫了，你若是對嫿嫿不好，我可饒不了你。」

蔣洛坐在旁邊悶悶地喝茶，他雖然衝動，也知道在年邁的外祖父面前收斂住脾氣，說話做事也要順著些，萬一外祖父氣出個好歹來，他是真要去跪太廟了。

「太子哥哥，容伯爺定不敢欺負我。」班嫿小聲笑道：「因為他打不過我。」

「這話妳祖母也曾說過。」成國公忽然開口道：「當年陛下擔心她嫁給老靜亭公吃虧，她說她是天下最尊貴男人的女兒，誰敢欺負她？不過這些年，妳的祖父對妳祖母一直很好，也算是應了她的話。」

「好好地過日子。」成國公的眼神似糊塗似清醒，他轉頭看了眼太子與二皇子，把容瑕拉到自己身邊，對班嫿道：「他雖與妳祖父不同，但定會好好待妳的，不要擔心。」

班嫿愣住，看著這個老人，起身福了福，「多謝成國公，晚輩沒有什麼可擔心。」

她說的是實話，生活如此多變，誰知道明日會怎樣？只要她的家人平安無事，她又有什麼可擔心的？

「不擔心就好。」成國公像個孩子般笑了，隨後鬆開容瑕的手，打個哈欠道：「我睏了。」

太子與二皇子聞言，紛紛站起身，「外祖父，您好好休息，外孫不打擾您的休息了。」

「嗯。」成國公抓住夫人的手，用老邁沙啞的聲音道：「走，老婆子，我們睡午覺去。」

班嫿看著兩個老人牽在一起的手，忍不住笑了笑。

四人退出正院，蔣洛瞥了眼班嫿與容瑕，「時間不早，本殿下該回宮了。」

「二殿下請慢走。」容瑕上前一步，把班嫿攔在身後，對蔣洛行了一個禮。蔣洛看了他身後的班嫿一眼，冷哼兩聲，轉身便頭也不回地走開。

蔣涵對兩人溫和笑道：「二弟性格直爽，你們不要把他此舉放在心上。」

「沒關係，我習慣他這個德行了。」班嫿挑眉，「我回女眷那邊，家母還在等我。」

「我陪妳過去。」容瑕道：「妳來這裡的次數少，我對成國公府比較熟悉。」

蔣涵笑著對兩人抬了抬手，「你們且去吧，我去找舅父說會兒話。」

班嫿與容瑕向太子行禮過後，便往女眷所在的方向走去。

「你以前常來這裡？」班嫿發現容瑕對成國公府是真的很熟悉，而不是隨口說說而已。

容瑕點頭，「老太太與我外祖母在年輕的時候感情十分好。我父母兄長過世後，老太太擔心我一個人過活得不好，常接我到他們府上，所以我跟國公府的孫輩們私下都以兄弟相稱。」

難怪陛下如此信任容瑕。一個失去父母兄長的孤兒，還養在自己岳父的眼皮子底下，人品如何、心性如何，陛下恐怕再了解不過。

「對不起，我不該讓你提起那些傷心事。」班嫿面色訕訕，早知道這些事會牽扯到容瑕痛苦的過往，她怎麼也不會提出來的。

「無礙，早都已經過去的事情，提出來也沒有關係。」容瑕笑了笑，「更何況，成國公府上下待我極好，並沒有什麼可難過的。」

班嫿嘴角動了動，一時之間竟不知道該說什麼好。

「地方快到了。」容瑕忽然停下腳步，轉頭看著班嫿，「嫿嫿。」

「嗯？」班嫿無意識地抬頭，發現容瑕一雙漂亮的眼中滿是自己，她看得有些失神。

「待出了孝，嫁給我可好？」

班嫿愣然，立在原地竟不知說什麼好。

見她這般猶豫的模樣，容瑕溫柔地笑了，伸手在她眉間一點，「妳進去吧，穿過這道門就是女眷們所在的院子，我去不太合適。」

班嫿愣愣地轉頭就走，走了幾步後回頭，見容瑕還站在原地，笑容如春風般看著自己，她腳步停了下來。

容瑕見她停了下來，以為她還有什麼話要說，於是走到了她面前，「怎麼了？」

「沒事。」班嫿踮起腳在他眉心點了點，笑著道：「還你的。」說完，轉身跑進了內門。

容瑕摸了摸自己的眉心，忍不住笑了。

「二殿下。」他轉過頭，看向站在角落裡的人，「您不是回宮了？」

「本殿下想要去哪，不用向你彙報。」蔣洛靠在一棵樹下，面無表情地看著容瑕，「真讓人想不到，翩翩如玉，待女子淡如水的容公子，也有如此柔情的一面。」

容瑕笑了，「窈窕淑女，君子好逑，下官心悅福樂郡主，待她自然與其他女子不同。」

「是嗎？」蔣洛雙手環胸，「只可惜京城裡那些對你癡情一片的才女們，她們的才華在你眼中竟是不值一張女子的皮囊。」

「二殿下有此感悟，讓下官倍感震驚。」容瑕似笑非笑地回道：「福樂郡主確實有天下很多女子不及的容貌，下官有幸心悅一個美麗鮮活的女子，又有什麼可惜的？」

蔣洛知道容瑕是在嘲笑他喜歡美色，他冷哼道：「說來說去，你也不過是一個垂涎美色的偽君子罷了。」

容瑕慢條斯理地道：「二殿下此話有誤，下官只是喜歡福樂郡主，而她恰好也是世間難得的美人而已。」

「詭辯！」蔣洛不喜歡讀書人的其中一個原因就他們的那張嘴，把白的說成黑的，把黑的說成白的，偏偏還能讓世人絲毫不懷疑他們說的話，「容大人這麼好的口才，也會用在陛下與太子面前嗎？」

「陛下是君，太子是儲君，下官從不在他們面前說謊。」容瑕拱手拜了一拜，「當然，下官在二殿下面前，也並無半句虛言。」

「行了，你不必在我眼前裝模作樣。」蔣洛比了一個割脖子的動作，「狐狸尾巴，早晚有露出來的一天。」

容瑕淡淡一笑，對蔣洛拱了拱手。

蔣洛見他這般淡然的模樣，轉身便走。心中對容瑕卻更加忌憚，這樣一個沉得住氣的男人，絕對不會是別人眼中的翩翩君子那麼簡單。他不明白容瑕究竟用什麼樣的手段，哄得天下讀書人對他推崇備至，連父親與太子都對他讚不絕口。

這是一個極有野心的男人，若他登基為帝，絕不會留下此人。

早就有人注意到班嫿與成國公孫女一起離開，現在見她回來，大家嘴上雖然沒有問，心裡卻已經想了無數個可能，尤其是二皇子妃謝宛諭，她與班嫿從小到大關係都不算好，雖然出了石飛仙的事情，讓她對班嫿惡感降低了一些，但是想到班嫿要乖乖地向她行禮，她就有種出了口惡氣的感覺。

本來用完宴席之後，她就想刁難班嫿一番，哪知班嫿卻被成國公府的人叫走，她只能把心裡這口氣硬生生又嚥了下去。想到自己以前常常被班嫿堵得啞口無言的模樣，謝宛諭就始終意難平。何以解憂，唯有找班嫿把那口氣出了。

「福樂郡主，」謝宛諭抿了一口茶，「有些日子不見，妳似乎比往日清減了些。」

「可能是最近吃少了。」班嫿笑得一臉無辜，「讓二皇子妃擔心了，是我之過。」

謝宛諭冷笑道：「是啊，自從進宮以後，我一直都不太放心妳。」

這話聽著，像是兩人有過交情似的。然而在場不少人都知道，她們兩個確實有交情，卻都是吵架的交情，而是次次還是二皇子妃落下風。

二皇子妃現在明顯是來為以前找場子了，可惜福樂郡主的心理素質實在太強大，面對二皇子妃的挑釁無動於衷，大有把裝傻進行到底的架勢。

所有人都知道二皇子妃拿班嫿根本沒有辦法，因為班嫿上頭還有陛下與皇后撐腰，二皇子妃雖然品級高於班嫿，但是她做了皇家兒媳，還要去討好帝后。

只要班嫿不接二皇子妃的招，二皇子妃就不能找理由發作。

由此可見，品級不能說明一切，重要的是帝后更寵愛誰。謝宛諭嫁進宮後，與二皇子感情不算好，娘家兩個兄長被罷黜的被罷黜，殘疾的殘疾，她就算想要強勢起來，別人也不會畏懼。

她想要欺壓到班嫿，唯有一條路可走，那就是二皇子登基，她成了大業的皇后，到了那個時候，班嫿在她面前才能任由她搓圓捏扁。

旁人明白這個道理，謝宛諭自己心裡也清楚，所以她見班嫿根本不懼她以後，便不再自取其辱，轉頭與其他貴女說話，在她們的吹捧中，找到了自己的心裡平衡感。

從頭到尾陰氏都沒有插一句嘴，在她看來，這種小孩子吵架的場面，根本用不著她開口。日後嬸嬸嫁到成安伯府，總要遇到一些不長眼的人，她不能事事都幫嬸嬸做完。

成國公的壽宴辦得很熱鬧，結束得也很完美，兩個外孫親自來賀壽，朝中寵臣也紛紛賞臉，就連皇帝也特意派了使者來送賀禮，算是給足了成國公的顏面。

近年唯一能比得上這場壽宴的，也只有大長公主在世時的壽宴了。然而大長公主死了，成國公卻還活著，甚至有一個做皇后的女兒，做太子的外孫。

成國公府的含金量，比現在的靜亭公府更高。

不過，班家人離去的時候，成國公府的主人們都親自送到了門口。眾人這才明白，皇后娘家的態度，就是皇后的態度。

班家仍舊聖寵不衰啊！

成國公壽宴結束的當天夜裡，忽然天降驚雷，宮中有喧譁聲傳出。

皇帝重病嘔血了。

肆之章　風雲乍起

雲慶帝重病的消息，最終沒有傳到宮外。皇后下令封閉宮門，不得讓任何人出宮傳遞消息，就連太子與二皇子所住的地方，都派了重兵把守。皇后能夠相信自己的兩個兒子，卻不敢相信兩個兒子身邊的人。

平日裡不太管事的皇后，在這個關鍵時刻卻彰顯出了她的魄力。當年她嫁給皇帝的時候，皇帝的太子之位岌岌可危，她仍舊跟在皇帝身邊無怨無悔。她與皇帝共患難多年，到了這個年齡，還是皇帝心中最信任的女人，可見她的手段與心胸。

太醫自從進了大月宮以後，就再也沒機會出來。若是需要拿什麼藥，全由皇后身邊的人親自押送太醫過去，整個太醫院也被封鎖了起來。

一個時辰以後，雲慶帝醒來了，他看到坐在床邊垂淚的皇后，想要坐起身，結果身上一點力氣也使不出來，「皇后，妳怎麼了？」

「陛下，您還好嗎？」皇后見雲慶帝醒來，露出喜色，連忙招手讓御醫過來給皇帝把脈。

雲慶帝這才注意到情況有些不對勁，可是此刻他的腦子混沌一片，連說話都結結巴巴：「皇后，為什麼有這麼多人圍在朕的身邊？」

「陛下，微臣給您診脈。」

「你退下，朕很好，不用診脈。」雲慶帝不喜歡別人說他身體出了問題，大怒著想要罵人，可是罵出來的話卻斷斷續續，「朕、朕不用診脈，你們這些太醫都、都給朕退下！」

皇后見雲慶帝表情扭曲，連說話的聲音都含糊不清，心中隱隱感覺到不太好，她輕輕握住皇帝的手，「陛下，讓御醫給您看看可好，就當是讓妾身安心，好不好？」

雲慶帝見著皇后淚光盈盈的模樣，心中的怒火漸漸壓制了下來。兩人成婚這麼多年，皇后在他面前掉淚的次數屈指可數，看了眼站在皇后身邊的御醫，是他跟皇后都很信任的人，於是雲慶帝沒有再開口。

皇后見他態度軟化下來，轉頭對御醫使了一個眼神。

御醫小心翼翼上前，對雲慶帝行了一個禮，才把手搭到他的手腕上。隨後又小心翼翼地捏了捏他的手臂，觀察了一下他的雙瞳，看完以後，御醫扭頭對皇后使了一個眼色，然後對皇帝道：「陛下，您現在的身體情況需要靜養。」

「靜養靜養，成日裡就知道讓朕靜養。」雲慶帝罵道：「朕是皇帝，如何靜養。」

皇后沒有想到雲慶帝莫名其妙便發了脾氣，細聲安撫好他的情緒。待他睡著以後，皇后替他掩好被子，走到外間對方才給雲慶帝診脈的御醫道：「陛下的身體究竟怎麼樣了？」

「回皇后娘娘，微臣無能。」御醫跪在皇后面前，「陛下操勞過度，身體恐有中風之嫌。」

「你說什麼？」皇后有些承受不住這樣的打擊，身體晃了晃，「可能治好？」

「微臣只能盡力用針灸為陛下疏通穴道，若是陛下配合，起身坐坐走幾步也是有可能的。」御醫說得很委婉，「怕只怕陛下並不配合微臣的治療。」

屋子裡變得安靜起來，皇后看著窗外搖曳的宮燈，緩緩點頭，「本宮知道了。」

「來人！來人！」

正在這個時候，皇后忽然聽到雲慶帝的吼叫聲，她轉身匆匆跑進屋裡，見陛下面色慘白，雙目赤紅，抓住他的手，「陛下，您怎麼了？」

「有人在外面窺視朕，快去把人給朕打殺了！」雲慶帝指著外面的樹影，「皇后，妳快派人去看看！」

皇后想說那只是樹影，可是看著他如此癲狂的模樣，只能點頭道：「妾身這就去。」

侍衛們無法，最後只能砍掉那棵樹，才讓皇帝相信歹人已經被抓走了，但是雲慶帝這一晚上睡得並不好，他時不時驚醒，嘴裡念叨著駙馬、成安伯之類的，面上還帶著驚恐之意。

皇后掌心有些發涼，她知道陛下口中的駙馬與成安伯是誰，可就是因為她知道，才會覺得心中寒意不斷。

大長公主的駙馬，當年對陛下頗為照顧，陛下受二皇子算計，秋獵的時候獵物不足，駙馬就把自己的獵物偷偷送給他。陛下在朝堂上受了排擠，駙馬也給陛下撐過腰。至於容瑕的父親成安伯，當年乃是陛下少年時的伴讀，在陛下最艱難的時候便陪伴他幫助他。

後來成安伯英年早逝，長子也沒了，偌大的成安伯府就只剩下了容瑕一人，她一直以為陛下是念舊情，所以對容瑕格外照顧，但如果事實的真相是這個樣子，陛下在提到這兩個人的時候為什麼會滿面驚恐？陛下……究竟對這兩人做了什麼？

皇后在龍床邊枯坐了一夜，直到天快亮，她才站起身僵硬的身子，看著窗邊透進來的點點晨光，「來人，去把太子請來。」

「是。」

一炷香後，雲慶帝醒了過來，他看著外面的朦朧亮光，想著他該去上朝了，今日有大朝會，然後他仍舊動不起來，甚至身上沒有半點知覺。

「皇后，朕怎麼了？」

皇后掀起簾子，走到床邊坐下，輕輕把手覆在他的掌背，「陛下，您身子不適，今天不去上朝可好？」

「朕究竟怎麼了，王德呢？」皇帝神情不太好，他似乎連皇后也不相信了。

「陛下，奴婢在這。」王德從外面走了進來，他神情憔悴，似乎也一夜沒睡。

「你來跟朕說，朕怎麼了？」

王德跪在帝后面前，額頭碰在了冰涼的地上，卻不敢說一個字。

「狗東西，你連朕的話都不聽，朕還要你何用？」雲慶帝看他這樣，不由暴怒，「來人！」

「陛下，」皇后打斷他的話，撫著他的胸，「太醫說了，您現在不宜動怒。」

雲慶帝瞪著皇后，「那妳告訴朕，朕的身體為什麼動不了？」

皇后看著這個高高在上的男人，一夜間變得這般狼狽，眼睛一酸，背過身，不敢讓皇帝看到自己的眼淚。

「朕……」雲慶帝漸漸緩過神來，他看著雙肩顫抖不敢看他的皇后，「朕是不是中風了？」

「陛下……」皇后擦乾眼底的淚，「太醫說了，只要您好好休養，定會沒事的。」

雲慶帝閉上眼，半晌才平靜下來，「讓人去傳容瑕、周秉安、張起淮、趙瑋申進宮。」

容瑕是吏部尚書，周秉安是尚書令，張起淮是工部尚書，趙瑋申是兵部尚書，這幾個人都是雲慶帝心中值得信任的幾個人。

皇后連忙應下。

去宣這幾位大人的太監剛走，太子蔣涵就進來了，他還不知道宮裡究竟發生了什麼事，在東宮被重重圍住以後，心裡就一直不安，直到看到了帝后二人，才勉強鬆了一口氣。

「太子，陛下今日身體不適，你暫時幫陛下監國。」皇后沒有提雲慶帝病得有多嚴重，「有什麼不懂的，你可以來向陛下討教。」

「父皇，您怎麼了？」蔣涵聽到監國並沒有興奮之色，反而關切地看著雲慶帝，「是兒子不孝，竟是不知道父皇身體不適。」他眼眶一紅，看著躺在床上的皇帝，覺得心中愧疚萬分。

「朕沒什麼事，就是太醫說需要靜養。」雲慶帝說話的速度很慢，他想讓自己的話聽起來清晰些，「朕召見了幾位朝中重臣，你監國以後，要好好與這幾位大人商量國事，不可魯莽。」

「父皇，兒臣尚不及您半分，怎做得監國之事？」蔣涵連連搖頭道：「您快些好起來吧！」

若是平時太子這麼說話，皇帝只會覺得他軟弱無能，可是這個時候他又看這個兒子無比順眼了，因為這個兒子全心全意信賴著他，甚至對監國一事都不放在心上。心裡一高興，他又多囑咐了太子幾句，還是他以前不願意跟太子說的一些話。

等王德進來，說是幾位大人都到了，皇帝才讓皇后與太子扶他坐起身，又讓人幫他整理了一番儀容，勉強維持著帝王的威嚴，才讓王德去宣這幾個人。

四五月的早晨不算太涼，但是匆匆從被窩裡起床，連衣服都是倉促著套好，幾位大人算不上太舒服，而且見宮裡三步一哨，五步一崗，護衛們皆佩腰刀，手放在刀柄處，他們就猜到宮裡只怕有事發生。

四人中最年輕的容瑕走在最後，另外三人有心問他兩句，可在四周無數雙眼睛的監視下，他們也不好回頭開口，只能硬著頭皮來到了大月宮外。

大月宮的守衛更加森嚴，四人在侍衛們的眼皮子底下並排站在一起，周秉安轉頭看了容瑕一眼，哪知容瑕連眼皮都不抬，這份淡然倒是讓他們幾個老臣感到汗顏。

「周大人、容大人、趙大人、張大人，皇上有請。」王德走出來，對四人行了禮，做了一個請的姿勢。

「有勞。」周秉安見王德神情嚴肅，連嘴角都緊緊抿著，便在心中暗暗叫苦，這不僅僅是大事，恐怕還是滔天之事。

四人進門就聞到屋子裡有一股濃濃的藥味，太監宮女跪了整個屋子，太子與皇后站在龍床旁邊，而皇上……還坐躺著。雖然精氣神瞧著尚好，但是那略不自然的表情、渾濁的雙眼以及微微歪斜的嘴，都讓他們暗自提起一口氣。

陛下這是不大好了。

❀　❀　❀

靜亭公府。

班嫿從睡夢中醒來，轉頭見外面天還沒亮，又倒回被窩裡，但不知道為什麼，她在床上翻來覆去也睡不著，直到天色濛濛亮，才迷迷糊糊睡了過去。

「嫿嫿！」

「嫿嫿！」

班嫿睜開眼，看著坐在床邊的老人，一下子便撲進了她的懷裡，「祖母，您怎麼來了？」

「我來瞧瞧妳呀！」德寧大長公主愛憐地撫摸著她的頭頂，笑道：「祖母今日高興呢！」

班嫿膩在德寧大長公主的懷中，好奇地問：「您高興什麼？」

德寧大長公主笑而不語，只是輕輕拍著她的後背，就像是在哄一個小嬰兒般。班嫿覺得祖母懷裡軟軟香香的，她腦子昏昏沉沉地想要睡過去了。

「我跟妳祖父回去了。」

迷糊間，她聽到祖母如是說。

奇怪，祖父不是早就西去了嗎？祖母怎麼跟祖父一起回去？西去？

班嫿忽地睜開眼，外面已經天光大亮，她從床上坐起身，苦笑著揉了揉眉心。真是日有所思夜有所夢，昨天在成國公府上聽到老國公爺提到祖母，她便夢到她老人家了。

「郡主，您可醒了？」

班嫿聽到丫鬟的聲音，便拍了拍掌。

丫鬟們聽到擊掌聲，端著洗漱的用具進來。在班嫿漱口的時候，如意小聲道：「郡主，剛才宮裡來了人，請國公爺去上朝。」

班嫿吐出口中的水，用手帕擦著嘴角道：「父親不是還在守孝嗎？」

「奴婢也不知道。」如意搖頭，「不過夫人說了，待您醒了，就到正院去。」

「我知道了。」班嫿點了點頭，換好衣服梳好頭髮後，便帶著丫鬟去了正院。她起得晚，陰氏與班恆已在桌前坐著了。見她進來，陰氏也不讓她行禮，直接就讓她坐下。

「宮裡怕是發生大事了。」陰氏抿了一口茶，對兩個兒女道：「最近兩日你們兩個安安分分待在家裡少出門，先看看事態發展。」

「發生什麼事？」班嫿看了眼四周，沒看到父親的身影，「我方才聽如意說，宮裡來人宣父親上朝？」

「嗯。」陰氏點了點頭，隨後道：「方才兵部尚書府上派人來傳消息，說是宮裡怕不太好，讓我們注意一些。」

兵部尚書趙瑋中早年受過班家老爺子的恩惠，這些年兩家人雖然表面上沒什麼來往，但是私下遇到大事，他還是會派人來偷偷傳消息，免得班家人什麼都不知情，招惹出滅門禍事來。

雖然都姓趙，趙瑋中與遇刺的趙賈一家沒什麼關係，不同宗不同族，只是恰巧姓氏相同。

班恆與班嫿聞言乖巧地點頭，陰氏見狀笑道：「也不是讓你們一下子便拘謹起來，只是小心些不為過。若只是趙尚書一家傳消息，事情只怕還沒這麼嚴重，然而在趙尚書之前，還有人送了消息過來。」

「誰啊？」班嫿心裡想的是，與他們家關係較好的，除了消息比他們還不靈通的紈絝，就是祖上是武將出身的人，可這些人身分不算太高，即使要傳消息給他們，也沒什麼消息可傳。

「妳的未婚夫容君珀。」陰氏拿出一張紙條，放到班嫿面前，「妳看看吧。」

紙條上的字很潦草，總共只有六個字，像是倉促間寫下的。

「宮中有事，謹慎。」

班嫿拿著紙條看了一眼，把紙條放到還在燃燒的蠟燭上，直到燒得紙片全都化作灰以後，她才道：「母親，現在的我們應該什麼都不知道。」

陰氏笑了，「妳說的對，我們本就什麼都不知道。」

班恆看看陰氏，又看看班嫿，一頭霧水。

一會兒知道，一會兒不知道，一會兒又要謹慎，這是什麼意思？

是啊，這是什麼意思？

讓人從被窩裡挖出來的班淮渾渾噩噩地站在殿內，站在他身邊的仍是那些熟悉的紈絝，但是他們這些紈絝，平日裡就算上朝，也不一定能來齊全，今天怎麼所有人都在？

其他幾個紈絝比班淮更驚訝，平素班淮就不愛來上朝，現在他身上戴著孝，就更有理由不來上朝了，怎麼今天竟來了？不過現在是朝堂上，他們也不好問，班淮比了一個上面讓他來的意思，沒有說話。

其他幾個紈絝頓時恍然大悟，原來竟是陛下的意思。

半個時辰後，皇帝還沒出現，朝臣們有些納悶，這比平日大朝會開始的時間晚了半時辰，皇帝怎麼還沒出來？

大家正在猜測的時候，容瑕等四人出現了，他們四人皆神情凝重，自進殿以後便一言不發，惹得其他大臣心中疑雲頓生，卻又摸不著頭腦。

「太子殿下到！」

眾人看到太子身穿繡龍紋太子錦袍，頭戴五龍繞珠冠，帶著太監走了進來。這個太監朝臣們認識，是陛下身邊的太監總管王德。

「父皇有命，由孤監國。」蔣涵走到殿上，他沒有坐龍椅，而是坐在了龍椅下方的副位上，「父皇身體不適，暫歇需要休養幾日，所以最近一段時日就要拜託各位大人了。」

皇帝身體不適，甚至到了要太子監國的地步？

「臣等參見太子殿下，太子千歲千歲千千歲。」

得，反正他們就是做臣子的，幫著皇上辦事，還是幫著太子辦事也沒什麼差別，只要這個太子腦子正常，不會莫名其妙發瘋，他們這些做臣子的就能忍。

讓人覺得微妙的是，這種緊要關頭，陛下召見的四個人都是與嚴黨或是石黨無關的人，可見嚴暉與石崇海在陛下心中已失去地位，不然為什麼如此重要的事，陛下只宣召成安伯等人？

太子性格比較溫和，加上根基不穩，所以在朝堂上說話做事難免會大打折扣。好在嚴黨與石黨之前大受打擊，在朝中影響力大不如前，加上還有容瑕等四人幫忙，這個大朝會也算是圓滿結束，太子甚至還贏得了不少官員的讚譽。

朝會一結束，蔣涵便趕回了大月宮，把今天朝堂上發生了什麼事，大臣們都報告了哪些重大事件，一五一十告訴了雲慶帝，就連奏摺很多都給雲慶帝讀了一遍。

雲慶帝對他這種恭敬態度十分受用，原本對太子升起的不滿之情，也漸漸煙消雲散了。只是這份好心情在聽到下人說二皇子與看守他的護衛起了衝突後就消失得無影無蹤了。雲慶帝冷下臉道：「不用管他，任由他鬧。」

「父皇，」蔣涵猶豫了下，「二弟只是性子魯莽，只要有人跟他解釋，他一定會明白的。」

「解釋？」雲慶帝不滿道：「他都二十了，還如此不長腦子，難道真要把朕氣死才甘心？」

「可是……」

「你不用再幫著他說話。」雲慶帝氣得半邊臉的表情都僵住了，「依朕看，朕這一身毛病有一半就是他氣出來的！」

蔣涵張了張嘴，看著雲慶帝氣得扭曲的臉，不敢再刺激他，只好繼續讀奏摺，轉移雲慶帝的注意力。

「容大人，」周大人與容瑕一起走出宮門，對他小聲道：「陛下的身體怕是不太好了。」

容瑕嘆息道：「陛下乃是上蒼之子，有蒼天庇佑，定不會有大礙的。」

周大人知道他這是在說場面話，便笑了笑，「老夫亦是如此期盼著。」

容瑕轉頭看著周大人，認真道：「陛下身體定不會有事的。」

周大人愣了一下，隨即移開視線，「容大人說的是。」

「周大人，君珀。」班淮見到兩人，拍拍身下的馬兒，讓牠盡快追上去。容瑕回頭見是他，忙勒住韁繩，不讓馬兒繼續往前走，等班淮靠近後，他略落後班淮半匹馬身，「伯父。」

班淮打個哈欠，大清早就被迫起床，他精神實在好不到哪兒去，「陛下那裡怎麼樣了？」

周大人看了容瑕一眼，沒有說話。

容瑕小聲道：「陛下身體有中風的情況，需要靜養。」

中風？

班淮暗暗吃驚，這個毛病可很難治的，輕則手腳不靈便，重則只能癱瘓在床。難怪會讓太子監國，一個中風的皇帝，還怎麼高坐廟堂之上？

旁邊的周秉安比班淮更吃驚，他沒想到容瑕竟然把此事告訴班淮了，難道他不怕班淮藏不住話，給他帶來麻煩嗎？

等到分路而行的時候，周秉安見容瑕跟著班淮去了一個方向，頓時恍然，看來容瑕是真的把班淮當作岳父在對待的。那個福樂郡主當真有這麼大的魅力，居然讓容瑕做出此等行為？

他抬頭看著掛在天空中的太陽，暗暗搖頭。昨晚還是春雷陣陣，今日便陽光燦爛，這天氣可真是捉摸不透。

班淮難得主動邀請容瑕上門做客，這是容瑕與班嫿訂親以後就很難再得到的待遇了，所以今天當班淮邀請他上門的時候，他毫不猶豫就答應了下來。

他這位未來岳父說過，男人在追求心儀女子時臉皮要厚一些，他這是在向岳父學習。

「小的見過老爺，見過成安伯。」班家的門房們見到兩人，行禮的行禮，牽馬的牽馬，態度殷勤又熱情。幾個小廝圍著二人，送兩人進了門以後，才行禮退開。

這也是班家下人的一大特點，那就是對主人客人都特別熱情，這種熱情給人一種所有下人都期盼著他到來的感覺。

容瑕去過很多人家做客，像班家門房這般殷勤客氣的還真沒幾家。

「走，去裡面說話。」班淮拍了拍容瑕的肩，把容瑕直接往二門裡帶。不過兩人進門前，早有下人去稟報了陰氏，讓陰氏有個準備。

「誰？」班嫿正坐在陰氏院子裡聽書，聽到下人來報，「你說誰也一塊來了？」

「容伯爺。」

「他啊……」班嫿又軟軟地坐了回去，對女說書人道：「既然是容伯爺，那就無礙的，妳繼續講吧。」

陰氏看了她一眼，「越發沒規矩了，待容伯爺進來，瞧著妳還在聽人說書，像什麼樣子？」

「他與其他人不一樣。」班嫿用銀籤叉了一塊水果吃，擦乾淨嘴角後道：「天下有些讀書人是說不通的酸書生，有人讀書人卻是心懷大度，不拘泥於俗節，他嘛……」說到這，她眨了眨眼，「大約便是不拘小節之人。」

「他不拘小節，是他心胸大度，」陰氏揮了揮手，讓說書人退下，「但是不代表我們家能不知禮數。」

陰氏對容瑕的本性終究還不夠了解，所以行事上便比班嫿更加注意。

班嫿想說他們家跟容瑕不必客套，可面對母親的鳳目，她把這話嚥了回去。母親此言，也不無道理。

走到垂花門，容瑕看到班家下人領著兩個做婦人打扮的女子出來，這兩人不似班家奴僕，但也不像是顯貴之人。

「國公爺安。」兩個女說書先生行了一個禮，見班淮身後還跟著一人，便再次福了福身，才垂首退了下去。

「這是家裡養的說書女先生。」班淮笑著道：「平日就留著她們打個趣兒。」

想起班嫿喜歡聽人講故事，還愛挑剔情節的習慣，容瑕笑了，「挺好的。」

早就知道班家養了說書女先生，只有見過才知道，班家人在生活上的自在與講究，足以讓很多人羨慕。

「父親，容伯爺。」班恆迎了出來，見班淮身上沒有什麼不對勁的地方，才鬆了一口氣。一大早父親就被宮裡人叫走，又沒傳出音訊出來，他連說書先生講了什麼都沒聽進去。

院子外搭著桌椅，上面擺著茶水點心，陰氏與班嫿坐在桌邊，容瑕上前向陰氏見禮，並且獻上了在路上買的見面禮。

「咱們家不講究這些。」陰氏笑著招呼容瑕坐下，「下次來不要帶東西。」

「不是什麼值錢玩意兒。」容瑕眼角餘光時不時掃到班嫿身上，「只是瞧著有幾分意思，晚輩就想著大家可以拿著嘗嘗趣。」

班恆抽了抽鼻子，這個「大家」只包括他姊一個人？這些小玩意兒，明顯就是哄他姊這種小姑娘的。他一個大老爺們兒，怎麼都不會對這個感興趣。

陰氏也猜到了容瑕這點小心思，她笑著讓容瑕落座，「今日多謝世侄的提醒。」

容瑕搖了搖頭，「伯母說這話，是把晚輩當作外人看待了。」

班恆低頭把玩手裡的茶杯，這話說得好像他這會兒就是班家內人似的。

「夫人，是不是該用午飯了？」班淮摸肚子，「早上起得早，連茶點都沒機會好好用。」

「早就備好了。」陰氏見他總是給自己拆臺，又好氣又好笑，讓丫鬟們伺候著洗手洗臉。

「容伯爺，今天日頭好，午膳就在園中用，你覺得如何？」陰氏擦乾淨手，轉頭問容瑕。

「貴府園子很美，在這裡用餐能讓人心曠神怡。」容瑕點頭道：「一切都由伯母做主。」

「嗯。」陰氏點了點頭。

飯菜很快上桌，有清淡有辛辣，有甜有鹹，口味豐富多樣，色香味俱全。容瑕發現班家人口雖少，口味卻不相同。以前用飯的時候，班家人沒有這般隨意，現在看來，班家人在吃這一方面，當真是半點不委屈自己。

還有就是，班家人用飯並不用奴僕伺候，也不太講究食不言的規矩，沒事還能聊一些左鄰右舍的八卦。看來上次他來內院用飯的時候，班家人還比較含蓄，現在才露出了真面目。

聽他們說話，他才知道原來另一條街誰家婆婆喜歡折騰兒媳婦，誰家兒子不孝順，講的話題也比上次來的時候更加震撼，可見平時班家人閒得無聊的時候都去聽這些了。

「賢侄啊……」酒足飯飽以後，班淮塞給容瑕一杯消食茶，半眯著眼道：「我們家的人就這種懶散性子，讓你見笑了。」

容瑕眉梢展開，嘴角暈染上笑意，「不，很好。」

班家人不再掩飾真性格地接待他，說明班家人已經開始看重他了。

班淮喝著茶，看著容瑕笑而不語。

「晚輩家無長輩，下無子侄，能與伯父一家人同桌吃飯，對晚輩而言是一種享受。」容瑕轉頭去看班嫿，「日後成婚，若是伯父不嫌棄，我也會常常帶郡主回來用飯。」

「回來」兩字聽在班淮耳中，那是無比熨貼，於是對容瑕提到的成婚似乎也不再那麼排斥，「成婚以後，你們兩個小年輕待在空蕩蕩的大宅子裡也是冷清，家裡的院子會一直為你們留著，你們想什麼時候回來就回來。」

「老爺！」陰氏沒想到班淮三兩句話就把女兒推了出去，她刮了刮手裡的茶杯蓋子，「嫿嫿與容伯爺的婚事還沒定下日子，現在提這些太早了。」

「是是是！」班淮連連點頭，在陰氏面前，他毫無立場。

容瑕起身朝兩人行了一個大禮，「晚輩知道這話今天說出來有些失禮，但晚輩不得不提。陛下身體一日不如一日，太子性格軟弱，二皇子野心勃勃，晚輩擔心京城會出亂子。」

班家人：是啊，不僅會出亂子，而且還會改朝換代呢！

容瑕以為班家人會好奇會驚慌，可面對他們一臉「所以呢」的表情，容瑕竟有種自己剛才只是說了一句「恭喜發財，萬事如意」。

「伯父身分貴重，晚輩擔心有人會在貴府身上做文章。」容瑕皺了皺眉，「日後得請大家謹慎行事。」

班淮點頭，「多謝賢侄提醒。」

「另外，晚輩覺得，明年開春後有大吉日。」容瑕看著陰氏與班嫿，「晚輩真心求娶郡主，希望早些把日子定下來，若是陛下……晚輩擔心後面更加麻煩。」

班恆單手托腮，歪著頭看容瑕，真正的重點終於到了。

班淮與陰氏聽到這話，沒有立刻反駁，尤其是陰氏，她露出了沉思的神情，半晌看向班嫿，忽然笑了，「容伯爺有所不知，我們班家從來不是講究俗禮的人。你與我家姑娘何時成婚，確實是大事，但此事並不僅僅我們說了算。」

在她看來，嫿嫿嫁給容瑕確實有很多好處。一是人口簡單，嫁過去不用為妯娌之間雞毛蒜皮的小事費神。上面沒有長輩，在規矩上也沒那麼多講究，還不用三不五時早起去請安。以嫿嫿懶散的性格，讓她每日天剛亮就去請安伺候婆婆用飯，身為母親的陰氏只要想一想便覺得捨不得。自己養在掌心的女兒，從小到大就沒吃過什麼苦頭，嫁到別人家反而苦頭吃盡，這讓她怎麼放得下心？

再則就是方才她自己觀察過容瑕，此人脾性好，心胸寬廣。她家嫿嫿的性子不算太好，嫁給一個脾氣好些的男人，日子才能過得舒舒服服，有滋有味。若是成親以後，夫妻兩人相處在一起卻日日生氣，處處不好，那嫁人後的日子還有什麼樂趣？

最重要的一點是，容瑕明顯已經了解到嫿嫿的性子，還有她的小愛好，甚至有時候他看嫿嫿的眼神也是溫柔的。

身為母親，陰氏想的東西很多，但是唯一想要的，不過是兒女日子順遂而已。

「晚輩明白了。」容瑕微笑著看向班嫿。

班嫿轉頭對上容瑕雙眼，沒有扭捏，沒有躲閃，只是眨了眨那雙漂亮的眼睛，「你覺得什麼日子好？」

「明年開春後。」容瑕笑，「那時百花盛開，郡主一身紅裝，定是世間最美的新娘子。」

班嫿眼睛笑成了彎月。

就在容瑕以為她會同意的時候，班嫿歪了歪頭，一臉嬌憨，「我再想想，至少……要合八字算日子，再談這些事。」

容瑕不慌不忙地道：「八字我已經請欽天監的人算過，並沒有沖剋，明年的二月二十六就是好日子。」

「唔……」班嫿沒有想到容瑕的動作這麼快，竟然真的把日子算過了，她頭一扭，直接不講理道：「那、那你……」

「那你該三媒六聘，把該講的規矩都講了。」班嫿轉頭，小聲道：「總不能就這麼定了。」

容瑕笑了起來，聲音溫柔得像是春風，撓得班嫿的耳朵癢癢的，撓得她耳尖開始泛紅。

「郡主請放心，我不會讓妳在規矩上受半點委屈。」容瑕並不惱，反而像是縱容著小孩子在撒嬌一般，「我並非性急之人，只是郡主對我而言太過重要，我捨不得有半點疏忽。」

班淮在旁邊摸下巴，容瑕雖然只是他的未來女婿，但行事作風頗有他當年的氣概啊！

陰氏抿了一口茶，沒有打斷兩人說話，她站起身，「我去裡屋休息。」

這態度已經近乎於不反對明年二月的成親日子了。

「夫人，我陪妳去。」班淮扶住陰氏的手，把班恆留了下來。

「伯父、伯母慢走。」容瑕行禮。

班恆看了眼離去的父母，又看了眼姊姊與未來姊夫，不自在地扭了扭身子，捧著茶杯低頭喝茶，堅決不離開。他是一個有原則的人，比如說不讓人輕易靠近他姊。

好在容瑕知道這裡是班家，沒有做出太過出格的動作。面對班恆虎視眈眈的眼神，他對班嫿無奈一笑，「過幾日我休沐，嫿嫿可有時間與我一起去西郊放紙鳶？」

「紙鳶？」班嫿一聽，來了精神，「好啊，我喜歡！」

班恆乾咳一聲，「我也去。」方才父母在的時候，還規規矩矩叫他姊郡主，這會就變成嫿嫿了，這又不是蜀州的變臉戲法。

容瑕微笑地看向班恆，班恆挺直了脊背。

「人多才熱鬧。」容瑕如是說。

呵！

班恆朝班嫿笑了笑。

容瑕在班家待了近三個時辰才離開，走出班家大門以後，一名護衛迎了上來，「伯爺，欽天監的人要見你。」

欽天監的人主職是觀察天文地理，從星象雲層變化來推斷氣候的變化，若是遇到特大的自然災害，他們還要兼職祈天。有沒有用處不知道，但歷朝歷代欽天監都有人因大災年被砍頭。一般被砍頭的人運氣都不太好，因為他們遇到的是信奉鬼神，認為欽天監的人應該祈來雨的皇帝。

欽天監什麼樣的人都有，有些喜歡觀察星象，有人喜歡研究什麼地震儀，欽天監的人品級都不高，在朝中地位也很普通，唯有貴族們拿著各種生辰八字讓他們推斷命理的時候，他們才有存在感一些。

對此欽天監的人也感到很委屈，他們是懂得觀察天文學、氣象學，不代表他們會算命啊！

然而，在朝為官，沒有幾樣特長都混不下去，故而欽天監的人漸漸也學會了一項新技能，那就是推演生辰八字、命理玄學。準不準不重要，重要的是，把這些貴族們忽悠住了。

欽天監的監正胡大人當年只是一個小小的從九品漏刻博士，但他年輕時跟了一位鐵口直斷的高人，備受貴族們信任，短短十年內，就成了欽天監最有資歷的人，不少人見到他，都要叫他一聲胡先生。

一開始成安伯讓他推算生辰八字，他是很樂意的，可拿著八字一推算，他差點以為是自己眼睛出了毛病，或是這八字有誤。

可惜不管他怎麼算，這分明就是一個極其貴重但又薄命早亡的命格。

貴極帶鳳飛之相，卻又有短命之兆，短命之兆尤為明顯，鳳飛之相卻虛無縹緲。

命都沒了，哪還能飛起來？

太子已有太子妃，太子若是登基，皇后便是太子妃，與福樂郡主有何干？便是二皇子登基，以二皇子對福樂郡主的厭惡程度，也不可能讓她做皇后。

這說明郡主有可能是後面一種命格。

短命之相啊！

還有一種可能，但他不敢承認，或者是不想承認。

他暗自嘆息一聲，思來想去，還是決定見容伯爺一面。怎麼說，他也算得上是依附於容伯爺的人，這些事無論如何也不能瞞著他。

容瑕在自己家中見到了胡大人，他走到上首坐下，「胡先生，八字算好了？」

「容伯爺，我的能力不精，只怕是……」

「胡先生的能力我從不懷疑，有什麼話直說便是。」容瑕道：「之前我讓你定下的日子，可有問題？」

「那天確實是個宜嫁娶的好日子，然而……」胡大人為難地看著容瑕，「有問題的是……福樂郡主的八字。」

容瑕聞言皺起眉頭，「她的八字怎麼了？」

「福樂郡主的八字看似顯赫，卻有命折之相。」胡大人擔心容瑕聽不明白，又補充了一句：「她將……死於利刃之下。」

容瑕眉梢一挑，眼神頓時變得凌厲，「胡先生，我從不信命，你應該明白。」

胡大人對上容瑕的雙眼，心頭一顫，忙起身道：「實際上，福樂郡主的命格尚有改命之機，下官知道伯爺並不信任這些，可是……」

「說吧，還有什麼改命的機會？」容瑕打斷了胡大人的話。

「鳳命呈祥，只要郡主身帶鳳命，自然涅槃重生，無懼一切利刃。」胡大人對著容瑕作揖，「但是下官認為此路不通，伯爺，請您三思。」

「你這話是在說福樂郡主，還是在說我？」容瑕臉上的笑意漸消，他微微垂下眼瞼，「命由己不由天，福樂郡主有沒有鳳命，此生有我，定無人負她。」

「伯爺！」胡大人終於忍不住道：「下官不明白，既然您想要成就大業，又為何要娶這樣一名女子？」

「胡先生，」容瑕偏頭看胡大人，眼底滿是寒意，「你這是要插手我的私事？」

「下官並無此意。」胡大人面色一白，「如今二皇子與太子派系的人私底下動作頻頻，還有一個摸不清動向的長青王，下官擔心您……」

「長青王就是一顆牆頭草。」容瑕冷笑，「有野心卻又沒有膽量，自以為掩飾得極好，但那份心思卻昭然若揭。」

在這個京城裡活得很好的人都不是傻子。

「這等大事，成則千古成名，敗者遺臭萬年。伯爺，請您三思啊！」胡大人終究不想容瑕走上那條路上。

「胡先生，」容瑕看著胡大人，「不久之前，方丈說了與你一樣的話。」

胡大人頓時噤聲，他知道伯爺所說的方丈是誰。

「我很感激諸位願意追隨我，但是有件事也希望胡大人明白。」容瑕抿了一口茶，語氣十分冷淡，「我最不喜歡的，便是別人對我指手畫腳。」

胡大人手心微微滲出汗來，「是下官逾越了。」

容瑕點了點頭，「若是班家人來問，你只需要說明年二月二十六是好日子便足矣，至於其他的事……一個字都不要多提。」

「是。」胡大人見伯爺面色稍微好了些，這才鼓足勇氣道：「或許福樂郡主命定之人，便是伯爺您。」

容瑕面色稍霽，手指輕輕摩挲著茶盞，「不是或許，而是只有我。」

「是。」胡大人這才發現，原來自己竟然雙腳都在發顫，只是方才太過緊張，才會一點都沒有注意到。

胡大人離開以後，容瑕拿起紅紙上的八字批言看了很久，最後把這張紅紙緊緊地拽著。從小到大，他不信鬼神，也不信天命，能信的只有他自己。

「來人！」

杜九走了進來，「伯爺。」

「二皇子那邊，可以去幫幫忙了。」紅紙上的紅顏料沾了容瑕一整隻手，他攤開掌心，看著掌心的豔紅，緩緩道：「我想二皇子應該會很喜歡我送他的這份禮。」

「是。」

二皇子居住在宮中的西舍裡，與有品級的王府相比，這個地方又窄又小，一言一行都有無數雙眼睛盯著，同住在這邊的，還有他兩個十幾歲的庶弟，只是這兩個弟弟從來沒有入過他的眼，他們在與不在，對蔣洛而言都沒有什麼差別。

自從西舍被重兵把守後，他就在屋裡發了很久的脾氣，直到父皇病重太子監國的消息傳來，他才知道事態的嚴重性。

若是父皇出了什麼事，讓太子得登大寶，那他以後的日子就不好過了。外面的人都說太子仁愛厚道，不好女色，謙恭有禮，但是在他看來，太子並非是仁愛之人。

說什麼太子不好美色，恐怕只是面上不喜歡，內裡卻淫了無數的女人。只有班爐那種不長腦子的女人才會覺得太子只是把她當作好妹妹，還從小跟太子玩在一塊，把他當作好人。

「殿下，」一個內侍匆匆走了進來，對二皇子道：「嚴家人傳消息進來了。」

「給我。」蔣洛忙從內侍手裡接過紙條，紙條很小，上面只寫了十餘字，但是對於一直被看守在院子的二皇子來說，這點消息已經彌足珍貴。

「太子監國，朝政不穩，太子無力掌控。」

看完紙條，蔣洛把紙條撕碎，浸泡進茶水中，然後把茶水澆進花盆中，「有意思。」

內侍見二皇子被關了這麼久，竟然還笑出了聲，嚇得不敢抬頭，以為二皇子是被氣傻了。

「殿、殿下？」

蔣洛抬頭看著內侍，「怎麼了？」

內侍搖頭，「奴婢只是想，您其實可以拉攏那四位大臣。」

「你說容瑕他們？」蔣洛嘲諷般冷笑一聲，「別妄想了，他們可是父皇忠實的走狗！不然病重之後，單單只叫了他們四個人去面聖。

「他們只是忠於陛下，不代表他們忠於太子。」內侍小聲道：「只要太子做出讓他們失望的事，以這四位大人的行事，想來無法忍受這樣的人做未來帝王。」

「失望……」

蔣洛皺了皺眉，太子慣會裝模作樣，身邊除了太子妃就只有一個妾室，膝下雖然只有一個女兒，卻很從容，彷彿一點都不著急，偏偏文人們就愛他這個調調，一個勁兒誇太子有多好。

太子有多好……

對，既然這些人都喜歡誇太子好，那就讓他們誇，死命地誇，慢慢地誇，誇得天下人都說他好，連父皇都比不過的程度。

他倒要看看，父皇究竟容不容得下一個比他還要「好」的太子。

「殿下，奴婢雖然不是真男人，但是奴婢平日看到漂亮宮女，也是忍不住會多看幾眼。」內侍小聲道：「太子殿下是個真男人，又怎麼會對美色無動於衷呢？」

「你說的對。」蔣洛高興起來，「對美色無動於衷的男人，不是裝出來，就是柳下惠。」

內侍行了一個禮，殷勤道：「能為殿下分憂，是奴婢分內之事。」

宮中暗流湧動，唯有班家人似乎是暗流中唯一沒有反應的溫室，班家四口除了出門的次數少些以外，日子該怎麼過還是怎麼過。夏天快要到了，班家人已經忙著量體裁衣，準備把素色的衣服穿出一百零八種不同的美感來。

夏季容易出汗，金屬類的銀首飾也不合用了，往年的首飾顏色又太過豔麗，不適合他們現在用，又該如何？

買，全都重新買！

玻璃種的，羊脂白玉的，顏色素淨的水晶，這些都是可以用上的。錢財都是身外之物，生不帶來死不帶去，能早點花了就花了，待到抄家時，全都便宜了別人那才是不划算。

班家人一直覺得，東西只有花掉了才不算浪費，放在屋子裡積灰不是他們的風格。帳子、紗窗、遮陽紗全都換成最好的素色薄紗，既透風看著也舒服。

把家中書庫的書籍搬出來晾曬時，班嫿趴在涼亭裡，看著院子裡曬的這些書，忍不住昏昏欲睡。而班恆比她好不到哪去，他趴在圍欄上，打個哈欠道：「姊，這些書留著可真麻煩，不能吃不能用的，等幾年還不知道會便宜誰。要不，等容君珀休沐的時候，讓他過來自己挑，他看上了哪些，我就把這些給妳做嫁妝。」

「誰要這個做嫁妝？」班嫿頗為嫌棄，「你還不如多給我幾間莊子和鋪子。」

「那也成。」班恆很大方地點頭，「莊子鋪子那肯定不會少，不過書也是要的，萬一我未來的外甥喜歡讀書，我們家豈不是又多了一個才子？」

「什麼外甥，八字沒一撇的事，你不如想著你未來的孩子是才子才女。」班嫿瞇著眼，「一天比一天熱，每天都犯睏。」

「可不是，天氣一熱，哪都不想去。」班恆道：「看著白花花的太陽，就有些犯眼暈。」

「世子，郡主。」一個小廝匆匆跑過來，因為跑得太急，還把曬在地上的書踩了一腳，「大事不好了！」

「發生什麼事了？」班嫿與班恆坐直身體，見小廝這般慌張，面色也跟著嚴肅起來。

「方才外面傳來消息，成安伯與姚尚書不知怎地觸怒陛下，陛下竟讓侍衛打了兩人的板子。」

「什麼？」班嫿眉頭緊皺，「現在怎麼樣了？」

「成安伯已經被送回府了，據說情況不太好，成安伯府的下人已經到處找大夫了。」

堂堂伯爺竟然要由下人出門去找大夫，難道是伯府的大夫不中用，還是太醫院的人不敢到伯府上去治傷？這情況要多嚴重，才會鬧得這麼大？

「把我們府上養著的那幾個大夫先安排過去。」班恆當下毫不猶豫地道：「趕緊的！」

「是，小的這就去套馬。」小廝馬上應下，轉身就跑。

班恆轉頭看班嫿，「姊……」

「去成安伯府。」

班嫿面色一肅，轉身就走入了陽光之下。

班恆立刻跟了上去。

成安伯府此刻鬧哄哄的，好在還不至於慌亂。府裡養的大夫擅長醫治傷寒頭疼，卻對跌打損傷不太在行。管家請人到太醫院叫太醫，結果半天都沒人來，氣得他忍不住大罵了幾句，轉頭又讓人去請外面的大夫。

今天伯爺被人抬回來的時候，成安伯府的人都嚇了一跳。伯爺的腰背上全是血，送伯爺回來的太監什麼也沒說，只是行了一個禮，轉頭就匆匆離開了，連喝口水的時間也沒有。

管家又急又氣又擔心，可是府中除了伯爺，便再無一個能做主的人，他只能與府中的幾個門客出來安排府中事宜。

平日裡風光的時候，每個人都殷勤小意，但是稍有落魄，就連太醫也會趨利避害。若是身為旁人，管家或許還能理解這種事，但當事人是自家伯爺，他心中難免起了幾分怨恨。

「管家爺爺，」一個小廝匆匆跑了回來，「大夫來了！」

「是平和堂的老大夫嗎？」

小廝喘著氣搖頭。

「不是叫你去請平和堂的大夫？」

「小的剛走到半路，就遇到了靜亭公府的人。」小廝連忙解釋道：「原來是靜亭公府的主子聽聞伯爺出了事，便把他們府上的大夫送過來了。」

管家聞言大喜，讓小廝把大夫請進了伯爺所在的院子，心裡對靜亭公府的人感激到了極點，到了關鍵時刻，竟是主子的未來岳家靠得上。

古往今來都是雪中送炭的人少，錦上添花的人多，靜亭公府在這種關頭，還敢大張旗鼓送人過來，這份心意便已是其他人所不及的。

他剛轉頭沒走幾步，又聽下人來報，福樂郡主與靜亭公世子上門來訪。

「快快有請！」管家想，這似乎是福樂郡主第一次來伯府？

想到這，他再也站不住，對身後的管事道：「隆重接待，不可對郡主與世子有半分懈怠！」

「是。」

成安伯府的下人精神一振，看來今天發生的也不是什麼大事，伯爺的未婚妻可是在陛下跟前十分得寵的，有她從中周旋，就算伯爺真有哪裡觸怒了陛下，陛下也不會太過為難伯爺。

班嫿與班恆一進門，就受到了成安伯府上下的熱情接待，她剛從馬背上下來，髮髻略有些鬆散，但也顧不得許多，她目光在諸位下人身上掃視一遍，最後挑中一個穿著錦緞作管事打扮的中年男人，「你們伯爺如何了？」

「回郡主，現在大夫正在給伯爺療傷。」

「帶我過去。」班嫿徑直往前走，她雖然不知道容瑕住在哪裡，但是有爵位的家族房屋主體結構是有規矩的，大體的方向她還是知道。

「郡主，請往這邊走。」管家見到班嫿竟然反客為主便愣了一瞬，隨後小跑著追上班嫿，垂首帶她往伯爺的院子走去。

內院裡，容瑕趴在床上，偏頭看向恭敬站在屋中的兩個大夫，他沒說話，屋裡安靜異常。

「伯爺，」守在床邊的杜九忍不住道：「您……還是讓兩位大夫看看吧。」

容瑕垂下眼瞼，臉上沒有朝臣受皇帝責罰後應有的慌張與懊悔，一張臉平靜如水，讓人看不出半分情緒。半晌後，他開口道：「有勞了。」

「不敢，」一位大夫忙行禮道：「我等也是奉郡主與世子之命。」

「多謝世子與郡主關心。」容瑕嘴唇有些發白，「兩位大夫請上前吧。」

大夫靠近一看，發現容瑕後背上的衣服與血已經凝結在一起，他們神情凝重地對望一眼，從藥箱裡取了把銀亮的剪刀，「伯爺，您的衣物與傷口已經黏在了一起，我們要用剪刀剪開你的衣物，可能會有些疼，您是否需要用麻沸散？」

「用了會有什麼影響？」容瑕明白，若是沒有影響，大夫也不會特意詢問他需不需要。

「偶爾用一次並無太大影響，但若是身體不好，容易影響人的神智，重則產生依賴……」

「不用了，你們直接剪。」容瑕閉上眼，「速速動手吧。」

兩個大夫深吸口氣，咬了咬牙，拿著剪刀慢慢處理衣物與傷口。

初夏的衣物穿得薄，剪開也容易，看到傷勢程度後，兩人都鬆了一口氣。這傷看著嚇人，卻沒有傷著骨骼與內腹。他們見過不少挨打受傷的人，有些人受了傷面上看著好好的，沒過幾日就不明不白地沒了。鬧得見了官，最後讓仵作一查，才知道這竟是傷了內臟。

「伯爺，你的外傷十分嚴重，布料我們要一點一點清理出來。」每撕開一點布料，就有血滲出來，大夫用棉紗布止血，已經止得滿頭大汗。

沒一會兒，地上已經扔了一堆帶血的紗布，傷口卻只處理了一大半。

「郡、郡主，您稍等等……」

大門被推開，一陣風吹進屋內，紗帳在風中飄揚，容瑕睜開眼，看到了站在門口的女子。

她一身素衣，髮髻歪斜，臉頰處帶著絲絲紅暈。她身後的陽光燦爛得猶如金子般，刺得他忍不住瞇了瞇眼。再睜開眼的時候，女子已經掀開紗帳朝他的床邊走了過來。

「你還好嗎？」

她站在床沿看著他，臉上的表情似凝重似關切，似乎又有別的他看不懂的情緒在裡面。他的大腦從未像現在這樣空白過，唯一能做的，就只是呆呆地看著她的雙眼，彷彿這樣就能確定眼前的人是真是假。

「福樂郡主。」杜九向班嫿行了一個禮。

班嫿看著容瑕血肉模糊的背脊，眼瞼輕顫，轉頭看向杜九，「發生了什麼事？」

「我……」容瑕開口。

「你現在應該做的就是躺在床上安安靜靜地養傷。」班嫿沉下臉瞪著容瑕，「要麼你讓你的護衛不回答我的問題，要麼你選擇閉嘴！」

風度翩翩，男子氣概十足的容瑕張了張嘴，最後聰明地選擇了沉默。

杜九看著再次閉上眼的伯爺，一時間傻眼，這是讓他說實話，還是不讓他說實話。還有，伯爺這會兒上半身雖然血肉模糊不能看，但也算是半裸著上身，郡主就這麼大咧咧闖進來把伯爺看了，這算是誰失節？

見伯爺在郡主的威儀下選擇沉默，杜九牙一咬，對班嫿抱拳道：「郡主，今日伯爺與姚大人進宮面聖的時候，陛下忽然大發雷霆，說伯爺與姚大人對太子教導不善，引著太子走了歪路，氣急之下便讓人打了伯爺與姚大人的板子。」

「教導不善？」班嫿皺眉，「太子是他的長子，並且比容瑕年長，就算犯了錯，也能怪在容瑕身上？」

杜九默然，能夠講理的皇帝，那還是皇帝嗎？

「太子那裡出了什麼事？」班嫿覺得皇帝不可能莫名其妙地亂發脾氣，這不像是雲慶帝的行事風格。難道說，人患了病，連性格都一併改了？

「這個……」杜九猶豫了一下，轉頭去看容瑕。

「我讓你跟我說話，你看他做什麼？」班嫿淡淡地道：「能說就說，不能說便不說。」

容瑕睜開眼看了看杜九。

「屬下在郡主面前，並沒有什麼不能說的。」杜九神情微妙，「昨夜有人發現太子與陛下身邊的一個才人私通，此事發現後的半夜時分，這位才人自縊了。」

「自縊了？」班嫿詫異地挑眉，「哪位才人？」

「林才人。」

班嫿恍然想起，這位林才人進宮以後，受過幾日的聖寵，但由於她的出身問題，所以在後宮的位分並不高。

先帝在的時候，有個林妃因為在後宮使巫術被賜了白綾，現在這個林才人與先帝的林妃是同宗。更有意思的是，這兩個林氏都是容瑕外祖家林氏一族的人。

同宗同族不同支同脈。

當年容瑕的外祖母嫁到林家後，因為牽扯進皇家政治鬥爭，最後被貶為庶民，林家也受到了影響。她還曾懷疑過，先帝在位時，那位被賜了白綾的林妃，究竟是真的因為用了巫術，還是受了林家的牽連，才落得那麼慘的下場？這件事的真相，除了先帝，恐怕沒人知道了。

「原來是她。」想明白這些事情的前因後果，班嫿嘆口氣，容瑕這也算是無妄之災。這些年他獨自一個人過活，沒見林家人親近過他，現在林家的女眷進宮做了嬪妃，與太子不清不楚，竟讓皇帝遷怒了他。

看著床上容瑕面色慘白的模樣，班嫿皺眉，在旁邊的凳子上坐下，「伯爺的傷勢如何？」

「回郡主，容伯爺的傷勢有些嚴重，好在沒有傷到肺腑，不然就要留下病根了。」一位大夫頂著滿頭細汗，終於把容瑕傷口上的布料全部取了下來，讓他比較敬佩的是，容伯爺竟然一聲都沒有吭。

見容瑕嘴唇白裡透著青，班嫿抿唇，「你是堂堂伯爺，就不知道讓護衛打輕點？」

「陛下正是憤怒之時，護衛也不敢太過敷衍。若是引得陛下大怒，後果會更為嚴重。」容瑕笑了笑，「妳不必擔心，我沒事的。」

「誰擔心你了？」班嫿哼了一聲，「我是擔心自己的未婚夫莫名其妙出了問題，到時候我又要擔個剋夫的罪名。」

「嫿嫿放心，我定不會讓妳受到這種委屈的。」容瑕朝班嫿伸手，結果班嫿離得他太遠，他無法牽住她的手，反而是他自己這麼一伸手，牽動了身上的傷口，疼得忍不住皺起了眉。

「躺在床上好好養傷，亂動什麼呢！」班嬙瞪容瑕，容瑕卻仍舊溫柔地看她。她的唇角動了動，最後在他手上拍了拍，「好了，乖，把手收回去。」

容瑕輕笑出聲，聽話地把手收了回去。

「伯爺，我們要幫你的傷口消毒，你且忍著些。」

對於大夫來說，酒是最好的消毒液體，他們用酒清洗他身上的血汗，以及有可能藏在傷口中的細碎布料。但是酒對傷口而言，無疑是巨大的刺激，便是容瑕善於隱忍，在酒碰觸到傷口的時候，全身的肌肉仍是忍不住緊繃起來。汗水順著額頭留下，有些掉進了枕頭裡，有些落進了他的眼中，澀得眼睛生疼。

酒混著汙血流下，血腥味與酒味纏繞在一起，實在不是好聞的味道。

容瑕流著冷汗看向班嬙，「嬙嬙，屋子裡悶，妳出去吹吹風。」

「我天天在外面吹風，少吹一會兒也沒關係。」班嬙見他連脖子都白了，聲音小了許多，「放心吧，雖然你現在的樣子有些醜，但我不會嫌棄你的。」

頂著巨大的痛苦，容瑕竟是笑出了聲，「多謝。」

「不用客氣。」班嬙穩坐在椅子上，沒有動彈。

很快容瑕身上流出的汗打濕了全身，大夫把一種綠色的藥草弄在他的傷口上，「伯爺，最近您居住的屋子，注意門窗要多進風，不可太悶。另外我們還會開一個方子，方子主要的效用是止血化膿，待傷癒，才能用補血的東西。現在若是補得太過，對你的傷口有害無益。」

「有勞二位。」在傷藥敷到他背脊上的時候，他就感覺到一陣舒適的冰涼感傳遍全身，連痛覺都消失了一大半。

「伯爺客氣。」稍微年長的大夫道：「消毒時最是難忍，伯爺卻未叫一聲苦，我等佩服。」

「叫不叫苦都要疼，不如在佳人面前維持一些風度。」容瑕笑著道：「無論如何，二位都幫了我的大忙。」

剛走到門口的班恆聽到這句話，忍不住輕哼一聲。都傷成這樣了，不好好躺在床上養傷，還有精力在他姊面前討好賣乖，這就是君子之風？

「並不敢受伯爺一聲謝。」大夫忙行禮道：「伯爺注意近來飲食一定要清淡，不可吃發物，我們每日都會到貴府為伯爺換藥。」說完，大夫對班嫿行了一個禮，「郡主，屬下告辭。」

「你們先回去吧。」班嫿對大夫頷首，接著朝容瑕道：「天氣越來越熱，你床上沾了血，也不能躺了。等下忍一忍疼，讓人給你換個房間。」

「是該如此。」容瑕歉然道：「今日有勞嫿嫿了。」

「我不過是動動嘴，做事的是大夫，沒什麼勞不勞的。」班嫿嘆了口氣，被皇帝下令杖責，對於朝臣來說可不是什麼好事，恐怕連史書上都要記一筆了。

容瑕笑了笑，沒有再跟班嫿爭論這個問題，他沉默片刻，閉上眼道：「妳今日不該來的。」

所有人都知道，陛下如今性情不定，若是被他責罰過的人，就不會再受重用。他與姚大人現在不知有多少人避之不及，像班家這種靠著聖寵才過得風生水起的人家，實在是不該在這個時候到他家來。

此事若是傳到陛下耳中，就有可能變成班家對聖意不滿，又或者說班家公然與陛下作對。沒有生病時的陛下或許不會這麼想，但是現在的陛下卻很難說。

像靜亭公府這樣的人家，尤其不能賭聖意。

「沒什麼該不該的。」班嫿平靜地看著容瑕，「對我而言，只有願不願。」

容瑕睜開眼，望進班嫿的眼中，彷彿想要透過這雙眼睛看進她的靈魂中。

「人生有太多不確定，就算我今天不來看你，不代表我們班家可以永遠富貴。」班嫿隨意笑了一聲，「更何況我不是跟你說過，班家從不讓自己人受委屈。你若是覺得我不該來，那你的意思就是，我們不該把你當作自己人？」

容瑕眼睫毛動了動，纖長的睫毛就像是刷子一般，在深邃的眼前掃了掃，「嫿嫿……」

「嗯？」班嫿不明白他為什麼只叫自己名字不說話。

容瑕笑了，「謝謝妳。」

「不是早跟你說了，不要跟我說這幾個字？」班嫿從凳子上站起身，「看到你精神這麼好，我就放心了。」

「妳要走了嗎？」容瑕垂下眼，趴在床上的模樣有些楚楚可憐。

「我出去囑咐一下你家的下人。」班嫿想說自己該回去了，但是看到容瑕那失落的樣子，話到嘴邊又變了，「我會陪你一會兒再走。」

容瑕頓時笑了，他本來就長得極好看，蒼白的臉色，加上虛弱的微笑，讓班嫿想到了被欺負的小奶狗，可愛又可憐。

她邁出去的步子收了回來，轉頭對杜九道：「你現在就去讓下人重新準備一個乾淨的房間，屋子裡不要擺花花草草，也不要用熏香，只要敞亮通風就好。」

「是。」杜九忙領命退了下去。

「嫿嫿懂的真多。」容瑕笑著抓住她的手，「有才有貌，真好。」

「有貌我承認，這才……」班嫿見他又不老實，把手抽了出來，「你就不要誇了，我自己聽著都覺得不好意思。」

「有能便為才，不是懂得詩詞書畫就是才。」容瑕義正辭嚴地道：「誰規定說，才之一字只包含這些？」

班嫿覺得她有沒有才不敢確定，但是她可以肯定的是，容瑕想要誇她的時候，就不愁找不到理由。這樣識趣的好兒郎，她還是很欣賞的。

「容伯爺，姊。」在門口站了半晌的班恆終於忍無可忍地走了進來，他看到容瑕抹了藥膏卻沒有纏紗布或者綳帶的後背，忍不住倒吸一口涼氣，這背上都沒一塊好地兒了，陛下究竟下令打了他多少大板？

「傷成這樣，怎麼沒有把傷口包裹起來？」

班嫿看了眼容瑕後背上厚厚一層的藥膏，「或許是為了傷口好？」

「這傷我看著都覺得後背疼。」班恆連連退了幾步，「容伯爺，我還是在外面等著。」他膽子一直都不大，這個時候也不要顏面了，頂著發麻的頭皮，轉身就往外走，彷彿再多看一眼，這傷口就要轉移到他身上似的。

「舍弟膽子有點小。」班嫿乾咳一聲，「並無惡意。」

容瑕輕笑，「我知。」

班嫿摸了摸自己有些發癢的耳朵，轉移話題道：「你說，太子……會不會是被人算計了？」

容瑕移開自己的視線，不去看班嫿，「或許是，也或許不是。」

「那太子現在怎麼樣了，他現如今本在監國，結果出了事，陛下身體又不好，朝中大事還能交給誰？」

「陛下與皇后膝下不止太子一個。」容瑕嘆息，「沒了太子，還有二皇子。」

「二皇子？」班嫿皺了皺眉，「他性格衝動，睚眥必報，哪有治國之能？」

「嫿嫿，」容瑕無奈苦笑，「他能不能不重要，重要的是，陛下已經不再信任太子了。」

一國的帝王，中風癱瘓在床，本是巨大的打擊，哪知現在宮外又傳出太子仁德英名，連當今陛下都不及的話，這些流言傳到陛下耳裡，就成了陛下心頭的一根刺，結果這根刺剛扎進去還沒來得及拔出，又傳出太子與後宮嬪妃私會，雲慶帝如何能忍？

男人的地位、名聲、自尊都被一個人奪去了，處於病痛折磨中的雲慶帝，心情如何能平靜下來？他根本不去想太子是不是被人算計，他只會想到自己身為帝王的尊嚴被人挑釁了。

而他與姚培吉不過是陛下發洩怒氣與羞惱的由頭，一塊蓋住他顏面的遮羞布。太子與嬪妃私會的事情雖然不會傳出宮，但是監國的人選卻必定會換一個。

「若是二皇子監國，會不會對你有影響？」班嫿記得二皇子似乎與容瑕並不太對盤。

這大概是情敵看情敵，分外眼紅？

二皇子喜歡石飛仙，而石飛仙喜歡的是容瑕。這麼一想，她覺得自己似乎才是笑到最後的贏家，因為容瑕的未婚妻是她。

大約……是這樣吧？

「即便不是二皇子監國，我現在這樣也是無法上朝的。」容瑕淡淡一笑，「我病了，只能養身，朝上的一切事務我是有心也無力。」

班嫿見他這樣，以為他是在難過，於是勸慰道：「這些你別放在心上，京城裡一些人的嘴巴也不愛閒著，若是有什麼難聽的話傳出來，你不必太在意，一切東西都不如自己的身體重要，你現在最重要的事就是好好養傷。」

「我並沒有難過。」容瑕笑意未消，「富貴如煙雲，抓不住摸不著，所以我並不在意眼下。」

「你能這樣想就好。」班嫿鬆了一口氣。

君子就是君子，視富貴金錢如糞土。不像她，只要想到四年後她的爵位沒了，就覺得整個人難過得都快喘不過氣。

不得不承認，人跟人的心性，差距還是巨大的。

「可惜，原本是準備休沐要跟妳一起去放紙鳶的。」容瑕看著門外的陽光，「待我痊癒的時候，京城的天氣就要變得炎熱難耐，再放紙鳶就不合適了。」

「沒事，等到秋天的時候再放也一樣。」班嫿勸道：「紙鳶年年都會有，這都是小事。」

容瑕嘴角彎起，猶如初春的陽光，溫暖又不會讓人感到炙熱。

班嫿勸慰容瑕的話並沒說錯，在容瑕挨打的第二天，太子便病了，改由二皇子來監國。容瑕與姚培吉遞上去的請病休養摺子，二皇子連挽留都沒有，直接便批覆了。

有人見到朝堂這個架勢，覺得容瑕定是被聖上厭棄了，不然二皇子為什麼會如此直接就讓容瑕在家養病，連個假意挽留都沒有？並且還在吏部與戶部找了什麼代尚書，暫時頂替了容瑕與姚培吉的職位。

重要的是，現在是暫時頂替，再過一段時日，誰知道是暫替還是真的替代了？

一些與容瑕明面上關係還不錯的人，便開始漸漸疏遠他。這些人在容瑕受傷後，從未上門探望過。

此事過後，班家再次淪為京城的笑柄，外面傳言各異。什麼自以為找了一個好女婿，誰知道這個女婿一朝失勢，連尚書的職位都快保不住了。朝中有爵位的人不少，沒有實職空有爵位，在這個京城裡，還真算不上什麼人物。什麼樂極生悲，看他們還怎麼囂張云云。

就連一些曾經自稱心儀容瑕的女子，這個時候也都不再提及容瑕這個人。好看的美男雖然重要，但是地位更重要，誰會跟自己的榮華富貴過不去呢？

更可況，沒了容瑕，還能有李瑕、張瑕、王瑕。只要富貴，就不愁這些。

所有人都在觀望陛下的態度，不敢輕易接近容瑕。

這個時候，唯有班家毫不畏懼，捧著一顆傻大膽的心，常常送東西到成安伯府上。

所有人都認為班家在作死，直到半月後，宮裡果然下旨召見班家人，而且福樂郡主的名號赫然在聖旨之列，是邀請的重點。

「姊，」班恆擔憂地走到班嫿面前，「我陪妳一起去。」

「陛下沒有召見，你跟著去做什麼，湊人數？」班嫿坐在銅鏡前描眉，把眉形描得更加甜美乖巧些，「如今宮中情勢不明，你留在宮外，我還能放心一些。」

「可我不放心。」班恆坐在桌邊，皺眉道：「二皇子與妳一直不對盤，若是他從中作梗，讓妳吃苦怎麼辦？」

「他現在只是皇子。」班嫿放下眉黛，「他若是想要處置我，就等他登上皇位那天再說。」

「妳不是說二皇子人比較蠢嗎？」班恆心裡惴惴不安的，「腦子比較簡單的人，做事往往會不計後果。」

「他沒腦子，難道我就很有腦子？」班嫿給自己畫上了腮紅，點了口脂，連眉間也點了一朵小花。在孝期本不該這樣打扮，可是她了解陛下的本性，唯有打扮得光鮮亮麗一些，才更能獲得他的好感。

「宮裡是二皇子的地盤，我擔心妳吃虧。」班恆想了想，「要不，妳別去了？」

「別傻了。」班嫿站起身，「這個時候不去，到時候就不是二皇子欺負我們家，而是陛下欺負我們一家了。」

班恆沉默下來，他知道姊姊說的對，可是只要想到皇宮中現在的情況，他就無法安心。

最後，班嫿與班淮進了宮，宮門中早有女官與太監過來領路，看這架勢似乎想要把班家父女分開帶走。

「姑姑，」班嫿微笑著看向這位女官，「陛下不是要召見我？」

「郡主請別急，皇后娘娘有幾句話要囑咐妳。」女官對班嫿一個屈膝，行了福禮，「您且隨奴婢來。」

班嫿轉頭對班淮點了點頭，「父親，女兒告退。」

「閨女，等一下妳若是沒來，父親就去皇后那裡接妳。」班淮笑著道：「在皇后面前，可不要失了禮數。」

「父親放心，」班嫿目光望過高高的宮牆，「女兒會盡快趕過來的。」

女官領著班嫿往後宮走，方向確實是去皇后宮無誤，但是走到半路的時候，女官突然停下了腳步，「郡主，稍等一下，還有人想要見您。」說這話時，女官在觀察班嫿的神情，發現對方臉上竟沒有半點意外。

一時之間，女官竟有些尷尬，她避開班嫿似笑非笑的眼神，退到了一邊。

「福樂郡主。」謝宛諭從假山後走出，她來到班嫿面前，「郡主近來可好？」

「多謝皇子妃關心，我一切都好。」班嫿見旁邊一張石桌上擺著瓜果點心，便走到桌邊坐了下來，「看來二皇子妃早就有備而來。」

「郡主說笑，我不過是有些時日不曾見到郡主，對妳有些想念罷了。」謝宛諭在班嫿對面坐下，「郡主，我有一事想與妳相商，不知郡主可願意聽我一言？」

「不想聽。」

「……」

「郡主還是跟往日一樣快人快語。」謝宛諭接過宮女遞來的茶喝了一口，「就算妳不為自己考慮，也該為班家，為成安伯多想一想。」

「二皇子妃說笑。」班嫿在桌上挑了一塊新鮮的水果吃了，「我更想知道的是，皇后娘娘知道妳假傳懿旨嗎？」

「郡主這話實在太過見外，都是一家人，見個面說說話，何至於這般嚴肅？」謝宛諭笑笑，並沒有把班嫿的威脅放在心上。現在的她，十分冷靜，不像一年前還沒出嫁時，只需要班嫿略微反駁幾句，便暴跳如雷。

班嫿甚至覺得，坐在眼前的女人雖然還是謝宛諭，但是內裡卻是戴上了一層厚厚的鎧甲，隨時都可以衝鋒陷陣，使出陰謀詭計。宮闈實在太能改變一個人了，它能把一個人改得面目全非，連靈魂都變了。

見班嫿不說話，謝宛諭也不惱，她夾了一塊點心放到班嫿面前的碟子裡，「聽說郡主喜歡吃這道點心，嘗嘗宮裡的廚子手藝如何。」

「二皇子妃，我們兩個之間用不著裝模作樣。」班嫿沒有動那塊點心，「有話直說，不必耽擱彼此的時間。」

「福樂郡主果真直爽。」謝宛諭端起茶杯敬了班嫿，「我希望郡主能與我們合作。」

「妳說什麼？」班嫿以為自己的耳朵出了問題，「妳是在跟我開玩笑？」

謝宛諭搖頭，「當然沒有。」

「整個京城誰不知道二皇子看我處處不順眼，我幫你們有什麼好處？」班嫿指了指自己的腦袋，「妳覺得我像是傻子嗎？」

謝宛諭抿了一口茶，放下茶杯，「往日就算有些誤會，也不過是妳與殿下之間的小打鬧。妳與太子、二皇子算得上是青梅竹馬，過往恩怨與小孩之間的打鬧又有何異？」

「妳家有二十多歲大的孩子？」班嫿被謝宛諭這種說法逗笑了，「二皇子妃，我想妳可能對我們班家有所誤解。我們班家人沒有權勢，更無心插手皇子之間的爭權。更何況，這個天下是陛下的，他想要把皇位給誰就給誰，身為人子，只需要聽從父親安排就是。」

「郡主說得倒是輕巧，成者王敗者寇，這才是皇室。」謝宛諭冷笑，「難道妳以為天下父母都是靜亭公夫婦？」

班嫿搖頭，「不管妳怎麼說，我是不會同意的。這個天下是陛下的，我們班家的一切榮耀也是陛下給的。今天妳來也好，太子妃來也罷，我都是同樣的說法，班家絕不會插手這種事。」

謝宛諭覺得班嫿慣會裝模作樣，什麼不插手皇家之事，先帝與陛下的皇位是怎麼來的？敢說沒有德寧大長公主與老靜亭公的手筆？現在倒裝出一副純良的模樣，也不知道演給誰看。

依她看，這些都不過是班嫿的藉口，班家想要支持的人是太子，而不是二皇子。

「良禽擇木而棲，太子如今已經是折斷了枝頭的朽木，班家人又何必在一棵樹上吊死？」

「大概班家人是散養禽類，只指望著上天吃飯，哪棵樹長得更好，並不在我們的考慮範圍之類。」班嫿站起身，「二皇子妃，時辰不早，我該去拜見皇后了。」

「班嫿，」謝宛諭語氣淡然道：「妳就不想讓容瑕官復原職？」

「他不當官更好。」班嫿笑咪咪地回頭，「日後就有更多的時間陪我了。」

「若是讓容伯爺知道，妳明明能夠幫他卻不願意幫，他會不會恨妳？」謝宛諭站起身走到班嫿面前，「做女人，還是不要太自私。自私的女人，都不太討男人喜歡。」

「那可真是太不好意思了。」班嫿嘆息，「我這人生來就自私，並且不喜歡討男人喜歡，就等著他們來討我喜歡。」說到這，她嬌媚一笑，摸了摸臉頰，「讓二皇子妃見笑了。」

謝宛諭覺得自己嫁進宮以後，脾氣已經變得很好了，但是看著班嫿這副模樣，她還是覺得手有些癢，心頭的火氣又竄了出來。世間怎麼會有這麼討嫌的女人？

「郡主對自己真有自信。」

「嗯，因為自信的女人更美麗。」

「班嫿！」謝宛諭進宮後練起來的修養破功，她瞪著班嫿，「妳別敬酒不吃吃罰酒。」

班嫿見她這模樣，心下想，這就對了嘛，瞧著還有當年謝二小姐的影子。

「謝小姐不必跟我說這些。」班嫿淡定地搖頭，「跟我說了也沒用，我代表不了班家，也不會代表班家。」

「身為女人，妳不護著妳未來的夫君，只顧著娘家人，難道他們能護妳一輩子？」謝宛諭不太明白班嫿的行為，明明只要班家願意跟他們合作，殿下登基以後定不會為難班家人，而且還會讓容瑕官復原職，為什麼班嫿不願意？

「謝小姐的娘家人能不能護妳一輩子我不知道，但我可以肯定的是，我的娘家人可以護我一輩子。」班嫿面無表情地道：「話不投機半句多，二皇子妃請吧。」說完，她轉身就要走。

「給我攔下她！」謝宛諭氣急，心生出一股想要教訓班嫿的念頭。

「見過二皇子妃，見過福樂郡主。」穿著銀色盔甲的石晉帶著禁衛軍出現在假山另一邊，他彷彿沒有看到那些意圖靠近班嫿的太監與宮女，不卑不亢地對謝宛諭行了一個禮，「微臣聽到此處傳來喧譁聲，不知發生了什麼事？」

謝宛諭沉下臉，不是已經讓人把這邊攔住了，禁衛軍為什麼會過來？

「二皇子妃，我等奉陛下之命在宮內巡邏。」石晉語氣平靜，「二皇子妃若是有什麼事，只需要叫禁衛軍一聲就好。」

謝宛諭心頭有些發寒，陛下竟然防備兒女到了這個地步，甚至連後宮地界都開始讓禁衛軍巡邏了。這究竟是在防歹徒刺客，還是防備他們這些住在宮中的人？

她偏頭看了眼班嫿，只恨今天不能收拾這個女人了。

班嫿似笑非笑地看了眼謝宛諭，把自己藏在袖中的手伸了出來，嗤笑一聲，轉身就走。

謝宛諭看著她離去的背影，臉色陰沉得可怕。

「二皇子妃，我等告辭。」石晉行了一個禮，轉頭便離去。

等禁衛軍離開，謝宛諭氣得砸了桌上的茶杯，見有太監湊上來說話，她深吸一口氣，「二殿下今日去哪兒了？」

「回二皇子妃，二殿下今日在宮裡。」

謝宛諭意味不明地笑了笑，「他今日竟沒有想著法子出宮，也是難得。」

小太監不敢說話，行了一個禮，退到了一邊。

想到蔣洛，謝宛諭心裡更氣，蔣洛也是扶不起的阿斗，爛泥上不了牆。都已經開始監國，竟還有精力沉迷美色，什麼香的臭的都要去沾一沾，嘗一嘗。他若是真的登基為帝，這後宮不知有多少女人要被他糟蹋。

想到班嫿給她氣受，自己嫁的男人也不是好東西，謝宛諭恨不得拿起棍子揍蔣洛一頓，然而她也只是想一想，因為她是二皇子妃，與蔣洛是一根繩上的螞蚱，他榮耀她便跟著享受榮華富貴，他若是落敗，她也要跟著過苦日子。

班嫿直接到了皇后宮外，皇后的精氣神看起來不太好，所以班嫿與她說了一會兒話，就起身告辭去見皇帝。皇后也沒有挽留她，只是在她起身後欲言又止。

「娘娘？」班嫿不解地看著皇后。

「容君珀的事情，妳且放寬心。」皇后嘆了一口氣，「陛下近來心情不太好，等他想通了，事情就好辦了。」

班嫿聞言一笑，「娘娘，此事我並沒有放在心上。」

「妳這孩子……」皇后見班嫿笑得燦爛，心裡微微鬆了一口氣。不管怎麼說，她不想跟這個孩子起什麼嫌隙，陛下最近做事確實越發荒唐，可是現在他連她的話也聽不進去了。

「且去吧。」皇后搖頭，「陛下近來脾氣不好，妳回話的時候多注意些。」

「是。」班嫿行禮後退下。

「娘娘。」皇后身邊的女官走到皇后身邊，小聲道：「下面人傳來消息，二皇子妃方才在半路上把福樂郡主攔下了，兩人似乎鬧得有些不愉快。」

二皇子妃還是太年輕，這宮裡根本就沒什麼祕密，她大搖大擺把人攔下來，就該想到消息會有傳到娘娘耳中的一天。

「一個個都這麼不省心。」皇后疲倦地閉上眼，「隨他們去吧，只要不要鬧得太過，本宮也不想管了。」

「娘娘，您近來太辛苦了。」女官上前輕輕捏著皇后的肩膀，「您還是好好休息幾日吧。」

「如今這後宮裡烏煙瘴氣的本宮如何能夠安心休息？」皇后焦慮地單手托著下巴，「皇上前幾日才杖責了姚培吉與容瑕，今天又下旨意去訓斥了幾位尚書，這不是逼著朝臣離心嗎？」

「娘娘，您不要多想，這幾位大人都忠心耿耿，定不會因為陛下的舉動而心生不滿的。」

「就因為這些大臣們都忠心，陛下才更不該這麼做。」皇后嘆息，恍惚間又想到了陛下剛中風的那天夜晚，他迷迷糊糊間口喚老靜亭公與容瑕父親名諱時的驚恐。

他們夫妻二人成親這麼多年，恐怕她也不夠完全了解陛下。

大月宮裡，雲慶帝正在暴怒之下打翻了藥碗，藥汁潑了宮女滿頭滿臉，她驚惶地跪在碎瓷片上請罪，面上連一絲痛意都不敢顯露出來。

「笨手笨腳的東西，滾出去！」王德輕輕踢了宮女一腳，宮女順勢在地上滾了一圈，便匆匆退了下去。

兩個太監上前輕手輕腳地收走碎瓷片，再有兩個太監匆匆用衣袖擦著地上的藥，很快苦澀的藥味充滿了整個大殿。

「陛下，」王德恭恭敬敬地朝雲慶帝行了一個大禮，「福樂郡主來了。」

雲慶帝愣了片刻，轉過頭道：「宣。」

王德退了出去，走到殿門口對班嫿露出燦笑，「郡主，請。」

「有勞公公。」

「郡主折煞奴婢了。」王德親手幫班嫿掀起了最外一層厚厚的紗帳。走進殿內，難聞的藥味竄進班嫿的鼻子裡，她目光落到坐在床上的雲慶帝身上。

大半個月沒見，雲慶帝彷彿老了很多，面色蠟黃，眼窩深陷，面相也不似往日溫和威儀，反而顯得刻薄與瘋狂。班嫿眨了眨眼，眼底仍舊是一片孺慕之意，她快步走到龍床邊，蹲跪下來，「陛下，您可終於想起見我了。」

見班嫿明顯有親近之意，雲慶帝面色溫和些許，「是妳不想見朕，怎麼還怪朕不見妳？」

「您又不是不知道，我現在是在孝期，若是直接進來見您，別人會說我不懂規矩。」班嫿雙眼一亮，「若是您召見我，那我就能光明正大進宮了。」

「這個時候妳就可以不守禮了？」

「規矩是死的，人是活的嘛！」班嫿狡黠一笑，「反正只要有您在，看誰敢說我！」

「我看妳這是強詞奪理。」雲慶帝笑了笑，「朕以往就不該慣著妳。」

「臣女不是強詞奪理，而是狐假虎威。」班嫿很得意，「臣女這個成語用得不錯吧？」

見班嫿這模樣，雲慶帝想起好幾年前，那時候嫿嫿不愛讀書，經常用錯成語典故，惹得他忍俊不禁。後來，她每用對一個典故，他就會誇一誇她，以致於後來每次她在他面前用成語時，都會得意地往他這邊瞧，就等著他來誇她。

當年可愛得像個白團子的小丫頭眨眼間便長大了，而他也老了。

雲慶帝臉上出現了幾絲溫和的笑意，「算是不錯，有所進步。」

班嫿臉上的笑意更加得意。

自從進殿以後，班嫿沒有提雲慶帝身體的事，雲慶帝彷彿也忘記了自己身上的不適，與班嫿在一起聊天，讓他有種年輕了好幾歲之感。

不知不覺半個時辰過去，守在外殿的宮人聽到內殿傳出陛下的笑聲，都鬆了一大口氣，同時對福樂郡主也心生敬仰，連幾位皇子公主都沒辦到的事，福樂郡主卻做到了，難怪這般受陛下寵愛。若他們身邊有這麼個能讓自己開心的人，他們也會忍不住對她好一點，再好一點。

「嫿嫿啊……」雲慶帝忽然道：「朕讓人打了容君珀的板子，妳會不會怨朕？」

「我怨您幹麼？」班嫿一頭霧水看著雲慶帝，片刻才像反應過來，於是擺擺手道：「您放心吧，這些日子我常去成安伯府上探望，容伯爺的傷不算太嚴重。」

「朕擔心的不是他傷勢如何，而是擔心妳因為此事心情不好。」雲慶帝看著班嫿，不想錯過她臉上任何表情。

「我……還好吧？」班嫿想了想，「他不到吏部做事，就有更多時間陪我。反正他的爵位還在，又不缺吃喝，這不是挺好的嗎？」

雲慶帝聞言失笑，他倒是忘了，這丫頭從小就泡在蜜罐子裡長大，就算家中無人在朝中有實權，也從未受過什麼委屈。她哪裡知道，對於兒郎來說，權勢地位有多重要，她能看到的就是自己眼前一方天地，所以她說的這些還真是老實話。

「若是他連爵位都沒了呢？」

「陛下，您不會這麼幹吧？」班嫿睜大眼，「那我嫁過去以後吃什麼？總不能每天回娘家蹭吃蹭喝，那多不好意思？」

雲慶帝見她五官都擠在一塊兒，忍不住大聲笑了出來，直到他見班嫿表情越來越惱怒以後，才道：「放心吧，朕不會奪去他的爵位。待他傷好了，就讓他回朝上給朕辦事。」

「沒好沒好！」班嫿連連搖頭，「你讓人把他打得血肉模糊，定要養上幾個月才能好的。」

「妳啊……」雲慶帝搖頭，幸而這話沒讓容瑕聽見，不然小倆口還沒成親就要先起矛盾了，「方才妳不是還說他沒什麼問題，怎麼這會兒又嚴重起來了？」

「唔……」班嫿扭頭，「反正就要慢慢養著。」

雲慶帝無奈一笑，對班嫿這話不置可否。

「陛下，」班嫿忽然垮下肩膀，「您一定要早點好起來。」

雲慶帝看著少女水潤的雙眼，這雙眼裡滿是擔憂與期盼，他愣了片刻，方道：「朕很快就能好起來了。」

「那就好，」班嫿臉上露出燦爛的笑容，「這下臣女就放心了。」

雲慶帝心想，這丫頭被養成這般單純的性子，日後怎麼辦呢？到底是自己看著長大的孩子，雲慶帝心裡一軟，「嗯。」

雖是單純直爽，但是這份心意，確實難能可貴。

此時的成安伯府，容瑕用過藥以後，便趴在床頭上看書，只是半個時辰過去，他手上的書也沒有翻幾頁，倒是往門外張望的次數有些多。

「伯爺，」杜九見伯爺這樣，實在忍不住，直接道：「福樂郡主今日被陛下召進宮了。」

容瑕翻了一頁書，淡然道：「我知道了。」

杜九出門辦了一件事，兩刻鐘後回來，發現伯爺手裡的書似乎還是那一頁。

「伯爺？」

「怎麼了？」容瑕把書放下，轉頭看杜九。

「您是不是有什麼心事？」杜九仔細想著近幾日的事情，好像沒什麼不對的地方，伯爺怎麼如此心神不寧。

「沒事。」容瑕閉上眼，漫不經心道：「下次班家人進宮的時候，記得告訴我一聲。」

「是。」杜九應了下來，「不過陛下與皇后十分寵愛郡主，應該不會有什麼事的。」

容瑕睜開眼看他，「我知道不會有什麼事，只是多問一句而已。」

杜九：哦……

「伯爺，」管家走了進來，「靜亭公府的下人來說，福樂郡主今日有事，約莫下午才有時間過來探望您。」

「既然郡主有事，又怎麼能勞煩她來回奔跑，讓郡主回家後便好好休息。」

「可是靜亭公的下人已經走了。」管家想了想，「要不，屬下再派人去靜亭公府說一聲？」

屋內詭異地沉默了片刻。

「不用了。」容瑕的聲音平靜又淡定，「何必再去叨擾？」

管家與杜九互相對望一眼，莫名有了一種神奇的默契。

午時剛到，下人來報，福樂郡主到了。

杜九看到，他們家伯爺把手裡的書捏得起了褶皺，偏偏語氣還一如既往的平靜。

「有請。」

嘖！

伍之章 宿怨得報

不知道是不是錯覺，班嫿發現自己走進容家大門以後，管家對自己笑得比往日更加燦爛。

「郡主，請。」

「有勞。」過了遊廊，班嫿看到一個穿著水青色長袍的中年男人站在角落，她挑了挑眉，沒有多問。不過管家卻注意到了她的神情，便小聲答道：「那是伯爺養的清客。」

班嫿了然地點頭，文人們都愛養一些清客在家，討論詩詞歌賦、繪畫書法，身分越高的人，越是會養一些門客清客，不像他們班家，養的淨是戲子、雜耍班子、歌姬舞姬，還有說書先生。與容家比起來，他們班家實在太俗了，簡直是俗不可耐。

「原來如此。」班嫿點了點頭，見那個清客似乎在打量她，她略微皺眉，「貴府的清客都是這般無禮？」

管家轉頭看去，注意到清客的視線竟然還停在班嫿身上，當下便沉了臉色，正當他準備發作的時候，這個清客後退一步，朝班嫿行了一個大禮方退了出去。

班嫿被這個清客的態度弄得莫名其妙，但是想著對方不過是個沒有功名的清客，於是也沒把人放在心上，轉身往住院的方向走。

成安伯府上的下人不算太多，不過小廝丫鬟都極其守規矩，看到她進來，紛紛避讓行禮，連半點冒犯都不敢有。

進了內院，班嫿剛好與從裡面走出來的杜九迎面對上，她停下了腳步。

杜九快走兩步，在班嫿面前行禮。自從上次靜亭公差點遇刺以後，杜九就莫名對班嫿恭敬了許多，「見過郡主。」

「你們家伯爺今天換藥了嗎？」班嫿見房間門開著，「這都午時了。」

「回郡主的話，藥已經換過了。」杜九垂首回答。

「那他用過午飯了沒有？」

「伯爺還不曾用飯。」

「我明白了。」班嫿點了點頭，提起裙角走進屋內，跟在她身後的兩個穿騎裝的婢女站在了門外，並沒有跟著一起進去。

雖然容瑕與雲慶帝都在用藥，可是容瑕的房間裡藥味很淡，而且不會讓人反胃，這與又悶又難聞的大月宮不同。班嫿進門後，見容瑕還趴在床上看書，便上前抽走他的書，「趴在床上看什麼書，不要眼睛了嗎？」

「妳不在，我趴在床上也無聊，不看書打發時間，能做什麼？」容瑕睜大眼睛看著班嫿，眼瞳裡水水潤潤的，班嫿多看了幾眼後，忍不住心軟了下來。

「你們這些文人，就愛養什麼清客，你現在受了傷，他們能陪你作詩還是陪你作畫？」班嫿在床邊坐下，「我家養了些雜耍藝人，明日我讓他們來你府裡待幾日，你若是閒得沒事，就招他們來逗逗趣。」

「我怎麼能奪妳所好？」

「沒事，他們那些雜耍手段我都看過了，在你這裡待幾天，我還能省一筆伙食費。」

容瑕笑出聲，「堂堂國公府還能缺銀子花？」

「誰會嫌錢多？」班嫿笑咪咪地道：「所以你儘管收下吧，我們家別的人不多，養來逗趣的人不少。」

「好。」容瑕眼角眉梢都是暖暖的笑意，甜得就像是糖人，多嘗幾口都有可能膩住。

「你別動，我瞧瞧你後背上的傷怎麼樣了。」班嫿走上前，在容瑕還沒反應過來的時候，上前掀起光滑透氣的緞被，露出了容瑕光溜溜的上半身。

容瑕的皮膚很白，後背上的傷口已經開始結痂，皺巴巴長在背上，看起來扭曲可怖，毫無美感。他擔心班嫿看到這種傷口會對他產生不好的印象，想要去拉被子，被班嫿按住了手。

「別動。」班嫿彎腰湊近了看傷口，「傷口恢復得不錯，這幾天後背是不是發癢？」

容瑕點了點頭，意識到班嫿可能看不見，又嗯了一聲。

「那你記得千萬別去撓，留下疤痕是小，引起流血化膿才是大問題。」班嫿視線微微往下，瞅了一言容瑕白嫩緊致又性感的腰，拽了拽被子，蓋住了他大半身體，「用過飯了嗎？」

「還沒有。」容瑕不喜歡趴在床上吃東西，所以儘管起床的時候可能會有些疼，他還是會艱難地從床上爬起來。

「身體遭了這麼大的罪，還不好好用飯。」班嫿嘆口氣，轉身走到門口，朝守在門口的容家下人招了招手，「去把午膳端到屋裡來。」

「是。」下人行禮退下，完全不質疑班嫿的命令，甚至已經不用再去看真正主人的臉色。這幾日以來，他們看著郡主數落伯爺，而伯爺只能乖乖聽話，就連府裡那些管事也全都聽從郡主的命令，他們這些下人哪還敢得罪郡主。反正早晚都會是他們伯爺府的女主人，他們接受得很平靜。

看到班嫿為了自己忙碌，容瑕眼底溫暖一片。

沒過一會兒，飯菜上桌，全是清淡的東西，杜九與一位小廝把容瑕從床上扶了起來，然後將一件寬鬆的軟綢袍披在他的身上，扶著他到飯桌邊坐下。

寬鬆的軟綢袍雖然不會磨到皮膚，不過因為太過寬大，難免會露出脖子以下的地方，比如鎖骨，比如胸口。有人說過，若隱若現，半脫未脫之時，才是最迷人的時刻。

班嫿發覺自己的眼睛有些不聽話，偷偷往容瑕脖子以下的地方瞥了好幾次。容瑕偏偏還不注意，拿筷子的時候，筷子一頭不小心扯到了衣襟，胸口處露得更加明顯了。

白嫩光潔的皮膚，勻稱的胸肌，就像是充滿了神祕吸引力，讓班嫿還沒吃飯，便已經覺得心頭滿意了一半。她抹了一把臉頰，很好，沒有臉紅。

先人早就說過，美色惑人，看來這話極有道理的。

「嫿嫿，妳吃不慣這些飯菜嗎？」容瑕笑盈盈地看她，嘴角上揚，美得讓她的心都酥了。

「挺好的。」班嫿把一塊青筍放進嘴裡，根本沒吃出什麼味道，便吞了下去。

容瑕笑得半瞇了眼，他記得嫿嫿似乎並不太愛吃青筍？

「嘶……」他伸出筷子要去夾不遠處的一道菜，手剛伸出去，就疼得倒吸了一口涼氣。

「你別動。」班嫿忙把菜挪到他面前，「想吃什麼告訴我，別扯到了傷口。」

「嗯。」容瑕點頭，開始小幅度地夾菜。

班嫿滿意地點頭，聽話的男人最可愛。

一頓飯吃了將近半個時辰，待容瑕躺回床上，班嫿對他道：「你好好休息，我要回去了。」

容瑕：「好。」只是眼底滿滿的不捨。

「對了。」班嫿掏出兩個小藥瓶放到桌上，「這是我從陛下那裡拿來的好東西，有止癢醫治傷口的奇效。陛下那裡總共也沒幾瓶，我討了兩瓶來給你。」

「陛下待妳很好。」容瑕看著那兩個沒有嬰兒拳頭大的藥瓶，自然知道裡面裝著什麼。

「是啊！」班嫿笑著點頭，「那我走啦，等一下記得讓人把這個藥幫你抹上。」

容瑕笑著應下，等班嫿離開後，杜九走了進來。他看到這兩瓶藥，面上露出幾分詫異之色，「伯爺，這不是宮中祕藥嗎，福樂郡主帶來的？」方才就只有福樂郡主在，所以這兩瓶藥只會是郡主帶來的。

「嗯。」容瑕拿過一個藥瓶，揭開瓶蓋就能聞到淡淡的藥香。蓋上瓶蓋，他把玩著這個小小的藥瓶，忽然道：「杜九，你說待事成以後，福樂郡主會不會怨恨我？」

杜九愣住，他沉默片刻，「伯爺，屬下不知。」

容瑕把藥瓶放在鼻尖輕嗅，「是啊，你也是不知道的。」就連他，也不敢肯定他與嬿嬿日後會不會因為蔣家人起矛盾。

「伯爺，您為何不把老靜亭公發生過什麼告訴福樂郡主呢？還有刺殺靜亭公真正幕後主使是謝家人，只是陛下幫謝家打了掩護。」這是杜九最不理解的地方，「若是福樂郡主知道這些，她定會理解你的。」

容瑕沉默地搖了搖頭。

他就喜歡看著嬿嬿無憂無慮地過日子，穿著最華美的裙子，吃著最講究的食物，肆無忌憚地炫耀著她擁有的一些。這一切太過美好，他捨不得去破壞。

她過了自己幼時幻想過，卻不能過的日子。只要看著她好，他就彷彿覺得自己幼時的幻想得到了滿足。

「這事不要再提。」容瑕把藥瓶緊緊地握在掌心，「我心裡有數。」

「可是當今陛下對福樂郡主那麼好，她怎麼能眼睜睜看著……」

「很快這個天下就不是當今陛下的了。」容瑕把藥瓶放在枕邊，淡然道：「他的不孝兒子正盼著他百年。護衛們雖然盡力護著他，但失手也是有可能的。」

杜九張開嘴，半晌後道：「屬下明白了。」

班嫿一回到家，家人就圍了上來，確定她沒有受什麼委屈以後，班家人神情才輕鬆下來。

「嫿嫿，妳去宮裡，陛下說了什麼？」陰氏拉著班嫿坐下，詢問著班嫿進宮後的經過。

班嫿把進宮後發生的事情一五一十說了，「……陛下瞧著確實不太好，長相都扭曲變形了。大月宮的宮人們各個神情緊張，唯恐陛下發怒責罰他們。」這一次去大月宮，讓她覺得壓抑又沉悶，與以前輕鬆的氣氛完全不同。

陰氏在心裡冷笑，人做了太多虧心事，總會有報應的。她拍了拍班嫿的手，「既然陛下現在情緒如此不穩定，妳以後還是少進宮吧。太子與二皇子的事情我們家也不參與，二皇子妃這算盤打得太響，恨不得全天下的好處都被她占盡。這樣的人太過短視，不必與她走得太近。」

「我本來與她關係就不好，哪能走得近？」班嫿笑了，「您且放心吧。」

「有你們這兩個不省心的小東西在，我哪個時候能放心？」陰氏道：「罷了，妳向來有午睡的習慣，回妳自己的小院子吧。」

班嫿起身準備告退。

「等一下，」陰氏叫住她，「容伯爺的傷勢怎麼樣了？」

「好了很多，他受的是皮肉傷，養起來很快的。」班嫿隨意答道：「您不用擔心。」

這個傻孩子，她哪是為容瑕擔心，而是在為她擔心。若是容瑕身體出了問題，她可不想讓女兒嫁給一個殘疾人。靠女兒搏美名是別人家的事，她只希望自家女兒不吃虧。

「老爺、夫人，姚尚書家的姑娘求見。」

「姚尚書？」陰氏疑惑地看班淮，他們家什麼時候與姚培吉一家有關係了？

班淮搖頭，他跟畫癡姚培吉可沒打過什麼交道。

「是姚三姑娘嗎？」班嫿看向管家問。

「是的。」管家應了。

「這位姚三姑娘與我有些交情，讓她進來。」說完這話，班嫿轉頭對陰氏道：「母親，這個姚三姑娘有些意思，先讓她進來問問她的用意再說。」

陰氏點頭，沒有多說什麼。

班恆懷疑地瞥了班嫿一眼，「姊，妳又去外面招惹小姑娘了？」他有理由相信，如果他姊是個男人，肯定會是京城有名的浪蕩花心公子。

「胡說八道，是人家自己有意與我結交！」班嫿瞪了班恆一眼，「你這孩子真不會說話！」

班恆：……

姚菱忐忑不安地坐在外間，手裡的帕子已經被她擰成了麻花。自從父親被陛下杖責，尚書位置又被人頂替以後，他們姚家在京城裡的地位就一落三丈。太醫常常要三催四請才肯來，外面的那些大夫又不得用，父親身上的傷口有些地方化了膿。

在父親失去利用價值以後，石家便不再理會他們姚家，其他人家也是敷衍了事，家裡想要請兩個有大本事的大夫，竟不知道該找誰。她也是碰巧聽聞班家養的大夫有些真本事，這些大夫的先輩都是跟著班家先祖上過戰場的，所以治療傷口方面很厲害，就連成安伯的傷都靠班家大夫治療著。

她早就想來求班家人，可又怕被拒絕或是連累他們，所以一直忍著。哪知道昨天晚上父親的傷口惡化了，今天一早便高熱不退，她實在沒有辦法，只能厚著臉皮來求班家人。

下人領著她進了正廳，見一家三口都在，她忙上前行了一個禮，「小女子見過國公爺，見過夫人，見過郡主與世子。冒昧來訪，請國公爺與夫人多多見諒。」

「姚姑娘請坐。」陰氏溫和一笑，「姚姑娘忽然到訪，可是有什麼事？」她看到姚菱眼眶發紅，眼睫毛上還帶著淚痕，語氣便先軟了幾分。

「夫人，小女子今日上門，是來求一件事的。」姚菱起身行了一個大禮，「家父傷重，求國公爺與夫人派貴府的大夫幫家父看一看傷。」

陰氏見她行了這麼大一個禮，還以為是出了什麼大事，沒想到只是為了兩個大夫而已。她愣了一下，「令尊的傷還沒有好嗎？」

姚菱搖了搖頭，「不僅沒有好，傷口已經化膿，現在他身體又開始發熱，小女子實在是不知道能去求誰了。」

她以前住在薛州，還沒有直觀感受到權勢的好處。在京城待了僅僅半年，就明白了京城裡的人為什麼想盡辦法往上爬。因為這裡是個現實的地方，有權有勢就會受到尊重，若是一朝失勢，這些人雖然不至於落井下石，但是少有人願意伸出援手。

與京城相比，薛州就顯得純樸很多，她忽然有些懷念在薛州的日子了。

雖然那裡沒有京城繁華，吃的用的也比不上京城，但那裡的人更良善，也更有人情味。

到班家來，她也不過是病急亂投醫，抱著一絲微弱的希望，便是班家不願意，她也不會有怨恨之心。本來她父親就是惹得陛下不高興，旁人怕受連累也是正常的。

「行，我這就讓他們去給姚大人看一看。」

姚菱睜大眼，這麼簡答就答應了？她還沒說要怎麼回報，還沒開始求他們呢！

傳聞中飛揚跋扈的班家人……就是這樣？

「夫、夫人？」姚菱愣愣地看著陰氏，一時間竟不知道說什麼。

班嫿見她這副呆呆的模樣，便問道：「還有什麼為難的地方嗎？」

「不，沒有了。」姚菱愣愣地搖搖頭，忽然跪在了班家人的面前，結結實實朝他們磕了一個頭，「多謝，小女子日後定有重報。」求人的時候，她沒有下跪，因為那有強逼之嫌。現在，她卻跪得心甘情願。

她求了好幾戶曾與姚家關係不錯的人家，結果這些人都含含糊糊，不願意真的幫忙。沒有想到，最後願意幫忙的，竟是與姚家沒有多少來往的班家。

「不過是一件小事，姚妹妹妳這是做什麼？」班嫿彎腰把姚菱從地上扶起來，掏出帕子擦了擦她眼角的淚水，「令尊的身體要緊，妳快些帶著大夫回去吧。」

「班姊姊。」姚菱抽了抽鼻子，感激地向班嫿行了一個福禮，才用手背擦了擦眼睛，匆匆離開了班家。

姚培吉是姚家的頂樑柱，他若是倒下了，整個姚家就會一蹶不振，所以他現在高熱不退，所有姚家人的心都提了起來。姚夫人以及幾個兒女寸步不離守在床前，藥餵下去又被吐了出來，姚夫人急得不斷地抹眼淚。

「夫人，三小姐帶著大夫回來了。」

姚夫人忙擦乾淨臉上的淚，喜出望外地問道：「是哪家的大夫？」

「小的也不清楚，不過看那兩個大夫穿著綢緞衣服，應該不是外面的大夫。」一般大夫很少有穿綢緞衣服的，若是穿了，十有八九就是富貴人家養著的。

「不管是哪裡來的大夫，先把人迎進來再說。」姚夫人心急如焚，恨不得兩個大夫立刻出現在病床前。

待姚菱進來，一家人也來不及問，忙請大夫幫著看病。說來也奇怪，也不知道這兩個大夫是哪來的本事，兩粒藥丸下去，姚培吉全身不抖了，藥也能喝下去了，身上的溫度也降了許多。

兩位大夫寫了單子給他們，開了藥，姚家人送的診金卻怎麼也不肯收。後來姚家人硬塞進他們的手裡，他們才勉強收下。

送走大夫，姚夫人看著安穩睡過去的姚培吉，提起的心放了下去。

「菱菱，這兩位大夫是哪家養的高手？」

姚菱替姚培吉蓋好被子，「靜亭公府養的大夫，成安伯的傷也是他們在負責醫治。」

「竟是……靜亭公府？」姚夫人想起往日有人說班家閒話時，她還應和過幾句，便覺得臉上一陣發燒。他們家現在這般景況，連朋友親戚都要避諱著，靜亭公卻願意伸出援手，這種救命大恩，他們姚家人怎麼報恩都不為過。

姚家其他人也愣住了，他們乃是書香世家，一直瞧不上班家人的行事作風。雖然維持著君子風度，不曾說過班家人的壞話，但是內心裡對這家人卻是鄙夷的。

然而到了這個時候，竟是他們鄙夷的人家，在別人都不敢幫忙的時候幫了他們的忙。

「母親。」姚家大公子開口道：「明日我親自到班家道謝。」

「先不忙。」姚夫人搖頭道：「陛下餘怒未消，我們去拜訪班家，連累他們怎麼辦？」

姚家大郎之前還沒有想過這件事，現在聽姚夫人這麼說，愣了片刻，「兒子知道了。」

「待你父親痊癒以後再說吧。」姚夫人嘆了口氣，「別人幫了我們本是好事，我們卻不能再害了他們。」

大月宮裡，雲慶帝正在安靜地喝藥。

自班嫿走了以後，他心情一直都不錯，不僅用了一碗飯，還把藥也吃了。

「陛下。」禁衛軍統領垂首站在龍床前，「福樂郡主出宮後，並沒有回到國公府，而是去了成安伯府上。」

「嗯，朕猜她是把傷藥給成安伯了？」雲慶帝淡淡一笑，顯然這件事並沒有讓他動怒。

「是的，福樂郡主陪成安伯用過午膳，便回了靜亭公府。不過……」

「不過什麼？」雲慶帝一雙發暗的眼睛盯著眼前的人。

「姚家三小姐到國公府拜訪，靜亭公派了兩個大夫去了姚大人府上。」

雲慶帝聞言忽然笑出了聲，半晌後才道：「整個人京城最擅長的便是見風使舵，趨利避害，唯有班家人才是真正的性情中人。姚培吉是個得用的人，他確實不能出事。」

「這些瑣事不用再向朕彙報，兩個皇子那裡怎麼樣了？」

「太子一直在殿中看書，並沒有因為陛下您關了他的緊閉而不滿。」禁衛軍統領道：「只是太子與太子妃之間，似乎起了嫌隙。」

「嗯。」雲慶帝微微點頭，「二皇子那邊呢？」

「二殿下……」禁衛軍猶豫了一下，「二殿下比太子性子跳脫一些。」

「依朕看，他不是性格跳脫，是心思活躍了。」雲慶帝面色淡然，「除此之外，今天還發生過什麼事沒有？」

「二皇子妃攔下了福樂郡主，要讓福樂郡主勸服班家與二殿下合作。」

「她想合作什麼？」雲慶帝冷笑，「朕還活著呢，他們迫不及待地想要算計什麼？」

統領不敢說話。

「福樂郡主怎麼回答？」

「郡主說，這個天下是陛下的，陛下想要把皇位給誰就給誰，身為人子，只需要聽從父親的安排就是。」

「她當真這麼說？」

「是。」禁衛軍統領見皇帝神情複雜難辨，「還有，微臣的屬下發現，二皇子妃與福樂郡主似乎有舊怨。」

「你竟是忘了，謝家老二曾與福樂郡主有過婚約，後來謝家老二做出與人私奔的事情，謝班兩家的婚約便作廢，兩家人也從親家變成了仇家。」當初兩家的恩怨，他這個皇帝拉了偏架，明裡暗裡都護著班家人，自這件事以後，謝家人在京城的名聲就差了許多。

「謝家人魄力不足，想法不少，膽子更大。」雲慶帝把手背在身後，「若不是二皇子實在太過荒唐，朕也不想給他找這樣一個岳家。」

他看不上謝家人，卻又給自己的兒子找了個謝家出身的正妃，這樣的心態，讓人有種二皇子是他從宮外撿回來的恍惚感。

說他偏心太子，可是太子如今的日子也不太好過，被拘禁在東宮那個方寸之地上，接受著四面八方的非議。

禁衛軍統領沒有說話，因為他知道陛下也不需要多話的手下。身為皇宮禁衛統領，他還有另外一層身分，那便是陛下密探隊的總領。那些不能擺在明面上的事情，都由他來做。

外面的人給他們這些密探取了一個名字，叫做黑衣衛。因為他們出現的時候往往無聲無息，即使有人看見，他們也穿著黑衣，戴著黑色面巾，不會讓任何人認出他們來。

謝家大郎謝重錦派人刺殺班淮，這讓他非常不明白，貴族之間的鬥爭什麼時候變得如此簡單粗暴了？更讓他不明白的是，陛下為什麼要幫著謝重錦處理露出來的馬腳？身為帝王，想要處置不聽話的朝臣方法多的是，為何要選擇這種方式？這樣既把班家跟石家拖下了水，還讓真正的兇手逍遙法外。

不是說陛下十分寵愛班家嗎？

這種利用班家把石家拖下水，卻讓謝家半點髒水都沾不上，可不像是寵愛的態度。

「朕如此多的後輩，唯有福樂郡主最合朕的心意。」

是啊，這位郡主如此合您的心意，您坑人家爹時，不仍舊照坑不誤嗎？

「唉……」雲慶帝突然嘆息一聲，蒼老的臉上滿是疲憊，「可惜她非我之子，又非兒郎，不然朕的麾下也能多一名大將軍。」

「罷了，二皇子如此荒唐，朕也該讓他收收心了。」雲慶帝見統領半天說不出一個字，頓時也沒了說話的興致。

一天後，雲慶帝擬了兩份聖旨，讓禮部官員當朝誦讀了出來。他老人家封二皇子為寧王，晉成安伯容瑕為成安侯。

二皇子監國後，他封為王爺是大家早就料到的事情，只是時間早晚而已，倒是成安伯……怎麼挨頓打還變成成安侯了？世間若有這麼便宜的事，他們也恨不得能挨一頓打。

不過爵位這種東西不是想有就能有的，大家也不明白陛下這是鬧的哪一齣，十幾天前才把容瑕打得起不了床，這會兒又莫名其妙給人升爵位，難道是因為後悔了，所以給容瑕的補償？

這也不太對，沒道理姚尚書跟容瑕一起挨了打，結果被補償的只有容瑕一人。總不能因為容瑕長得好看，陛下心眼就能偏成這樣？

「你們都別猜了。」長青王把玩著一柄扇子，風流倜儻，「我聽說了一件事。」

「什麼事？」官員們轉頭看去，見說話的人是長青王，心中好奇的情緒更加濃厚了。

怎麼說長青王也是皇親國戚，他肯定能知道一些其他人不知道的皇室祕聞。

見這些官員一臉好奇的模樣，長青王把扇子收了起來，輕輕敲著掌心，「據傳，昨日陛下可是召見了福樂郡主。」

召見福樂郡主，與成安伯……成安侯有什麼關係？

諸人一開始沒有反應過來，但是看著長青王那一臉神祕的笑容，他們突然想到，成安侯現在可是福樂郡主的未婚夫，細算下來，也能算是半個班家人。

整個京城上下，誰不知道陛下最疼愛的幾個晚輩中，福樂郡主絕對算其中一個。就連那些蔣姓郡主以及庶出的公主都比不上她在陛下跟前得臉，甚至還能與陛下最寵愛的女兒安樂公主封號有一個字相同，這是普通皇親國戚能有的待遇嗎？

班家現在的地位已經是封無所封，但是陛下實在太過喜歡班家的郡主，那可怎麼賞？反正容瑕是福樂郡主未婚妻，那就賞容瑕吧。夫榮妻貴，容瑕的爵位越高，對班嫿而言也是好事。伯爺身分太低，又挨了打失了顏面，會害得福樂郡主丟了顏面？

沒關係，升爵位！

官員們想明白這點，又羨慕又嫉妒，男人娶一個了不起的夫人，人生可以少奮鬥十年。看到容瑕得到的實惠，再想想差點與班家結親的謝家人，眾人免不得起了幾分嘲諷之心。謝家現在唯一能拿得出手的人物，就是做了王妃的女兒，其他皆是老的老，殘的殘，廢的廢，除非二皇子登基並且掌握朝中大權，不然謝家這輩子也就只能這樣了。

原本以為謝家兩個兒子還算不錯，哪知大的剛回京就被擼了官職，老二更是荒唐到極點，鬧出私奔這種事，得罪班家又引得陛下不滿，誰家的好姑娘敢嫁到他們謝家去？

至於二皇子能不能登基為帝，並且把朝政牢牢把持在手中，恐怕……難。

成安伯府裡，容瑕發現給他換藥的大夫變了一個人，這個大夫年紀比較輕，而且他也不曾見過，若不是由班家的護衛親自送過來，他大概不會相信此人是班家養的大夫。

「在下的師傅與曹大夫去姚尚書府上治傷了，因為伯爺傷口恢復得比較好，所以師傅才敢讓在下來幫您換藥。」換藥的大夫一邊給容瑕敷藥，一邊小聲道：「伯爺，您的傷已經好得差不多，可以按照在下師傅開的方子喝補氣養血的藥了。」

「有勞。」容瑕對他點了點頭。

「不敢。」大夫忙回了一個禮，轉頭把藥收進藥箱裡，還沒來得及出口道告辭，就聽到容家下人說，宮裡來宣旨禮官了。

容瑕披上外袍，由下人扶著他去了正廳。

宣旨的官員來自禮部，他見容瑕出來，先跟他見禮才道：「容大人，先給您道聲喜了。」

「不知……何喜之有？」容瑕看到他手上的聖旨，就要跪下去，被禮部的官員一把扶住。

「容大人，陛下說了，您身上有傷，特許您站著聽旨。」

「這怎麼行？」容瑕作勢必須要跪，禮部官員扶住他道：「容大人，這可是陛下的口諭，您若是跪下去，豈不是辜負了陛下一片心意？」

「唉。」容瑕朝宮殿方向抱了抱拳，「多謝陛下體恤。」

禮部官員笑了笑，才展開手裡的聖旨抖了抖，用抑揚頓挫的語氣宣讀起來。

聖旨前半部分，用各種溢美之詞誇獎了容瑕的德行與能力，最後突出了重點，那就是他這個皇帝要升容瑕為侯爺了。

容瑕實在沒有想到自己竟然會接到這樣一份聖旨，他愣了一下，才行禮謝恩。

「恭喜容侯爺了。」禮部官員給容瑕行了一個禮，臉上的笑容溫和極了。

「勞大人跑這一趟了。」容瑕回了一禮，他身後的杜九送了禮部官員以及陪行人員荷包，美其名曰茶錢。一般這種錢，大家都不會拒絕，也算是沾沾喜氣了。

宣旨官高高興興地走了，被容府下人一路送到大門口，他騎上馬背，對同行的一位高品級太監道：「容侯爺的風姿，即使受了傷，也不損幾分呀！」

「可不是嗎？」這個太監看起來不過二十多歲，笑起來討喜極了，宮裡幾乎沒多少人敢得罪他，因為他有一個好師傅，那便是大內總管王德，人稱王喜子，據說這個喜慶的名字還是皇后娘娘親自取的，「雜家就覺得，容侯爺一身風骨，讓人敬佩。」

兩人相視而笑，再不提之前容瑕被罰一事。

「哎喲！」王喜子忽然高呼一聲，拍了拍馬兒，退到了一邊。他身後的小太監見狀，紛紛照做，儘管他們連發生了什麼事尚未弄清楚。

宣旨官訝異地抬頭看去，才知道這位頗有顏面的王公公為什麼匆匆避讓，原來福樂郡主正騎著馬從前方過來。

宣旨官只是禮部一個五品小官，能見到福樂郡主的次數並不多，但是只要看到福樂郡主騎著的那匹白馬，他就知道對方身分不低，因為這種馬乃是貢馬，身分不夠高，不夠受寵的貴族，便是求也求不來，就算是求來了，也不敢騎到大街上來。

「奴婢見過福樂郡主。」王公公跳下馬，對著班嫿殷勤地行禮，也不管班嫿能不能聽見他的聲音。

「吁……」

班嫿的馬兒停了下來，她低頭瞧向身著深藍太監服的年輕人，歪著頭想了想，便道：

「你可是在皇后娘娘跟前伺候的王喜子公公。」

「郡主竟還記得奴婢，奴婢真是三生有幸。」王喜子一臉驚喜，看著班嫿的雙眼都在發光，「不敢擔公公二字，郡主叫奴婢小喜子就好。」說得難聽些，若是能得福樂郡主記住名字，那也是他們這些閹人的榮幸。

在宮裡的人，誰不是眼觀六路耳聽八方，哪個娘娘受皇上寵愛，哪個皇子公主性子不好，陛下有哪些忌諱，哪個皇親國戚在帝后面前最有臉面，但凡有點門道的太監宮女，對這些資訊都了解得清清楚楚。

比如說這位福樂郡主，那就是一等一不能得罪的主，他們寧可得罪庶出的公主，也不敢讓這位貴主子有一絲一毫的不高興。兩年前，有個不長眼的宮女非議福樂郡主的婚事，被福樂郡主發現以後，福樂郡主僅僅是看了他一眼，什麼話都沒有說。但是從那以後，這個原本有些臉面的宮女就去做了粗使宮女，前些日子他見到這個宮女了，又老又醜，哪還有兩年前嬌嫩？

這不是福樂郡主要為難她，而是有人知道福樂郡主不高興，特意到皇后娘娘那裡告狀，藉此討好皇后娘娘與福樂郡主。後宮裡面管不住自己嘴的人，落得什麼樣的下場都不奇怪。說人閒話，操心衣服首飾，那是貴族小姐們的生活，做宮女的敢這樣，那就是小姐的性子丫鬟的命，作死都不挑日子。

連師傅王總管也曾特意跟他說過一些不能得罪的貴主子，福樂郡主就是絕對不能得罪的，最近師傅還特意又跟他提了一遍，耳提面命地表示，見到福樂郡主要恭敬些，殷勤些。

他雖然不明白緣故，可自家師傅說的話，自然不會害他，他照著做便是。

「再過幾年，我就該叫你大喜子了。」班嫿見王喜子這副殷勤的模樣，忍不住笑了，「你們這是打哪兒來呢？」

「奴婢近來在大月宮伺候，有幸陪禮部大人來向成安侯宣旨，這會兒剛從成安侯府出來。」王喜子說著又是向班嫿行了一個大禮，「恭喜郡主。」

班嫿先是一愣，隨後才反應過來這話是什麼意思，「成安侯？他升爵位了？」

「回郡主，確實如此。」王喜子笑呵呵地應了。

「原來如此。」班嫿掏出一個荷包扔給王喜子，「送給你吃茶用的。」

「謝郡主賞。」王喜子雙手捧住荷包，抬頭再看，福樂郡主已經騎著馬走遠了，她身後的護衛們騎著馬整整齊齊跟在後面，瞧著氣派極了。

這才是真正的大家貴女呢，出手就是大方！

回了宮，王喜子就找到了王德，把今天出宮的所見所聞講給王德聽。說完，他還捧出成安侯與福樂郡主賞的荷包孝敬給王德。

「既然是侯爺與郡主賞的，你就好好收著。」王德沒有收他的東西，只是笑道：「你能在福樂郡主面前得了眼熟，那便是你的福氣。這位……」他意味深長道：「是個貴人。」

王喜子想，出身世家，血脈高貴，又有個名滿天下的未婚夫，自是他們得罪不起的貴人。

班嫿走進成安侯府，見府上的下人臉上雖然多了幾分喜色，但也沒有失了分寸，在心中點了點頭，不愧是書香世家的下人，這一身風骨就是如此的與眾不同。

「郡主。」管家迎上來，見班嫿手裡捧著一個油紙袋，袋子裡裝著的像是……糖果子？

班嫿對管家點了點頭，走到容瑕居住的院子。容瑕現在已經能夠坐起來看書寫字了，只是動作不能太大，怕牽扯到傷口。班嫿進去的時候，他正板板正正地坐在凳子上看書，也不敢靠什麼東西，班嫿瞧著都替他累得慌。

「今天有大喜事你也能看得進去書？」班嫿抬腳進屋，打開一扇半關的窗戶，「剛才半路上遇到了宮裡的王喜子，得知你升了爵位，我身上沒有禮物，剛好見路邊有賣糖果子的，就買了幾串來，給你嘗嘗味兒。」

容瑕放下書，笑吟吟地看著班嫿。

班嫿把牛皮紙袋放到桌上，走到容瑕身後，小心拉開衣領往裡面看了一眼，「年輕就是好，聽說姚大人遭了不少罪，差點連命都丟了。」

容瑕看著班嫿，「嫿嫿怎麼會讓大夫去幫姚大人？」

「本來我們家也不是多事的人，可是姚三姑娘哭得傷心，加上姚大人與你一起受罰的，若是你全然無恙，姚大人卻怎麼樣了，一時半會兒沒什麼人說閒話，日後若是有人拿這事來說嘴，對你也不好。」

容瑕愣住，他竟沒有想到班家惹下這個麻煩，有一半的原因是為了他。

「罷了，我們別提無干之人。」班嫿從油紙包裡取出一串糖果子，其實就是時令水果澆上熬開的糖漿。水果有些會很酸，但是糖漿很甜，味道好不好全憑運氣。

班嫿買這個東西當禮物，像是出門上街的母親，隨便買了樣小吃食來哄在家的孩子。

容瑕接過這串糖果子，一時間有些無法下嘴。

「怎麼了？」班嫿見他看著糖果子發愣，從油紙包裡又拿出一包，自己咬了一口，頓時酸得牙都掉了，「呸呸呸！」

容瑕扔下糖果子，端了一杯茶給她。

捧著茶喝了好幾口，班嫿把糖果子扔進油紙包，「你還是別吃了，味道不好。」她不太好意思地戳了戳臉，「那什麼，明天我重新補一份禮給你。」

「不，這個就很好。」容瑕咬了糖果子一口，果肉確實很酸，可多嚼幾口，當糖漿與果肉混合在一起後，也不是那麼難以下嚥。

「你別吃了！」班嫿奪過他手裡的竹籤，「你傻不傻啊，都說了酸，你還吃！」

「不酸，很甜。」容瑕把嘴裡的糖果子嚥下，伸出舌頭舔舔嘴邊的糖渣，「我很喜歡。」

「咳！」班嫿眼神有些閃爍，眼角餘光卻不自覺落在了容瑕的唇角處。罪過罪過！

兩人安靜的時刻並沒有維持多久，就被下人們打斷了。

「侯爺，嚴相爺府上送來賀禮。」

「侯爺，忠平伯府送來賀禮。」

「侯爺，長青王府送來賀禮。」

禮物源源不斷地送進來，一張張禮單呈到容瑕面前，京城裡有頭有臉的幾乎都送了禮來。

「玉蟾蜍？」班嫿看著一份禮單，「蟾蜍招財，這是祝福發大財呢！」

「還有這個，前朝書法家真跡？」她疑惑道：「這幅畫真跡不是在我家裡嗎？他家這真跡又是從哪兒來的？」

容瑕笑道：「約莫是買到贗品了吧！」

「那倒不一定，沒準兒我家的是贗品呢！」班嫿放下禮單，打個哈欠道：「我看之前這半個月，與你常來常往的也就那些人家，至於現在這些人……」

班嫿嗤笑一聲，「都是些見風使舵的牆頭草。」

「也不怪他們。」容瑕淡淡地笑道：「聖心難測，他們也是為難。古往今來皆是如此，沒什麼好怨的。」

「你倒是想得開，反正我是小心眼。」班嫿站起身，「你今日的客多，我就不打擾了。」

「哎！」容瑕伸手拽住班嫿的手腕，雖然隔著衣袖，但是已進初夏，班嫿穿著紗衣，所以容瑕仍舊能夠感受到紗衣下的溫度，「妳怎麼走了，我現在受了傷，妳若是不幫我，便只能我一個人看這些東西了。」

「沒有我，還有管事呢！」班嫿拉了把手，沒有掙開，「不看！」

「不看就不看，妳陪我坐一會兒可好？」容瑕一臉失落道：「這些禮單不過是見風使舵之輩送來的俗物，看也可不看也罷。嫿嫿，妳是敢愛敢恨之人，我怎麼捨得妳因這些小事勞累？」

「我看你才是見風使舵之輩。」班嫿坐回凳子上，「見風使舵之人確實不討喜，但是他們送來的俗物還是討喜的。」班嫿自己就是一個喜歡俗物的人，所以從來不嫌棄寶玉珍珠俗。

容瑕眼神微亮，「家裡的庫房有很多漂亮的珠寶首飾，嫿嫿若是喜歡，儘管去挑。只要妳戴上，定會讓這些寶石更加漂亮。」

班嫿有些心動，不過想到自己還在孝期，這點心動又消失了，「那你把漂亮的好東西都給我留著。」

「好。」容瑕連連點頭。

走到門口的一名中年管事停下腳步，躬身行禮道：「侯爺。」

「王曲？」容瑕看了眼班嫿，轉頭對門外的中年男人道：「你有何事？」

「外面出事了。」

「發生了什麼事？」

「忠平伯府家的長子喝醉了，與一位地痞流氓發生了爭執，哪知道這流氓膽大包天，竟是連刺了謝大郎三刀。」

班嫿大驚，忠平伯府半個時辰前不是才送了禮給容瑕，這才過去多久，他家就出事了？她的夢實在是太模糊了，完全沒有這一段記憶，大概是因為……她對謝大郎完全不關心？

「地痞抓住了沒有？」

「出事的地點在鬧市，人多眼雜，看熱鬧的人也不少，兇手被跟丟了。」

「謝大郎如何了？」

「謝大郎傷了大腿根……」王曲猶豫了一下，想到還有福樂郡主在場，便用了一種比較委婉的說法，「傷到了重處，怕是沒有子孫緣了。」

「我知道了，你下去吧。」容瑕沉默片刻，對王曲搖了搖手。

「是。」王曲輕手輕腳地退下。

「那個……」班嫿好奇地伸長腦袋，在容瑕耳邊小聲問道：「謝重錦變太監了？」

「……」

「你怎麼不說話？」

容瑕艱難地點了點頭，因為他實在不好跟班嫿提起男人自尊這種事。

「謝家……這是倒了什麼楣？」班嫿忍不住開始同情謝家人了，這都是什麼事？

「或許是他們家做了缺德事，遭了報應。」容瑕捏了捏班嫿的指尖，「妳若是再關心其他男人的事情，我就要吃味了。」

「一個變成太監的男人，有什麼好吃味的？」班嫿安慰地拍拍他手背，「放心吧，整個京城沒有比你更好看的男人了。有了你，我的眼光已經變高了。」

容瑕哭笑不得，實在不知道這是誇獎還是別的。

過了午時，容瑕留班嫿用了午膳，才依依不捨地把人親自送出了門。待班嫿走了以後，容瑕招來下屬，「查到皇帝升我爵位的原因沒有？」

站在他面前的護衛表情有些微妙，「主子，屬下無能，還沒有查到確切的原因，不過……朝臣中出現了一種傳言。」

「什麼傳言？」

「昨日陛下召見了福樂郡主，您是因為福樂郡主，才受到晉封的。」

容瑕忽然想起，昨日嫿嫿確實去宮裡見了陛下，直到快午時，才從宮裡趕到了他這裡。嫿嫿究竟做了什麼，竟然讓對爵位比較吝嗇的雲慶帝忽然決定升他的爵位？

護衛見容瑕沉默不言，以為是外面這種傳言引得主子不悅，忙道：「這不過是外面一些人的閒話，當不得真。皇帝怎麼會因為一個女兒家的話，就做出這麼大的決定。那些官員都是胡言亂語，內心嫉妒罷了。」

「不。」容瑕搖搖頭，一臉深沉地表示，「若是別人，自然是做不到，但若是嫿嫿，確實有這樣的魅力。」

護衛一臉疑惑。

伯爺知不知道如今外面都在嘲笑他不是要娶妻，而是要入贅？

不對，應該說自從伯爺與福樂郡主有婚約這件事傳出去以後，這些亂七八糟的謠言就沒有斷過，只是這一次過後，傳得尤為厲害。

什麼別人家娶妻是夫榮妻貴，他們家伯爺娶妻是娘子還沒進門，便已經是妻榮夫貴。

這話聽了，誰不生氣？

容瑕本是有才華有能力有相貌的貴公子，卻因為外面某些人的傳言，成了一個靠著未婚妻升爵位的男人。讀書人最重風骨，這些話對於很多人而言，不過是茶餘飯後的玩笑語，然而對於當事人來說，卻不一定能夠接受這些流言。

杜九一開始不太敢說這種話，就是因為他覺得這些傳言實在太過了。讓他意外的是，侯爺比他想像的更不在意這些。

「外面的流言蜚語不用太過在意，等一下我寫道謝恩奏摺，你送到……靜亭公府，拜託靜亭公幫我送到陛下跟前。」

「侯爺，為何讓靜亭公送，讓其他大人去送不是更妥當嗎？」不是杜九多話，實在是班淮做事不大靠譜，據說二十多年前，先帝讓他去宣旨，結果他竟是讓聖旨掉進御花園中的荷花池裡，氣得先帝罰他抄了十遍的書。

「無須考慮他人，靜亭公是最好的人選。」容瑕不再解釋，「你去研磨，我現在寫摺子。」

「是。」杜九不敢再多言，轉頭去鋪紙研磨不提。

謝恩奏摺寫得激情澎湃，感激萬分，讓人看見裡面的內容，都能感受到字裡行間的感激。容瑕擱下筆，待墨水乾了以後，遞給杜九，「去吧。」

「是。」杜九接過奏摺，領命而去。

因為容瑕晉封為侯爺一事，班嫿在京城中名聲更甚，有人說她命好，也有人說她有福氣。一年前有關於她剋夫的流言，早已消失不見。因為所有人都親眼看見班嫿給未婚夫帶來的好處，他們表面上雖然不在意，內心卻是極其羨慕的。

流言傳得沸沸揚揚，說什麼的都有。不過容瑕本就有不少擁護者，所以在有人說容瑕是吃軟飯的時候，也有人反駁，說容瑕才華橫溢，便是沒有福樂郡主，成為侯爺也是早晚的事。

只是晉封侯爺，便能引起這麼多人的討論，足以證明容瑕在京城中的地位。原本還擔心容瑕，卻不能前去探望的一些女兒家，聽到這個消息後，心情也格外複雜。她們該高興容瑕無礙，還是該嫉妒班嫿手段高超，受陛下寵愛？

「她能受寵多久？」二皇子妃冷笑一聲，轉頭去看坐在床榻上的蔣洛，「不過是個國公府小姐，你一個堂堂王爺，難道還拿她無法嗎？」

「妳還是王妃，妳又能拿她如何？」蔣洛不怒反笑，他不耐地從床上站起身，「未出嫁前妳拿她沒辦法，現在成為王妃，妳也就這麼點手段。我看妳還是老老實實待在屋裡，早點給本王懷上一個兒子才是正事。」

謝宛諭聽到這話，差點把手裡的玉如意照著蔣洛的臉砸去。生兒子，生兒子，他整日流連花叢，讓她怎麼生？

「你瞪著我幹什麼？」蔣洛被盯得渾身不自在，「本王現在監國，沒時間陪妳耍脾氣。」

「王爺確實沒時間陪妾身。」謝宛諭冷笑，把玉如意扔到桌上，發出砰一聲，「倒是有時間去陪那些阿貓阿狗。」這玉如意擺件是她沒出嫁前，二哥置辦的一樣陪嫁，現在她對二哥已經心生了嫌隙，連帶著對這玉如意也嫌棄起來。

「妳又發什麼瘋？」蔣洛皺眉，「成日裡摔摔打打，像什麼樣子？」

謝宛諭見蔣洛動了怒，也不敢再擠兌他，只拿著眉黛一遍遍描眉，不搭理蔣洛。

「報！」一個穿淺藍色太監服的人匆匆進來，滿頭大汗道：「啟稟王爺，啟稟王妃，忠平伯府出事了！」

謝宛諭手裡的眉黛一鬆，落在梳妝檯上，摔成了兩半。她一邊眉毛黝黑如彎月，一邊還寡淡如煙雲，「忠平伯府出了什麼事？」

「回王妃，大公子在鬧市中與人產生爭執，被人傷了身子。」

「你、你說什麼？」謝宛諭只覺得喉頭一口鬱氣散不開來，「大公子傷勢如何？」

「奴婢也不知，但太醫院的太醫已經趕去伯爺府上。」小太監不敢說謝重錦傷了命根子，只敢挑模糊不清的話來回答。

「馬上準備車架。」謝宛諭扶著小宮女的手站起身，面色就像是剛從鍋裡出來的白麵粉，白得嚇人，「我要去忠平伯府。」

蔣洛本打算去妾室房裡躺一躺，現在聽說忠平伯出了這麼大的事，他雖然有些不情不願，也只能打消這個想法，提出要與謝宛諭一起去忠平伯府看看。

謝宛諭沒心情搭理他，轉身就要往外走，若不是貼身宮女硬拉著她，幫她描補了一下眉毛，她大概就要頂著這張臉出宮了。

✿　✿　✿

班家。

班淮接過杜九遞來的謝恩奏摺，沒有打開看裡面的內容，而是向他問了容瑕的傷勢。

杜九一一作答以後，班淮點頭道：「既然他沒事，我也就放心了。至於其他的事情，讓你們家侯爺不要放在心上，外面的人說話向來不太含好意。我們班家人從不做欺壓自己人的事情，一榮俱榮，一毀都毀的道理，我們還是知道的。」

杜九先是愣了一下，隨後才明白靜亭公說的是什麼。

看來靜亭公也聽說了外面那些關於「入贅」、「吃軟飯」之類的流言，現在特意說這些話，是為了讓主子安心？

「請國公爺放心，我們家侯爺從不相信外面那些閒言碎語。」杜九躬身作揖，「外面那些人不過是羨慕得難受，才說幾句酸話罷了。」

「這話說的對，外面人說酸話，不值得我們自己去傷感情，這是傻子才幹的事。」班淮如今對容瑕是越來越滿意，現在聽到這話，更是心情大悅，連連點頭道：「你們家侯爺是個明白人，這個世道唯有明白人才能過得更好。」

杜九聽到這話，忍不住想，靜亭公到底是明白人還是糊塗人？

「父親，您又在說些似是而非的大道理了。」班恆走出來，拍了拍杜九的肩膀，走到椅子邊坐下，「我記得你叫杜九？」

「是的，世子。」杜九看了眼自己被拍的肩膀，拱手道：「請問世子有何吩咐？」

「我沒什麼要吩咐的。」班恆喝了一口茶，發現茶有些燙，便嫌棄地放下茶盞，「就是白問一句罷了。」這個杜九常跟在容瑕身邊，幾乎有容瑕存在的地方，就有杜九的身影，這人是容家從小培養起來的死士？

杜九知道班恆是個吊兒郎當的人，所以也沒有把這事放在心上。

他目光在四周掃了一遍，沒有看到福樂郡主的身影，這都快傍晚了，福樂郡主竟是不在府裡嗎？他記得郡主在用過午飯後不久，就離開了容府。

「世子，郡主還沒回府？」

「可能又是遇到哪個小姊妹，就玩得忘了時間。」班恆擺了擺手，「女人嘛，做事就是這麼磨磨蹭蹭，習慣就好。」

這話他也只敢趁班嫿不在的時候說一說，當著班嫿的面，他壓根兒不敢說一個不好的字。

杜九：……

班恆猜的沒錯，班嫿在回家途中遇到了周家姊姊，兩人便在茶樓裡坐了一會兒。

兩人走下茶樓的時候，發現一輛豪華馬車匆匆朝這邊趕過來。

周文碧往後退了一步，「這不是皇子的車架嗎？都這個時候了，還這般大張旗鼓地出宮？」看到皇子車駕，她第一個想法就是二皇子又大張旗鼓出來尋花問柳了。

蔣洛雖有了親王爵位，可親王品級的車馬還沒備好，所以現在出門，用的仍是皇子車駕。

班嫿見周文碧一臉的嫌棄，「或許是有什麼事情發生？」

蔣洛的名聲究竟有多差，連閨閣中的女兒家都知道他的諢名，見到他就沒想過好事。

「就算有事發生，他還能幫上忙？」周文碧語氣裡有著淡淡的嘲諷，不見多少恭敬。實在是二皇子監國以後，沒做幾件上得了檯面的事情，周文碧的父親還受過二皇子的斥責。陛下每一生病的時候，對她父親也是常常誇獎的。蔣洛是個什麼東西，整日裡對朝臣橫挑鼻子豎挑眼。這會兒只是監國，還不是皇帝，便如此荒唐，若他成為下一任帝王，還能有現在這些老臣的活路嗎？

「我瞧著好像是去忠平伯府的方向。」周文碧恍然大悟，「該不會是忠平伯府出事了吧？」

班嫿望著忠平伯府的方向沒有說話。

「走。」周文碧挽著班嫿的袖子，「我們跟過去瞧瞧熱鬧。」

「我的姊，妳看這都什麼時辰了？」班嫿指了指天，「妳要真好奇，派兩個小廝跟過去偷偷看看就好，我們這麼大大咧咧跟過去，豈不是要氣死忠平伯府的人？」

「妳這話說得……」周文碧偷笑，「好似妳沒氣過謝家人似的。」

「嘲笑他們已經沒有成就感了。」班嫿一臉獨孤求敗的表情，「嘲笑太多次，他們家出現再奇葩的事情，都不能引起我的情緒了。」

「妳這話說得真壞。」周文碧失笑，「不過妳說的對，我派兩個小廝去瞧熱鬧就好。」

她雖然討厭二皇子、忠平伯府兩家人，但還算有理智，也承認班嫿說得有道理。若是謝家真的出事，她還大咧咧站在門口看熱鬧，無疑是火上澆油。

「那妳早些回去，回去晚了，伯父伯母又要擔心妳了。」周文碧摸了摸班嫿的馬兒，「過幾日我們再一起去賞荷。」

「好。」班嫿爬上馬背，「周姊姊，告辭。」

「嗯。」周文碧點了點頭，目送著班嫿離開，才坐進自己的馬車裡。

忠平伯府裡早已亂作一團，哭的哭，鬧的鬧。跟著謝重錦一道出門的下人更是哭天喊地，求主人網開一面，可是忠平伯絲毫不聽他們的求饒，讓下人把他們拖出去杖責一番後，便交給人牙子處置了。至於日後是死是活，他便管不著了。

謝宛諭回來時，謝家的下人正在哭求。她無暇顧忌這些，匆匆來到大哥的院子，剛一進門就聽到大哥的哀嚎聲，院子裡還站著幾個不知哪裡請來的大夫，個個滿臉焦急，卻又目光躲閃。

「父親……」謝宛諭走進屋，不讓忠平伯夫婦向她行禮，「大哥怎麼樣了？」

謝夫人哭著搖頭，忠平伯老淚縱橫，也是一個字都說不出來。跟在謝宛諭身後的蔣洛見到這個情況，又見謝重錦在床上哀嚎，忍不住想，這是缺了胳膊還是斷了腿，才慘叫成這樣？

他記得這個大舅子性格還是比較沉穩的，沒被削官之前，也算得上是人中龍鳳，是京城裡上進有出息的貴族公子之一，現在竟是什麼臉面都不要，嚎得整個院子都能聽到聲音，可見是疼得厲害了。

「伯爺，現在必須要先幫謝公子止血止痛，不然怕是連命都保不住。」一個太醫回頭看了眼屋子裡的女眷，「還請諸位夫人小姐暫避。」

謝夫人顫巍巍地抓住謝宛諭的手，轉身出了屋子。

謝宛諭心中十分不安，大哥究竟受了什麼傷，竟然要女眷避開才能上藥？

蔣洛留在屋裡沒有離開，不過當太醫揭開被子，他看到謝重錦血肉模糊的下半身以後，頓時被濃郁的血腥味刺激得差點吐出來。弄明白謝重錦受傷的地方，他只覺得後背發寒，再也忍不住，轉身匆匆退出了屋。

「我大哥究竟出了什麼事？」謝宛諭見蔣洛逃也似的跑出來，忙抓住他的袖子問。

「還能什麼？」蔣洛還沒緩過勁兒來，聽到謝宛諭這麼一問，腦子裡再度浮現剛才看到的那一幕，臉色頓時又難看起來，「男人第三條腿兒傷著了，妳說嚴重不嚴重？」

「第三條腿？」謝宛諭一時間沒有反應過來，她愣了愣，才明白蔣洛指的是什麼，一時覺得整個天地都在打轉。

沒過一會兒，謝重錦的哀嚎聲停止了，謝宛諭匆匆回到屋子，見謝重錦躺在床上，一點動靜都沒有，忙道：「父親，大哥怎麼樣了？」

「太醫剛給他用過麻沸散，現在已經睡過去了。」忠平伯滿臉疲倦，聲音沙啞，「太醫，請問我兒這樣，可還能補救？」

「伯爺，這斷肢重生，都是傳奇話本中的事情，我等醫術不精，只怕是無能無力。」太醫覺得這檔事實在是太棘手了，謝家大郎命根子都斷了，能把命保住就不錯了，哪還能接回去。

宮裡每年都會安排不少男童進宮去勢做太監，給他們淨身的還是有經驗的老太監，結果十個人裡面，至少也有兩三個熬不過去。謝家大郎都這麼大的年紀了，傷他的人又沒輕沒重，能保住命就阿彌陀佛，神仙保佑。

這是謝家人現在情緒很激動，他們不敢說得太重，只道：「伯爺，我等並不擅長醫治這種病症，不如您去打聽打聽哪位大夫擅長醫治傷口，或許還有法子可想。」

「伯爺，」謝夫人走進來，聲音顫抖，「靜亭公府，靜亭公府有擅長醫治傷口的大夫！」

「妳一介無知婦人，胡說八道什麼？」謝家與班家早已經兩看生厭，忠平伯擺手道：「妳不要聽其他人胡說八道。」

「伯爺，是真的！」謝夫人神情激動道：「前幾日姚尚書傷口化膿，據說整個人都不行了，後來是姚三姑娘去靜亭公府求了兩個大夫回去，不出兩日姚尚書便轉危為安，喜得姚尚書府上送了一大堆謝禮到靜亭公府。」

「班淮那種人，府裡能養出什麼了不起的大夫？」忠平伯語氣雖然仍舊有些不太好，只是已經比剛才平和了很多。

「伯爺，」一位太醫道：「靜亭公府上確實有幾分擅長療傷的大夫。據說這幾位大夫是祖上幾代都是杏林高手，跟隨著班家先祖在戰場邊關打天下，現在靜亭公雖不上場殺敵，但是這些大夫卻仍在班家好好養著。」

就連他們宮裡有好幾份療傷單子都是班家呈上來的。雖然外面都在傳班家一代不如一代，連他們家養的下人也比不上先祖，但瘦死的駱駝比馬大，他們相信班家大夫有這個能耐。便是沒有這個能力，也必須要說他們有這個能力，不然這種棘手的差事，只能落在他們頭上了。

「班家……」忠平伯頹然坐在椅子上，想著兩家的恩怨，又看了眼躺在床上的大兒子，最後只能唉聲嘆氣道：「來人，備禮，我親自到靜亭公府拜訪。」

「父親，」謝啟臨走到忠平伯面前，對他行禮道：「您近來身子不適，又要操心大哥的事，去班家求人，還是讓兒子去做吧。」

這一切都是他造成的，若是他當年沒有與人私奔，害得班家顏面全無，兩家人也不會鬧到這個地步。後來他傷了眼睛，無法在朝中任職，父親無奈之下只能把大哥召回京，哪知道竟會連累大哥丟了官職，也讓大哥整日生活在頹廢之中。

禍起的源頭在他，便是要低頭求人，也該他去。

「你……」忠平伯搖頭，班家人有多恨他這個二兒子，他再清楚不過。這個時候啟臨到班家求人，等待的只會是班家人無盡的羞辱，除此之外，根本無濟於事。

「父親，我知道您在擔心什麼。」謝啟臨朝忠平伯行了一個大禮，「但是，請您相信我，我一定會把大夫請過來。」

謝宛諭站在角落裡，看著二哥匆匆出門，她張了張嘴，終究一個字都沒有說出來。

「宮門快要落鑰了，」蔣洛站在靠門口的地方，看也不看床上的謝重錦，「我們該回去了。」

「王爺……」謝宛諭淚盈盈地看著蔣洛，「讓我在家裡待一晚上好不好？」

「謝氏，妳的家在宮裡，」蔣洛語氣不太好，「妳不要忘記了自己的身分。」

「可是……」

「王妃，」謝夫人心疼女兒，她見蔣洛這般冷淡，就知道女兒在宮裡的日子也不好過，怕她再觸怒蔣洛，忙道：「這裡還有我們，妳安心回宮裡吧。」

「告辭。」謝家人識趣的態度讓蔣洛很滿意，他草草地向忠平伯夫婦拱了拱手，便頭也不回地往外走。

謝宛諭看了看蔣洛的背影，又回頭去看謝夫人。

「去吧……」謝夫人摸著眼淚，肩膀都忍不住顫抖起來，「去吧。」

謝宛諭抹著眼淚出了門，走出內院以後，前方的蔣洛皺著眉頭，十分不滿地看著妳，「哭哭哭，大好的事情都被妳哭得不順了。」本來他被晉封為親王是件大喜事，偏偏又遇到謝家鬧出這種事。真是晦氣，娶了這麼一個王妃，就是來討債的。

「什麼大喜事，難道妾身兄長受傷，在王爺眼裡竟是喜事嗎？」謝宛諭自小脾氣不好，就算進宮以後變了不少，也難以把本性全部改掉，現在聽到蔣洛這麼說話，忍無可忍道：「那是我的親哥哥，你的大舅兄！」

「想要做本王大舅兄的人多著，可不缺他一個。」蔣洛冷笑，「我剛封了王爺，你們家鬧出血光之災，不知道的還以為你們家專跟我過不去。」

「你——」謝宛諭氣急，順手抓住準備上馬車的蔣洛，「你說這麼多，不過是想讓石晉做你的大舅子吧？可惜，你瞧得上人家，人家卻看不上你！」

「胡說八道！」蔣洛揚手想要打她。

「你打啊！」謝宛諭抬起下巴，「你有本事打，我就敢頂著這張臉去向父皇和母后請安！」

「不可理喻！」蔣洛收回手，轉身走進馬車裡。

謝宛諭冷笑，「我不可理喻？怕是某人求而不得！」她對下人道：「去叫人給我備車！」

跟著王爺與王妃一道出來的宮人們兩個都不敢得罪，只好再去給王妃準備馬車。這兩人在一起就吵架，分開乘坐馬車也好。

班嫿半路上，遇到一個賣木偶人的手藝人，她買了兩個交給護衛，慢吞吞地往家趕，剛到大門口，還沒來得及下馬，就聽到後面傳來急促的馬蹄聲。

她回身一看，看到一個十分熟悉的人。

「福樂郡主。」謝啟臨跳下馬，朝班嫿行了一個大禮。

「謝二公子？」班嫿瞇眼看著這個男人，拿著馬鞭在手中把玩，「今日真是天下紅雨了，謝二公子竟然也有規規矩矩向我行禮的一天。」

謝啟臨躬身站著，沒有說話。

見他這樣，班嫿也沒有再嘲諷他的興趣，把馬鞭扔給身後的護衛，「沒有事，你這雙貴足也不會登三寶殿。說吧，謝二公子有什麼吩咐？」

「不敢。」謝啟臨再度行了一個大禮，「在下今日來，是想向貴府求兩個大夫。」

「有趣。」班嫿笑出聲，「不知道的還以為我們班家在開醫坊，隔三差五就有人來借大夫。貴府是什麼樣的人家，哪還能缺幾個大夫使？」

「在下大哥身受重傷，聽聞貴府大夫美名，所以特來求醫，求郡主成全。」謝啟臨仍舊保持著行禮的姿勢。

「成全？」班嫿挑眉，「謝臨，我記得這可是你第二次求我成全了。」

謝家二公子名臨，字啟臨，班嫿直接叫他謝臨，不是因為與他親近，而是在嘲諷他。

謝啟臨恍然想起，三年前他與芸娘離開京城時，被班嫿發現行蹤，他也曾說過這句話。那時候他怎麼說的？

「班鄉君，在下與芸娘乃是真心相愛，求鄉君成全。」

「既然謝公子與這位姑娘真情一片，那我便成全二位，祝二位永結同心，白頭偕老，不會有後悔的一日。」

然而，他很快便後悔了，既辜負了芸娘，也辜負了她。

有些事，他以為自己忘了，實際上，只是他不敢去想而已。

「郡主……」他沙啞著嗓子，抬頭看著這個高坐在馬背上的女子，忽然發現，一切的言語都蒼白無力。

「罷了。」班嫿移開視線，不去看謝啟臨這張臉。她跳下馬背，頭也不回道：「大夫我可以借給你，但若是治不好，你們謝家也別怨我們班家沒有幫忙。」

「多謝郡主。」謝啟臨一撩袍子，竟是對著班嫿的背影跪了下來。

已經走到大門口的班嫿回過頭，看著跪在石階下的謝啟臨，眼中淡漠一片。

「杜侍衛慢走。」

杜九的腳剛邁出班家大門，便被眼前這一幕弄得呆住了。

這是……鬧哪一齣？

杜九跟著主子風裡來雨裡去，見過的血，經歷過的事情也不少，唯獨今天這種情況，讓他有種恨不得沒有長眼睛，不然就不會看到這種難為情的場面了。

班嫿注意到他，對他笑了笑，「杜九，你怎麼來了？」

「侯爺讓屬下送一道摺子過來。」杜九努力裝作什麼都沒有看見的樣子，低頭準備離開，哪知被班嫿叫住了。

「那正好，我就不用派人再跑一趟了。」班嫿掏出兩個草編蚱蜢，「你主子總是說，小時候沒玩過這些東西。這你帶回去給他，我這是幫他補償童年。」

杜九茫然地接過這幾隻草蚱蜢，「謝、謝郡主？」

他們家侯爺從小到大就不玩這些東西，郡主究竟從哪些角落買到這些小玩意兒的？別說，手藝真不錯，蚱蜢編得可愛，小孩子肯定會喜歡。

然而，他們家侯爺是小孩子嗎？

面對福樂郡主笑咪咪的雙眼，他低下頭，不敢露出半分異樣。

「行了，你回吧。」班嫿心滿意足地露出笑容，轉身走進班家大門。這輕鬆愉悅的模樣，顯然是忘記了她身後還跪著一個人。

班家大門緩緩關上，杜九看了眼謝啟臨，這位福樂郡主的前前任未婚夫，決定往旁邊角落蹭幾步，儘量不進入謝啟臨的視線。可早在班嫿與他說話的時候，謝啟臨就已經看到他了。

「杜護衛。」謝啟臨從地上站起身，叫住了準備匆匆離開的杜九，「在下有一句話想要告訴容伯爺……」

「謝二公子，你現在應該叫我們家主子侯爺。」杜九打斷謝啟臨的話，「你若是有什麼話，可以當著我們家侯爺的面說，在下不通文墨，若是帶岔了，說漏了幾個字，那就不美了。所以，這句話，您還是不要當著在下的面說了。」

總覺得跟福樂郡主相處的時間長了，他說話也開始有福樂郡主的風範了。

「告辭。」杜九行了一個禮，轉身匆匆離開，留給謝啟臨一個淡定的背影。

謝啟臨愣愣地站在原地，抬頭看著靜亭公府的牌匾，竟有種不知今夕是何夕之感。

班嫿回到內院，找到父母後，就把借大夫一事告訴他們了。

「這事妳做得很好。」陰氏聽完後，竟是笑了，「天下沒有哪個大夫能醫治這樣的毛病，除非是神仙出手，不然謝家大郎就只能是廢了。」

「我也是這樣想的，借了比不借好。」班嫿單手托腮，「不過謝家大郎這運氣也真是……」

陰氏垂下眼瞼，淡淡一笑，「誰知道是運氣不好，還是遭了報應？」

「母親、姊，我們把大夫借給謝家，但是謝家大郎又治不好，謝家會不會怨我們故意讓大夫不治好他？」在班恆看來，謝家滿門都是小人，心眼比針尖還要細。

「管他們怎麼想，若是他們不要臉，我們也不妨把事情鬧得天下皆知。他兒子被人廢了命根子，接不上就怪別人不出力。」班淮嘲諷一笑，「這話傳出來，只會惹得天下人嗤笑罷了。」

「你胡說什麼呢？」陰氏瞪了班淮一眼，「這種髒話是能當著兒女的面說的嗎？」

班淮縮了縮脖子，「我說的是事實嘛，能幫謝家大郎保住性命就算是用了真本事了，難道還能讓他變回真男人？這事拿到哪兒去說理，也怨不到我們頭上啊！」

「他還是活著好。」陰氏似笑非笑，「這樣的人就該好好活著，好歹也曾是人中龍鳳。」

「夫人，妳好像對謝重錦有些意見？」班淮見陰氏的神情有些怪異，小心翼翼問道：「難道是他冒犯過妳？」

「你想太多了，我一年到頭也見不到謝家人幾次，何談冒犯？」陰氏搖了搖手裡的團扇，似乎因為天氣越來越炎熱，精神有些懨懨的，「都圍坐在這裡做什麼，用晚膳去。」

「哦。」班淮老老實實地站起身，出門讓下人去準備膳食。

用完晚膳，班嫿準備回自己院子的時候，陰氏突然叫住了她。

「嫿嫿，妳留下來。」陰氏站起身，「今日月色好，妳跟我一起去園子逛一逛。」

「可是，這會兒……」班嫿擔心地看了眼院子外面的花花草草，「外面會不會有蚊蟲？」

陰氏聽到這話，伸出去的腳又邁了回來，「罷了，還是留在屋子裡說話吧。」

夏夜裡有此起彼伏的蟲鳴聲，還有徐徐涼風從窗戶吹進來。班嫿靠坐在窗戶邊，看了眼天際掛著的彎月，轉頭對陰氏道：「母親，您是不是有什麼心事？」

陰氏幽幽嘆息一聲：「嫿嫿，有些事我本不該跟妳說的，可我看容君珀並不是毫無野心之人，若是四年後命運軌跡有所改變，妳日後就要接觸更多人，也會面臨更多的陰謀詭計。」

班嫿笑問：「您擔心我吃虧嗎？」

「我擔心班家護不住妳。」陰氏搖了搖頭，「妳弟弟糊塗，未來的新帝是誰還未可知，我擔心妳過不好。」

「母親，您怎麼了？」班嫿握住陰氏的手，「當初我們不是說好了嗎，有好日子的時候就開開心心過，日後會發生什麼誰也不知道，我們不需要為了還不可知的事影響現在的心情。」

「妳呀……」陰氏點了點她的額頭，「看似莽撞，該有的分寸卻從沒少過。若說妳聰明，偏偏做起事來無所顧忌，這性子不像我，也不像妳父親，想來真是隨了妳祖母早些年的時候。」

班嫿笑了笑，「像祖母不好嗎？」

「妳祖母是個好人，世間萬物比誰都看得通透。」陰氏苦笑，「可若她能糊塗些，這輩子能夠過得更好。」她看著女兒黑亮的雙眼，終究沒有把心中那些關於皇室的猜測說出來，「別的便沒什麼了，妳早些去睡吧。」

「母親，您有事情瞞著我。」班嫿定定地看著陰氏，「是與外祖母有關的？」

陰氏搖頭，起身拿起一個匣子放到桌上，打開匣子從裡面取出一疊紙張，「這些嫁妝是我跟妳父親早在幾年前就備好的，還有妳祖父祖母留給妳的私產，這些年我們一直沒有動過，不過那時候妳還小，就一直沒有交給妳。」

班嫿接過這一疊單子，只看了幾頁便覺得有些頭暈，她竟然有這麼多財產？

「母親，您現在把這些給我做什麼？」班嫿最不愛算帳操心，所以把單子放回匣子裡，「我這不是還沒出嫁嗎？」

「明年很快就到了。」陰氏不捨地看了眼女兒，「這些是妳的東西，妳總要知道妳名下有哪些田產莊子，不然哪天心血來潮要查帳，妳去找誰？」

「以前祖母的庫房一直交由常嬤嬤打理，女兒覺得常嬤嬤挺不錯的，以後我的私產也交由她打理。」班嫿道：「我身邊的大丫頭們雖都是忠心的，不過年歲太輕，不如常嬤嬤經事多。」

「巧了，我也是這麼打算的。」陰氏笑了，「若是別人我還不放心，但若是常嬤嬤，便是再妥當不過。不過妳也不能偷懶，該學的總要學一些，免得下人糊弄妳。」她把單子整理好，蓋上匣子，把匣子推到了班嫿面前。

班嫿愁苦著臉接過匣子，不知道的還以為她接過了一匣子借條。

這若是讓家中重男輕女的姑娘家知道，只怕是恨得牙癢癢的。她們巴不得讓家裡多備下一些嫁妝，可是家裡人卻只會把好東西留給兒子，哪有她們外嫁女占太多的道理？

如意見郡主抱著一個紅木匣子從夫人房裡出來，伸手替郡主抱過匣子，小聲道：「郡主，方才世子讓人送來了一盤果子，說是從朋友那弄來的新鮮玩意兒，讓您嘗嘗鮮。」

「是什麼東西？」

「好像是荔枝還是什麼？」如意想了想，「奴婢見識少，據說這東西一路上全靠冰鎮著，廢了不少冰，跑死了幾匹馬，才送到了京城。世子還說，這東西嬌氣不可久放。」

「想來就是荔枝了。」班嫿笑了，回到院子一看，桌上果真擺著一盤荔枝，荔枝不多，但是色澤鮮豔，粒粒飽滿，顯然是精挑細選過的，盤底放著冰，還散發著絲絲寒氣。

「這東西是誰送過來的？」班嫿剝了一顆冰過的荔枝放進嘴裡，覺得整個人都涼爽下來。

「是世子身邊的秋蓮。」如意泡了一盞去火茶端進來，「主子，您要見她嗎？」

「嗯，讓她進來。」班嫿用手絹擦了擦指尖，「讓下面的人準備好水，我要沐浴。」

「是。」班家的主子都喜歡沐浴，府裡每天都備著熱水，就怕主子們要的時候，一時半會兒送不過來。

沒過片刻，秋蓮走了進來。

「世子自己用了嗎？」班嫿用一根銀簪輕輕撥弄著盤底的冰塊，冰塊發出刷拉拉的聲響。

「回郡主，世子已經用過了。因您下午不在，這盤荔枝是特意為您留的。」秋蓮是個老實孩子，班嫿問什麼便答什麼。

「我知道了。」班嫿笑了，起身從抽屜裡抓了幾粒碎銀子給了秋蓮，「回去後讓世子夜裡早些睡，不可看雜書。」

「是。」秋蓮心中暗驚，郡主怎麼知道世子這幾日在看雜書？

瞧秋蓮這副模樣，班嫿就知道她在想什麼，於是，笑著解釋道：「最近他常去的書齋出了新書，他若是能熬得住性子不看，那才是怪事。」

秋蓮忍不住笑了，回去以後把這段話複述給了班恆。

「她若是沒去看，她怎麼知道書齋裡有了新書？」班恆略有些心虛地反駁，不過還是把手裡的書放下了，「備水。」

沐浴睡覺。

✿　✿　✿

雲慶帝睡不著，應該說自從他腳不能行後，夜裡就常常睡不著。不知道是白天睡得太多，還是夜晚太長，他總讓太監宮女把寢殿的燭火點得亮亮的，彷彿這樣他的內心才能平靜些。

禁衛軍統領進來的時候，一個宮女正在伺候陛下用藥，所有的紗帳全都掛了起來，燭火亮得讓寢殿恍如白晝。

見他進來，雲慶帝擺了擺手讓宮女退下。宮女用手帕擦乾淨雲慶帝的嘴角，才起身行了一個萬福禮退下。

「發生了什麼事？」雲慶帝聲音有些沙啞，甚至染上了幾分蒼老。

「陛下，謝大郎被人傷了身子，日後都不能有子孫了。」禁衛軍統領小聲道：「寧王與王妃下午出宮去忠平伯府探望，只是出府的時候，兩人鬧得有些不愉快。」

「下午發生的時候，你為什麼現在才來報？」雲慶帝有些不滿，他養了兩支暗探，兩邊人互相不知道對方的身分，但是論辨事能力，還是容瑕更勝一籌。可是容瑕現在在府中養傷，能用的就只有眼前之人了。

「屬下無能，請陛下恕罪。」禁衛軍統領沒有辯解，直接單膝跪下請罪。

「罷了，兇手查到了嗎？」雲慶帝淡然道：「謝重錦一個失勢的人，誰會與他過不去？」

統領想，趙賈比謝重錦更加不顯眼，不照樣被人刺殺了？謝重錦身上雖沒官職，但他有個做伯爺的父親，有個做王妃的妹妹，怎麼也比趙賈身分顯赫吧？

「屬下查探過一番，這件事只是巧合。」統領細細說了謝重錦喝醉酒與地痞流氓發生衝突的經過，這件事上沒有半分疑點。惹怒地痞的是謝重錦，先動手的也是謝重錦，想來他自己都沒有料到，一個地痞竟然敢還手傷了他。

統領又跟雲慶帝講了一番各府對此事的反應，雲慶帝聽完後睜開眼道：「班家呢？」

「班家？」統領愣了一下，瞬間明白陛下為什麼會如此在意班家對謝重錦受傷的反應。之前靜亭公遇刺，真正的主使者就是謝重錦，後續掃尾工作還是他去處理的，不然以謝重錦那點人脈與手段，早就被大理寺查出來了。

「班家人得知後，倒是沒派人去探望。只是在福樂郡主回府的時候，遇到了謝二公子，謝二公子想向班家求借大夫。」

「班家借了嗎？」

「借了。」

「嗯。」

室內再度變得安靜下來，片刻後，雲慶帝才點頭道：「這倒是班家人會做的事情。」

不怕事不惹事，但是又不會刻薄得太過難堪。

由此也可以看出，班家人至今都不知道真正的幕後主使乃是謝家人。若是其他人，腦子裡早就轉了無數圈，列舉了無數的嫌疑人，唯有班家，他說什麼，他們便信什麼。

他喜歡這樣聽話的朝臣。

「朕聽殿中省的人說，最近進貢了一些荔枝，朕記得班家人愛吃這個，讓人明日一早就送一筐子去。」

「是。」禁衛軍統領想說自己不管這事，可是見陛下昏昏欲睡的模樣，他低聲應了下來。站了一會兒，確定陛下睡著，他輕手輕腳退出內殿，見王德守在門外，兩人互相見了一個禮。

禁衛軍統領對王德使了一個眼色，王德跟著他到了外面。

「王公公，陛下說明日讓殿中省送一筐荔枝到靜亭公府去。」禁衛軍統領看了眼內殿，壓低聲音道：「陛下已經睡了，最近陛下覺輕，就要勞煩王公公了。」

「陳統領說的這是什麼話，伺候好陛下是奴才們的本職，何來勞煩一說？」王德嘆氣，「只是這荔枝卻比較麻煩，今兒東西送上來以後，便送到了各宮去了，就剩下東宮與寧王那裡暫時還沒送，這……」

「既然如此，便讓兩家都少得點。」禁衛軍統領道：「陛下發了話，我們不過聽令行事，太子與寧王若有不滿，只能請他們到陛下或是皇后娘娘跟前爭辯了。」

「陳統領高見。」王德笑著應下。

「滾開！滾開！」

「來人！」

「陛下又驚夢了。」王德與禁衛軍統領匆匆走寢殿裡，面上卻不見得有多驚慌。自從陛下中風以後，便常常做惡夢，他們都已經快習慣了。

✿　✿　✿

五月末的京城，說熱便熱起來了，天氣開始變得悶熱難耐。

班淮幫著容瑕把摺子呈現到雲慶帝面前時，也不知雲慶帝受了什麼刺激，摺子還沒看完，臉上便露出無限懊悔之色，甚至還隱隱帶著幾分……驚恐？

「水清，」雲慶帝的手已經不太靈活，拿著摺子不住發抖，「君珀是個好孩子，你放心，我一定會好好待他的。」

班淮心中雖然十分疑惑，但是仍舊從善如流地謝恩：「多謝陛下，微臣回去後，便把這個消息轉告給他。」

「不用了，朕會親自安排人去探望他。」雲慶帝眼神有些躲閃飄忽，甚至還帶著幾分說不清道不明的瘋狂。班淮不敢多看，沉默地低下頭來。

天氣一悶熱，人就感到難受。好在容瑕的傷口已經好得七七八八，不然這麼悶熱的天氣，定會引得傷口發膿。

他身披素色寬紗袍，面上仍舊帶著失血後的蒼白。

陳統領與容瑕相對而坐，面有難色地說明了來意。

原來是雲慶帝最近睡不安穩，所以想要容瑕為他抄一份經書放在室內，然後再畫一對門神貼在大月宮內殿的門上。

「為陛下分憂，是微臣的榮幸。」容瑕應了下來，但是在起身行禮的時候，陳統領還是看到他臉上露出幾分痛苦之色。看來容瑕的傷口並未痊癒，所以才會動一下便疼。

陛下之前因為太子的事，遷怒到容瑕身上，打了他板子。現在容瑕傷口未癒，又讓人家替他抄寫經書畫門神，這事做得……幸好容瑕對陛下一片忠心，否則只怕早就心生不滿了。

為臣者自該忠君，但是為君者，也該體恤朝臣，不然龍椅便坐不長久。

「侯爺，」等陳統領離開以後，杜九的臉色才垮了下來，「皇帝真是欺人太甚！」

「有什麼可氣的？」容瑕淡然起身，「我這會兒巴不得他身體康健，好好地活著。」

「主子？」

「至少要活過明年三月。」容瑕語氣冰寒，「至少在我辦喜事的時候，不能沾上晦氣。」

「那這些經書……」

「讓雲方丈操心去。」容瑕冷笑，「我養了他這麼久，可不是為了讓他陪我參禪念經。」他低下頭，從旁邊抽屜裡取出一隻草蚱蜢放在手裡慢慢把玩，臉上的表情才好了幾分。

「是。」杜九覺得伯爺這話說得很有道理。

「伯爺，靜亭公府又派人送東西來了。」

這個「又」字，顯得意味深長。杜九覺得，這話沒什麼毛病。

很快東西送了過來，是一籃冰鎮著的荔枝，讓人看了便食指大動。

容瑕讓杜九親自把靜亭公府送東西的下人送出去，自己卻看著這籃荔枝發呆。

說是一籃，實際上是半籃冰加上面鋪著的一層荔枝，但這種被人惦念著的感覺卻很好。

冰塊散發著涼涼的寒氣，容瑕拿了兩顆放在掌心，心中的燥意被這股涼氣壓得無影無蹤。

當天晚上，容瑕親筆所畫的門神圖便送到了皇帝面前，經書太長，一時半會兒還抄不完。門神剛送來，雲慶帝便迫不及待讓陳統領貼到門上去。或許……或許他年少時期的同伴，在看到門神畫是容瑕所作以後會放過他。

「陛下。」王德捧著一個托盤進來，裡面放著一個醜陋的香包，上面的字歪歪曲曲，勉強認得出是一個福字。

「這是什麼東西？」

「今日奴婢到靜亭公府送荔枝時，福樂郡主交給奴婢的，說這是她特意繡的福氣香包。」

雲慶帝不知想到什麼，忙道：「快把這個放在朕的枕頭下。」

「是。」王德笑著把香包壓在了雲慶帝所睡的枕頭下。

他看了眼這個蒼老的帝王，躬身退了下去。

這一夜，雲慶帝睡得極其安穩。沒有惡夢，也沒有起夜，一夜睡到了天明。當他睜開眼，看到窗外燦爛的陽光，恍然覺得自己似乎很久都不曾這般輕鬆過了。

他甚至發現，自己麻木的雙腿與右臂都有了感覺。

是因為香包，還是因為那對門神畫？

又或者兩者皆有？

「來人！」

「傳朕的命令，賞福樂郡主與成安侯。」

接下來的幾日，雲慶帝都睡了安穩覺，他甚至能在太監宮女的攙扶下，下床走上幾步。當成安侯遣人送上抄好的經書後，雲慶帝覺得自己很快就要擺脫躺在床上動也不能動的苦日子。

賞賜源源不斷地送到班家與容家，誰也不知道皇帝究竟怎麼了。倒是關於皇帝漸漸康復的消息傳到了前朝，不少對蔣洛早就不滿的大臣們忍不住期待著陛下臨朝的一日。

還有流言傳出，說是福樂郡主與成安侯為了陛下的健康，去了某個寺廟祈福，所以陛下才能好得這麼快，但是這個流言沒有得到證實，誰也不知道真假。

不過，大月宮內殿的門上多了一對門神畫，還是成安侯真跡的消息，到底是傳了出去。

「父親，母親。」班恆送走宮裡來的太監，一頭霧水地對家人道：「陛下最近幾日到底是怎麼了，老往我們家送東西，嫌好東西太多了？」

「或許是我們借了太醫給謝家的緣故？」班淮比兒子還摸不著頭腦，他把容瑕寫的謝恩奏摺交給雲慶帝後，雲慶看完摺子雖然略有動容，但也沒讓他覺得對方感動到無法自抑的地步，怎麼才過了沒兩天，就一個勁兒往他們家塞東西了？

「國公爺，小的打聽到了。」班淮身邊的長隨小跑著進來，「陛下不僅給咱們府上賞賜了東西，成安侯府上的賞賜也是源源不斷，外面都傳我們兩家人得了陛下青眼。」

「我們家什麼時候沒有得青眼？」班淮揮手讓下人退下，隱隱覺得不安，陛下以往雖厚待班家，但也不像現在這樣，日日往他們家送東西，彷彿迫不及待向世人證明他對班家人有多好。

「陛下沒那般看重謝家吧？」班恆有些猶豫道：「怎麼可能為了謝家做出這麼多事？我聽說謝家出了這麼大的事，陛下與皇后只是派人問過兩遍，他們家得的賞賜還不如我們家的一半。」

「姊，是不是妳上次進宮跟陛下說過什麼，讓他對我們家好起來？」班恆轉頭看班嫿，最近幾日他姊閒得無聊，看到家裡有個繡娘繡的東西漂亮，也不知道怎麼想的，竟也要學刺繡。

學了好幾天，勉強懂得針怎麼拿，線怎麼理，然而繡出來的東西卻不能看。若不是他今天偶然碰見，還不知道他姊這麼無聊。

「我沒說什麼。」班嫿左手食指隱隱發疼，根本沒心思聽班恆剛才說了什麼，現在聽到他問這些，她愣了一下才道：「要不，我派人去成安侯那邊問問，或許是因為他做了什麼，陛下才對我壓另眼相待。」

「這倒也有可能。」班淮附和地點頭，又去看沒有說話的陰氏，「夫人，妳意下如何？」

陰氏緩緩點頭，「嗯，去問一下也妥當。」

成安侯府裡面，送禮探望的人、宮裡送賞賜的太監，來來往往，絡繹不絕，差點踏平了成安侯府的門檻。這些人在容瑕受傷的時候不曾探望，容瑕沒有怨過他們，但是他們現在來了，容瑕也不會熱情招待他們。但是沒有人覺得容瑕這樣做得不好，反而對容瑕的品性更加吹捧，彷彿他就是不世出的聖人。

班家護衛上門時，容瑕正在與清客王曲說話，聽到下人傳報，便對王曲道：「稍等。」

王曲看到侯爺匆匆離去的背影，心中有些焦慮。他承認福樂郡主是個很好的女人，但是侯爺對福樂郡主的態度實在太過了些。君子愛美並沒有什麼不對，卻不能耽於美色。

不過是班家的一個下人，便讓侯爺露出這般急切，若是班家的那位郡主上門，侯爺還會做出何等姿態？

容瑕見到這名護衛後，面色柔和了幾分，「你們家郡主派你過來，所為何事？」

「屬下見過侯爺。」護衛向容瑕行了一個禮，然後道：「郡主派屬下來，是想問一問近來發生的事情。」

「哦？」容瑕挑眉，「你們家郡主是在擔心陛下賞賜的事情？」

護衛沒想到他還未開口，容瑕便猜了出來，愣了一下，方垂首道：「回侯爺，正是此事。」

「你今日若不過來走一趟，我也要派人過去的。」容瑕笑了笑，「你讓郡主不用擔心，不是什麼壞事。對了，近來我尋得了幾本有意思的話本，你帶回去給你們家郡主。」

護衛接過一匣子書，向容瑕道了謝。

直到走出成安侯府的大門，他才突然想起來，容侯爺好像什麼都沒有說啊？

自覺辦事不力，護衛很是愧疚，回到班府把話本交給班嫿以後，還向她請了罪。

「不過是件小事，不必放在心上。」班嫿笑著搖了搖頭，對護衛道：「既然容侯爺說不是壞事，那必然就是好事了，你下去吧。」

「是。」護衛心中恍然驚覺，郡主對容侯爺似乎挺信任的。

「郡主。」如意端了一碗冰鎮湯進來，班嫿指了指桌案上，「放在桌上，都退下吧。」

「是。」如意福了福身，把屋裡其他丫鬟一併帶了出去。

班嫿打開書匣子，從裡面取出幾本線裝書，忽然一張紙從書裡掉了出來。

『嫿嫿給陛下繡的荷包真好看，何時給在下也繡一個？君珀落筆。』

除了這一行字以外，上面還繪製了一個荷包，荷包歪歪扭扭，更談不上有什麼美感。

班嫿一愣，她什麼時候給陛下繡過荷包？

驀地，她攥緊手裡的紙，把它一點一點撕碎，才長長鬆了一口氣。

她明白了，難怪陛下會忽然對班家這麼好，原來是因為她「獻」了一個荷包給陛下。這是容瑕在後面偷偷做的，他究竟是怎麼做到的？還有……陛下為什麼會因為一個荷包，就對她好到可怕的地步？

轉身拿起話本開始翻閱裡面的故事，一本奇談裡面，有個故事被摺了一角，這個故事裡面講的是，有位老人病重，整夜驚夢，求神拜佛都沒有用，可是他的晚輩親自替他祈福，他竟是漸漸好了起來，也不再做惡夢了。

班嫿合上書，這只是一個簡單的故事，還是容瑕想要藉這個故事告訴她什麼？

「嫿嫿，」陰氏站在班嫿門外，「製衣坊的人來了，妳讓他們幫妳量量尺寸。」

「來了。」班嫿把書放進書架中，順手拿起桌上的團扇，匆匆走出門道：「前些日子不是剛做了十多套衣服嗎？」

「這是為妳做秋裝。」陰氏道：「天氣熱，繡娘手裡的活計也要慢下來，一來二去不是要耗上一兩月嗎？入秋後正好上身。」

班嫿搖了搖手裡的團扇，抬頭看了眼天上白花花的太陽，也不知道是不是她畏暑，她總是覺得今年的夏季特別難熬，還沒進六月，便熱得讓人受不了，好在府裡備的冰夠用。

今年陛下行動不便，應該不會去避暑了。陛下不出京，勳貴朝臣自然不敢私自出京，不然追究下來，這個罪即便是班家人，也是擔不起的。

製衣坊的人見到班嫿便是一臉殷勤的笑容，兩個穿著體面，相貌姣好的婦人上前向班嫿行了禮，「見過郡主。」

「不必多禮。」班嫿張開手，「知道妳們忙，我便不耽擱妳們的時間了。」

「不耽擱，不耽擱，郡主是我們的貴客，能為您做衣服，便是我們莫大的顏面。」雖然不久前才量過班嫿的尺寸，婦人仍舊小心地量著她身上各處，就怕出現半點遺漏。

「這季的秋裝顏色素淡些。」班嫿抬高下巴，讓她們量脖頸長度，「不可用紫紅兩色。」

「妾身記下了。」婦人先是愣了一下，這位郡主可是最喜歡豔麗顏色的主兒，去年秋季在他們坊裡訂做了好多套豔麗的衣服，偏偏一般人穿著顯得輕浮，唯有這位郡主穿起來讓人覺得美豔逼人，不敢心生半點褻瀆之意。

她恍然憶起，德寧大長公主是這位郡主的祖母，去年大長公主為了救駕而亡，這位郡主要避開豔麗之色的衣服，倒是容易理解了。

花了將近半個時辰的時間才量完尺寸，待製衣坊的人離開以後，班嫿渾身無力地癱坐在椅子上，「今年的夏天怎會如此熱？」

去年的冬天格外冷，今年的夏天又熱得讓人喘不過氣，這老天爺是有意跟她過不去嗎？

「我們倒還好，便是熱了也能躲在屋裡納涼。」陰氏嘆口氣，「若是全國各地都這般熱，老百姓就要受苦了。」

連熱了這麼多日都沒有下雨，肯定會出現大旱，老百姓的日子就過不下去了。女兒從小沒有吃過苦，所能看到的地方，也只有京城這一片地界。京城乃是天子腳下，即便是農人，日子也比其他地方的老百姓好過，受點災遭些苦，便有人來解決。可是在一些偏遠之地，就全憑當地官員有沒有作為，反正山高皇帝遠，誰也管不到那些地方去。

班嫿張了張嘴，竟是說不出話來，因為她連這一點熱都受不了，完全不敢想像，那些面朝黃土背朝天的老百姓過著怎樣的日子。

陸之章 雷霆雨露

京城裡越來越熱，整整十幾天沒有下雨，天熱的時候，大街上幾乎看不到幾個人影，便是那些調皮的小孩子，這個時候也只會躲在家裡不敢出來。

不斷有地方報災的摺子呈上來，二皇子卻以皇上病重不可受刺激為由，把摺子壓了下來，只是派了幾個欽差大臣下去治理旱災。

朝廷中有人不滿，可是陛下現在不輕易見大臣，有些性急的大臣乾脆找到幾個受皇帝寵愛的人家，希望他們能夠進宮帶個話，可是誰敢帶這個話呢？

連二皇子都不敢做的事，他們這些做朝臣的人，更是不敢插手，於是往日還喜歡遊手好閒的皇親國戚紛紛躲回了家裡，任誰上門都稱病不見，甚至有人自稱中暑傷了心脈，要細養。

中暑與心脈有關係嗎？

那不重要，重要的是，他們不願意幫忙。

這些皇親國戚的行為，讓一些重臣寒了心。平日裡這些人吃美食穿華服，可是到了國家大事面前，卻各個不願意承擔責任，若是整個大業朝都是這樣的人，天下百姓還有什麼盼頭？

幾位憂心百姓的大臣聚在了一塊，想著進宮的方法。

「不如託人送禮到王德面前，這個太監是陛下跟前的太監總管，能在陛下面前說上話。」

「不成。」一位官員反駁道：「這些太監最會見風使舵，這個時候他絕對不會冒險，更何況你我手中都不太富裕，又能送多少他看得上眼的東西？」

地位如王德這般的太監，什麼富貴沒有見過，什麼大人物沒有接觸過，王德只怕連正眼都不會看他們。

「這也不行，那也不妥，難道我們就眼睜睜看著這幾個地方的百姓受苦嗎？」稍微年輕些的官員氣道：「寧王根本就沒把老百姓的命看在眼裡，那幾個所謂的欽差，皆是他的門人，去了那些地方又能做什麼？」

眾位官員頓時垂頭喪氣起來。

是啊，陛下不管事，二皇子又是個不把百姓性命放在眼裡的人，只苦了百姓，生活在水深火熱中，卻沒有人能夠解救他們。

十日後，忽然一個消息傳入京城，寧王派去羊牛縣的欽差與當地百姓發生了衝突，竟是被當地百姓聚眾打死了。

這個消息傳到寧王耳中後，寧王氣得當朝發了大火，當即下了令，要羊牛縣附近的駐軍平亂民，抓住罪魁禍首。有朝臣對寧王這道命令提出反對，哪知寧王竟對這些反對聲聽而不聞，還讓侍衛把這些官員拖了下去。

一時間，朝中怨聲載道。

越來越多的人對寧王不滿，有位官員不知用了什麼辦法，終於見到了雲慶帝。誰知他說了沒幾句話，就被雲慶帝不滿地趕了出去，似乎嫌他有些小題大作。

「不過是幾個亂民而已，竟然刺殺欽差，朕看他們是膽大包天！」

求見的官員被罵得狗血淋頭，走出宮門的時候，回望著這座奢華的宮廷，長長嘆息一聲。古往今來，朝廷總是由亂入盛，由盛入衰，大業朝……也要走向這條老路嗎？

無奈之下，幾位憂國憂民的大臣聚在一起喝起苦酒來，酒過三巡已經有些開始醉了。

「我只是為天下百姓叫屈啊！」

「大業啊大業！」

有人伏在桌上痛哭起來，只是不知道是為天下百姓而哭，還是在為大業的未來痛哭。

「我們還有機會的！」一個年輕官員忽然激動道：「還有一個人，也許她能幫到我們！」

這個年輕人是這一屆的新科狀元，與班嫿前任未婚夫是同一屆的舉子，不過他家世普通，剛入朝時並不如沈鈺如意，但自從沈鈺被奪去官職與功名後，這位新科狀元便顯了出來。雖然現在只是從四品小官，放在京城裡不起眼，可他發展得已經非常快了。

「誰？」一位頭髮花白的大臣問。

「福樂郡主。」

「不行不行，不過是個不知人間疾苦的女人，她能幫什麼忙？」老臣連連搖頭，喝得有些醉的他，也不顧忌什麼君子不可說人壞話這種原則，「而且這位郡主向來跋扈，性喜奢靡，這樣的女人能做什麼事？」

新科狀元卻不這樣想，他去年出城辦事的時候，還看到這位郡主幫著一位抱孩子的婦人提前進城，因為婦人懷裡的小孩子高熱不退，瞧著不太好。這事他從不曾對人提過，更何況他一個年輕男人，偷瞧一位未出嫁的姑娘也不太妥當。

能對一個生病小孩都有惻隱之心的女人，又怎麼可能沒有絲毫良善之意？

「這事除了福樂郡主，恐怕沒人再能幫忙了。」新科狀元苦笑，「所有人都知道，陛下很喜歡這位郡主，一年四季給她的賞賜就沒有斷過。」

「但她願意幫這個忙嗎？」另一位同僚問。

「總要試一試吧。」

「侯爺，」一位相貌不顯的小廝走到容瑕面前，稟報道：「有幾位官員準備去靜亭公府求見福樂郡主，讓郡主幫他們勸服陛下改變主意。」

「都有誰？」

小廝把這些官員的名字報了出來。

「空有一腔熱血，卻不長腦子。」容瑕把手裡的書往桌上一扔，冷著臉道：「我看他們平日裡也沒怎麼瞧得上福樂郡主，怎麼這會兒便求上門了？」

小廝不敢說話，垂首站著。

「罷了。」容瑕緩緩吸了一口氣，眼底的情緒也一點一點平靜下來，「終究這些人還知道關心天下百姓。」

小廝猶豫了一下，小聲問道：「侯爺，要攔下他們嗎？」

容瑕把手背在身後，走到床邊看著院子裡的一棵石榴樹。這棵石榴樹是一個月前剛剛栽種下去的，雖然日日澆水，可是天氣太過炎熱，看起來有些沒精神。

「不用了。」

「在這件事上，我無權替郡主做主。」

「是。」

「工部跟戶部的幾位大人要見我？」

班嫿放下手柄銅鏡，轉頭看班恆，「你確定他們要見的是我，不是父親？」

「對。」

班嫿覺得這些人有些莫名其妙，她想了想，「讓他們在外面等著，我更衣後去見他們。」因為天氣原因，她這一身穿得不太講究，在家裡穿一穿還好，若是去見客就太丟人了。

「行。」班恆不放心地看了她一眼，「我覺得這事有些蹊蹺，妳多加小心。」

班嫿點了點頭。

工部與戶部的幾個人在靜亭公府的正廳裡坐如針氈，尤其是聽說靜亭公陪靜亭公夫人上香以後，他們就更加自在了。這事若是傳出去，別人會不會認為他們故意騙小輩進宮涉險？

在屋裡坐了一會兒，連茶都換了一盞，可是福樂郡主還沒有過來。

「諸位大人請稍坐片刻。」班恆走進正廳，對幾人作揖道：「家姊片刻即來。」

「世子客氣，是我等打擾了。」幾位大人忙起身回禮。班恆是靜亭公上過摺子聖上欽封的世子，論品級他們幾個誰也沒有班世子高，對方的禮他們可受不起。

又喝了一盞茶，福樂郡主終於在眾人的期待中姍姍來遲。幾位大人見到正主，情緒激動，紛紛起身向班嫿行禮。

「諸位請坐。」班嫿的目光從這些人身上一一掃過，最後落在最年輕最好看的一個人身上，「不知各位大人找小女子有何要事？」

「不敢不敢。」幾位大人你看我，我瞧你，竟覺得有些難以啟齒。

新科狀元被班嫿看得面紅耳赤，他起身向班嫿行了大禮，「郡主，我等確實有大事相求。」

「大事？」班嫿輕笑，「諸位大人可真瞧得起我，我從出生到現在，就沒幹過什麼大事。」

新科狀元……

「郡主，這個忙除了您，恐怕無人能幫。」

「一般有人對我說這種話，我就有些害怕。」班嫿端起茶杯喝了一口，「先說是什麼事，至不至於答應，我可不敢保證。」

廳內放著好幾個冒著寒氣的冰盆，屋內並不太熱，幾位大人卻瞧得有些心疼，這種季節冰可是稀罕物，像班家這麼用，竟不把冰當回事了。

「朱門酒肉臭，路有凍死骨。哼！」一位老臣看著班家這般奢侈的享受，終於忍無可忍地哼了一聲。

「這位大人的話恐怕有些不妥當。」

其他幾位大人暗暗叫苦，這位同僚怎麼如此沉不住氣，若是得罪了郡主，他們能求誰去？

「是是是，」幾位官員忙道：「郡主說的是。」

剛才說話的官員也意識到自己脾氣有些衝，起身僵硬地向班嫿賠罪。

「這大熱的天，哪來的凍死骨？」班嫿挑眉，「這位大人是在跟我說笑嗎？」

幾位大人：重點是這個嗎？

「郡主，雖然路無凍死骨，卻有乾旱得活不下去的百姓。」新科狀元道：「郡主，如今朝中一片混亂，陛下又不願意見我等，請郡主為了天下百姓，進宮走這一趟。」

班嫿愣了一下，「你跟我詳細說一說，究竟哪些地方遭了災？」

新科狀元見福樂郡主這樣，心中一喜，忙開始講述起來。

聽著對方的話，班嫿有些失神。大旱災，她夢裡是出現過的，只是夢裡太模糊，她甚至不知道是什麼時候發生的，只記得死了很多人，甚至還發生了暴亂，最後被人帶兵鎮壓，屍橫遍野，哀嚎聲直上雲霄。

想到夢裡那個場面，班嫿覺得前身都有些不得勁兒了。

難道夢裡發生的那件事就是今年？

「等等，你說誰下的命令？」班嫿聽到「寧王」這個稱號，皺眉道：「蔣洛他只是監國，有何資格調動羊牛縣附近的駐軍？」

新科狀元面上露出幾分難堪，「郡主，如今朝中大部分勢力已經被寧王把持了。」

班嫿聞言眉頭皺得更緊，「朝上兩個相爺呢？」

新科狀元猶豫了一下，還是回答了班嫿的問題：「嚴相面上並不支持寧王，但朝上有傳言，嚴相與太子決裂後，便在私下支持寧王了。」

「那石崇海呢？」班嫿對政治不感興趣，她怎麼也沒有想到，蔣洛那樣的草包，居然也能把持朝政，「他是太子的岳丈，總不能支持寧王吧？」

「郡主，您忘了？自從石家小姐買凶刺殺令尊後，石家就受到陛下的厭棄，如今在朝中，石相一脈根本無力與寧王作對。」

新科狀元想，若不是陛下打傷成安侯與姚尚書，只怕朝廷的局勢還不會變得這般糟糕。只怕陛下也沒有想到，如今朝中會變成這種狀況。

朝中的局勢從什麼時候開始變的？

似乎從成安侯與姚尚書受陛下杖責，寧王讓人頂替了兩人的職位開始。

若是陛下當初沒有那麼衝動便好了。

「你們是想讓我進宮勸一勸陛下？」班嫿失笑，「你們以為，陛下會聽我的？」

「爾等飽讀詩書，心懷天下，為何不敢直言納諫？若是做得好，還能青史留名。」班嫿指尖嫩如青蔥，她略抬著下巴，看起來十分倨傲，幾位官員都有種被輕視的惱怒感。

「武將靠平外敵守衛邊關獲得美名，文臣自然是定邦安國，為百姓拋頭顱灑熱血，以期流芳百世。」班嫿眼角微挑，貴氣逼人，「諸位又何必來為難我一個弱女子？」

「若是我們死諫有用，今日便不會來勞煩郡主……」

「你們不是還好好地站在這裡？」班嫿垂下眼瞼，低頭去端桌上的細瓷官窯茶盞，「若是諸位大人死諫無用，小女子無論如何都會進宮去求見陛下。」

這話就差沒明著說，你們先去死一死，沒死怎麼知道死諫無用？

「好一個福樂郡主！」一位官員怒道：「就是因為你們這種尸位素餐的人太多，才敗壞了我大業朝綱，害得天下百姓食不果腹，衣不附體……」

「這位大人姓王吧？曾記得你在外明言，說班家人荒唐無用，乃朝中之蛀蟲。」班嫿輕笑一聲，「王大人如此有骨氣有氣節，怎能讓我這樣的人幫忙，豈不是墮了你的清名？」

此言一出，暴跳如雷的官員頓時像是洩了氣的青蛙，張大著嘴卻說不出話來。這話他確實當著幾位同僚說過，但是在人多的場合他從未說過這些話，福樂郡主是怎麼知道的？

難道是有同僚為了討好班家人，故意把他說的話傳到了福樂郡主耳中？

「王大人不必害怕。」班嫿目光在眾人身上掃視而過，這些人不自在地躲過班嫿的視線，不敢直視她的雙眼，「你不是第一個說我壞話的人，也不是最後一個。人生在世，若是沒有人評說反而寂寞，我不怪你們。」

班嫿說的是你們，不是你。

王大人見其他同僚面色也不太自在，尷尬之情稍減，至少犯下這種錯的人不止他一個。

這幾個人當中，唯有新科狀元不卑不亢地站在班嫿面前，也沒有躲開她的視線。他從不曾說過班嫿的壞話，甚至在謝啟臨與人私奔後，還為了班嫿與人爭執過。只是那時候他還不是狀元，亦沒有人在意他說了什麼。

「恕我不能幫上各位大人的忙，諸位請回吧。」

其他官員還想再說，新科狀元行了一禮，「我等叨擾了，告辭。」

「上門拜訪，拜帖不寫，禮物不帶，這也算是懂規矩的人？」等這些人離開以後，班恆冷哼一聲，「別管他們，滿口仁義道德，批判天下，結果這個關頭，他們不敢去得罪陛下，偏偏讓妳去，真是一點臉面都不要了。」

「既然知道他們是這樣的人，又有什麼好氣的？」班嫿輕笑出聲，語氣裡滿滿的都是嘲諷之意，「當初他們說我閒話的時候，又何曾想過今日會在我面前連頭都抬不起來？」

「這事告訴我們一個道理，你知道是什麼道理嗎？」

「不能在背後說人壞話？」

「不。」班嫿搖頭，「說人壞話的時候要挑場合，同僚朋友不一定靠譜。那個姓王的，前腳說了壞話，當天下午就有人為了討好我來告發他，所以在權勢與利益面前，甘做小人的鼠輩很多，世上有忠義良友，但不是每個人都是。」

「姊，妳是想讓我在朋友面前不要什麼話都說？」班恆眨了眨眼，「妳放心吧，我就算想跟人說什麼驚天大祕密，我也不知道說啥呀！」

「這倒是個理。」

又過了將近十日，京城仍舊炎熱無比，宮裡忽然傳出一道聖旨，召成安侯進宮面聖，哪知道成安侯行至半路時，因為傷口開裂，加上天氣炎熱，暈倒在馬車中。最後陛下只能讓護衛把成安侯送回府，面聖之事亦不了了之。

成安侯醒後，萬分惶恐，連上了兩道請罪奏摺，不過陛下哪裡捨得責罰成安侯，不但沒有責怪他，反而讓他安心養身體，又賞賜了不少益氣養身的好東西，以示對其之看重。

重病的成安侯無法進宮，旁人卻已經知道他受陛下重視的程度，以往支持太子一脈的朝臣，都開始有意無意向他示好。二皇子與成安侯不對盤是所有人都知道的事情，太子向來十分欣賞成安侯，曾經還在公眾場合說過「君子當如君珀」這種話，所以太子一脈的官員都想成安侯能夠幫著太子求一求情，至少不能讓二皇子坐上這個位置。

就連原本與成安侯關係不太和睦的石崇海，最近都時不時說一些成安侯的好話，以表明自己的立場。

很多人都不想二皇子登基，尤其是當受災郡縣傳來新消息，說是不少流民被駐軍射殺後，朝中關於二皇子的非議更是多於潮水。

之前來求班嫿幫著說好話的官員，終究沒有到大月宮門前死諫，他們只是寫著一首首憂國憂民的詩詞，來表達內心的憤怒與憂慮。唯一到大月宮前跪求陛下見一面的狀元郎，在大月宮門前跪了整整四五個時辰，最後暈倒在烈日下，也沒有見到雲慶帝，反而惹怒了二皇子一派的官員，最後被擼去官職，賦閒在家。

班嫿聽到這個消息後，挑了挑眉，「總算是出了一個真正有血性的人，這個狀元郎，他叫什麼名字？」

「陳陽，字賀陽，薛州人士。」護衛答道：「外面的人都嘲笑他年紀輕，不知天高地厚，才落得這個下場。」

「他此舉確實有些衝動，但世間就需要這種不知天高地厚的人，才有人出來伸張正義。」班嫿放下手裡的檀木香扇，「讓人備禮，以我的名義送到這位陳狀元家裡去。」

「郡主，這位陳狀元沒有府邸，現在住的還是租來的小院。」護衛道：「現在他沒了官職，恐怕連小院也租用不起了。」

「那再加三百兩銀子送過去。」對於班嫿而言，別說三百兩，即使三千兩拿去送人也不過是幾句話的事情，但是她心裡很清楚，以這位陳狀元的人品，銀兩若是超過幾百兩，只怕打死他也不願意接受。

何？」

「郡主，這樣是不是有些不妥？」

「有什麼不妥的，整個京城誰不知我與二皇子相看兩相厭，他看不順眼的人，我願意出手幫一幫又怎麼了？」班嫿嗤笑，「他現在還只是寧王，可不是大業朝的王，他又能奈我何？」

她的爵位是雲慶帝欽賜的，蔣洛現在就算脖子以上全是裝飾品，也不敢動她。

「是，屬下這就去辦。」

自從在大月宮外中暑以後，陳賀陽就大病了一場，在家中養了好些日子，也沒完全緩過來。幾位同僚來看過他一兩次，都說他太過衝動了，行大事應該謹慎云云。後來這幾位同僚漸漸來得少了，他手中拮据，只好當了一些物件付了下半年的房租，日子過得委實艱難。

聽到書僮說福樂郡主的護衛求見時，他差點以為自己的耳朵出了問題。十日前，他們去求見福樂郡主，可是被這位郡主好一頓取笑，這會兒派人來，難道又是來嘲笑他的？

心裡雖然犯疑，他卻不敢猶豫，忙把人迎了進來。

來者約莫二十七八的年紀，相貌普通但是氣勢威嚴，一看就像是練家子。他身後還跟著幾個捧禮盒抬擔子的小廝，皆穿著體面，忠厚老實的模樣。

「郡主聽聞陳狀元壯舉，十分敬佩陳狀元人品，這些薄禮乃是郡主的一番心意，請陳狀元萬萬不要推辭。」如今陳賀陽沒了官職，功名還在，敬稱「陳狀元」已經是最尊重的叫法。

陳賀陽沒想到自己迎來的不是嘲諷，而是一份鄭重的厚禮。看著這堆禮物，有藥材布匹肉類等等，皆是一些實用的東西。想來是那位尊貴的郡主考慮到自己的難處，才以這種理由來給他送東西吧。

陳賀陽心中五味陳雜，對護衛行禮道：「郡主好意，學生心領了，只是這些……」

「郡主說了，陳狀元若是不稀罕這些東西，儘管扔掉便是，她送出去的東西，一向是不喜歡別人還回來的。」護衛起身朝陳賀陽行了一禮，「請陳狀元不要讓在下為難。」

「這……」

護衛不等他開口，直接道：「告辭。」

「等等！」可憐陳賀陽一個手無縛雞之力的書生，又尚在病中，手腳哪有護衛小廝的快，等他追到門口的時候，護衛小廝們早就騎著馬離開了。

「靜亭公府真是顯赫，連小廝都配了馬。」書僮扶著陳賀陽，眼中滿是豔羨之情。

陳賀陽聞言苦笑，京城裡的貴人多如牛毛，但如靜亭公府顯赫的人家確實不多。他一個沒權沒勢的窮書生，如今連一點利用價值都沒有，別人都不敢太明著幫他，偏偏這位郡主大張旗鼓派下人來幫他，真是讓他有種世間竟出怪相之感。

回到書房中，陳賀陽看著桌上自己心灰意冷之後寫下的詩詞，良久之後，把這張紙揉成了一團，扔進了廢紙簍裡。大丈夫行不悔，做不疑，當如是矣。

「公子，公子！」書僮忽然抱著一個黑色的布袋進來，「小的發現了這個！」

陳賀陽打開袋子一看，裡面放著十餘兩散碎銀子、幾串銅錢，還有三張百兩的銀票。

這一瞬間，陳賀陽覺著手中的黃白之物重逾千金。

第二天，班嫿收到了一張數額三百兩的欠條。欠條上的紙寫得十分好看，班嫿看了一眼，就把欠條交給了如意，「收起來吧。」

這個陳賀陽是個有意思的人，沒有迂腐地把東西送回來，也沒有把她送的禮折算成價格算進這張欠條裡，他這是承了她的情，又維護了他的原則。

「算得上是個正直又不過於執拗的人。」班嫿對陪坐的班恆道：「這樣的人，勉強稱得上一句君子了。」

班恆挑了挑眉，「我還以為妳跟容侯爺相處久了，對君子的標準就提高了。」

班嫿聞言笑了，「我是一個寬容的人。」

「那我還真沒看出來。」班恆小聲嘀咕。

班嫿笑而不語地看他，他默默低頭喝茶，不再多發一語。

時間進入七月，老天彷彿終於想起自己最近沒有下雨這件事，京城的上空，終於迎來了第一朵烏雲。班嫿從馬背上下來，看著天上的烏雲，這是要下雨了？

守在容府大門口的下人見到班嫿，立時熱情地迎了上來，「小的見過郡主。」

「不必多禮。」班嫿剛跨進大門，豆大的雨點就劈里啪啦掉了下來，她愣了一下，臉上露出了一絲笑意。

「下雨了，下雨了，下雨了！」

容瑕府裡的下人都十分懂規矩，但是當雨滴落下時，她仍舊聽到了一些人喜極的尖叫聲。可見這場雨有多少人盼望著，又盼望了多久。

她站在走廊下，看著雨在眨眼間變成瓢潑大雨，似乎感受到一股從地底蒸發出來的熱氣。

「郡主小心，別讓雨水濺濕您的裙角。」兩位婢女擋在班嫿身前，不讓雨水濺到她身上。

「無礙。」班嫿見擋在自己面前的是兩個小丫鬟，把她們往後拉了拉，「小心，妳們不要把自己身上弄濕了。」

「郡主……」兩個丫鬟愣愣地看著班嫿，眼中帶著幾分感動之意。

雨幕之中，容瑕撐著一把傘徐徐而來，他走上臺階，看著與幾個丫鬟有說有笑，還沒看到他的班嫿，柔聲道：「嫿嫿。」

「你怎麼來了？」班嫿回頭，看著撐著傘的男人，「你身上的傷還沒好，怎麼能淋雨？」

「聽到嫿嫿來了，外面又下了雨，我如何還坐得住？」容瑕把傘舉到班嫿頭頂，對她溫柔一笑，「妳已經兩日沒來了。」

「前兩日太熱，不想出門。」班嫿與他並肩走在一起，順著走廊到了九曲湖橋上，雨水打在傘上發出啪啪的聲響。

「小心。」容瑕輕輕環著她的肩，把傘往她這邊偏了偏，「往這邊走一些。」

班嫿笑看他一眼，轉頭看向湖中盛開的荷花，「雨中的荷花似乎別有一番風味。」

聞言，容瑕放緩腳步，陪著班嫿慢慢賞起花來。

「據傳很久以前，荷花池裡有一個鯉魚精。」容瑕看著在水中歡快遊樂的鯉魚，「她整日裡修行，最後終於變成了人形。」

「最後愛上一位書生了？」

容瑕搖頭。

「後來變成神仙飛走了。」

班嫿：「……」

「這故事你講來唬我的？」班嫿斜眼看。

容瑕笑出聲道：「嫿嫿真聰明，竟是被妳看出來了。」

「我該謝謝你的誇獎嗎？」班嫿哼了一聲，還沒來得及說別的，就看到容瑕腳下一滑，眼見就要摔倒。班嫿忙伸手攬住他的腰，把人給樓了回來。

被美人救了的感覺就是……

有點香，有點軟。

班嫿輕輕拍了拍容瑕的肩膀，伸手扶正雨傘，「沒事吧？」

「沒事。」容瑕搖頭笑道：「多謝嫿嫿，只是妳的身上被雨水淋濕了。」

班嫿用手背蹭了一下臉，慶幸道：「幸好今天出門我沒有用妝，不然花了妝可難看了。」

「容貌不過是外物，只是淋了雨容易受風寒。」容瑕不敢再讓班嫿淋雨，牽住她的手，加快了腳步。回到主院後，容瑕就讓下人備熱水，對班嫿道：「我還有些事需要到書房處理，這個屋子我不曾用過，妳放心便是。」說完，他擔心班嫿尷尬，便匆匆離去了。

不一會兒，熱水浴桶送了上來，又有婢女送來乾淨的衣物，班嫿帶來的兩個女護衛一個守在門外，一個守在屏風旁，倒是無人來打擾。

沐浴過後，班嫿換上容瑕讓人準備的衣裙，發現這身衣服意外的合身。瞧這布料與樣式，都像是新做出來的。她懶洋洋地坐在貴妃榻上，任頭髮披散在身後，由婢女給她擦頭髮。

「你們侯府上來過女客？」她問一個婢女。

「回郡主，府上沒有女主人，侯爺從未待過女嬌客，只有一些老太太來過。」

「他這般模樣，倒是招老太太們的喜歡。」班嫿坐直身體，「讓人通傳你們侯爺一聲，就說我這邊已經換好衣物了。」

「是。」

容瑕過來的時候，身上已經換了一套衣服，看樣子也是沐浴過的。見他進來，班嫿朝他招了招手，指著身上的衣服道：「容侯爺，不知這衣服從何而來？」

「前些日子讓鄙府繡娘趕製出來的。」容瑕笑道：「我想著妳來我這裡的時候，若是不小心打翻了茶，或是濺了泥水在身上，沒有替換的衣物反而是不美，便讓鄙府繡娘做了妳能上身的衣物，看來尺寸還挺合適的。」

班嫿沒想到容瑕如此細心，愣了一下才道：「原來如此。」

班嫿的頭髮披散在身後，就像是最美的黑色綢緞，柔順光滑，容瑕目光落在她的頭髮上，又飛快移開自己的眼睛，「我讓人熬了薑湯，妳喝一點。」

「不喝。」班嫿皺眉，「太辣了。」

「湯裡放了糖，不辣的。」容瑕知道班嫿嘴巴挑剔，當下便笑了，「我陪妳一起喝。」

班嫿轉頭往門口一瞧，已有丫鬟端著薑湯來了，她嘆口氣：「大熱天的，驅什麼寒啊？」

容瑕不說話，只是溫柔地笑看著她，一雙桃花般的眼睛含情脈脈，讓班嫿實在無法抵抗，只能乖乖把薑湯喝了下去。

俗語有云，牡丹花下死，做鬼也風流。她這好色的毛病，大約是改不了了。

天色一點一點暗下來，可是外面的雨勢一點都不見小，彷彿是老天爺把前些日子積攢下來的雨一塊兒倒出來。

「今夜就別回去了吧，我讓人到靜亭公府告個罪。」容瑕聽著外面劈里啪啦的雨聲，時不時還有雷聲響起，「妳放心，我絕對不會有半分冒犯。」

於禮而言，班嫿留在容家並不合適，但他們兩人本是即將成婚的人，只要兩家人不在意，規規矩矩留宿一夜也不是太大的問題。與那些養美人兒在府中取樂的貴女、公子相比，班嫿與容瑕就是如蓮花一般的小清新。

班嫿最終答應了下來。

用完膳的時候，容瑕忽然道：「聽聞妳前幾日送過禮給陳賀陽？」

陳賀陽？

班嫿愣了一下，才想起此人就是那個倒楣的陳狀元，於是點頭道：「嗯，我讓人帶了些東西送給他。這個人雖然比不上你，不過比那些迂腐的酸儒討喜。」

容瑕笑了笑，沒有再提這事。那個陳賀陽他見過，長得雖然勉強稱得上出色，但是以嫿嫿的眼光，自然是看不上這種姿色的人。

夜裡班嫿睡得有些不踏實，可能是雷聲雨聲太大的關係，雖然今晚格外涼爽，但她在半夜時分醒過來以後，就再也睡不著了。

不知道是不是她的錯覺，她隱隱聽到隔壁容瑕住的院子裡傳來東西摔碎的聲音。她從床上坐起身，猶豫了一下，還是披上外袍走了出去。

「郡主？」兩個睡在外間的女護衛聽到內室傳來動靜，忙從榻上坐起身，見郡主披頭散髮地從內室走出來，都嚇了一跳，「郡主，您怎麼了？」

「我聽到隔壁院子裡傳來動靜，妳們聽到了沒有？」

「我等並沒有聽見什麼聲音。」

今夜風大雨大雷聲響，想要聽到隔壁院子的動靜是件難事。

班嫿皺了皺眉，「妳們隨我去看看。」

「是。」兩位女護衛不會問班嫿為什麼要去，只是恭恭敬敬地跟著她出了門。

班嫿沒有聽錯，容瑕住的院子確實出了事。十餘個黑衣殺手不知怎地闖進內院，殺掉了兩個守在外面的小廝，與幾個躲在暗處的護衛廝殺起來。

若是往日，早就有護衛過來了，只是今夜天氣涼爽，被熱了多日的下人們難得睡個好覺，加上風雨聲大，這邊院子裡的動靜很難傳出去。

杜九手裡提著劍，全身上下已經被雨水淋得濕透了。他左臂受了傷，唯有靠著右手，死死地攔住衝上來的刺客。

「不管你們是誰派來的刺客，我們願意付三倍的價格買你們收手！」

杜九刺傷一名撲上來的刺客，喘著粗氣道：「各位兄弟做這行當，無非是為了銀子……」

然而這些人此刻顯然十分有職業道德，他的話還沒有說完，這些刺客就又衝了上來。

「侯爺，退後！」杜九面色鐵青，今晚恐怕將是一場惡戰，唯一的希望就是他們中間有人能夠突破重圍，叫來幫手，但是這些殺手顯然是有備而來，門口被他們攔得死死的，根本沒有機會出去。他抹了一把臉上的雨水與血水，表情變得猙獰起來。

容瑕被這些護衛守在後面，卻沒有閒著，反而搭弓拉箭，射殺了兩名殺手。他的劍術只是花架子，大業的名士大多會一些劍術，但都是風雅的劍術，他們的劍術不會殺人。

這些刺客有備而來，手段殘忍，下手俐落，顯然是專業殺手。

他站在門口，看著自己的護衛全都受了傷，面上毫無表情。這個時候，格外想他死的人只有一個，那就是寧王蔣洛。

也只有他才會用如此膽大包天卻見不得人的手段。寧王從未想過，若是他真能登上帝位，哪個朝臣敢效忠一個派人刺殺朝臣的皇帝？身為帝王，想要收拾朝臣的手段多的是，蔣洛選用了最下乘的手段。

這樣的人，就算有幸成為皇帝，也坐不穩江山。

他算無遺策，竟是錯算了蔣洛的腦子，這個人比他預想中還要衝動與愚蠢。他容瑕或許會有千般下場，卻不能死在一個蠢貨的手裡。

羽箭搭在了弦上，容瑕眼睛微瞇，箭羽飛了出去，穿透一名刺客的胸膛，刺客倒地身亡。

「侯爺，您先進屋裡去，這裡交給屬下們。」杜九轉身看向容瑕，「刺客心狠手辣，屬下擔心您受傷。」按照現在這個情形，他真擔心自己與其他幾個護衛攔不住。

「不用。」容瑕再次取了一枝箭，搭在弓上道：「你們能為我送命，我卻不能貪生怕死。」

杜九眼眶泛紅，這便是他們為什麼願意死心塌地跟隨侯爺。

一片赤誠，唯有熱血回報之。

班嫿走到院門外，見容瑕院子的門緊緊關著，但裡面傳來兵器碰撞的聲音。她眼神一黯，氣沉丹田，大叫道：「有刺客，抓刺客！」

女人的聲音，在她們需要的時候，可以穿破雲霄。

班嫿這一聲尖叫，足以讓整個成安侯府的人都從睡夢中驚醒，同樣也驚到院子裡的刺客。班嫿的聲音剛落，一個刺客便舉劍衝了出來。

俐落轉身，班嫿反手拔出女護衛手中的劍，一劍刺過去，衝過來的刺客還沒來得及反應，便睜著眼睛倒了下去。

女人……

一個會用反手劍的女人……

他整個世界陷入黑暗的那一瞬間，眼中滿是不敢置信。

班嫿不太敢看地上躺著的人，她撩起裙角，一腳踹開半掩的院門，提劍衝了進去。

「嫿嫿！」容瑕拉著弓的手放下，厲聲道：「妳來幹什麼？出去！」

「你給我閉嘴！」班嫿吼了回去。

雨水淋濕了她的頭髮與全身，她沒有搭理容瑕，反而嫌身上的外袍有些礙事，於是把裙襬一撩，繫在了腰上，電光火石間，她還避開了兩個刺客的偷襲。

刺客也沒有想到竟然會有一個女人衝過來，在看清來人以後，他們便攔下了班嫿，卻沒有下死手。顯然這些人知道班嫿的身分，而且對她還略有顧忌。

他們一顧忌，班嫿便衝破了他們的重圍，來到了杜九旁邊。

「受傷了？」班嫿抹了一把臉上的水，劍鋒一挑，殷紅的血順著劍流下，與雨水混合，濺落在青石板地上。

班嫿用的劍很輕，很鋒利，每一招每一式都如殘影般無聲無息，快得讓人眼花繚亂。

杜九捂著傷口，還有些反應不過來。

就在他以為自己要命喪此夜的時候，福樂郡主竟然只帶著兩個女護衛衝了進來，那提劍的姿勢，繫裙角的俐落動作，讓他有種看到了叱吒疆場的英雄氣概。

在這個電閃雷鳴的雨夜，杜九第一次相信了當年老靜亭公的話。

福樂郡主確實是最像他的，甚至這身武藝也讓人驚豔。

外行看熱鬧，內行看門道，大業很多人修習劍術，可他們大多學的是強身健體之道，比如他們家侯爺。福樂郡主不同，她的一招一式都帶著凌厲的鋒芒，甚至還帶著逼人的寒意。

她唯一缺少的，便是經過戰場才能淬煉出來的殺氣。

在閃電亮起的瞬間，一枚袖箭飛了出來，它想要襲擊的目標，正是班嫿與杜九身後的容瑕。容瑕偏頭躲了過去，但刺客顯然有備而來，又有人瞄準了容瑕。

「侯爺！」杜九目眥欲裂，情急之下，只能扔出手裡的劍，扎進那個刺客的胸膛。就在這個時候，一個原本倒在地上的刺客，朝容瑕抬起了手。

「侯爺！」杜九只覺得全身發寒，從骨子裡生出無盡恐懼地顫抖。

「叮！」銀色的劍鋒擋住了這枚袖箭，劍鋒顫了顫，袖箭掉在了地上。班嫿幾步上前，一腳踩在這個刺客的胸膛上，刺客吐出一口唾沫，翻著白眼暈死過去。

就在這時，院門外傳出護衛們趕過來的聲音。

班嫿抬起劍，指著院子裡仍舊站著的六七個刺客，雨水順著她的臉滾落，有種蒼白到極致的詭異美感。

「撤！」

刺客見勢不妙，想要撤退。

「這是侯府，不是小魚小蝦住的地方。」班嫿快步攔在這些刺客面前，「我倒是要看看，你們今天誰能走著出去。」

現在院子裡，除了班嫿與她的兩個護衛完好無傷以外，杜九與幾個護衛都受了重傷，至於仍舊好好站在原地的容瑕，班嫿沒有把他算入戰鬥力中。

「郡主一名弱女子，何必用命來搏？」為首的刺客終於開口，他聲音有些沙啞，聽起來十分怪異，「成安侯雖是難得一見的美男子，但以您的身分，想要什麼男人沒有。他若是死了，您盡可養一大堆面首，何須為了一個男人拼命？」

「美人當前，我又怎能墮了自己的英姿？」班嫿冷笑一聲，「不過是陰溝裡見不得人的蚊蠅臭蟲，也配跟我說條件？」

班嫿的劍法極好，她最擅長的便是劍法與鞭法，反而箭術與拳法學得一般，外面人見她箭術過得去，便誇她有祖父遺風，只是因為他們沒有看見班嫿的劍術而已。

班家養著很多戰場上受傷落下殘疾的將士，這些人都是從屍山血海上拚過來的。以前老靜亭公總帶著她與這些人打交道，後來來靜亭公過世，班家仍舊供養者這些漸漸老邁的將士，只是朝廷早已經忘記了這些有功之臣，不再在意他們而已。

班嫿一身本領都是跟他們學的，她從小就愛美，覺得刀法與拳法不夠美，也顯不出她的真性情，所以並不愛學這兩樣。在她十五歲之前，她每日都要習武，最近兩年因為年紀大了，出門的時間多，才疏於練習了。

當年祖父曾經親口誇過她武藝高強，可惜全京城沒幾個人相信。

刺客見班嫿如此咄咄逼人，當下也不再顧忌，招招都發了狠，但是他們沒有想到，班嫿的兩名女護衛武術比班嫿更加高強，而且這股淩厲勁兒，就像是……死士？

班家竟然給一個女兒養死士？

想到這一點的刺客暗自心驚，卻沒有機會把這個想法說出口了。

因為他死了，死在了班嫿隨身女護衛的劍下。

死士學的是在暗處偷襲的殺手手段，然而班嫿與兩名護衛學的是戰場上殺人的手段。兩人的殺人手段碰撞在一起，高下立現。

兩名女護衛的動作很俐落，抬手踢腿間沒有一個多餘的動作。因為在戰場上，敵人容不得你做多餘的動作，他們拚的是命。

「噗！」這是利刃扎進肉裡的聲音。

容瑕看著眼前的女子，夜色中的她似乎沒有平日的嬌俏與甜美，多了幾分冷意與神祕，幾縷頭髮貼在她的臉頰旁，讓她的臉看起來猶如深冬的白雪。

他覺得自己的心頭有些喘不過氣來，雙眼卻像著魔般只能看著她，只能隨著她而轉動。

班嫿快速抽出劍，鮮血噴濺而出，弄髒了她的鞋面。她皺了皺眉，沒看躺在地上的刺客，而是轉頭看向不知何時已經衝到了雨中的容瑕，「你先別過來，杜九，把你家侯爺拖回去，萬一這裡面有人裝死怎麼辦？」

祖父說過，戰場上經常會有這樣的情況發生。敵軍的人裝死不動，等到大業的官兵去打掃戰場的時候，這些人就突然偷襲，害死了不少的大業官兵。所以，從那以後，他們這邊的士兵打掃戰場時就養成了一個習慣，只要是敵軍的屍首，就先補一刀再說。

班嫿這話剛落，地上一名黑衣人就翻身而起，不過他還沒來得及站穩身子，容瑕便已拉開長弓，羽箭穿破了刺客的喉嚨。

成安侯府的護衛們站在門口，看著滿地的屍體，還有被鮮血染紅的院子，都嚇了一大跳，確定侯爺還好好地站著以後，才鬆了一口氣。

班嫿見這些護衛終於趕到，頓時鬆了一口氣，整個人身上的凌厲勁兒頓時化為煙雲，轉頭對女護衛道：「快扶住我。」

「郡主，您怎麼了，受傷了？」

「不，我害怕，我腿軟。」

死屍都躺了一地，人都殺了，才想著害怕？

容瑕沒有看那些護衛，他走到班嫿面前，忽然打橫抱起她，轉身就往屋子裡走。

班嫿被他突如其來的動作弄得一愣，把手裡的劍扔給護衛，「你幹麼？」

他低頭看了眼懷中的女人，沒有說話。

「侯爺……」杜九叫住了容瑕。

容瑕看了眼地上幾具成安侯府護衛的遺體，對趕過來的護衛道：「厚葬這幾個護衛。」

這些護衛都是無父無母無牽無掛的人，今日為了他而亡，若是連墓碑都沒有一塊，那實在太讓人寒心了。

「是。」杜九應下了。

「這事叫其他人去辦，你跟受傷的人去看大夫。」容瑕吩咐完，轉身大步走進屋內。

進了屋，他把班嫿放在鋪著軟墊的椅子上，又拿了一床厚厚的被子裹在她身上。然後他蹲下身，把她腳上髒汙的繡鞋脫下，露出一雙白嫩的腳。他的手心有些發燙，直到扯過被子，蓋在她的腳上，這股灼熱感才稍稍降下一些。

班嫿眨了眨眼，抬頭看著容瑕，容瑕靜靜地看著她，一語不發。

「你怎麼啦？」班嫿伸手在他面前晃了晃，「嚇到了？」

容瑕抓住她的手腕，她的手腕很涼，但是那跳動有力的脈搏，卻讓他無比的安心，「剛才太危險了。」

「若是不危險，我就不用幫你了。」班嫿吸了吸鼻子，頭髮還在滴著水，「你可是我的人，我怎麼能眼睜睜看著別人欺負你？」

他手心一顫，忽然把班嫿摟緊了懷中。

緊緊的，就像是環抱住了一件曠世奇珍，若是鬆開手，就會後悔終身。

屋裡的氣氛安靜又美好，昏黃的燭火，給屋子裡增添了幾分溫馨。

班嫿伸出食指輕輕戳了一下容瑕的後背，容瑕沒有反應，她又戳了一下。

「怎麼了？」容瑕摸了摸她濕潤的頭髮。

「棉被浸濕了，你還有沒有多餘的衣服？」

「……」

什麼溫馨寧靜全都化為烏有，容瑕輕笑，低頭在她耳邊道：「我這就讓下人備熱水。」

班嫿摸了一下有些發麻的耳朵，手指發癢，情不自禁地摸上了容瑕的唇角。

比想像中更軟，與想像中一樣的溫暖。

這不怪她，都是情不自禁的錯。

容瑕捏住她的手指，聲音略有些沙啞：「嫿嫿，我是個男人。」

班嫿：男人了不起？我還是個女人呢！

看著她一臉無辜的模樣，容瑕終於忍無可忍，低頭在她唇角輕輕一吻。深吸一口氣後，往後退了一步，轉身頭也不回地走出了門。

真是一個勾人攝魄的妖精！

勾人攝魄的妖精表示，原來男人穿著衣服濕了身，別有一番風味，真是讓人看了還要看。

她摸了摸自己的唇角，忽然有種撕開容瑕衣襟，把他欺負哭的衝動。

意識到自己的想法太過汙穢，班嫿拍拍臉。真是禍國男妖，這種妖孽，還是讓她收下吧！

京城步兵司、大理寺、京都衙門，這一天晚上都被一個驚天大消息刺激得差點從床上滾落下來。剛晉封為侯爺的容君珀府裡進了大批刺客，成安侯府死了好幾名護衛，就連成安侯身邊最得用的護衛都受了重傷，現在正在讓大夫救治。

出了這麼大的事情，各個相關的部門都有責任，尤其是遇刺的還是成安侯。

各個部門的官員頂著大雨，連夜趕到成安侯府。禁衛軍統領最先到，他剛走到主院，就聞到一股揮之不去的血腥味。

「陳統領，請往這邊走。」容家一個護衛領著他進了院子，院子裡的屍體都已經搬走，但是院子裡瀰漫著的血氣告訴他，這裡不久之前肯定經歷了一場惡戰，不然這麼大的雨，都還不能沖走這股味道。

「刺客總共有多少人？」

「回陳統領，刺客總共二十二人，死二十人，還有兩名活口。」

陳統領連夜領了聖旨來處理這件案子，看陛下的態度，似乎對有人敢刺殺成安侯很憤怒。事實上，在聽到成安侯被人刺殺的時候，他差點以為是陛下讓人下的手。

他在院子裡觀察了一遍，打鬥的痕跡很嚴重，院牆上還有鐵爪的痕跡，看來刺客是翻牆進來的。可成安侯府這麼大，就算今天風大雨大，也不會沒有看門的人，這些刺客能無聲無息混到這裡，說明府中可能有內應。

最讓他驚訝的是，這些刺客是突然而來，成安侯毫無防備。以今天晚上這種情形，打鬥聲應該很難傳出去，那麼就算容瑕身邊的護衛都死光，也攔不住這些殺手的攻擊。他是怎麼把這些殺手攔下，還把他們通通攔下的？

這中間肯定有貓膩。

他看了眼身後的容府管事，沉聲道：「可還有什麼情況沒有說？」

管事躬身答：「不知陳統領還想知道什麼？」

「下官是奉陛下之命來查這件案子，貴府若是有所隱瞞，只怕到了陛下那裡不好交代。」陳統領沒有把話說得太過，「還請貴府能夠體諒。」

管事聞言笑道：「請陳統領放心，您有什麼想問的儘管問，小的一定知無不言言無不盡。」

陳統領點了點頭，「既然如此，不如請這位管事告訴我，這麼多刺客，你們的護衛又沒有及時趕到，成安侯是如何把這些刺客攔下的。」

「陳統領看了這些刺客的屍首就知道了。」

容家的下人把刺客的屍首都擺放在一塊，為了便於查案，他們沒有動刺客身上任何東西。

陳統領看到，這些刺客裡面，有四個死於羽箭，其他人身上皆是刀劍所造成的傷痕。即便是劍傷，也各有不同。一種是常用的重劍，一種是對工藝要求很高的輕劍。

一般護衛都不用輕劍，所以這劍傷是容瑕造成的？

他只聽說過容瑕箭術卓絕，什麼時候劍法也這麼好了？

「容侯爺的劍法好得讓本官出乎意料。」

「陳統領，這些劍傷可不是侯爺造成的。」管事仍舊笑著，「今日剛巧下大雨，福樂郡主到鄙府做客，不好離開，便在鄙府暫住了一宿。」

陳統領頓時反應了過來，「這些傷都是福樂郡主造成的？」

「非也，還有福樂郡主的兩名護衛。」

陳統領先是感慨福樂郡主這身武藝，隨後背後一涼。這些刺客明顯有備而來，他們唯一沒料到的恐怕就是福樂郡主會在成安侯府借住。若是福樂郡主不在，成安侯這條命可還保得住？

以前常聽別人說福樂郡主剋夫，他向來嗤之以鼻。以容侯爺與福樂郡主訂親後發生的事情來看，福樂郡主這哪是剋夫，分明就是旺夫才對。

「不知下官能否見容伯爺一面？」

「陳統領請隨小的往這邊走。」管事道：「想必侯爺一會兒就能出來了。」

陳統領想，容侯爺不過是個文臣，遇到這種事情，受到驚嚇需要收拾一番也算正常。

他在暖閣裡等了沒一會兒，就見衣衫整齊的容瑕走了進來。他的臉色略有些蒼白，頭髮披散在身後，還冒著熱騰騰的濕氣。

容瑕上前跟陳統領互相見了禮，「以這副面容來見客，在下失禮了。」

「侯爺太過客氣，事急從權，在下非迂腐之人。」陳統領已經可以確定，容瑕是去洗了澡還換了衣服，才會以這種模樣來見客。沒見過血的人，第一次見到這種可怕的場面，忍不住想要去沐浴也算正常。

「多謝陳統領諒解。」容瑕落座，告罪道：「因我之事，害得陛下擔憂，實在是罪過。」

「侯爺可不要這麼說，陛下對您的看重之心滿朝皆知，陛下待您如子如侄，您若是出了什麼事，讓他老人家難過，才是真正的罪過。」陳統領自己都覺得這話有些諷刺，仔細算下來，容侯爺還真是陛下的表侄。這是滿朝皆知的事情，但是因為當年那一筆爛帳，誰也不敢把這事說出來。就算陛下常常說著把容侯爺當親子侄這種話，那也是「當作」，不是真的。

子不言父過，陛下已經用這種方式在表達他對先帝一些決策的不滿。但不滿歸不滿，他可以給容瑕加官進爵，卻不能把容瑕的外祖母重新認回皇室。

陳統領又問了一遍容瑕事情經過，容瑕沒有隱瞞，把事情原原本本講了，只是有關班嫿的內容，儘量一兩句便帶過了。

「不知福樂郡主可還在貴府上？」

容瑕歉然道：「福樂郡主一夜沒睡好，只怕這會兒她已經就寢。」

「唉。」陳統領嘆息，起身向容瑕行了一個大禮，「只怕還要勞煩侯爺請郡主走一趟。」

容瑕皺了皺眉，看了眼外面的天色，垂下眼瞼，緩緩道：「左右郡主就在鄙府，夜裡去叫一名女子也不妥當，不如等天亮以後再提此事吧。」

陳統領見容瑕是鐵了心不願意叫班嫿起床，就知道自己如果再堅持下去，就要得罪這麼看似溫和的侯爺，遂不再提此事。

「侯爺說的是，是下官想得不夠妥當。」

容瑕臉上露出了一絲不太明顯的笑意，彷彿剛才冷淡的人不是他一般。

沒過一會兒，京城步兵師、衙門、大理寺的官員都來了，這註定是一個不眠夜。

班嫿睡醒的時候，覺得頭有些暈，鼻子還有些塞。暈暈乎乎在一堆美婢的伺候下穿衣漱口，她整個人仍舊有些懨懨的提不起神。

這個模樣落在侯府婢女眼中，那就是福樂郡主為救侯爺，以弱女子之身勇鬥殺手，現在緩過神來才感到害怕。

想到郡主明明害怕，還要堅持救侯爺，婢女們更加敬佩了，她們看班嫿的眼神，就像是在看一個踏著七彩祥雲的女戰神，從頭到腳都散發著耀眼得讓人忍不住膜拜的光芒。

喝著美味的粥，班嫿發現桌上的小菜全都避開了肉色、紅色，任何有可能讓她產生不適的顏色，都沒有在她眼前出現。不過今天的東西再美味，她的胃口也不見得有多好，只吃了小半碗粥便放下了。

「郡主。」兩個女護衛擔心地看著她。

「我沒事。」班嫿擺擺手，正欲說別的，侯府的下人來報，說大理寺與禁衛軍統領求見。

班嫿料想他們是為了昨晚的事情來問她話，便隨侯府的下人去了會客廳。婢女們擔心班嫿身子不舒服，前呼後擁地跟了上去，捧瓶拿香撐傘，無一不細緻。

陳統領沒有想過，福樂郡主即便在成安侯府也會這般張揚。跟在她身後一水兒的美婢，那姿態真是殷勤極了。若不是這些婢女穿著成安侯府的婢女緣腰裙，他差點以為這些婢女都是福樂郡主從班府自帶來的。

班嫿一進門，這些婢女便鋪墊子、倒茶、打扇子，就連班嫿抬個手都有人去扶著。這哪是伺候客人，分明是伺候著一尊大佛。偏偏這些婢女彷彿還樂在其中，看班嫿的眼睛都在發光。

成安侯府的婢女，他真是……看不明白。

「陳統領。」班嫿單手托腮，整個人看起來有些懶散，「不知陳統領見我，有何要事？」

大理寺的官員她很眼熟，所以只跟對方點了點頭。

「打擾到郡主休息，下官萬分愧疚，但是為了查清昨夜的大案，下官唯有冒犯了。」

「你說。」班嫿點了點頭，並沒有覺得這事有多冒犯。

「請問郡主，妳既然與成安侯沒有住在同一個院子，為什麼能聽到這邊院子的動靜？」

「昨夜子時過後，我就沒睡踏實，隱隱約約聽到有聲響傳出來，但是又好像沒有，我想著反正睡不著，不如出去瞧一瞧。」班嫿聽著窗外的雨聲，笑道：「這種雷雨天氣，若是出了什麼事，別人也不一定能夠聽見，小心些總沒有大錯。」

「郡主劍術超群，下官佩服。」

「佩服倒是不必了。」班嫿揉了揉額頭，她頭有些暈，說話的嗓音也沙啞，「陳統領是陛下跟前的護衛統領，我這點劍術在你面前，不過是場笑話罷了。」

陳統領心想，能攔下這麼多殺手的劍術，又怎麼可能是笑話？

「郡主，妳怎麼了？」容瑕注意到班嫿的臉色有些不對勁，起身走到她面前，伸手一探她額頭，頓時臉色大變，「妳發熱了。」

「來人，去宮裡請太醫！」

肯定是昨夜淋太多的緣故。

他不耐地看向在座幾人：「諸位，有什麼事稍後再問。」

班嫿晃了晃暈乎乎的腦袋，她發熱了？

容瑕忙按住她的頭，「別晃。」

被人捧著頭，班嫿本來就暈，乾脆把腦袋往對方身上一擱，懶得像是沒有骨頭的美人蛇。

在場有些人忍不住偷偷多看了幾眼。

容瑕轉身把班嫿擋在身後，「小心胃裡難受。」

班嫿長得雖然嬌嬌嫩嫩，可從小很少生病，這會兒天旋地轉眼昏花，她覺得自己整個人都軟綿綿的，一點力氣也沒有，容瑕說什麼她都懶得動彈。

作為大理寺少卿的劉半山乾咳一聲，轉頭看向陳統領，「陳統領，郡主身體不適，我們再打擾怕有些不合適了。」

「這……」陳統領知道這位福樂郡主在陛下心中還是有些分量的，所以他也不敢真的讓郡主帶病回答他的問題。昨晚雨大風大，這位郡主手上又沾了血，受驚嚇過度患病，倒是……對成安侯癡心一片了，「劉少卿說得有理。」

他站起身，對班嫿道：「請郡主好好休息，下官定會早日抓住殺手。」

容瑕輕輕拍著班嫿的背，對陳統領道：「有勞陳統領了。」

「侯爺言重，這是下官應盡之責。」陳統領見容瑕護著班嫿的模樣，對容瑕倒是有了新的觀感。他雖然是武將，但因為職責問題，與很多文官打過交道，這些文官大多喜歡善解人意，溫柔如水的賢良女子，像福樂郡主上馬能射箭，下馬能打拳，看到刺客還能提劍的彪悍女子，文官們向來避之不及。

就像昨夜發生的這件事，若是傳出去，說不定會有不少人說嘴，而且不見得全是好話。一個女人再美，不一定所有人都能接受她殺人，儘管她也是無可奈何。

至於可憐的京兆尹，從頭到尾都不敢開口說話，別人說什麼他都跟著點頭，反正這裡隨便哪個都比他權力大，他哪個都得罪不起。

聽到陳統領說不問福樂郡主的話了，他暗暗鬆了一口氣，恨不得立時從椅子上站起身，向成安侯與福樂郡主請辭告退。然而他還沒有來得及起身，就看到一個穿著白色紗綢衣的年輕少年郎快步走了進來。哎喲，這不是京城有名的紈絝郎君靜亭公府世子嗎？

「姊！」班恆聽到成安侯府被殺手闖入後，當下便馬不停蹄趕了過來，連通報都等不及，直接闖進了容家大門。容家的下人也不敢真的去攔他，他怎麼也是侯爺未來的小舅子。未來侯夫人的兄弟，誰敢得罪？

見自家姊姊有氣無力地靠在容瑕身上，班恆急得差點原地蹦起三尺高，「姊，妳怎麼了？受傷了？傷到哪兒了？有沒有請太醫？」

班嫿覺得耳朵裡嗡嗡作響，轉頭見班恆急得團團轉的模樣，忍不住想笑，可是頭一晃，又是一陣天旋地轉。

「班弟，郡主昨日受了寒，沒有受傷，我已經派人去請太醫了。」容瑕知道班家姊弟兩人感情好，也沒有因為班恆急躁的行為感到冒犯，「你先請坐。」

「我姊這個樣子，我哪兒坐得下去？」班恆圍著班嫿走來走去，「她從小壯得跟牛似的，很少生病，可只要一生病，就要遭老大的罪。」

「你才是牛……」

雖然已經病得昏天暗地，但是對自己美麗的形象還是要堅持維護的。班嫿用額頭在容瑕的腰腹部蹭了蹭，哼哼道：「你別晃，我頭暈。」

班恆立刻站住，伸手摸了摸班嫿的額頭，確實燙得厲害。他瞪了容瑕一眼，想怪他沒有照顧好班嫿，可是想到還有外人在場，又把話給嚥了回去。

自家事，自家解決，絕不讓外人看熱鬧，這也是班家人的原則之一。

見班世子這副擔憂的模樣，幾位大人走也不是，留也不是。走吧，萬一被人誤會他們不關心郡主身體就不美了。可若是留下，郡主乃是女子，他們留在這裡也不合適。

好在容侯爺是個善解人意的，見他們為難，便開口道：「我差點忘了，諸位大人若是想要多了解一些關於殺手的問題，可以去問我的幾名護衛。他們受了傷，正在屋子裡養傷，幾位大人若是不介意，可以去問問他們。」

「那就有勞貴府的下人帶路了。」陳統領當即便答應下來。

出了主院，京兆尹忍不住感慨道：「福樂郡主真是女中豪傑。」

劉半山笑道：「很是。」

陳統領與這兩個文官沒有多少交道，只是僵硬地點了點頭，沒有多言。

劉半山看了眼沉默寡言的陳統領，臉上表情不變，視線一轉，落到了院牆上。牆磚上沾著一串血跡，幾個時辰過去，又經由雨水的沖刷，這串血跡顏色不太鮮豔，看著就像是一串髒汙的泥水印在了上面。

沒多久，太醫就趕到了，他給班嫿請了脈，「請侯爺與世子放心，郡主只是受了風寒，按時吃藥，多休養幾日便能痊癒了。不過……」他小心看了眼班恆的臉色，「郡主受了寒，還遭受了一些驚嚇，在痊癒前，不宜挪動也不宜吹風。」

班恆雖然不太願意讓班嫿住在容家，但他分得清事情輕重緩急，便繃著臉點了點頭，沒有說反對的話。

「吃食上可有忌諱？」容瑕知道班嫿挑食的毛病，看了眼躺在床上睡得昏昏沉沉的她，伸手探了一下她的額頭，仍舊燙得嚇人。

「大油大膩的東西暫時不能用。」太醫摸了摸花白的鬍鬚，「還有辛辣寒涼之物，也是不可入口的。」

「多謝太醫，我記下了。」容瑕接過婢女擰好的帕子，輕輕地放在班嫿額頭上。睡得迷迷糊糊的班嫿似乎覺得頭上多了什麼東西，便想要把它給拍下去。

容瑕忙一手按住帕子，一手拍著被子，像哄小孩似的，把班嫿哄得睡沉過去。

班恆注意到他這個動作，別開頭道：「我回去把家姊身邊常用的下人帶過來，這幾日我要在侯爺府上叨擾幾日，侯爺不介意吧？」

「歡迎之至。」

他看著沉睡中的班嫿，也不敢不歡迎啊！

班恆離開以後，很快藥熬好了，容瑕叫醒班嫿，接過婢女端來的藥碗，用勺子舀起來遞到班嫿唇邊。還沒有回過神的班嫿看著黑乎乎的藥汁，胃裡一陣翻騰，差點就吐了出來。容瑕見她神情不對，忙拿開藥碗，拍著她的背道：「是不是胃不舒服？」

「嗯。」班嫿懨懨地看著容瑕，有些可憐兮兮的委屈意味，「難聞。」

容瑕嘗了嘗藥，又苦又澀，味道也不好聞。他皺了皺眉，看向站在身後的管家，問道：「這藥怎麼如此苦？」

管家……

「侯爺，良藥苦口。」

「沒有丸藥嗎？」容瑕見班嫿面色蒼白如紙，柔聲勸道：「嫿嫿，要不，妳先用一些？」

被美人用一種哀求又關切的眼神看著，班嫿忍不住點頭。

於是，一勺藥又餵到了她面前。

「碗拿來。」班嫿拒絕了用勺子餵這種方法。這半碗藥一勺一勺餵下去，簡直就是折磨，還不如一口吞。

容瑕愣了一下，把藥碗遞給了班嫿。

班嫿端著碗，咕咚咕咚幾大口喝下，又連吃了好幾顆蜜餞才壓下嘔吐的衝動。

婢女端著茶盞給她漱口，她喝了一口吐出來後便道：「不能再漱了，再漱，我就要把藥也吐出來了。」

「吃了藥好好睡一覺，發一身汗就好了。」容瑕扶著班嫿躺下，替她蓋好被子，掏出帕子擦了擦她的嘴角，忍不住在她滾燙的額角輕輕一吻，「安心睡。」

班嫿睜開眼，水潤的雙眼彎了彎，便閉上睡了過去。

旁邊的婢女覺得這一幕讓她有些臉紅，忙偏過頭去。

「好好伺候郡主。」容瑕從凳子上站起身，「我一會兒就過來。」

「是。」

容瑕走出正院，問跟在身後的管家：「陳統領走了嗎？」

「侯爺，幾位大人都已經出府了。」

容瑕點了點頭，他神情很冷，冷得就像是冬日裡剛出鞘的利刃，讓人不敢觸其鋒芒。

「讓王曲到書房見我。」

王曲見到侯爺的第一眼，就忍不住弓下了腰。

「內奸揪出來了？」

「是兩個門房，有人拿他們的家人……」

「我不想聽他們的苦衷，」容瑕頭也不抬地打斷王曲的話，「按規矩處置了。」

王曲的腰埋得更低，「屬下明白。」

「昨夜若不是福樂郡主，今日侯府就要掛上白幡請人哭喪了。」容瑕抬頭看向王曲，「我高估了蔣洛的腦子。」

「侯爺，屬下以為，寧王是坐不住了。」

寧王性格急躁，又與侯爺不對盤。如今侯爺再度受陛下看重，寧王就用了最蠢的一種解決方法，損敵八百，自傷一千。

「他什麼時候坐得住過？」容瑕冷笑，「謝重錦似乎是好不了了？」

王曲愣了一下，不明白侯爺為什麼會突然提到謝重錦，「謝家大郎確實已經好不了了，只是這與寧王又有什麼關係？」

「以前沒有，現在可以有。」

他不相信雲慶帝會因為他而處置二皇子，雲慶帝這個人他了解，自私多疑，只有天下人對不起他，沒有他做錯的時候。寧王再不是東西，那也是他的兒子，這次的事情查清後，雲慶帝或許會給他補償，還會砍掉寧王幾隻爪牙幫他出氣，但是二皇子卻絕對不會動的。

謝家現在不管如何，都等於綁上了寧王這條大船，他要讓謝重錦變成謝家的一根心頭刺。

「侯爺，班世子來了。」管家的聲音在書房外響起。

容瑕出去一看，就看到一行人抬著好幾口大箱子過來，還有二三十個男男女女，有做婢女打扮的，有做護衛打扮的，班恆被這些人圍在中間，活像街頭帶著小弟們收保護費的地痞流氓。

「班兄弟，」容瑕看了眼放在地上的那幾口大箱子，「不知這些是……」

「都是我姊常用的衣物首飾與一些物件。」班恆嘆口氣，「她暫時在借住在貴府，我也不好拿太多東西，暫且就這麼著吧。」

「班兄弟不必客氣，若是有其他需要的，儘管取過來就是，我們一家人不說兩家話。」容瑕帶著班恆往內院走，「你與嫿嫿的院子相鄰，我帶你去看看院子，但凡有不喜歡的地方，就讓下人去改了。」

「你放心，我對住處不太挑。」班恆的東西總共就只有一箱，身邊除了幾個小廝與護衛，丫鬟一個都沒有留，所以他帶來的這些人裡面，大部分都是伺候班嫿的。

容家的下人發現，這位班家的世子確實格外好伺候，除了對吃食講究一些外，其他的竟是沒有半點意見。見到容府的美婢，不會多看一眼，也不會欺壓下人，更不會沒事找事。

就這樣一位公子，竟然被人稱為紈絝？

那京城的紈絝標準也實在是太低了。

班嫿喝了藥，昏昏沉沉睡了一覺，用了半碗粥以後，又昏睡了過去。半夜的時候，她醒了一次，屋子裡沒有點燭火，但是一盞燭臺上散發著幽幽的光芒。

這是夜明珠製成的燈盞？

「嫿嫿，妳醒了？」容瑕見她醒來，忙道：「先別睡，我讓人把溫著的藥端來。」

「你怎麼還沒睡？」班嫿渾身軟綿綿的，剛坐起身又躺了回去。

「我下午睡過了。」容瑕的聲音有些乾澀，他起身走到門口，對守在外面的人說了什麼，又匆匆走回床邊，「現在有好一點嗎？」

「我現在全身都是汗，難受。」班嫿把手伸出被子，結果轉頭就被容瑕給塞了回去，「太醫說了，妳現在不能再受寒。乖，別鬧。」

「誰鬧了？」班嫿乾咳一聲，「我要去更衣。」

「我讓丫鬟來伺候。」容瑕不自在地摸了摸鼻子，又再度起身走到了門口。很快，兩個婢女走了進來。

「如意？玉竹？」班嫿眨了眨眼，「妳們怎麼在？」

「郡主，奴婢是世子帶過來的，他擔心別人不知道您的喜好，伺候不好您。」如意替班嫿穿好衣服，見成安侯已經出了房間，便與玉竹扶著班嫿去了屏風後。

班嫿躺回被窩裡，聲音沙啞道：「世子也在這邊？」

以她對弟弟的了解，他是絕對不會讓她單獨在成安侯府住這麼久的。

「是。」如意用熱帕子替班嫿擦去額頭上的汗，「世子就住在隔壁院子裡。」

班嫿笑了笑，「這臭小子……」到底捨不得罵句別的。

沒過一會兒，容瑕又進來了，他伸手在班嫿額頭上探了一下，「還有些低熱。」他用被子把班嫿裹好，讓她靠坐在床頭，把藥碗端到她嘴邊，「我端著妳喝。」

總算是沒用勺子餵了。

班嫿憋著氣把藥喝光，咬著一顆容瑕塞到她嘴裡的蜜餞，蒼白的臉上露出了笑。

「笑什麼？」容瑕一手攬著她，一手幫她擦嘴角。

「笑我美人在前呀！」班嫿眨了眨眼，顯得格外天真與無辜。

容瑕輕笑出聲，「是我美人在懷才對。」

「唔……」班嫿打了個哈欠，「我還想睡覺。」

「睡吧。」容瑕笑了笑，卻沒有放開她。班嫿睜眼看著他，只能看到他的下巴與半邊臉。不過美人就是美人，就算只是個後腦杓，也是好看的。

「侯……」如意想對成安侯說，放下他們家郡主自己躺著，也是沒關係的。成安侯卻抬頭看了她一眼，她不自覺便閉上了嘴。等她與玉竹走出屋子的時候，才驚覺自己腦門上全是汗水。

「如意姊姊，留成安侯在屋裡是不是不太妥當？」玉竹小聲道：「我們要不要進去伺候？」

「不用。」如意深吸一口氣，「若郡主願意讓我們留下，在她睡覺前便已經開口了。」更何況以容伯爺的人品，也不會做出什麼事來，有她們與幾位女護衛守在外面，他也不能做什麼。

容瑕從未見過班嫿如此虛弱的時候，平日的她就像是精力旺盛的美狐，有她在的地方便是最鮮亮的存在。沒人能夠真正忽視她，或者說，只要有她在，很多人便很難用心去注意別人。

第一次見到嫿嫿如此虛弱的樣子，他竟有種想要把她揉進自己身體裡的衝動，又唯恐勒疼了她，只能小心翼翼捧著，不願意放開手，又不敢捧得太用力。

世間為什麼會有這麼美妙的女子？

只要有她，整個世間都變得灰暗，唯有她豔麗如畫。

他從沒有想過，有朝一日會有一個女人舉劍攔在他的身前，就像是一座大山替他擋住風雨，擋住刀劍。

他的母親是柔弱的，她的臉上總是掛著無盡的憂愁，對他訴說著永不厭煩的痛苦。一遍又一遍，一次又一次，就像是永不能散開的濃霧。
母親臨終前，用纖細的手掐得他手臂出了血，她說她擔心父親會娶新人，說父親會忘了她，她的愛、恨、痛苦、回憶，就像是一場慘澹的少女夢，直到死也不曾豔麗過。
她沒有擔心過兩個兒子沒有母親庇護會如何，亦不覺得把自己的憂愁與痛苦一遍又一遍講給孩子聽有什麼不對。她喜歡淡雅素白的東西，連帶著他們從小也要與她愛好相同。
她嫌棄紅色豔俗，嫌棄金銀粗鄙，甚至在生前對班家人嗤之以鼻。
府裡庫房中的珠寶她從來不用，因為她覺得那些都是阿堵物，最美麗的女人不用珠寶妝點也很美。沉迷珠寶，在衣服首飾上花精力的女人，既俗氣又膚淺，她不屑與這種人多說一句話，也不屑與她們坐在一起。
小時候他曾經幻想過，庫房裡那些美麗的首飾母親戴上去一定會很好看，然而他還不曾說出口，母親便讓他知道，喜歡這些東西的人都是膚淺，所以這個念頭他便深深地埋了起來。
溫文爾雅，風度翩翩，言行有度，這是母親賦予他的期望，她也是這樣教養他的。
後來她歿了，父親歿了，兄長也沒了，整個容家只剩下他一個人，他便成為了容氏一族最端方的君子。只是每次走進府中庫房的時候，他就忍不住會去看一看那些珠寶。
明明是很美麗的東西，為什麼喜歡它們便是豔俗呢？
直到那一日，他騎馬走在街頭，看到那個曾在山間巧遇的貴女，穿著一身紅衣騎在馬上，揚鞭抽向一個男人，他所有的目光便被那個少女吸引了。天地間所有的人與物都是黯淡的灰，唯有她如火焰般，豔麗得讓他喘不過氣來。
明明這是極美極鮮豔的靈動，怎麼會是豔俗？
從回憶中回神，容瑕低頭看著懷中安睡的女子，把她放回床上，傾身在她唇上輕輕一吻。她的唇有些苦，有些溫暖。

舔了舔唇角，容瑕靠著床頭閉上了眼。

班嫿知道自己又做夢了。

她看到了沈鈺前來退親，看到了謝啟臨摔壞了眼睛，看到了謝宛諭與蔣洛成婚，兩人因為石飛仙起了隔閡。夢境轉換得很快，又毫無邏輯，彷彿一會兒是春天，一會兒外面又下起了雪，再眨眼便是春色滿園。

太子被關在了一個潮濕陰暗的院子裡，他似乎在寫著什麼，可是還不等班嫿靠近，夢境又變了，她看到大月宮的正殿躺滿了禁衛軍的護衛，石晉與禁衛軍統領站在一起，兩人滿臉血汙。

一雙厚底青色皂靴跨進門，鞋底踩在凝固的血液上面，此人似乎嫌血太髒，抬腳踩向了躺在旁邊的一具屍體上，一點一點把血跡蹭下去後，才繼續往前走。

「長青王，你為何要這麼做？」

「為什麼？」來人笑了一聲，緩緩打開手裡的扇子，「這是雲慶帝欠我的。」

長青郡王？班嫿聽到後面傳來了腳步聲，回頭一看，蔣洛帶著一隊佩刀的護衛進來，滿臉的得意之色。

蔣洛？

她震驚地看著這兩個走在一起的人，長青王怎麼會與蔣洛有聯繫？

班嫿猛地睜開眼，看到的是飛揚的紗帳與趴在床頭的容瑕。

「嫿嫿，妳醒了？」

班嫿愣愣地看著容瑕，忽然道：「你跟長青王的關係很好嗎？」

她記得那次長青王邀請她與恆弟去看八哥的時候，容瑕與長青王待在一起。

容瑕神色如常地替她擦去頭上的汗，「不算太好，他喜歡我的字畫，所以常常邀我到他的府上談詩，不過我不是每次都有時間。」

班嫿點了點頭，小聲道：「不去也挺好。」

「什麼？」容瑕笑看著她。

班嫿搖了搖頭，「我的頭還有些暈。」

「我幫妳揉一揉。」容瑕替她按著太陽穴，他的動作很輕，手指還帶著絲絲暖意，「怎麼突然想起他了？」

「我做了一夢。」

「夢到他卻沒有夢到我？」

班嫿聞言笑了，「沒有夢到他，只是夢到了一頭豬與一隻八哥。」

「嗯？」

「八哥站在豬的背上，豬還能飛。夢到八哥，我就想起長青王讓我去看的那隻八哥了。」班嫿看著容瑕，「豬怎麼能飛呢？」

「大概是因為這頭豬在做夢？」

「啊嗚！」

班嫿一口咬在了他的手背上。

「嘶……豬不僅能飛，還能咬人呢！」

站在門口的班恆面無表情地想，他是不是來得有些早？

班嫿鬆開嘴，看著容瑕手背上的一排牙印，哼道：「我若是豬，你是什麼？」

「我就是一頭跟在妳後面打轉的老實豬……」

「咳咳咳！」

班恆覺得自己再不弄出點動靜彰顯自己的存在感，屋裡的兩個人大概都看不到他。

「恆弟。」班嫿見到班恆，把容瑕往旁邊撥了撥，免得他擋在外面，遮住了她的視線。

「姊，容侯爺。」班恆走進門，拱手跟容瑕見了一個禮，態度雖然不算敷衍，但絕對算不上熱情。他低頭看躺在床上的班嫿，想要說幾句什麼，但是看到容瑕眼眶四周沒有散開的淤青後，話又被他嚥了回去。

「妳好些了嗎？」屋子裡彌漫著苦澀的藥味，旁邊木几上放著空碗，顯見是用過藥了。

班嫿嗯了一聲，她鼻音有些重，那蒼白的臉蛋配著大大的眼睛，那委屈的小模樣，班恆的心頓時軟了下來。他還不太清楚前天晚上事情的發生經過，可是見容家下人的態度，他姊定是幫了容瑕大忙的。

「父親與母親都很擔心妳，不過他們也知道容侯爺是穩重的，所以妳在這邊養病，他們是放心的。」說到這，班恆轉頭看了眼容瑕，笑得一臉客氣。

容瑕聞言苦笑，這話聽起來是放心，實際上是在警告他。

班嫿不好意思地笑了笑，「我讓父親母親擔心了。」

「沒事，在我出門前母親都特意囑咐了妳不用想太多，好好養病便是。」班恆很是自在，顯然早已經料到容瑕有這個反應，「反正母親說，我跟妳也沒幾個時候是省心的。」

班嫿覺得這話不像是誇獎。

站在姊弟倆旁邊的容瑕忍不住笑出了聲，見班嫿轉頭看向他，他單手捏拳放在嘴邊輕咳了兩聲，「抱歉，我……」

班嫿寬容大度道：「你想笑就笑吧，別把自己憋著了。」

容瑕到底是沒有笑出來，他讓下人帶班恆去用早飯。等班恆離開，他才再度笑出聲來。

班嫿一臉寵溺加無奈的表情看著他，那眼神彷彿在說：真拿你沒辦法！

看到班嫿這個眼神，容瑕臉上的笑容越發明顯。

此時的忠平伯府，謝家人送走一波又一波的大夫，可每個人的答案都一樣，他們救得了大兒子的命，卻救不了大兒子的命根子。謝金科就兩個兒子、一個女兒，小兒子犯糊塗又摔壞了眼睛，如今除了與一些詩畫友人見面外，整個人彷彿修士一般，對感情提不起興趣。小女兒雖然表面上嫁得風光，寧王卻不是疼人的性子，女兒雖是王妃，卻不如嫁給一個普通男人活得自在。現在大兒子又……

他們謝家究竟造了什麼孽，這些晦氣的事情接二連三地發生？

「宮裡的太醫沒有辦法，班家那些大夫也沒有辦法。」謝夫人精神恍惚地坐在椅子上，喃喃道：「老爺，我們該怎麼辦？」

「伯爺，夫人！」一個丫鬟匆匆跑進來，「大公子與大奶奶吵架了，大公子讓大奶奶滾！」

謝夫人猛地從椅子上站起來，「那大奶奶呢？」

「大奶奶這會兒正在屋子裡哭，」丫鬟著急道：「您去看看吧！」

謝重錦被人傷了命根子這件事，平頭老百姓雖然不知道，但是京城裡很多有頭有臉的人物都聽了幾句嘴，背後說閒話的人也不少，只是謝家人自己裝作不知道罷了。

謝金科與謝夫人走進大兒子與大兒媳住的院子，就聽見大兒子在屋裡又砸又罵，大兒媳只是哭並不說話。謝夫人擔心大兒子再這樣下去會把媳婦氣走，便進去道：「重錦，你在做什麼？」

謝重錦面色赤紅地看著謝夫人，「母親，歹人抓住了嗎？」

謝夫人不敢看兒子的雙眼，「京兆府正在查，你現在身體不好，可不能大動肝火。」

「正在查？」謝重錦怪笑一聲，「我看京兆尹現在正忙著操心容君珀的案子，哪還有時間理會我們家！」

謝夫人心裡又氣又難堪又心疼，「你這孩子，說什麼胡話呢？京城裡這麼多案子，難道京兆尹就盯著成安侯一件案子了？」

「這個世道不就是這樣？」謝重錦面無表情，「誰更有權勢，這些人就巴結誰。」

「管他什麼侯爺國公爺的，那又有什麼了不起的，如今朝上做主的是寧王。」謝夫人擔心大兒子鑽牛角尖，扶著他到床上坐下，「你心裡有氣跟母親說就好，怎麼能對你夫人撒氣？」

謝大奶奶坐在角落裡抹淚，聽到謝夫人說這些話，也沒有多少反應。

然而對於謝重錦而言，只要看到自己的妻妾，就會讓他想起自己雄風不再的痛苦，所以他現在根本就不想看到這些女人。任由謝夫人怎麼勸，他也沒有跟他的夫人服個軟。

謝金科夫婦匆匆而來，又匆匆而走，謝大奶奶也出院子，謝重錦想起當日發生的事情，便踢翻了腳邊唯一的一根凳子。

兩個時辰後，一個作小廝打扮的年輕人跑進了謝重錦的院子，臉上還帶著恐慌之色。

「公、公子……」小廝喘著氣道：「人我查到了，但是……」

「但是什麼？」謝重錦見小廝神情不對勁，「你說清楚。」

「小的託人查過了，那幾個消失無蹤的地痞流氓，在出事前幾天，曾與一個叫做悶三兒的人接觸過，這個悶三兒是個街頭算命騙子，本事沒多少，但是一張嘴格外厲害，唬得一些老婆子窮媳婦信得跟什麼似的。」小廝見謝重錦臉上露出不耐煩的神情，忙說到重點，「小的聽說，這個悶三兒有個兄弟在宮裡當差，他這個兄弟……正好在寧王宮裡伺候。」

「寧王？」謝重錦愣住，整個人狀若癲狂般的睜大眼，「他為什麼要這麼做？」

小廝哪敢說別的，他吶吶地道：「或許是有誤會也說不定……」

「什麼誤會？」謝重錦冷笑，「他連朝中重臣的面子都不給，做出這種事也不奇怪。」

早就有傳聞，寧王喜歡的是石家姑娘，但是因為太子娶了石家大姑娘，石家絕對不可能有兩個女兒嫁進皇室，所以皇帝想要與在朝中沒有多大影響力的謝家結親。論在武將中的影響力，他們家還不如滿府紈絝的班家，論在文臣中的影響力，他們家自然不及容、姚、嚴、石等家，所以他們謝家是最能遏制寧王野心的人選。

寧王娶了妹妹以後，就一直心生不快，甚至生出報復謝家人的心也不奇怪。若是別人，恐怕做不出這種沒腦子的事，但若是寧王，一切都變得合理起來。

「蔣洛……」

謝重錦一字一頓念出這個名字，牙根都帶出血來。身為男人，遭遇這種事，他怎能不恨？

靜亭公府，陰氏坐在窗邊繡荷包，這個荷包她繡了很久，也繡得格外精美。

「夫人。」她的貼身嬤嬤走了進來，她做了一個噤聲的姿勢，把荷包放進簍子裡，用一塊錦帕蓋上，把簍子放遠些以後才道：「這是我特意為嬿嬿繡的大婚荷包，可不能讓一些晦氣的東西沾染上了。」

嬤嬤福了福身，等陰氏坐回椅子上後，小聲道：「事情已經處理乾淨。」

陰氏面上沒有任何情緒，「嗯。」

「您放心，一切都是巧合，任誰也不會懷疑到咱們頭上來。」

陰氏冷笑，「我不過是以其人之道還治其人之身罷了，怨得了誰？」

「夫人，您還是太心軟了。」嬤嬤有些不滿地道：「那個謝大公子可是想要老爺的命。」

「心軟？」陰氏笑了一聲，「只怕謝大公子不會這麼想。」

他們班家雖然勢不如前，但俗語有云，瘦死的駱駝比馬大，只要坐在上位的帝王不刻意針對班家，他們就足以過上最舒適的日子。老爺性子單純，不懂得這麼多彎彎繞繞，那麼這些事就由她來做。

一家人裡，總要有個動腦子的人。

「夫人，郡主那裡……」

「不用操心。」陰氏搖了搖頭，「她是個有分寸的孩子，知道什麼該做，什麼不該做。更何況，成安侯確實是良配，他們成親以後，若是能好好相處，我也可以放心。」

嬤嬤聞言，便不再多話。

陰氏起身走到院子外，看著院子裡的一草一木，這些全都是夫君按照她的喜好栽種的。她這一輩子，在陰家的時候，受盡了後宅手段折磨，也學盡了手段。本以為嫁到大長公主府，不過是從一個火坑跳到另一個火坑，誰知道她卻是跳進了一池溫泉中。

誰若是動了她的溫泉，她便要跟人拚命。

當年她在陰家的時候若是沒有手段，又怎麼能護住母親留給她的嫁妝，還能風風光光嫁進大長公主府？

每個人都有底線，她的底線就是自己的男人與孩子。

班嫿在成安侯府過著衣來伸手，飯來張口，閉眼有美男陪床，睜眼有美男對她微笑的美好墮落日子。她現在雖然還沒有正式嫁進門，但是容家上下儼然已經把她當成了女主人。

「郡主，您嘗嘗這個。」一個美婢把剝了皮去了籽的葡萄餵到班嫿嘴裡，那邊一個美人替班嫿打著扇子，還有美人捧瓶捏腿捏肩。若班嫿是個男人，此刻任誰看了都要感慨一句，好一個好色胚子。

然而，在成安侯府，美婢都愛往班嫿身邊蹭，彷彿能伺候班嫿便是莫大的榮幸一般。

坐在另一邊的班恆面無表情地自己剝著葡萄皮，他身後的小廝想上前幫忙，被他嫌棄地用眼神瞪回去了。美人伺候叫情趣，讓小廝來做這些活兒，有什麼意思？

他瞥了眼懶洋洋躺靠在軟榻上的班嫿，轉頭聽女說書人講故事。別的不說，這成安侯府養的說書人還真有幾分水準，講的故事十分新奇。他早就膩煩了窮書生與富貴小姐、美狐妖的故事，天下間的富貴小姐妖精都瞎了眼嗎？風度翩翩的貴公子不喜歡，偏都要嫁給窮書生？

成安侯府的故事就不一樣，裡面有窮書生勵志上進，最後回來娶了自己的青梅，兩人攜手闖蕩官場，恩愛一生的故事。也有窮酸書生窺視富家小姐美貌，最後被打了棍子，還沒考上功名的故事。至於美貌狐妖，自然是玩弄了相貌出眾的書生後，便消失在了山野間，根本不會變成普通人來縫衣做飯。

「好，就是這個味兒！」班恆拍著大腿道：「這樣的窮書生就該狠狠收拾一頓，這個故事有意思！」他從荷包裡掏出兩塊銀子給說書人，「你明日再給我們講一個。」

「是，世子。」說書人道了謝，把銀子貼身收好了。

班嫿倒沒有班恆反應這麼大，她聽過容瑕講過故事以後，就覺得其他話本都太過一般了。好在容瑕近來有時間，沒事就陪著她說說話，講講故事，打發著時間。

正想著，容瑕走了進來。他身著白銀色綢緞袍，頭髮用玉冠束著，看起來既清爽又雅貴。時下有一些名士追求衣不繫腰，髮不束冠，認為這才是風流與自在，然而班嫿仍舊欣賞這種穿得工工整整，頭髮束得一絲不苟的貴公子，因為只有這樣的人，才會讓她有種扒開衣襟看鎖骨的衝動。

那些披頭散髮的，她總擔心他們頭髮會打結，或是沾著什麼塵啊土的，只要想到這一點，她就對這類美男欣賞不起來了。

班恆見自家姊姊眼睛落在了容瑕身上，低頭繼續剝葡萄。他還是很慶幸這是他姊，不是他哥，不然養成這好美色的性子，他們班家祖宗們的棺材板可能就蓋不住他們了。

見到容瑕過來，原本還在圍在班嫿身邊的美婢忙退到一邊，不敢再多看一眼。

班嫿單手托著腮，斜躺在軟塌上，見到容瑕也懶得起身，「你不是去見陳統領了？」

「他說已經把案子查清，我想妳可能對這個案子也有興趣，所以過來問妳一聲。」容瑕目光掃過那些垂首靜立的婢女，笑著道：「看來妳與酈府的婢女相處得很好。」

「大概是因為我喜歡美人，美人也喜歡我的緣故？」班嫿坐直身子，從軟塌的靠枕下摸出手柄鏡，對著自己照了幾下，確定頭髮沒有亂，站起身道：「這才幾日，他就查清了？」

容瑕牽住她的手，夏季炎熱，但他是冬暖夏涼的體質。

班嫿有些滾燙的手被容瑕握住，絲絲涼意傳進她的掌心，她挑起一邊眉梢看了容瑕一眼，笑了笑，也沒有掙開他的手。

「我……」班恆看著兩人離去的背影，想說一句「我也想去」，只是沒有機會說出口。他想了想，乾脆不問了，選擇厚臉皮地跟了上去。

有些事習慣以後，便不是大事了。

唯一的後遺症大概是他想要娶媳婦了。

兩人走到待客廳大門外，容瑕看了班嫿一眼，不捨地鬆開手，心裡遺憾地想，若是他們現在已經成婚，他便是光明正大牽著嫿嫿的手出現在眾人面前，也不會擔心有人說三道四了。

「見過侯爺、郡主、班世子。」以陳統領為首的官員們見到他們進來，起身行禮。

「諸位大人不必客氣，請坐。」容瑕與班嫿走進屋，班嫿在旁邊坐下，沒有開口說話。

「前幾日郡主偶感風寒，下官等人也不曾好好給您見禮，不知您身體現在如何了？」陳統領朝班嫿抱了一拳，「陛下十分擔心您的身體，還說讓您痊癒以後就進宮去看看他。」

「現在已經好了很多。」班嫿低咳兩聲，「讓陛下擔心了。」

陳統領見福樂郡主確實比上次見到的時候精神很多，也就放下心來，「下官今日來，是來彙報殺手一案的。」

容瑕端起的茶杯又放了下去，「不知道是哪位對容某記恨至此？」

陳統領說了一個人名，此人是吏部左侍郎，同時還是嚴家還未失勢時的嚴家舊部。

「竟是他？」容瑕皺起眉，「容某不過是在吏部查到他一些帳冊不明，他理清以後，容某便再沒提過此事，沒想到他仍舊記恨著。」

「侯爺是端方君子，哪能猜到這些小人的心思？」陳統領笑道：「請侯爺放心，陛下定不會輕饒此人。」

陳統領見容瑕受打擊的模樣，在心裡嘆息，這不過是替罪羔羊，只是不能把後面的人牽扯進來，那麼就只能查到他身上為止。

在這件案子上，京兆尹與劉半山都不敢輕易開口，見陳統領結案，他們也沒有意見。有腦子的人都能猜到，這事有可能與爭奪皇位有關，不然陛下也不會派身邊信任的人來主理此案。細論起來，這案子怎麼也不該陳統領負責，可是陛下打著關心臣子的名義，非要讓陳統領來負責此案，其他人又還能說什麼？

可憐容侯爺對陛下忠心一片，差點死在殺手的刀下，也沒有得到一個公正。

京兆尹看了有些感傷的容瑕，對他更加同情，有些事還是不知道好，知道了反而更煩惱。

「下官見容侯爺的傷勢好了許多，不知何時還朝？」陳統領道：「現在的吏部尚書終究只是暫代，好多事還要您親自處理才行。」

「還請陛下見諒，微臣近來精力不濟，加之傷還未痊癒，一時半會兒恐是不能替陛下盡忠，請陛下恕罪。」

陳統領沉默地點頭，「你放心吧，我會把你的意思轉達給陛下的。」

現在朝中寧王的勢力越來越大，陛下已經坐不住了。他想成安侯回朝，壓一壓寧王的士氣，但是看容侯爺這面色蒼白的模樣，短時間內恐怕也不能太過操勞。

等這些人離開，班嫿懶洋洋地嗤笑一聲，拍著容瑕的肩膀道：「不要太放在心上，人要往前看，別為了不必要的人與事壞了心情，不過這事要當作不必要也太為難你了。」

她看著神情略低落的容瑕，伸出食指捏了捏他的鼻子，「來，小美男，給姊姊笑一個！」

容瑕笑了笑。

「這才對嘛。」班嫿把他從椅子上拉起來，「前幾天我看荷花池裡的荷花開得正好，你陪我一道去看看。」

「好。」

陳統領回到大月宮後，就把事情稟報給了雲慶帝。

雲慶帝聽到容瑕暫時不能回朝，眉頭微微一皺，「這都快過去兩個月了，他的傷還沒好？是傷沒好，還是他在怨我？」

「陛下，傷筋動骨一百天，微臣瞧容侯爺的臉色確實不太好。」陳統領道：「容侯爺是個文臣，哪像微臣自小學武，經得起摔摔打打。」

「你這是在怨朕在去年底讓人打了你板子？」

陳統領愣了一下，沒想到陛下竟然會想到這件事上。當初因為德寧大長公主遇刺，他與石晉都挨了板子。在石晉已經能夠騎馬的時候，他還「躺在」床上，所以外面都在傳他不行了。

實際上，後面很多日子，他都在幫陛下處理一些不能明面上處理的事情，後來他官復原職，還有不少人特意來跟他賀喜。

單膝跪在陛下面前請罪，陳統領道：「陛下，微臣絕無此意。」

「沒有？」雲慶帝冷笑，「我知道你們都在怨朕，恨朕不講情理，可是，這個天下，本就是不講理的地方。」

「滾出去！」雲慶帝不知想到什麼，拿手邊的龍頭拐杖砸在陳統領身上，「去外面跪著！」

陳統領頭埋得更低，「是。」

「等等。」雲慶帝叫住陳統領，「那些殺手都處理乾淨了？」

「回陛下，這些殺手已經大理寺大牢中自殺了。」陳統領又跪回了原位，「請您放心。」

「嗯。」雲慶帝點頭，「太子可曾悔過了？」

陳統領在心中冷笑，悔過？好好一個兒子，就要被你折磨得不成樣子，現在還要悔什麼？是悔不該跟庶母私通？還是不敢名望太大，讓這位帝王心生了猜忌？東宮不缺美人，便是缺了，只要太子發話，自然有不少人想盡辦法送美人進宮，何至於與庶母私通？陛下是真不明白，還是假裝不明白？

陛下老了，他害怕了，害怕兒子變得比他厲害，所以裝作相信太子做了這些事，藉機毀去太子在民間的威望。對兒子尚且如此，陛下又以何態度對待手下人？

成安侯府又收到了無數的禮物，這一次是壓驚探望禮。

文人的，朝臣的，小娘子的，勳貴的，應有盡有，甚至還有人特意奉上給班嫿的厚禮。看來她住在成安侯府養病，還在雨夜裡救了容瑕的消息，到底是傳了出去。不然為什麼這麼多人送禮的時候，雖然明著不說，裡面卻有女子才愛用的東西？

「侯爺、郡主，長青王來了。」

班嫿放下手裡的禮單，對容瑕道：「八哥到了？」

聽到班嫿這麼說，容瑕忍不住笑了笑，他還沒來得及起身，又有一個小廝進來。

「侯爺，寧王的長隨攜禮拜訪。」

班嫿放下禮單，對容瑕瞇眼一笑，「豬狗腿也到了。」

柒之章　夢魘纏身

長青王喜好美人，不關心朝政，跟寧王更是少有來往。他與皇帝是堂兄弟，在皇室中輩分也不低，但是他在朝中的存在感還不如容瑕的一半。不過他以郡王之尊來拜訪，容瑕不能把人拒之門外，所以他只能放下拜帖，起身親自去迎接。

容瑕走進待客廳大門，對長青王行禮道：「郡王爺貴足踏臨，鄙府蓬蓽生輝。」

「成安侯怎麼還這般客氣？」長青王放下茶盞，起身道：「這兩日一直想來看你，但是我知道你近來肯定忙著查遇刺一案，所以也不好上門叨擾。現在聽聞案子查清，我鬆口氣之餘，也不擔心上門會打擾到你了。」

「這些案子都是陳統領與大理寺的幾位大人負責，下官如今舊傷未癒，又遇到這種事，哪有精力操心這些？」容瑕笑道：「不過是在府裡看看書，養養身體罷了。」

「就是要這樣過日子才好。」長青王把手裡的扇子搖得呼呼作響，「對了，我那個表侄女也在你這兒養病？」

容瑕淡笑，「是。」

「唉。」長青王嘆口氣，「這孩子從小就閒不住，她八歲那年跟寧王發生爭執，竟然與大她幾歲的寧王打起來了，你說，滿朝上下，有幾個孩子敢跟皇子這麼打架？」

容瑕沒有說話，或者說，他並沒有與別的男人談論自己未婚妻私事的習慣。

長青王顯然並不在意他怎麼想，他直接走到門口對容瑕道：「走，正好我好長一段時間沒見過這個侄女兒，今天你陪我一道去看看她。嬞丫頭住在哪個院子裡，你旁邊那個院子？」

容瑕見長青王直接往前走，有些旁若無人，不把自己當外人的模樣，快步跟了上去。

「你這花園修得不錯。」長青王踏上湖中心的九曲漢白玉橋，「聽說這橋是令尊在世時，特意為令堂修的？」

容瑕看著人工湖中搖著尾巴的錦鯉，「從我記事開始，這湖與橋就已經存在了。」

長青王笑了一聲，「令尊令堂的感情真好，讓人羨慕。」

容瑕淡笑道：「老親王與親王妃在世時，感情亦是琴瑟和鳴，郡王說笑了。」

拿別人已經過世的長輩說嘴，即使是善意的玩笑，也是要分身分的，他自覺與長青王的關係還沒有好到開這種玩笑的地步。

「你這人還是這般講究。」長青王見他不悅，笑著嘆氣，「罷罷罷，我不說便是。」

兩人走過這道橋，容瑕沒有帶長青王去隔壁院子，而是帶他來了自己的主院。走到主院門口時，他對一個守在門口的小廝道：「去請福樂郡主與班世子，就說長青王到訪。」

長青王聞言叫住小廝：「不必如此講究，嬧丫頭正在病中，我怎忍心她來回折騰，不如我過去看她就好。」

「郡王爺，論私您是她的長輩，萬沒有你去看她的道理。論公您是郡王，身分比她高，更不能紆尊降貴。」容瑕淡笑，「剛好她今日精神頭好了些，走一走對身體也有好處。」

「原來如此。」長青王面上也不見尷尬，「是我想得不妥當了。」

容瑕引著長青王進了正院正堂，長青王坐了尊位，他坐了副位。

有丫鬟進來奉茶，長青王一臉意味深長地看著容瑕，「侯爺府中的婢女真是……」

「侯爺，郡主與世子到了。」外面一個小廝的聲音響起。

這些下人稱的是郡主與世子，而不是福樂郡主與靜亭公府世子，這前後的差別可不是一星半點。長青王低頭喝了一口茶，外面都傳容瑕不喜歡福樂郡主，只是福樂郡主一味糾纏，加之現在對成安侯又有了救命之恩，以成安侯的人品，才不顧外人的眼光留她在府中養傷，不忍心辜負她一腔情意。

但若是成安侯對班嫿真的沒有男女之情，他府裡的下人又怎麼會對班嫿如此親近？

「見過長青王。」

「一家人不講究這些。」長青王抬頭看著這對容貌出眾的姊弟，笑著讓兩人坐下，「我今天冒然來探訪，沒有影響到嫿嫿休息吧？」

班嫿笑著回答：「郡王爺能關心我，又怎麼是影響？」

長青王當下便笑道：「侄女這話說的好，如今朝中沒有什麼大事，我就盼著能吃侄女妳的喜酒了。」

班嫿別開臉，「您今日來，就是打趣我的嗎？」

朝中沒大事？只怕是處處有事，大家都裝作沒看見而已。

長青王笑了起來，就像是溫和的長輩，說著一些玩笑話，卻又顧及著小輩的心情，把玩笑開得恰到好處。若是班嫿沒有做昨晚那個奇怪的夢，那麼她一定會很喜歡這樣的長青王。

可是現在不管長青王做什麼，她腦子裡浮現的，還是夢中那一幕。

因為腳底沾上血，便在別人遺體上擦，彷彿他腳下踩著的不是一個人，而是一塊抹布。

她從不覺得自己心性有多善良，卻不代表她能接受一個人如此冷酷無情。

「嫿丫頭？」長青王察覺到班嫿神情不對勁，看著她的雙眼滿是擔憂，「妳還沒痊癒嗎？」

班嫿勉強笑道：「確實還有些頭暈。」

「既然如此，我就不打擾了。」長青王站起身道：「我今日來，本就是想探望探望妳，見妳沒什麼大問題，我也就放心了。」

班嫿眯眼笑了，看似很高興，卻又不能讓人看清她心中的真實想法。

「下官送郡王爺。」容瑕跟著站起身，與長青王一起出了主院。

走出月亮門的時候，長青王忽然道：「容侯爺，你是個有福氣的人。」

「不知郡王爺何出此言？」

「我原本還以為，以你這樣的性格，會找個淡雅如菊的女子，還想著這樣的日子過起來定是十分無趣。」長青王把玩著手裡的摺扇，搖頭笑道：「沒有想到你竟是把本王最有意思的侄女給求到手了。」

「郡王爺說笑。」容瑕忽然語氣一變，「不過，郡主確實是難得一見的好姑娘。」

長青王輕笑一聲，繼續往外走。走至二門處，見幾個丫鬟與小廝正捧著許多禮盒往裡走，其中一些禮盒上還帶著寧王的標誌。

見此情景，他嘴角的弧度更大，轉頭對容瑕道：「侯爺留步，不必再送。」

「您客氣了，請。」

「留步。」

容瑕到底把人送到了大門口，在長青王坐進馬車前，他捂著嘴輕咳幾聲。

長青王聽到聲音，對容瑕道：「侯爺要好好保重身體才是。」

「多謝郡王爺關心。」

長青王走進馬車，豪華的馬車緩緩駛離成安侯府，容瑕站在大門口，看著馬車走遠，走到再也看不見，才轉身回了府裡。哪知一回去，就看到班嫿站在九曲漢白玉石橋上，喜歡做她小尾巴的班恆卻不知所蹤。

「嫿嫿。」容瑕走到班嫿身邊，「這裡風大，妳怎麼來了這裡？」

「悶在院子裡太無聊，我就出來曬曬太陽。」班嫿髮髻鬆鬆地挽著，看起來閒適懶散，她朝大門處抬了抬下巴，「長青王回去了？」

「嗯，回去了。」容瑕朝她伸出手，「我們去院子裡曬太陽，這裡風大，若是病變得嚴重起來，妳又要喝藥，這不是遭罪嗎？」

班嫿看著伸到自己面前的手，把手放進容瑕的掌心，「好吧。」

她確實不想再喝苦藥了。

「班兄弟呢？」

「我讓他回院子紮馬步去了。」班嫿道：「他身子骨還是太弱，需要練一練。」

容瑕愣了愣，隨即點頭道：「妳說的對，男孩子身體壯實一些挺好。」

反正嫿嫿說的都是對的，那就沒問題了。

成安侯府受到殺手襲擊的案子，最終定性為吏部官員嫉妒報復，與其他人無關。一部分人相信了這個說法，畢竟陛下大張旗鼓派人查案，又賞賜了成安侯不少東西，甚至有流言說，若不是成安侯近來沒有上朝，又剛受封為侯爺，陛下已經想要晉封他為國公爺了，這種態度不像是對成安侯不看重。

勳貴人家們對這種流言嗤之以鼻，那可是國公爵位，不是哄小孩的糖果，見你不高興，就給你發一顆。滿朝上下，真正有國公爵位的，總共也不過三個人。

一個是太后的弟弟，一個是皇后的父親，剩下的一個就是班家那個紈絝了。

這三位國公都有一個共通點，那就是靠女人上位。

一個靠姊姊，一個靠女兒，還有一個靠母親。

為官為臣，若是能掙得一個爵位，便是光宗耀祖的大事，即使是在族譜上，也是要大大記上一筆的。幾百年後改朝換代，子孫見了亦面上有光。

少有的幾個人看得很明白，陛下這不是疼惜成安侯，而是在安撫他。因為真正的兇手絕對不可能是那個吏部官員，而是另有他人。一個小小的吏部官員，哪來這麼大本事請來如此專業的殺手，還買通成安侯府的下人？

陛下想要護住誰，他們不用多想，心裡也應該明白，那便是寧王。

一些老臣有些寒心，寧王做出這種事，陛下即便護短，也不該讓他繼續監國。今日成安侯讓他不高興，他便派殺手去暗殺，明日若是他們做的事不合他意，他是不是也要派殺手殺他們？

成安侯是運氣好，在最緊要的關頭有福樂郡主來救命，但他們每個人都能有這麼好的運氣？

陛下如此行事，不過是沒把他們這些朝臣的命當作一回事罷了。

有朝臣痛心疾首，有朝臣捶胸頓足，班淮帶著幾個紈絝兄弟，在朝上鬧了一場，氣得寧王面色鐵青，若不是顧忌著班淮的身分，早已經派禁衛軍把班淮拖下去了。

本來他們以為寧王被班淮氣成那樣，班淮一定會趁熱打鐵，再次到朝堂上撒野，哪知道等大朝會開始的時候，班淮不僅沒來，還請了傷假。

大家一問緣由，好嘛，堂堂靜亭公竟然在退朝回家的路上被人驚了馬，腦門磕在車壁上，傷了一個不大不小的口子。值得慶幸的是，靜亭公乘坐的馬車內部鋪了厚厚一層墊子，就連牆上也縫著皮毛，所以傷得並不嚴重。

靜亭公剛在朝上為成安侯打抱不平，回去的路上就受了傷，還是被人「巧合」地驚了馬。

他們從未見過世上有如此巧之事，恐怕這不是巧，而是人為。身在高位的人，都免不了多疑的毛病，所以靜亭公這次的意外，已經在大家心中定性為他人別有目的。

試問，誰會這麼記恨靜亭公？

大家把目光移向坐在龍椅下首的寧王。暴躁易怒，凶殘成性，草菅人命，心胸狹窄，這樣的人若是成了皇帝，哪還有他們的活路？成安侯與靜亭公都被他如此算計，又何況他們呢？

還在成安侯府養傷的班嫿聽到班淮受傷，哪還坐得住？當天便趕了回去，結果她圍著班淮轉了幾大圈，只在他腦門上看到一個拇指大小的包，其他地方一點傷都沒有。

「父親，這究竟是怎麼一回事？」班嫿一口氣喝了半盞茶下去，為了早點趕回來，她連午飯都沒來得及吃。

「這真是巧合。」班淮乾笑，說了一下事情的經過。

大意就是，一個人不小心衝出來，驚了拉車的馬，坐在馬車裡的班淮就一頭撞在車壁上，更巧的是，這個壞事的人還是寧王宮裡的一個太監。他偷偷出宮，是為了來買東西。

這事是說不清了，就算不是寧王讓人做的，在京城所有人看來，那就是寧王做的。

於是，大家再度感慨，寧王真是喪心病狂，什麼事都能做得出來。

這會兒處於風頭浪尖上的蔣洛，正在與王妃吵架。蔣洛嫌棄謝宛諭多管閒事，不該派人送禮到成安侯府，謝宛諭笑他做事不長腦子，不僅陛下與皇后賞賜了東西給成安侯，就連被關在東宮的太子，都讓人送了禮到容瑕府上，他有多大的臉面，連面子禮都不願意送？是嫌外面風言風語還不夠多還不夠難聽？

「便是我讓人去殺的他又如何？」蔣洛冷笑，「他算個什麼東西，我堂堂皇子，難道還要看他的臉色過日子？」

「可你沒把他殺死。」謝宛諭對蔣洛的腦子絕望了，「你若是真有本事，就該在當晚要了他的命。現在你打草驚蛇不說，還讓不少人察覺到了你的動機，你讓朝臣怎麼看你？」

「我管他們如何看我，待我……」蔣洛嗤笑一聲，「不過是一群狗，誰在意狗怎麼想？」

謝宛諭懶得跟他多說，乾脆起身出了宮殿。

狗也是會咬人的，再說，這些人就算願意做狗，也不一定願意讓蔣洛做他們的主人。

「王妃。」一個婢女小碎步跑到她面前，小聲道：「大公子派人送了信來。」

謝宛諭腳步一頓，眉梢上揚，「你說大公子？」

「是。」

她接過一張捲起來比小手指還要細的紙條，展開一看，整個人面色陡然變白，猛地轉頭看向身後的院子。

「王妃，您怎麼了？」婢女見她神情不對，擔憂地看著她。

「我……沒事。」謝宛諭深吸一口氣，修剪得乾淨美麗的指甲狠狠掐進了肉裡，「記住，這張紙條的事情，不能告訴任何人，包括忠平伯府的人，知道嗎？」

婢女有些害怕地點頭，「是，奴婢記下了。」

她把紙條一點一點撕碎，扔進旁邊大大的水蓮缸子裡。淡黃色的紙張漂浮在水面上，就像是礙眼的汙漬，刺得謝宛諭眼睛生疼。

「啪！」

她一巴掌重重地拍在水面上，水花四濺，濺濕了她的臉與衣衫。她用手背狠狠地擦去臉上的水，回頭看向嚇得跪在地上的婢女，道：「跪著做什麼，起來！」

「是。」婢女戰戰兢兢地站起身，不敢去看謝宛諭的臉色。

謝宛諭的神情極為平靜，她用指腹蹭去嘴角的水滴，輕笑一聲，「伺候我更衣。」

✿　✿　✿

班嫿匆匆趕回靜亭公府的後果就是，她又病了，時好時壞，反反覆覆，容瑕不好時時跑來班家，就只能讓人往班家送東西。今天送寶石，明天送煙雲緞，後日又送新奇的話本。值錢的，不值錢的，但凡他覺得班嫿會感興趣的東西，都一股腦兒給班嫿送。

夏季就這麼慢慢熬過去了，到了秋末冬初的時候，班嫿才徹徹底底好了起來。當真是應了那句話，病去如抽絲，她這絲還是抽得特別慢的那一種。

陛下已經連發了幾道旨意讓容瑕回朝任職了，不過容瑕的身體似乎從上次挨打以後，就一直不太好，剛回朝當職沒幾日便又病了。雲慶帝派御醫親自去診過脈，御醫也說是傷了身體底子，不養上一年半載是好不了的。

雲慶帝無奈之下，只好又提拔了幾個與寧王、太子派系都無關的人。

這些人看起來不太起眼，但是太子與寧王派系官員的一言一行都不能避開他們，而且寧王與太子派系的官員還不敢太動這些人，不僅不能動，還要防著別人暗算。

兩邊的人都知道，陛下這是在考驗兩邊的人心，若是這幾個人出事，陛下自然會多疑。

當京城冬季的第一場雪飄落時，雲慶帝已經能夠扔掉拐杖，不用人攙扶也能走上幾步了，就在他打算重掌朝政的當天夜裡，他又開始做惡夢了。

他夢到自己只有十多歲的年紀，父皇不待見他，兄弟們看不起他，唯有比他小上好幾歲的班淮以及容小郎君真心誠意地跟在他身後。

他看到靜亭公來接班淮，可是，靜亭公的喉嚨上全是膿血，臉上滿是血汗，他十分驚恐地問道：「姑父，您是怎麼了？」

「陛下，不是您讓人下毒害死微臣的嗎？」

「陛下……」原本跟在他旁邊的容小郎君忽然頭髮落了滿地，耳口鼻都滲出烏黑的血水，「陛下，您是在恨我看盡了你所有狼狽的過去，所以才殺了我嗎？」

「不、不……」

雲慶帝連連後退，「朕、朕是為了江山社稷……」

「說謊！」

「說謊！」

「不！」雲慶帝忽然驚喜，驚怒地大吼：「不是朕！」

「陛下！陛下！」太監與宮女魚貫而入，看到躺在龍床下的雲慶帝，嚇得出了一頭冷汗，陛下怎麼會掉到床下？

很快御醫趕了過來，看過雲慶帝的症狀，神情凝重地搖頭，陛下似乎病得更加嚴重了。

「御醫……」皇后看了眼躺在床上的皇帝，神情麻木又憔悴，這半年來，因雲慶帝古怪的脾氣，幾乎把他們往日的情分消磨得七七八八，可是看著床上髮鬢白了一半的男人，她的心還是軟了下來，「陛下究竟是怎麼一回事，為何會在一夜之間白了這麼多頭髮？」

「皇后娘娘，陛下憂慮過重。」御醫跪在了皇后面前，「微臣無能，陛下的病情本已經漸漸好轉，可是過了今夜……」

皇后無力地擺了擺手，「我知道了。」

二度中風，想要恢復過來，便是難上加難了。

雲慶帝醒來以後，發現自己又走不了，頓時大發脾氣，杖責了大月宮不少伺候的宮人，就連皇后也被他狠狠罵過。

「朕的福包呢？」雲慶帝發現自己枕頭下的福包沒了，他睜大眼，「誰偷了朕的福包？」

福包沒了，就連貼在門外的門神，也因為昨夜的風太大，吹得壞了一角。雲慶帝披頭散髮地靠坐在床頭，愣愣地盯著紗帳，整個人彷彿失去了理智般，「定是因為這些沒了，他們才會來找我，一定是這個緣故。」

「陛下，您該用藥了。」王德捧著藥碗走了進來，但是情緒突然變得激動起來的雲慶帝打翻了他手裡的藥碗，藥湯濺了他一身，王德卻連眉頭都不敢皺一下。

「你去傳朕的口諭，馬上召成安侯與福樂郡主進宮。」雲慶帝緊緊抓住王德的手，「讓他們立刻就進宮。」

「陛下，」王德小聲道：「成安侯病了，現在還臥床休息。」

「讓人抬也要把他抬進來。」雲慶帝雙眼放光，就像是缺水已久的人，找到了一灘清澈的泉水，一切都不管不顧了，「快去！」

「是。」王德躬身退了出去。

出了屋，冷風順著濕透了的衣服鑽進他骨頭裡，他忍不住打了一個寒顫。

「德爺爺，您可有什麼吩咐？」

「傳陛下口諭，宣成安侯與福樂郡主覲見。」

「這……」小太監看著外面的茫茫大雪，前兩日成安侯上了告病的摺子，陛下還賞了補藥下去，結果今天凍成這樣，又要人進宮，這不是折騰人嗎？

「這事讓禁衛軍的人去辦，速度要快，陛下急著見他們。」

「是！」小太監也不敢多言，陛下現在脾氣越來越怪異，大月宮已經有幾個人活生生被板子打死了，他就算只是個沒根兒的太監，也是惜命的。

班家人正圍著暖烘烘的爐子吃暖鍋，雖然他們一家人現在不能吃大魚大肉，可是暖鍋煮菜吃起來也是有滋有味的。聽到雲慶帝緊急召見，而且還是只召見班嫿一人，班家人是既意外又擔憂，卻不敢明著抗旨。

班嫿換上白狐領宮裝，又披上了白狐披風，在班家人擔憂的視線下走出了班家大門。

宮裡派來的馬車早已經等在了大門外，站在最前面的人，正是石晉。

石晉看到班嫿，沉默地向她行了一個禮，往後退了幾步。

一名禁衛軍把雪踩著咯吱咯吱作響，搬了一張木凳放在馬車前。班嫿對這個禁衛軍點了一下頭，禁衛軍頓時面紅耳赤地退到一旁。

寒風吹動著班嫿狐裘上的毛領，她拉了拉衣襟，一腳踩在了木凳上。

「請郡主小心腳下。」

石晉站在馬凳旁，垂首小聲說了一句。

班嫿偏頭看他，他仍舊穿著一身銀甲，銀盔帽頂上幾縷紅纓在寒風中晃動著，這幾乎是他身上唯一豔麗的顏色。

「多謝提醒。」

馬車在厚厚的積雪中艱難前行，趕車的禁衛軍有心讓馬兒跑得更快一些，哪知道馬兒腳底打滑，馬車在路上晃來晃去。

「小心些。」石晉騎著馬走到車夫旁邊，沉著臉警告道：「若是傷到了福樂郡主，你們誰能賠得起？」

「是。」充當馬夫的禁衛軍嚇得出了一腦門子汗，心裡又有些疑惑，石家與班家不是應該有矛盾嗎？為何副統領似乎對福樂郡主並沒有太多的反感情緒？

不過，貴族之間的恩恩怨怨，也不是他們這種身分的人能看明白的，既然副統領不想趁此機會收拾一下福樂郡主，他也不會去得罪這種貴人。

班嫿扶了扶鬢邊的雪兔絨釵，裝作自己沒有聽見外面的對話，掀起簾子往外看了一眼，已經快到皇宮了。

「石副統領。」宮門口早有太監等著，他看到石副統領，忙道：「陛下有令，讓郡主直接坐馬車到大月宮，不必下馬。」

石晉回頭看了眼身後的馬車，微微點頭道：「我知道了。」

守在門口的護衛們連頭也沒有抬，他們任由這輛豪華的馬車匆匆行過，連多餘的一個目光都沒有。車轅把宮門口的積雪壓出一道深深的痕跡，直到再也看不見以後，幾個護衛才敢交換了一個眼神。

成安侯先福樂郡主一炷香的時間進宮，陛下急著召見他們做什麼？

「石副統領。」坐在馬車裡的班嫿開口道：「在禁宮中乘坐馬車，是不是有些不妥？」

石晉勒緊韁繩，退到一邊拱手道：「郡主，這是陛下的命令。」

班嫿意味不明地輕笑一聲，「這次，應該沒人把我從馬車裡拖出去吧？」

石晉面色一肅，神情恭敬地道：「郡主言重了，下官不敢冒犯。」

當初在禁宮內絆倒福樂郡主的馬，幾乎快成為他心中無法釋懷的事情，現在聽到班嫿提起這個，他的心裡似愧似悔，又有幾分說不清的酸澀與遺憾。

若是那一日他沒有絆倒班嫿的馬，而是陪伴她一起去見陛下，或許……

他苦笑，竟覺得自己有些異想天開了。

班嫿笑了一聲，直到馬車停在大月宮正門前，她也沒有再說一句話。

「郡主，大月宮到了。」

班嫿走出馬車，四周的禁衛軍紛紛垂下頭，往後退了一步，便是身為統領的石晉也下了馬，維持了恭敬的姿態。他低著頭，能看到的也只是素色裘鞋上繡著幾粒藍色寶石，與她狐裘裡白色宮裙繡的藍色蓮花十分相稱。

「奴婢見過郡主。」幾個女官迎了上來，有人給班嫿撐傘，有人給班嫿奉上暖手爐，既恭敬又敬畏。

眼看著班嫿被宮女們簇擁著進了內殿，石晉在原地站了一會兒，直到身邊的下屬叫他，他才回神道：「先在這裡守一會兒，若是陛下有需要，我們也能反應過來。」

想到陛下現在的脾氣，幾個禁衛軍也心有餘悸，便聽了石晉的話，站在外面守了起來。

班嫿走進外殿，見容瑕竟然已經到了。他穿著一件藍色錦袍，面上還帶著病色。

殿內放著炭盆，十分暖和，班嫿脫下狐裘走到容瑕身邊，「你竟然比我還先到？」

不是病了嗎？趕得這麼急？

容瑕用手帕捂著嘴，咳嗽了幾聲，「陛下急召，便快了些。」

他放下帕子，拉過班嫿的手捧在自己掌心，班嫿還有些冷的手掌，頓時便被一片溫暖包裹住了。她擔憂地看了眼內殿的方向，想說什麼，終究沒有開口。

恰好此時王德走了出來，他看到兩人交握在一起的手，上前行了一個禮，「郡主、侯爺，陛下宣二位進去。」

班嫿看了眼王德，王德笑了一下，往旁邊退去。

「走吧。」容瑕捏了捏班嫿細嫩的手指，才不捨地鬆開她的手。

班嫿走進內殿的時候，差點沒被裡面奇怪的味道熏得吐出來。香燭味與藥味混合在一起，讓她差點喘不過氣來，可是她知道自己臉上不能露出半分情緒，不然雲慶帝一定會暴怒。

如班嫿預料中的一樣，自從他們兩個進殿以後，雲慶帝的目光就落在他們身上。直到兩人走近後，雲慶帝才閉上眼。

「陛下，」班嫿站在離龍床幾步遠的地方，眼神關切又天真地看著這位衰老的男人，「您又想我啦？」

「是啊。」雲慶帝睜開眼，看著班嫿道：「朕想起妳了。」

「都坐。」

班嫿拉著容瑕在椅子上坐下，順便從荷葉魚盤中取了一個皮薄色好的橘子剝了起來，剝完以後才發現雙手都沾上了橘皮油，她想要去拿放在身上的手絹都不方便。容瑕不聲不響地掏出自己的帕子，拉過班嫿的手幫她擦乾淨，班嫿大方地分了他一小半橘子。

「妳這丫頭，有了未婚夫，吃的就不分給朕了？」雲慶帝聲音有些含糊，班嫿心裡疑惑，不是說陛下已經大好了，怎麼說話反不如她上次來的時候利索？

「這東西太涼，我不敢多吃，又不想浪費，只好讓他揀剩下的吃。」班嫿笑咪咪地把自己手上的橘子剝下一瓣餵到雲慶帝嘴邊，「我們吃這個就好。」

她把自己與雲慶帝劃到「我們」，暗示了在她心裡，雲慶帝是她的自己人，容瑕雖然是她的未婚夫，但是在她心中，地位仍舊不及雲慶帝。

雲慶帝果真被她逗開心了，吃下這瓣橘子，「罷罷罷，這東西涼得很，朕不喜歡吃。」

「臣女就知道這是陛下特意讓人為臣女備下的。」班嫿高興道：「多謝陛下厚愛。」

這東西倒也不是特意備下的，但是雲慶帝見班嫿那高興的模樣，終究沒說什麼反駁的話。他看向安安靜靜坐在一邊的容瑕，一段時間不見，容瑕瘦了不少，臉上的病氣未消，臉色蒼白得一絲血絲也沒有。

「君珀，朕今日叫你與嫿丫頭來，是想讓你們替朕做一件事。」雲慶帝道：「你上次替朕畫的門神圖，朕很喜歡，今日你再畫一幅。」

「是。」容瑕看著雲慶帝欲言又止，「陛下，您也要多注意身體。」

雲慶帝知道他是關心自己身體，微微嘆了口氣，「朕明白。」

兩個太監抬了一張桌子進來，筆墨紙硯與顏料都是備好的，看這架勢，雲慶帝是想看容瑕現場作畫了。

「陛下，成安侯能作畫，我能做什麼啊？」班嫿扭頭看雲慶帝，一臉苦惱，「您可別讓我來題字。」

雲慶帝笑了笑，「妳就隨便給朕在這個荷包上繡幾針吧。」

班嫿這才看到，太監抬上來的桌子上，除了作畫工具以外，還有一個素雅的荷包，上面什麼花紋都沒有。

「陛下，臣女的女紅什麼樣，您又不是不知道。」班嫿拿過荷包，取了針坐到離雲慶帝最近的椅子上，「繡得醜了您可別取笑。」

內殿裡安靜下來，班嫿捏著針繡著歪歪扭扭的福壽二字，偶爾能聽到容瑕時不時響起的咳嗽聲。繡好福字後，班嫿抬頭看了眼容瑕的背影，容瑕輕咳一聲，轉頭回望了她一眼。

四目相對，班嫿眨了眨眼，低頭繼續與壽字作鬥爭。

雲慶帝看著兩人之間的小兒女情態，恍然想起，他也曾年輕過，也曾戀慕過嬌豔的女子。只是他早已經忘了那個嬌豔的女子長什麼模樣，只記得她似乎已經嫁了人。

「陛下，」容瑕擱下筆，「微臣的畫作好了。」

雲慶帝看也不看門神畫，直接就讓太監進來，讓他們把門神貼在內殿門上。

容瑕眉梢微動，看著雲慶帝有些癲狂的雙眸，當下走到了班嫿身邊。班嫿的荷包也繡得差不多了，不過繡工確實太差，便是他也不忍心說一個好字。

雲慶帝卻很喜歡，在荷包做好以後，就迫不及待地塞進了枕頭底下。

班嫿覺得雲慶帝不太對勁，他的一言一行不像是一個有魄力的帝王，更像是一個不能控制自己情緒的七八歲小孩。他特意讓他們冒著大雪天匆匆忙忙趕過來，就為了讓他們作畫繡荷包，這與昏君又有何差別？

「陛下？」班嫿發現雲慶帝閉上了眼睛，她與容瑕交換了一個眼神，輕手輕腳退了出去。

出了內殿，呼吸到外面清新的氣息，班嫿覺得自己的身心都變得舒適起來，她看了眼外殿肅立的宮女太監，朝離她最近的王德招了招手，「王總管，陛下睡著了。」

王德笑了笑，引著兩人出了大月宮，對兩人行了一個大禮，「今日麻煩侯爺與郡主了。」

班嫿笑道：「能來見一見陛下，是多少人都盼不來的好事呢！」只是說這話的時候，她偏頭看了眼身邊穿著藏青色裘衣的容瑕，擔心他身體熬不住，便直接道：「公公，既然陛下休息，我等也不敢多加打擾，告辭了。」

「慢走。」

王德看了眼容瑕，朝他行了一個禮，才轉身回了大月宮。

守在宮門外的禁衛軍見容瑕與班嫿出來了，還是由王德親自送出來的，都放鬆了心情，看來陛下今日的心情還好。

他們把人接來了，自然也要把人送走，班嫿扶著容瑕上了馬車，對護衛道：「有勞各位，我與容侯爺一道回去就好。」

按規矩，男女共乘一輛馬車不太合適，可是這兩人沒多久就要成親了，細論起來，也沒有多大的講究，他們還能省些事情，所以也沒有誰提出異議。

「副統領，不如就由屬下……」

「不必，就讓我跑這一趟。」石晉面無表情道：「福樂郡主是我接來的，我自然也要把她安安全全送回去。」

「是。」

班嫿坐在馬車裡，擔心地看著容瑕，「你身體怎麼樣了？」

容瑕搖了搖頭，「沒事。」他拉過班嫿的手，在她掌心寫了三個字。

別擔心。

「你……」班嫿想起守在外面的人是石晉，便道：「今晚我家裡有暖鍋吃，你也去吧。」

容瑕點頭，「好。」

馬車外，石晉雙眼平時著前方，雪花飄落在他髮間，很快他的頭髮就白了一大片。有下屬想要替他撐把傘，卻被他拒絕了。下屬察覺到他心情不太好，於是不敢再多言。

馬車在成安侯府停下，先下馬車的人不是容瑕，而是班嫿。

她跳下馬車，轉身對馬車裡的人伸出手，「下來，我扶著你。」

「咳咳咳……」容瑕咳著嗽，掀起簾子走了出來，看著伸到自己面前的手，毫不猶豫地便牽了上去。走下馬車，他用手帕掩著嘴角，對石晉笑了笑，「有勞石副統領送我們回來。」

「職責所在，成安侯不必客氣。」

容瑕笑得更加溫和，牽著班嫿走進了班家大門。

「嘖！」等兩人走進大門後，一個禁衛軍有些不爽快地道：「這些讀書人怎麼都這個德行？弱不禁風，還要女人扶著，像個小白臉似的。」更可恨的是，福樂郡主長得那般嬌美，成安侯也好意思讓郡主扶著，還要不要臉了？

就不能爺們兒一點？

「好了，」石晉面色有些冷，「有心說別人閒話，不如回去練一遍刀法。」

容瑕牽著班嫿的手，只覺得通體舒泰，嗽不咳了，氣不喘了，蒼白的臉色也紅潤起來了，甚至在吃暖鍋的時候還吃了一大碗菜。什麼虛弱無力，纏綿病榻，都化為了泡影。

最後他還以雪大風大，自己身體弱的理由，在班家賴了一晚，坐實了他要娶班嫿的決心。

雲慶帝是在第二天早上醒來的，醒來以後他用了兩碗粥，還用了幾塊點心，連面上也多了幾分光彩。

「王德，」雲慶帝忽然對身邊的王德道：「民間有種說法，是叫沖喜？」

「陛下，」王德猶豫地看著雲慶帝，「確實有這種說法，不過……」

「你說朕讓成安侯與福樂郡主在宮中成婚，會不會帶來喜氣？」

「陛下！」王德嚇得噗通一聲在雲慶帝面前跪下，「福樂郡主與成安侯只是外臣，怎麼能在宮中成婚，這不合規矩啊！」

「他們一個是朕的侄女，一個是朕的侄兒，在宮中成婚也不是太荒唐。」雲慶帝又道：「朕瞧他們定的婚期太晚了，十二月就有好日子，剛好又出了大長公主的孝期，日子不是剛好？」

王德跪在地上不想起來了，他只是一個太監，難道還要操心規矩？

「去叫欽天監的人來，看看十二月有沒有好日子。」

王德領命退下，只是去欽天監前，有意把消息透露了出去。

陛下要讓成安侯與福樂郡主在宮中成婚，那是肯定不能的。不過婚期定在十二月確實可行，因為十二月二十八就是個不錯的日子，對外的解釋是宜室宜家，再合適不過。

皇后聽到這個消息後，趕到大月宮勸了雲慶帝很久，才讓他打消讓兩人在宮中成婚的念頭，但是雲慶帝心中那股「沖喜」的念頭實在太過根深蒂固，最後他竟是把京郊的別宮賜給了兩人，而且還是以欽天監說兩人在這裡成婚會更好的名義。

帝王住過的別宮，風水自然沒有差的，唯一的問題是，大業朝帝王住過的別宮，一般都賞賜給子孫後代，但還沒有賞給外臣的先例。不僅如此，雲慶帝對待成安侯與福樂郡主婚事那股熱情勁兒，跟自家親兒子成婚也沒差了。

更何況，當初寧王成婚的時候，雲慶帝還沒這麼熱情。

於是，一個神祕的小道消息流傳出來，那就是成安侯實際上是陛下的孩子，所以才會把自己最喜歡的女後輩讓他娶了，現在病得這麼厲害，還為了成安侯的婚事操心不已。

這些人傳謠言的時候，恍然是忘記，當初傳出成安侯與福樂郡主婚事時，這些人還說成安侯是被陛下逼著娶福樂郡主的，這會兒又變成成安侯是陛下的私生子，所以才會把最寵愛的後輩讓他娶。邏輯這種東西，於流言來說，是最無用的東西。

班家得知雲慶帝的意思時，整家人都是懵的，自家後輩成婚，日子本該父母來定，他雲慶帝操哪門子閒心？什麼臘月二十八是好日子，再好的日子，與你有什麼關係？

班淮氣得在家裡砸了好幾套茶具，可是他們不能拒絕陛下的這番「好意」。

「老爺，這套茶具六百兩。」陰氏冷眼看著班淮砸茶具，等他砸得差不多以後，才道：「你總共砸了將近兩千兩銀子。」

「夫人，」班淮喘著氣道：「我就是心裡氣不過。」

「氣不過也要把這口氣嚥下。」陰氏冷笑，「你沒聽宮裡的人怎麼說嗎？陛下近來最在意的就是這樁婚事，為了這樁婚事，睡不好吃不下，你若是跳出去阻攔，你且看看他會不會發瘋。」

「他那麼操心幹什麼，難不成……成安侯還真是他的私生子不成？」

「不過是外面一些無知之人的流言，你也信？」陰氏冷笑，「林氏與皇帝都不曾有過多少來往，怎麼給他生下私生子？難不成像那些話本裡說的一樣，感而受孕？」

「什麼感而受孕，不過是哄人的話而已。」班淮有些心虛，「我怎麼可能信這些？」

陰氏挑眉，沒有搭理他。

「左右嬸嬸也願意與成安侯成婚，時間早一點晚一點也沒有多大的差別。」陰氏皺眉，「好在東西都準備得差不多，不然貿然提前……」

「我可捨不得閨女這麼早嫁人。」班淮犯了倔，「我這心裡，就是不舒服。」

「難道你想等國孝後才讓他們成親？」陰氏壓低聲音，語氣裡帶著寒意。

「夫、夫人，妳這話是何意？」班淮嚇了一跳，「應該不至於吧？」

「誰知道呢？」陰氏站起身，「你別添亂，我去嬸嬸那裡問一問，若是她沒有意見，這件事就這麼定下來了。」

原本關於容瑕是雲慶帝私生子這種流言，不過是一些無知愚昧之人的嫉妒之語，但不知道為什麼，這個流言到了最後竟然會越傳越盛，甚至連寧王都聽說了。

「什麼？私生子？」寧王激動地從椅子上站起身，「不可能，這絕對不可能！」

若容瑕是父皇的私生子，父皇根本不可能在殺手案之後選擇保住他，這不可能。

「怎麼不可能？」謝宛諭諷刺一笑，「若要論起來，成安侯的母親與陛下還是表兄妹。據說這位林氏長得極美，所以當年的老成安伯才會不在意林氏的身世，執意娶她為正妻，甚至還為她大修園子。」

「妳給我閉嘴！」蔣洛道：「父皇多了一個私生子，對妳我都不是好事，妳以為現在是看熱鬧的時候嗎？」

「王爺這話說得可沒道理。」謝宛諭氣定神閒地道：「就算成安侯是陛下的私生子，只要陛下沒有認他，那他永遠就只是一個臣子，你又何必在意他？」

謝宛諭不明白，蔣洛近來為什麼執意與容瑕過不去，這個時候最緊要的難道不是討得陛下歡心，還有把太子狠狠踩進泥裡，讓他再也無法爬起來嗎？

智商這種問題，真是無解。

「沒有認又如何，現在傳得整個京城都知道了，還有那個別宮，當年費了多少財力物力修建而成，本王與太子想要，父皇都沒捨得給，現在成安侯要成婚，他二話沒說便賞下去了，還讓人直接在別宮成親，這態度還不明顯？」

越說蔣洛越覺得容瑕十有八九是父皇的私生子，不然為什麼這些年來父皇會對他這麼好？

謝宛諭挑眉，「陛下已經賜了，你總不能去要回來吧？」

「本王又不是沒見過好東西。」蔣洛有些心氣不順，「妳閉嘴，我不想跟妳說話！」

謝宛諭也不在意，她輕哼一聲，轉身就往外走，全然不在意他的糾結與為難。

「陛下，」皇后走進大月宮，見陛下竟然在看一張婚事流程，她腳下一頓，「這是成安侯與福樂郡主的大婚流程？」

「嗯。」雲慶帝近來精神不錯，像是有了奔頭的人，整個人的精神都好起來了，「成安侯家中沒有長輩，朕又是他們這樁婚事的媒人，難免要多操心一些。」

「陛下……」皇后拿起桌上一份禮部擬定的禮單看了一眼，這禮單的規制與郡王成婚無異。按照規矩，有爵位的勳貴成親，禮部會按照規製備賀禮，但一般都不過是面上的東西，不過是給臉面添層光彩罷了。

她心頭微顫，想起陛下曾經在睡夢中叫過容小郎君，而且神情驚恐，似乎做了什麼對不起他的事，難道……

皇后忽然覺得手裡這張禮單重逾千斤。

「陛下可曾聽過外面的流言？」

「什麼流言？」雲慶帝沒有抬頭，他所有的注意力都在這一張張的單子上。對於他來說，他看到的不是單子，而是一場完美的婚禮，他盼望這場婚禮辦成後，他的身體就會健康起來，然後再次風光地坐在龍椅上，受著文武百官的朝拜。

「外面都說成安侯是您的私生子。」

「這都是什麼胡言亂語？」雲慶帝沒想到會有這麼荒唐的話傳出，當下便道：「皇后，妳莫信外面那些話，朕與林氏連面都不曾見過幾次，又怎麼會有成安侯這麼大一個私生子？」

若他真有這麼一個兒子倒還好了。

皇后的心卻一點一點涼了下去，陛下竟是一點也不在意這些流言嗎？

「陛下，」皇后放下禮單，「這樣的傳言對您對成安侯都不是好事，妾以為理當澄清。」

雲慶帝卻覺得，只有他把容瑕當成親生兒子一樣對待，才能逃脫那場惡夢。身在高位，卻不能有一副健康的身體，雲慶帝就像歷史上很多荒唐的帝王一樣，害怕死亡，害怕衰老，年輕時的雄心壯志與黑白分明都化為烏有，唯一的執念就是強壯的身體與長壽。

「澄清了又有何用，這些人只會以為朕是在掩飾。」雲慶帝滿不在乎地道：「清者自清，皇后不必在意。」

皇后抿了抿唇，垂下眼瞼，「妾身知道了。」

當年的林氏，確實美得猶如空谷幽蘭，即便是女人見了，也會忍不住心生憐惜。林氏本該為陛下的親表妹，可是因為上一代的恩怨，讓她在年幼時受了不少委屈。

據傳陛下與她成親前，曾有一個心儀的女子，雖然他們成親後，陛下從未提過這個女人，但是皇后仍舊忍不住想，難道那個女子是林氏？所以陛下才不能娶她，甚至不能表明心意？

「皇后，」雲慶帝以為自己把話說得已經夠明白，皇后一定不會再誤會，「成安侯與嬸丫頭這場親事對朕而言十分重要，朕身體不頂事，一切還要多靠妳多操心。」

「陛下放心。」皇后低頭幫著雲慶帝整理桌上的單子，「這場婚事不會出岔子的。」以班家對女兒寵愛的程度，也不可能讓這場婚事出亂子。

班家有過四任未婚夫的郡主終於快要出嫁了。

這個消息傳遍京城以後，有男人羨慕成安侯的好運，有女人羨慕班嫿的好運，還有閒著沒事幹的人以詭異的心態，羨慕著容瑕可能有兩個爹。

一些人雖然揣測著過往那些可能存在的香豔舊事，面上卻擺著嚴肅無比的正經臉，拉著關心朝政的旗號，算著陛下認回這個「私生子」的可能。若是陛下真認下這個兒子，皇位會不會變成容瑕來坐？

想一想現在做事顛三倒四的寧王，還有性格略顯軟弱的太子，不少真心關心大業天下的官員忽然覺得，若成安侯真是蔣家的血脈，由他來做皇帝，也是一個最好的選擇。至少他們不用擔心皇帝因為耳根子軟，會聽信奸臣的讒言，也不用擔心皇帝做事全憑心意，對著朝臣非打即罵，不把百姓的性命放在心裡。

「這怎麼可能？」班嫿聽完班恆說的八卦，忍不住笑出聲來，「這都是些什麼亂七八糟的謠言，他絕不可能是陛下的孩子。」

「那也不一定啊，妳看陛下對成安侯多好，這些年一直提拔他，他的雙親兄長過世以後，不僅沒讓他降等襲爵，還讓皇后的娘家人照顧他。」班恆原本也覺得這個流言十分荒唐，可是隨著外面傳言越演越烈，這些人說得有鼻子有眼的，他都忍不住信了，「這要不是親爹，會對一個朝臣的兒子這麼好？」

「你忘了，容瑕的父親曾在陛下太子時期擔任他的伴讀？」班嫿想了想，「或許是因為這段情分，他才特意照顧容瑕的吧。」

「妳信？」班恆挑眉看班嫿，對她這種說辭十分不信任。陛下若真是這麼念舊情的人，當年容瑕的兄長還在世的時候，他甚至以孝期未過的理由，一直不讓容家大郎襲爵，結果容大郎一死，還沒有出頭七，容瑕襲爵的旨意就下來了，而且還是跟他父親一樣，是伯爵。

按照他們大業朝規矩，子孫繼承長輩爵位，都是要降一等的。若是這家人不受皇家待見，降兩三等也有可能。做皇帝的，都比較小心眼，爵位這種稀罕東西，哪會那麼大方？班恆甚至覺得，容大郎英年早逝的原因，有一半都在雲慶帝拖著爵位不給他上面。

「這不是信不信的問題，而是容瑕不可能是陛下的私生子。」班嫿不跟班恆講道理，站起身道：「別聽外面的那些流言，你本來就比較傻，再聽就更傻了。」

班恆：……

「妳去哪兒？」

「我去見一見你口中的那位陛下的私生子。」班嫿拿起架子上狐裘斗篷，就要出門去。

「姊，」班恆叫住班嫿，「妳跟容瑕真要在除夕前成親？」

「日子不是已經定下來了？」班嫿站在大銅鏡前，對著鏡子繫好斗篷繩子，面上並沒有對這樁婚事的排斥，「陛下急著要我們成親，難道我們還能拖？」

「之前說好二月是好日子，轉頭提前了兩個月，陛下這麼急究竟圖什麼？」班恆的語氣裡有些不滿。

「也許圖沖喜？」班嫿戲謔道：「民間不是經常有這樣的說法嗎？家裡長輩患病，便讓後輩成親帶來喜氣沖走病氣。」

「那也是要後輩成親才行，妳跟容瑕又不是陛下的兒子女兒，沖的哪門子喜？」班恆對他姊這種不靠譜的玩笑話嗤之以鼻，「外面還下著雪，妳別騎馬了。」

「知道啦。」班嫿拉開房門，回頭對班恆道：「對了，你別忘了把拳法練一遍。」

「行行行，妳快去見妳的未婚夫去！」班恆擺了擺手，顯然對練拳腳這件事極不感興趣。反正容瑕只是一個文弱書生，以後他若是敢做對不起他姊的事情，他這身拳腳功夫，怎麼也能打得過容瑕吧？

京城的這場雪下得很大，而且連下了好幾天都沒有停的趨勢，路上的行人比以往少了很多，班嫿坐在柔軟暖和的馬車中，手裡還捧著暖手爐，聽著叮叮噹噹的馬鈴聲，她有些不耐地掀開了車窗簾子。

街道上的行人，各個縮手縮腦，有賣炭的，有賣油的，還有賣年畫毛皮肉食的，她呼出一口白氣，恍然驚覺，原來又是一年快要過去了。

角落裡還有頭上插著草標，被人拿來販賣的童男童女，班嫿移開視線，把簾子放了下來。近來京城越來越多的人開始販賣孩子了，她皺了皺眉，連京城都這個樣子，其他地方的日子又該是何等艱難？

成安侯府離靜亭公府並不太遠，當馬車快要到成安侯府的時候，便停了下來。班嫿掀起簾子看了一眼，「怎麼停在這裡？」

「郡主，前面停了幾輛馬車，路被堵住了。」

班嫿掀起簾子走出馬車一瞧，可不是停了好幾輛馬車嗎？瞧這些馬車的規制，乘坐馬車的人品級恐怕都還不太低。她把暖手爐遞給馬車旁的護衛，從丫鬟手裡接過另一個手爐，踩著車凳走下馬車，看著地上被踩得髒汙的雪地，看來到成安侯府的人還不少。

「罷了，還是回吧。」班嫿最不愛跟這些人打交道，轉頭就打算回去。

「小的見過郡主。」一個穿著青衣的小廝一溜小跑來到班嫿面前，恭恭敬敬地向她行了一個大禮，「您往裡面請。」

班嫿站在馬凳上，朝幾輛馬車抬了抬下巴，「你們家侯爺這會兒有時間？」

「這會兒別人來，不見得有時間，但是您過來，那定是有時間的。」小廝臉上掛著討好的笑容，「侯爺早已經下過命令，若是郡主來，一定要第一時間把您給迎進去，若是有半分懈怠，便讓小的們自己收拾包袱離開侯府。」

「胡說八道！」班嫿笑道：「你們家侯爺是這般不講理的人？」

「侯爺平時挺講理，可是遇到您的事，便沒理可講了。」小廝摸著頭不好意思地笑了笑，他轉頭看了眼為班嫿撐傘的婢女，忙低下頭不敢多看。郡主身邊的丫鬟都這般容顏出色，讓人瞧見連眼睛都花了。

容瑕坐在正廳裡，與幾位大人有一搭沒一搭說這話。眼前這幾位都是擁立太子的派系，太子被軟禁在東宮，這幾位大人一直在為太子奔走，直到寧王大肆打壓太子一脈的官員以後，他們才有所收斂。

這些人的來意不用開口，容瑕就明白，無非是聽說了外面那些流言，想要他這個「皇帝的私生子」幫著正統的太子在皇帝面前說好話而已。容瑕覺得這些人有些可笑，難怪太子會養成這種性子，原來都是被身邊人影響的。

寧王如今勢大，他們不想著怎麼把寧王收拾下去，只知道一味四處找人替太子求情，這腦子不知怎麼長的？最好用的手段，不該是把寧王拉下馬，或是想辦法讓陛下對寧王失望，他們再去幫太子求情，才能更容易讓陛下放太子出來？

看來看去，太子一脈的人裡，最好用最有手段的人還是石崇海，可惜他得意太過，惹得雲慶帝不滿，現在想幫太子而力不足，只能眼睜睜看著寧王在朝堂上耍威風。

「成安侯儀表堂堂，有君子之儀，太子常常對臣等誇讚侯爺，」一位官員道：「並且對侯爺的文采推崇不已。」

這些人三句話不離太子，容瑕雖然很感動他們對太子的忠心，但是堅決沒有半分的動容。

「侯爺，」管家走了進來，「福樂郡主到了。」

容瑕聞言放下手裡的茶杯，起身對在座的官員道：「各位大人，容某的未婚妻到了，諸位大人稍坐片刻，容某去去就來。」

幾位大人就算臉皮再厚，也不好意思打斷人家未婚夫妻相處，他們見容瑕雖然沒有鬆口說替太子求情的話，但是至少也沒有拒絕，這讓他們內心裡還懷抱著希望。

「我等告辭。」

「諸位大人請不要客氣。」

一番告辭挽留後，幾位大人終於還是走出了大門。他們沒走多遠，就看到正門口一行人走了進來，為首的女子不過十七八歲的年紀，身上穿著雪白的斗篷，與大雪融為一色。一群美婢僕婦簇擁著她，就像是神仙妃子出行，氣派非凡。

「那是……」為首的官員停下腳步，轉身對身後幾人道：「我們再等等。」

這是準備等班嫿走過，他們再出去。送他們出門的管家低下頭，垂首恭立在他們身後。

哪知正準備經過的班嫿卻看到了他們，她停下腳步，摘下戴在頭上的斗篷帽子，對這幾位大人略點了點頭。幾位大人受寵若驚地拱手回禮，直到班嫿走過去，才緩緩回過神來。

他們再探頭望過去，就看到容侯爺已經迎到了福樂郡主，俊男美女，當真是羨煞旁人。

「諸位大人，請。」管家笑咪咪地對幾人做了一個請的動作。

幾位大人回過神裡，忙笑著走出了容家大門。出了門以後，他們才苦笑著彼此分別，除此以外，再無他法。

整個京城都知道陛下看重這場婚禮，所以與班家有來往的人家，在送添妝禮的時候，都下了血本。什麼珠寶首飾、古籍畫本，一樣接著一樣被送到了班家。

距離兩家婚禮還有近十日，就已經開始有人在猜測，福樂郡主的嫁妝究竟有多少抬，成安侯府送過去的聘禮又會有多少？甚至還有一些與班淮關係比較好的紈絝開始打賭，帶班嫿出嫁的時候班淮會不會哭，會不會抱著女兒不願意讓她出閣。本來是一場普通的勳貴人家婚禮，但是由於雲慶帝給兩個還沒成婚的新人送了一座別宮，加上成安侯是皇帝私生子的傳言流出，這場婚禮就變得引人矚目起來。

嚴家與石家沒有多大的反應，倒是謝家比較奇怪，特意備下厚禮，送到了靜亭公府。班謝兩家不和是所有人都知道的，但是謝家竟然會給班家送這麼厚的禮，倒是出乎所有人的意料。

後來才有人想起，班家前段時間不計前嫌借了謝家大夫，雖然後來只保住了謝家大郎的命，沒有保住命根子，但遇上這種事，除了神仙，誰也保不住命根子，所以也怪不上班家。以謝家大郎傷成那樣的程度，能把命保住，已經算是班家大夫醫術好了。

這麼一想，大家都明白過來，原來是為了這事，謝家才會如此。

奇怪的是，竟沒有一個人覺得，謝家人這麼做，是為了幫二皇子拉攏班家與成安侯，可見這其中的關係有多複雜。

「當初太子妃從石家出嫁，也不過一百八十八抬嫁妝，我們家這個嫁妝太多了。」陰氏整理完嫁妝單子，腦仁都在疼。她想了想，對班淮道：「不如我們先送一部東西到容家去，以成安侯的品性，也不會貪咱們閨女的嫁妝。」

「妳說的是，還有那些古籍字畫的，能帶到容家就帶到容家去吧。」班淮搖了搖頭，「免得留在家裡被糟蹋了。」

幾年後會發生什麼，事情會不會有什麼轉變，他們誰也不敢肯定。以前他們的打算是，若是真有人來抄家，就把這些書想辦法提前送出去。現在他們找了一個有文采的女婿，把這些書送給女婿，總比送給外人好，更比抄家時被人拿走好。

班淮想得很清楚，若是四年後班家得以保住，那些古籍就全部一式兩份，原本與手抄本一對兒女各一半，誰也不多占，誰也不吃虧。

雖然這些東西他不稀罕，但怎麼也是班家長輩留下來的，他也算是給子孫後代留個念想。

「我知道你的意思。」陰氏點了點頭，突然神情有些落寞，「養了這麼多年的女兒，眨眼就要嫁人，我就是心裡有些空落落的。」

她知道容瑕是個很好的女婿人選，也知道女兒對這樁婚事比較滿意，可是為人父母，對孩子總是不放心，捨不得的。

班淮握住她的手，笑著道：「兒女總有長大的一日，妳還有我陪著。」

陰氏忽然笑了笑，把另一隻搭在他的手背輕拍著，「老爺能說出這些話，想必等嫿嫿出嫁那一日，必不會太難過的。」

班淮……

不，他不敢肯定。

「白雪，紅泥爐。」班嫿喝了一口班淮親手泡的茶，笑道：「我雖然喝不出這茶哪裡好，不過味道確實很好。」

「妳喜歡就好。」容瑕放下茶爐，「茶就是拿來喝的，用好喝或者不好喝來形容，也沒有什麼錯。」

班嫿聽到這話便笑道：「你性格真好，難怪討女孩子歡心。」

「我並不是對所有人都好。」容瑕一臉委屈地看著班嫿，「妳幾時見過我討好其他女子，她們歡心不歡心，與我又有何干？」

見他故意做出一副可憐兮兮的樣子，班嫿伸手捏住他的雙頰往旁邊拉了拉，「你又在裝可憐了。別以為你長得好看，我就不敢收拾你了。」

「嬸嬸想要如何收拾我？」容瑕把頭伸到班嬸面前，深邃的雙眼就像是幽靜深泉，望進了班嬸的心底，「我悉聽尊便。」

「不要對我用美人計。」班嬸拍了拍心跳得有些快的胸口，把茶杯遞到容瑕的嘴邊，「來，喝口茶。」

容瑕抓住她的手腕，就著她的手把這杯茶喝下，然後舔著潤澤的唇角，「很甜。」

「甜？」班嬸看著容瑕的唇，一個沒控制住，竟然湊上去舔了一下容瑕的唇。

柔軟的舌尖與溫軟的唇相遇，有點甜，有點熱，還有些喘不過氣。班嬸眨了眨，覺得這觸感很不錯，於是又伸舌頭舔了一下，然後飛速坐回原位，故作嚴肅道：「嗯，確實挺甜的。」

容瑕摸了摸自己的嘴，笑道：「看來，嬸嬸很滿意妳看到的？」

「哼！」班嬸捏著茶杯在手裡把玩，「原來君子都是這樣的！」

「我不是君子，也不知道君子是什麼樣。」容瑕握住班嬸的手，「我只知道，嬸嬸喜歡我這個樣子就好。」

班嬸低頭看了眼自己被握住的手，轉頭看了眼窗外飄揚的雪花，在一年前的這個時候，她還沒有想到自己會跟這個男人在一起。她想起夢裡發生的那些事情，開口問道：「容瑕，你覺得大業朝現在如何？」

容瑕看了她一眼，忽然笑了，「民不聊生，朝政混亂，宗族懶散無為，後繼無人。」

「你還真敢說，不怕我去陛下那裡告發你？」班嬸笑看著容瑕，「我們家可也是懶散無為的宗族一員。」

「班家不一樣。」

「哪裡不一樣？」

「在我眼裡跟其他人不一樣。」

「看來你也不是什麼公正的人。」班嫿單手托腮，另外一隻手被容瑕握著，「我還以為你會說，要我們班家學著上進云云。」

「我本就是偏心的人。」容瑕低頭在班嫿手背上親了一下，「只要是人，就會偏心。在我眼裡，班家不是懶散，是心胸開闊，自在無為。」

「那不還是無為嗎？」

「別人的無為可惡，班家的無為可愛。」容瑕笑道：「這樣對不對？」

「嗯……」班嫿一臉深沉地點頭，「這種說法倒是很合適。」

容瑕終於忍不住大笑出聲，起身走到班嫿身邊，把她攬進自己的懷中。世間怎麼會有如此可愛的女子，即便是把她揉進骨頭裡，都覺得不夠。

✿　✿　✿

「杜九，」王曲推門走進屋子，見杜九正靠窗坐著，便道：「你的傷勢如何了？」

「已經好了很多。」杜九回頭看他，起身走到桌邊請他坐下，「你今日怎麼有時間來我的屋子裡坐？」

王曲把手裡的一籃水果放下，「就是過來看看你。」

杜九抬起眼皮看他一眼，「有什麼話直說吧，你我共事這麼多年，不用跟我講虛禮。」

「我確實有些事情不明白。」王曲從籃子裡取出一個橘子，自己先剝了起來，「原本按照原本的計畫，我們應該守國孝了。」

「侯爺自有計劃，我們只需要遵守就是，其他的你不用操心。」杜九見他自己先吃起來，把籃子往自己這邊拉了拉，「你就算來問我，我也沒有什麼答案。」

「難道你就沒有想過，這次侯爺遇刺，福樂郡主來得太巧嗎？」王曲半眯著眼，「她看似救了侯爺，但是誰能夠保證這事本就與她有關，她不過是想藉由這件事來奪得侯爺好感？」

「可是她圖什麼？」杜九反問道：「圖侯爺的權勢？地位？還是容貌？」

王曲一時間被噎住了，他拿著剝了一半的橘子，半晌才道：「也許是……容貌？」

「所以，她花這麼大精力請一堆殺手，手上沾一堆人的性命，就為了圖我們家侯爺的容貌，她腦子有毛病嗎？」杜九剝開橘子，直接扔了一瓣到嘴裡，「王曲啊，我知道你們這些讀書人腦子活又聰明，但是也最容易犯一種錯誤，那就是聰明反被聰明誤。」

王曲面上有些掛不住，「我這不是猜測嗎？」

「我看你不是猜測，而是對福樂郡主有意見。」杜九把橘子扔回桌子上，直接把手在身上擦了一下，「我看福樂郡主挺好的，身手敏捷，長得漂亮，還給侯爺送了不少萬金不換的古籍，這樣的媳婦打著燈籠都難找。更重要的是，侯爺喜歡她。」

王曲道：「我一直以為侯爺是為了班家背後那些武將的勢力才會娶郡主。」

「事實證明，是你想多了。」杜九語氣有些淡淡的，「王曲，別怪我沒提醒你，有些事情不該你管的就不要去操心，到時候誰也護不住你。」

王曲道：「我也是為了侯爺……」

他抬頭看到杜九的表情，竟從對方眼裡看到幾分嘲諷，於是再也說不出話來。

王曲與杜九不同，杜九只是容瑕的近身護衛，但他是謀士，而且是幾個謀士中比較受重用的那一個。他一直不太喜歡班嫿，或許是因為這位郡主太美、太嬌、太過自我，這樣的女人做不好一個女主人。她不知道怎麼幫侯爺安撫下屬，心智謀略不足，甚至連賢慧二字都不沾邊，總不能讓侯爺操心外面的事情，回到家裡，還要去哄一個善於吃喝玩樂的女人？

「你太自以為是了。」杜九面無表情地道：「若不是福樂郡主，我與侯爺早已經沒命，你也沒機會再跟我說這些話。如果你今天來，就是為了說這些，那就請回吧。」

「杜九，你是被她蠱惑了。」

「被自己的救命恩人蠱惑很正常。」杜九把一籃橘子推了回去，「你的東西帶回去，我吃著涼牙。」

王曲想要再勸，但是看杜九一臉不願意再開口的模樣，就知道自己多說無益，便起身對杜九拱手道：「告辭。」

「慢走不送。」

捌之章　瀟灑出閣

走出院子，王曲抬頭看了眼灰沉沉的天，拉緊身上的厚實披風，轉身準備回自己的院子。他們這些清客都住在內正院外面，三門平日裡是不能輕易進的。

路過府中的花園時，他聽到園子裡有女子的笑聲傳出來，忍不住停下腳步看了過去。

雪花飛舞，他們家穩重的侯爺竟然在陪一名女子做小孩子才會玩的遊戲，堆雪人。他臉上還帶著輕鬆的笑意，彷彿這個遊戲充滿了樂趣，比古籍孤本還能讓他愁緒全消。

王曲忍不住停下腳步，靜靜地看著這一幕。

「雪人頭上不能蓋綠葉。」容瑕取下班嫿蓋在雪人頭上的柏樹枝，「這顏色不好。」

「為什麼不好？」班嫿把雪人的臉拍得更圓些，「白中帶綠，這顏色挺漂亮的。」

「什麼顏色都好，就是不能用綠色。」容瑕見班嫿的手被凍得通紅，便把她的手捧到嘴邊哈了幾口熱氣，見這幾口熱氣不頂用，乾脆把她的手塞進自己的懷裡。

正取了暖爐出來的丫鬟見到這一幕，默默把暖手爐藏在背後，讓另外一個丫鬟把暖手爐取走了。總覺得，這個時候把暖手爐送到侯爺面前，恐怕並不能叫有眼色。

「雪越下越大了，我們進去吧。」容瑕伸出另外一隻手輕輕拂去班嫿髮頂的積雪，他的動作很仔細，也很溫柔。

班嫿看著地上的雪人，點了點頭，笑著道：「嗯，綠色確實不太合適。」

容瑕輕笑一聲，伸手攬住她的肩膀，小心扶著她往迴廊上走。

班嫿無意間看到站在二門外的王曲。對方穿著儒衫，外面套著一件厚厚的大衣，相貌雖然不出眾，但是那雙眼睛讓班嫿想到了夜裡的貓。

「怎麼了？」容瑕見班嫿突然停下腳步，擔憂地低頭看她。

「那是你的門客，好像是姓王？」班嫿的手沒有從容瑕懷中抽出來，只是朝二門處抬了抬下巴，看起來又懶又嬌氣。

容瑕目光落到王曲身上，視線掃過對方的髮頂與肩頭，面上的笑意不變，「王先生？」

「侯爺，郡主。」王曲見容瑕發現了他，大大方方走了出來，對兩人行了一個禮。

「王先生怎麼在此處？」容瑕抖開身上的披風，把班嫿也裹在了披風中。

王曲注意到他這個動作，眼瞼微垂，讓自己的視線落在了雪地上，知禮又謙遜，但是靠在容瑕身上的班嫿卻覺得這個人可能不太喜歡她。大概是因為不喜歡她的人太多，所以當有人對她不滿的時候，即使對方掩飾得再好，她都能察覺到這微妙的情緒。

奇怪，她與這個王先生唯一打過的交道就是上次互相看了一眼，連話都沒說幾句，這人為什麼不喜歡她？

總不能是嫉妒她的美貌吧？

班嫿的食指纏繞著容瑕胸前的披風帶子，不知怎地，竟解開了繩結，披風掉在了雪地上。

班嫿無辜地看著容瑕，大大的眼睛眨啊眨，「我不是故意的。」

「調皮！」容瑕伸手點了點班嫿的鼻尖，站在一邊的丫鬟把披風撿起來，遞給容瑕後，便匆匆退到一邊。

容瑕抖了抖披風上的雪，看了披風好幾眼，還是沒把披風披回去，他拉著班嫿走到迴廊上，對站在雪地的王曲道：「王先生，進來說話。」

「謝侯爺。」王曲走進廊上，「在下途經二門時，聽到院子裡有動靜，所以就過來看看。」

容瑕聞言笑了笑，接過丫鬟重新準備的披風繫在班嫿身上，「我還以為王先生有事要說。」

「並無事。」看到侯爺臉上的笑容，王曲不知為何，竟有種不敢直視之感。

「既然無事，王先生就早些回去休息吧，雪大風大，別傷了身。」容瑕語氣溫和，就像是最貼心的主人，關心著門客的身體。

「是。」王曲行了一禮，轉身就準備走。

「等一等，」班嫿忽然叫住了王曲，「你叫什麼來著？我記性不太好，上次聽了一次你的名字，現在又忘了。」

「回郡主，在下叫王曲。」

「曲？」班嫿忽然笑道：「這個字好，大丈夫能曲能直，方能成大事。」

「多謝郡主誇獎。」王曲作揖道：「家父給在下取名時，希望在下是非曲直要心裡有數，所以便取了這個字。」

「令尊是個有見識的人。」班嫿淡淡地道：「有見識的人，往往值得人敬佩。」

王曲不明白班嫿這話是什麼意思，他抬頭看了眼班嫿，她臉上帶著笑容，就像是不知人間疾苦的嬌嬌女，說著自以為有深意的話。他收回目光，躬身道：「在下告辭。」

「慢走。」班嫿微微頷首。

走到二門，王曲回首看去，侯爺低頭跟福樂郡主說著什麼，福樂郡主臉上露出燦爛的笑容，燦爛得讓人覺得刺眼。

就在這時，侯爺抬起了頭，他對上侯爺的雙眼，慌忙地收回視線，匆匆退了出去。

「嫿嫿，妳不喜歡王曲？」

「他不過是你的一個門客，我犯得著喜歡還是不喜歡他？」班嫿漫不經心地偏頭，「反正我是侯府未來的女主人，誰若是惹得我不高興，我還不能收拾他們？」

「嫿嫿說的對。」容瑕笑了笑，「以後妳想收拾誰，就收拾誰。」

「也包括……」班嫿眨了眨眼，「也包括你嗎？」

容瑕可憐兮兮地看著班嫿，「妳捨得嗎？」

「美人再美，也是紅豔枯骨啊！」班嫿感慨，「你若是惹得我不高興，也是要收拾的。」

容瑕長揖到底，「小生日後定不會惹我的郡主動怒，請郡主放小生一馬。」

班嫿挑起下巴，「看你表現了。」

容瑕也不惱，只是把班嫿的手握住，緊緊交扣在了一起。

班嫿回到班家的時候，時間已經不早，她收到了安樂公主派人送來的請柬，說是請她到公主府一敘。宮裡的幾位公主，班嫿與安樂公主關係最好，不過自從大長公主歿了以後，班嫿有孝在身，就很少到安樂公主府上拜訪，但每逢節禮也都沒有斷了來往。

現在安樂公主相邀，她肯定是要去的。

身為皇后唯一的女兒，安樂公主自從出生後就受盡寵愛，其他庶出的公主在她面前，連抬頭的膽量都沒有，但是這天一大早，她便有些坐立不安。她身邊的嬤嬤見她這個模樣，忍不住出言安慰道：「公主，您與福樂郡主關係親密，有什麼話盡可以直說，以福樂郡主的性子，想來也不會有些隱瞞的。」

「這……」安樂公主嘆口氣，「這讓我怎麼開得了口？」

嬤嬤知道公主在顧慮什麼，她搖頭道：「公主，福樂郡主不是小心眼的性子，待她來了，您且看吧。」

「但願如此吧。」安樂公主苦笑，聽下人說班嫿來了，她便套了一件外衫，起身去迎。

「公主。」班嫿走進正院，見安樂公主站在門口，快步上前道：「天兒這麼冷，您站在門口做什麼？」

「聽到妳來，我著急見妳，哪裡還坐得住？」安樂公主讓下人幫班嫿脫下披風，拉著她在鋪著厚厚墊子的木椅上坐下，「看來妳前段時間那場病生得不輕，人都瘦了不少。」

「有嗎？」班嫿捧著臉道：「難道氣色也受影響了？」

「放心吧，妳還是那麼美。」安樂公主知道她最看重容貌，笑著道：「前幾日我府裡新進了一個琴師，手藝還不錯，讓他給妳彈一曲？」

「好。」班嫿答應了下來。

很快一個穿著青衫捧著古琴的俊美男子走進來，班嫿偏頭對安樂公主笑道：「這琴師不錯。」

膚白手長，唇紅面俊，算得上難得一見的美色。

「與容君比之又如何？」

「不能相提並論。」班嫿搖頭，「容君是我心目中的白月光，朱砂痣。若有他在，天下的男人都是庸脂俗粉。」

「能得妳這一句話，可見容君確實得妳歡心。」安樂公主笑了，「我還以為，天下男人沒有誰能讓妳另眼相待。」

班嫿把玩著一枚果子，對安樂公主這話不置可否。在她看來，用這些自甘做男寵的男人與容瑕相比，是對容瑕的侮辱。她有多喜歡容瑕不重要，重要的是，她不會讓自己人受這種侮辱。

她與安樂公主多年的交情，安樂公主雖不是她親姊姊，兩人卻有姊妹的情分，她不想因為一個男人與她產生矛盾，但也不願意拿自己的男人來說事。

琴師已經開始彈奏起來，姿態風雅又養眼，班嫿端著一杯茶神情淡淡地聽著，顯然這個琴師並不能太吸引她。

安樂公主偏頭看她的臉色，嘆口氣道：「看來這首曲子並不能吸引妳，傳聞容侯爺的琴藝非凡，妳聽過他的曲子，再聽其他人的彈奏，不喜歡也不奇怪了。」

「不，」班嫿搖頭，「他從未為我彈奏過曲子。」

「為什麼？」安樂公主有些意外地看著班嫿，「他竟沒為妳彈過琴嗎？」

班嫿笑了笑，容瑕是個很聰明的男人，他知道為她彈一首曲子還不如帶她吃美食，所以從不會做這種不能討好她的事情。

見班嫿說話，安樂公主便岔開話題道：「自從父皇把行宮賞賜給妳與容侯爺以後，外面的傳言便沒有斷過，連宗族裡都有人問起這事，真是……」

「公主是說宮外那些私生子的傳言？」班嫿總算明白安樂公主請她來做客的用意，「我就說您今天怎麼特意請我來看美人，原來是為了這麼一件事。」

安樂公主面上有些不好意思，她陪笑道：「是姊姊的不是，姊姊以茶代酒向妳賠罪，妳可別生我的氣。」

「妳我多年的姊妹情分，有什麼話直問我便好。」班嫿無奈，「這些傳言都是莫名其妙，容侯爺自己都覺得荒唐，也不知道是誰想出來的。陛下會賞那個行宮，可不是因為容侯爺，是因為我。妳忘了嗎？當初這座行宮修好的時候，我跟陛下說過什麼？」

「我哪還記得妳說了什麼。」安樂公主沒好氣地道：「妳自小就討父皇的喜歡，父皇也喜歡找妳說話，那麼多話我可記不住。」

「那時候陛下問我，喜不喜歡那座行宮。」

「我說很喜歡，說行宮很好，等我長大了，也要住在這麼漂亮的大房子裡面。」

那時候雲慶帝堅持修這座行宮，引起不少人反對，不過雲慶帝是個別人越反對就越要做的性子，所以當下把行宮修得更豪華，更精緻。

行宮修好以後，雲慶帝問她，這座行宮好不好。

她說很好，自己很喜歡，自己以後就要住這麼漂亮的大房子。

雲慶帝很高興，還誇她有眼光，跟他一樣。

這件事已經過去了近十年，她從沒有忘記。因為她還記得，雲慶帝問她這個問題時，眼神裡帶著一股不甘與憤怒。

從那以後她就明白，雲慶帝是一個不喜歡別人質疑他的人，就算要忠言逆耳，也要選擇正確的方式，不然只會適得其反。只可惜她明白的道理，大業朝很多官員不明白，非要以千年難得一見的明君標準來對待雲慶帝，這不是自找麻煩嗎？

所以，有時候她覺得某部分官員不會說話，明明可以用委婉的手段來改變雲慶帝的想法，偏偏用最直接最強烈的手段讓事情變得很糟糕。性子這麼直，若是遇到一個大昏君，他們肯定活不過三年。

「原來竟是因為這個。」安樂公主忽然想起，當年行宮修好後，父皇帶了後宮裡受寵的嬪妃與公主去行宮遊玩，當時嬧嬧也一起去，父皇確實問過她這些話。嬧嬧回答了什麼她已經記不太清了，只知道父皇那天心情很好，沒過幾日便給了嬧嬧鄉君的爵位。

那時候嬧嬧才多大？

六歲？七歲？八歲？

幾歲的小孩子，不用家中長輩請封就有了爵位，這在大業朝很是少見，也讓京城所有人見識到了嬿嬿受寵的程度。以致於從那以後，京城裡幾乎無人敢得罪嬿嬿，就算心中有再多的不滿，也只能默默忍著。

「父皇對妳果然寵愛。」安樂公主感慨地嘆息一聲，「幸好妳不是父皇的女兒，不然就沒我什麼事了。」

班嬿笑笑，「姊姊可別開這個玩笑，我怕到了明日，謠言就要變成我是陛下的私生女了。」

安樂被班嬿這話逗得笑出聲，確定容瑕不是父皇的私生子，她暗暗放下心。她自己也明白，如果容瑕真是父皇的孩子，只要父皇願意讓他認祖歸宗，那麼這個天下就沒有她那兩個同胞兄弟什麼事了。

自己的兄弟有多少本事她很清楚，太子與寧王是比不上成安侯的。

安樂公主留班嬿用了午飯，伺候兩人用飯的全是美婢俊男，剛才替他們彈奏琴師也在，他端著酒壺替安樂公主斟酒，班嬿不愛飲酒，所以並不用他伺候。

「嬿嬿，」用完飯，安樂公主取出一個盒子放到班嬿面前，「這我是為妳備下的，願妳婚後與夫君恩愛如蜜，白首不離。」

「公主這又是何必？」班嬿看著安樂公主，「您不是已經給我添過妝了？」

「那些都是按規矩做給別人看的，這個才是姊姊給妹妹的。」安樂公主笑道：「我知道妳不缺這些東西，不過這也是我的一番心意，妳不要嫌棄。」

班嬿聽到這話，也不再推辭，把盒子抱到懷裡道：「既然姊姊真心贈送，我這個做妹妹的便把它收下了，多謝姊姊。」

安樂公主笑了笑，染著蔻丹的手輕輕握住她的手，「妳……定要好好的。」

她沒能嫁個好男人，駙馬死了以後，便一直在公主府過著自在的日子，但即便如此，她仍舊希望班嫿找到的是個知心人，而不是一個知人知面不知心的偽君子。

「姊姊放心，我定會好好的。」班嫿笑著道：「更何況我們做女子的，一生幸福也不單單維繫在一個男人身上，他若是待我不好，我便自己對自己好，又有什麼大不了？」

「妳說的對。」安樂公主笑道：「確實沒什麼大不了。」

回到家以後，班嫿打開安樂公主送給她的盒子，裡面放著兩張地契，還有一疊大業朝最大錢莊的銀票。

果然，地產與銀子才是硬通貨。

時間一天一天過去，臘月二十二，成安侯府抬了一堆又一堆的聘禮到了靜亭公府，路人瞧著這一抬又一抬的東西，忍不住倒吸一口涼氣，成安侯為了娶到這個媳婦，可真是下了血本，這是把自家給搬空了吧？

有閒著無聊的人特意蹲在靜亭公府大門外數容家究竟抬了多少東西到班家，結果他在大門口整整蹲了一個時辰，送聘禮的隊伍都還沒有停下，他跺了跺自己凍得麻木的雙腳，對同伴感慨道：「這位福樂郡主一定貌若天仙。」

「你怎麼知道？」

「她若不是貌若天仙，哪個男人願意花這麼大的血本娶她？」

看熱鬧的眾人齊齊沉默，這聘禮看著確實太驚人，他們都是土生土長的京城人士，怎麼也算是見過世面的，這般大方送聘禮的夫家，還真沒見到過。

「不是說成安侯府是書香世家嗎？怎麼送的皆是珠寶首飾、各種珍奇古玩？」

「大概是……投其所好？」

「這話有道理。」

班家人不都是喜歡這些嗎？送珠寶首飾確實更容易討他們歡心。

臘月二十七，女方家裡曬嫁妝，與女方家關係好的人家，都要派家裡兒女雙全，身體健康的女眷前來祝福，順便也看一看娘家人為新娘子準備了多少嫁妝。

不看不打緊，一看讓大家嚇了一大跳。即便是深知班家疼愛女兒的人家，也是有些吃驚。這種陪嫁的架勢，豈不是把家底搬走了一半？

「姊姊，」班家這邊的一位旁支親戚忍不住道：「妳這樣安排，世子可曾有意見？」

「他能有什麼意見？」陰氏笑道：「他有多心疼這個姊姊，妳們又不是不知道。若不是我攔著，他還要往裡面塞東西呢！」

聽到這話，女眷們又是一陣羡慕。她們都是有娘家的人，娘家兄弟即便是對她們好，也捨不得把好東西都送給她們，畢竟是嫁出去的女兒，哪比得上兒子重要呢？

「世子真是個好弟弟。」這位班家偏支的夫人聽到這話，便不再多言。當事人都不在意，她一個旁人若是多話，就是不識趣了。

「妳們還看什麼嫁妝單子？」周太太笑道：「還是去看看新娘子吧。過了今日，小姑娘就要變成少奶奶了。」

「可不是，還是快快把新娘子請出來才是正事。」

一群人正在起鬨著，穿著水紅色束腰裙的班嫿走了進來。她在門外就聽到女眷們說的話，她落落大方地向她們行了一個禮，「見過各位太太夫人。」

「郡主快快請起。」離班嫿最近的周太太伸手扶起她，笑著道：「好個標致的絕色美人，當真是便宜成安侯了。」

「妳快別說了，再說，侯夫人就要捨不得女兒了。待明日新郎官上門找不到新娘子，還不得找妳麻煩？」姚尚書的夫人是個快人快語的性子，她走到班嫿另一邊，笑咪咪地道：「只可惜我沒晚出生個幾十年，又可惜我是女兒身，不然明日做新郎官的就不是成安侯了。」

她這話出口，惹得不少夫人大笑出聲，氣氛變得更加熱鬧起來。

班嫿的目光穿過這些笑著的女眷，落到了陰氏身上。

陰氏唇角帶笑，溫柔地看著她，彷彿她是世間最珍貴的寶貝，少看一眼就會飛走一般。

「母親……」班嫿心頭一顫，眼眶發熱。周太太牽著她的手來到陰氏面前，小聲道：「明日可是陛下親自選的好日子。」

陰氏唇角一彎，「是啊，好日子，我心裡高興著呢！」

臘月二十八，大雪初晴，金色陽光灑滿大地，透明的冰淩反射著五顏六色的光芒，整個京城美極了。班嫿站在窗戶邊，看著院子外的石榴樹，樹枝上光溜溜的，沒有一片葉子。

「郡主，您該梳妝了。」

班嫿回頭，丫鬟們端著的托盤裡，放著鳳冠霞帔、金釵紅玉，極紅，極豔。

自從祖母過世，班嫿已經很久不曾穿過豔麗的顏色，她伸手撫著托盤上的嫁衣，神情有些恍惚。這一整套嫁衣，由十八位有名的繡娘趕製了幾個月才做成，上面的鳳紋似煙柳，似雲霞，美得讓人移不開視線，就連她自己也被這套嫁衣驚豔過。

嫁衣，很多女人一輩子只穿一次，所以對於女子來說，這是一件很重要的東西，重要到即便到她年老，也不會忘記自己穿上這件紅嫁衣時有多美麗。

她張開雙臂，讓丫鬟把一件又一件的衣服套了上去，直到那件大紅的嫁衣外袍套在了她的身上，她的臉頰似乎也被這件嫁衣映襯得紅潤起來。

「郡主，奴婢替您梳妝。」一個穿著乾淨的女官走到班嫿面前，她曾給皇后梳過妝，還是大月宮的領事姑姑，庶出的公主出嫁想要請她出去梳妝，她還不一定給這個顏面，但是今日不同，她是陛下與皇后娘娘親自派過來的，所以言行上對班嫿恭敬至極。

原本的少女髮髻挽成了婦人髮髻，富貴如雲端。班嫿在眼角染了一點胭脂，眼尾就像是盛開的桃花，嬌嫩美豔。

「郡主，祝您與成安侯花開並蒂，舉案齊眉。」女官在班嫿的眉間描了一朵雙開花，或許是因為班嫿的皮膚格外白皙，所以這朵花看起來就像是烈火一般，灼熱得讓人移不開視線。

女官放下手裡的筆，笑著道：「郡主真是天香國色。」

班嫿轉頭看向鏡中的自己，拿起眉筆把自己的眉梢往上挑了一點，原本溫婉的眉形頓時變得張揚起來。她滿意一笑，這才像她。什麼柔情似水，什麼嬌羞旖旎，與她有多大的干係？

看著豔紅的額墜與紅玉製成的耳環，班嫿忽然問道：「我這紅通通的模樣，像不像掛在門口的燈籠？」

「郡主，您又在說笑了。」玉竹蹲坐在班嫿面前，替她染著丹蔻。班嫿看著自己這雙養尊處優的白皙雙手，又看著忙碌的丫鬟們，她大概是這個屋裡最悠閒的人。

指甲染好，玉竹又幫班嫿的雙手上了一層細膩淡香的護手油。

班嫿舉起雙手，說道：「現在這樣就挺好了。」

玉竹從木盒中取出一對紅玉手鐲，「郡主，這對手鐲是國公爺特意為您訂製的。」

班淮近一年來，有事沒事就四處買東西，這些東西裡面有一大半都是為班嫿準備的，這紅玉鐲就是其中的一樣。

此刻的班嫿還沒戴鳳冠，因為鳳冠很沉，在新郎作出讓新娘滿意的催妝詩前，這頂鳳冠是不會戴上去的。

班嫿笑了笑，撫摸著這對手鐲，讓自己的心也一點一點沉靜下來。

「你們一個個都要小心些，地上還有沒有完全化掉的冰，若是摔了跤，不只是丟人，也不吉利。」杜九的傷勢已經癒合，他站在一眾身穿紅衣，面帶喜色的小廝面前，「今日可是伯爺迎娶夫人，爾等一定要注意，不可出現半分紕漏。」

「是。」小廝們齊聲應下。

這次容瑕的迎親隊伍十分壯大，不僅有禮部的官員，與容家有來往的親戚，還有雲慶帝親自安排下來為容瑕操心的皇室長輩。

這是因為雲慶帝擔心容瑕年輕，對婚禮上很多規矩不懂，所以特意派了很多過來人，讓容瑕知道什麼時候該做什麼，什麼時候要避諱哪些東西。

這座雲慶帝賞下來的行宮原本叫長寧苑，不過賞賜給容瑕與班嫿以後，雲慶帝就下旨給這所別宮另取了一個名字，叫做白首園。

大概是有夫妻恩愛，白首不相離的意思。

名字是雲慶帝起的，字卻是容瑕親自題的。

此時的白首園裡掛滿了喜慶的紅綾與紅燈籠，賓客們看著這座華麗的行宮，心中忍不住一陣陣羨慕。這麼漂亮的行宮，陛下說給就給，這種大方的態度，也只有親爹對兒子了。

因為除了親爹，誰會捨得？

「王大人，這邊請。」周大人與姚大人幫著容瑕招呼著賓客，還有幾位吏部的官員也幫著跑腿，容家一些旁支的親戚跟著跑來跑去，整座行宮好不熱鬧。

或許是因為私生子的流言影響太大，所以但凡與容瑕有點關係的人，都來向容瑕賀喜，沒有請柬的人，想盡辦法也要擠進來。

「新郎官呢？該準備去接新娘子了。」

有賓客問起，大家才發現新郎官好像沒怎麼露臉，這種大喜日子，不見新郎官怎麼行？

「新郎官急著娶新娘子，半個時辰前就已經騎著馬去迎新人了。」

「英雄慕佳人，應該的，爾等莫要瞎操心。」

賓客們發出善意的笑聲，找著相熟的朋友談天說地，倒也熱鬧。

一路上吹吹打打，撒出去的糖果被看熱鬧的小孩們哄搶乾淨，容瑕騎在馬背上，只覺得今天的天也藍，地也闊，就連樹葉上掛著的冰淩也晶瑩可愛。

「新郎官！快出來看新郎官，新郎官要娶新娘子啦！」

小孩子們圍著迎親隊伍跑來跑去，鼓掌看著新郎官身上好看的衣服、威風凜凜的大馬，還有長長的迎親隊伍。大人們從迎親隊伍的規模上辨認出，這定是哪個大人物迎親。擔心自家小孩衝撞到貴人的好事，他們忙把小孩拖了回來，躲著遠一些再細看。

那馬鞍上鑲嵌的是什麼，寶石嗎？

還有跟在新郎官後面的那些年輕公子們，不知道是哪些人家的貴公子，長得可真俊，身上的布料也稀罕，瞧著像雲霞似的。

「成安侯，」一位文雅公子看了眼天色，「現在過去會不會有些太早？」

「不早。」容瑕意味深長地道：「等把新娘子接出來，時辰就剛剛好。」

大家一開始還沒有反應過來這話是什麼意思，等到了班家以後，他們就明白過來了。好不容易進了大門，到了二門的時候，又受到了一群人的阻攔。福樂郡主實在交遊廣闊，有人能文，有人擅舞，琴棋書畫也不缺高手，一群優雅的貴公子最後幾乎是求著叫姑奶奶，才得以擠進門去。

「不是說成安侯在京城中最受女子歡迎嗎？」一位貴公子理了理身上被扯得皺巴巴的錦袍，心有餘悸地道：「可是這些姑娘們，分明是不想成安侯娶走福樂郡主啊！」

想到那些彪悍的女子，兩人齊齊打了個寒顫，只覺得身為男人，要想娶一個心儀的女子，實在是太不容易了。幸好今日來得早，不然定會誤了吉時。

「郡主，新郎官已經到二門了。」婢女走了進來，見班嫿還坐在床頭，鳳冠還放在一邊，她忙道：「您快些準備吧！」

班嫿站起身，推開房間的窗戶，陽光從外面照了進來。

「郡主，」女官面色一變，「您可不能下地。」

「是人就要下地。」班嫿笑了笑，張開掌心，任由陽光落在指縫間，「規矩這種東西，都是做給別人看的。有沒有用，好不好，只有自己清楚。」

班嫿與容瑕這樁婚事的媒人是雲慶帝，不過他這個媒人不可能親自來靜亭公府，所以這個被安排過來的女官，也充當了媒人這種角色。聽到班嫿這種聽起來有理，實際上有些驚世駭俗的言論，她愁得腸子都打結了，可她不敢得罪這位郡主，連一句重話都不敢說。

「郡主，」常嬤嬤走到班嫿身邊，對她福了福身，「您心中還有顧慮？」

班嫿聽著外面的熱鬧聲傳了進來，看了眼院子外的石榴樹，緩緩搖頭，「鳳冠拿來。」

容瑕在迎親團的幫助下，終於突破重圍，走進了班嫿居住的院子。迎親團的貴公子們站在院子外伸頭張望，卻不好進去。

守在門外的人是班恆，他穿著紫色錦袍，本該是喜慶的時刻，他臉上卻沒有多少喜色。

「成安侯。」

「恆弟叫我君珀就好。」容瑕對班恆行了一個禮。

班恆回頭看了眼身後的門，「我不用你寫什麼催妝詩，反正我們家也沒人對詩感興趣。」

站在院門外的眾人有些尷尬。班世子，你這麼直接，是不是有些不太好？

「我姊是個很好的姑娘，你若是被她當成了自己人，她就不會辜負你。」班恆語氣頗有些哽咽，「她從小就沒受過什麼委屈，你別讓她吃苦。」

容瑕後退一步，鄭重地向班恆又行了一個禮，「請妻弟放心，我容瑕此生定不負嫿嫿，更不會捨得讓她吃苦。」

「希望你說到做到。」班恆挺了挺胸，努力讓自己的氣勢看起來更足些，「我們班家不怕流言蜚語，你若是對我姊不好，我就接她回來。」

大好日子，新娘子還沒有出門，就先想到把人給接回來，班家……確實不太講究。

容瑕走到緊閉的大門口前，高聲說道：「今日容某有幸求娶到班氏女，一不毀諾，二不辜負佳人，三不令其傷心！若有違背，讓容某此生名聲掃地，不得善終！」

對於一個名滿天下的文臣來說，這個誓言不可謂不毒。

門後的班嫿戴好鳳冠，聽到容瑕這句話，閉上眼，讓全福太太替她戴上了蓋頭。

眼前一片暗紅。

「姊。」班恆走到班嫿面前，彎下了腰。班嫿趴在他的背上，這個要她保護著的孩子，原來在不知不覺中長大了。他的肩膀寬廣，他的手臂結實有力，可以為班家頂起一片天地。

紛揚的彩紙，響個不停的鞭炮聲，還有周遭傳來的小廝們一聲聲吉祥的唱報，班嫿知道自己走過了內門，走過了二門，再走一段路，她就要出班家的大門了。

「富貴花開，吉祥來。」

這是九曲迴廊，她以前最喜歡在這裡逗錦鯉，故意引得牠們搶食。

「福壽祿來，紫氣來。」

這裡栽種了一棵芙蓉樹，開花的時候美極了。

「喜氣洋洋，子孫滿堂。」

這裡有幾級的臺階，踏上這個臺階，再走幾步，就能出班家大門了。

她對這裡很熟悉，熟悉到即便眼中看不見什麼，心裡卻很清楚。

一個跨步，班嫿聽到外面震天的鞭炮聲、吹打聲，人聲喧譁，熱鬧非凡。她忽然察覺自己手心發涼，於是一點一點拽緊了班恆肩上的衣服。

「姊，別怕。」班恆小聲地對班嫿道：「只要容瑕對妳不好，我就來接妳。今天是我背妳上了花轎，以後我也是妳的臂膀，不會讓他欺負妳的。」

班嫿笑了一聲，眼眶裡卻有溫熱的液體不聽話地流了出來。

從小到大都是她對弟弟說這句話，沒想到也有他對她說的一天。

她好像聽到了哭聲，是父親還是母親？

班嫿想要回頭，卻被女官扶住。

「郡主，新娘子出了門便不可以回頭。」

班嫿拉開女官的手，掀起蓋頭一角，往身後看去。父親站在大門邊，拉著母親的手哭得像個小孩子。母親看著她，眼神溫柔得讓她想要投進她的懷抱，再也不上這個花轎。

「郡主！」女官慌張地把蓋頭壓了下來，「您可不能自己揭蓋頭！」

班嫿沒有說話，她鬆開拽著班恆肩膀的手，在他耳邊小聲道：「走吧。」

班恆腳下頓了頓，彎腰把班嫿背進了花轎中。

容瑕上前向班淮與陰氏行了一個大禮，「請岳父岳母放心，小婿一定會好好照顧郡主的。」

班淮瞥了他一眼，抓著陰氏的袖子，繼續大聲痛哭，而且比剛才哭得更加傷心了。

容瑕：……

他有種自己是惡霸強搶民女的感覺，而班淮就是失聲痛哭的無助老父。

轉頭再去看妻弟，班恆也滿眼通紅地看著他，眼裡滿是不捨與難過。

「去吧。」陰氏擦了擦眼角的淚，勉強笑道：「願你們心意相通，琴瑟和鳴。」

「小婿拜別。」容瑕對陰氏再次行了一個大禮，轉身爬上繫著喜球的馬背，轉身看了眼身後的大紅花轎，眼神溫柔得快要滴出水來。

「喜鵲東來，花轎起。」

班淮與班恆看著遠去的花轎，再也繃不住不捨的情緒，抱頭痛哭起來。哭得昏天暗地，哭得日月無光，任哪個來勸，任誰來說好話，都沒有用。兩個男子漢就這麼站在班家大門口，就像是失去珍寶的可憐人，哭得毫無形象。

花轎搖搖晃晃，繞著京城慢慢轉著，班嫿總是覺得自己聽到了家人的哭聲，雖然她知道這裡離班家已經很遠了，她根本不可能聽到家人的聲音。

她的花轎後面，跟著長長一串抬嫁妝的人，這些人穿著豔麗的紅衣，每個人臉上都帶著喜氣洋洋的笑容。

積雪未融，十里紅妝。

這一場婚禮，足以讓整個京城的女人都羨慕，也讓所有人都知道什麼才叫十里紅妝。字畫古玩、珠寶首飾、綢緞擺件，用金銀製成的稻穀與小麥、金花生、寶石樹，更有傳說中已經遺失的古董，班家人是把家底都搬空了？

石晉騎在馬背上，他穿著一身玄衣，烏黑的頭髮用金冠束起來，整個人看起來十分嚴謹。金色陽光灑在他的身上，他就像是靜立在雪地上的雕塑，等待著那一抹豔紅的到來。

嗩吶聲、鼓聲、笛聲，每一個聲音都在宣揚著它的歡樂與愉悅，石晉不曾動過的眼珠終於顫了顫，轉頭看向了街道的那一頭。

紅衣白馬，玉面翩翩，石晉不得不承認，容瑕是個極其出眾的男人，他的存在，把他身後所有的貴公子都襯托得黯然失色。

石晉眼瞼微顫，目光落到了容瑕身後的大紅花轎上。

這是一頂特製的花轎，轎子頂部鑲嵌著寶石，轎子的八個角上垂著金鈴鐺，每晃動一下，就發出悅耳的聲響，近了以後，還能聞到淡淡的香味。

八寶香轎，據說古代有神仙到凡間迎娶自己的妻子時，便是用這種轎子。

所以，從那以後，常常有人說神仙妃子就是坐著八寶香轎。不過誰也沒有見過神仙，願意用八寶香轎來迎娶新娘子的人也不多，世間有多少人願意花重金，就為了娶一個女人呢？

但是，容瑕做了，他給了班嫿自己能給的榮耀，就像是追求自己女神的毛頭小夥子，掏出自己所有的好東西，只求女神能多看他一眼。
石晉想，若是他能娶福樂郡主，願意為她做出這麼一頂轎子嗎？
顯然不能。
石家不允許他如此奢侈高調，更不會讓兒媳在進門的時候就被如此嬌慣。他給不了班嫿這樣的風光，亦給不了容瑕這樣的細心，因為他的肩上還背負著整個石家。
只要他活著的一天，就不能放下石家，這就是他的命。
他拍了拍身下的馬兒，準備轉身離開。
就在這個時候，花轎的簾子被風吹動起來，他看到了轎窗後的女子。
她懶懶散散地坐著，單手托著腮，蓋在頭頂上的紅蓋頭輕輕搖晃著，就像是一隻柔軟的手掌輕輕捏著他的心臟，讓他疼得厲害，酸得厲害。他捂著胸口，喉頭一甜，竟是吐出了一口暗紅的鮮血來。
「公子！」石家的護衛驚駭地看著地上的血，面色煞白。
石晉面無表情地用手背擦去嘴角的血，淡然道：「不必大驚小怪。」
「是。」護衛心驚膽戰，卻不敢多言。他跟在大公子身邊多年，隱隱約約察覺到大公子對福樂郡主的心思，但是大公子從未說過，石家也沒有與班家聯姻的心思，所以他沒有把這件事太放在心上。卻沒想到福樂郡主成親，竟讓公子傷心至此。
石晉用拇指擦去嘴角最後一點血，「你們不要跟著我，我四處走走。」
「公子……」
「我說的話沒用？」
「屬下不敢。」

石晉騎著馬，漫無目的地出了城，在他回過神時，發現自己竟然到了一個山坡頭，這裡正好能夠看到白首園的正門。

冬日的陽光沒有多少溫度，寒風吹在石晉的臉上，冰涼得猶如針扎。他跳下馬背，看著花轎進了行宮大門，看著長長的望不到頭的嫁妝隊伍，一點一點進入行宮大門。

他吸了一口涼氣，看了行宮最後一眼，牽著馬走下了山坡。

山坡下，他遇到了一個熟人。

「謝二公子。」他面色淡淡的。

「石大人。」謝啟臨沒想到會在這個地方遇見石晉，他愣了片刻，朝石晉行了一個禮。

石晉冷淡地對他點了點頭，跳上馬背準備離開。

「石大人怎麼會在這裡？」謝啟臨看著離他不到七八丈遠的嫁妝隊伍，忽然道：「難道是來看風景的？」

石晉冷笑，「謝二公子又是為何而來？」

謝啟臨看著嫁妝隊伍，微微垂首，「自然是為了賞景而來。」

石晉冷笑一聲，鞭子抽在馬兒身上，馬兒便飛馳了出去。

謝啟臨並沒有在意他的離開，只是靜靜地看著，彷彿眼前的一幕與他沒有多少關係，又彷彿前方有一場世間難尋的美景。

此時的嚴家，嚴甄拿著書翻看，當喜樂聲從街外傳到院內的時候，他的思緒被打斷，他放下手裡的書，對身邊的小廝道：「都快過年了，有哪戶人家準備成親？」

小廝搖了搖頭，「公子，小的不知。」

嚴甄聞言笑道：「既不知，便罷了。」

小廝低下頭不敢說話。

「你下去，我看書不愛有人伺候。」

「是。」

嚴甄苦笑，小廝不知道，他心裡卻是清楚的。

臘月二十八，成安侯與福樂郡主大婚之日，他躲在這個院子裡，不過是裝作不知，難道心裡真的能當什麼都不知道嗎？

（未完待續）

漾小說 182

天生嬌媚 中

國家圖書館出版品預行編目資料

天生嬌媚 / 月下蝶影著. -- 初版. -- 臺北市：
晴空, 城邦文化出版：家庭傳媒城邦分公司發行,
2017.08
冊；　公分. --（漾小說；182）
ISBN 978-986-94467-6-1（中冊：平裝）

857.7　　　　106009150

城邦讀書花園
www.cite.com.tw

作者	月下蝶影
封面繪圖	畫措
責任編輯	施雅棠
國際版權	吳玲瑋　蔡傳宜
行銷	艾青荷　蘇莞婷　黃家瑜
業務	李再星　杻幸君　陳美燕
編輯總監	劉麗真
總經理	陳逸瑛
發行人	凃玉雲
出版	晴空 城邦文化事業股份有限公司 104台北市中山區民生東路二段141號5樓 電話：（886）2-2500-7696　傳真：（886）2-2500-1967
發行	英屬蓋曼群島商家庭傳媒股份有限公司城邦分公司 104台北市中山區民生東路二段141號2樓 客服服務專線：（886）2-25007718；25007719 24小時傳真專線：（886）2-25001990；25001991 服務時間：週一至週五上午09:00~12:00；下午13:00~17:00 劃撥帳號：19863813；戶名：書虫股份有限公司 讀者服務信箱：service@readingclub.com.tw
晴空部落格	http://blog.yam.com/readsky
香港發行所	城邦（香港）出版集團有限公司 香港灣仔駱克道193號東超商業中心1樓 電話：852-25086231　傳真：852-25789337 E-mail：hkcite@biznetvigator.com
馬新發行所	城邦（馬新）出版集團【Cite (M) Sdn Bhd】 41, Jalan Radin Anum, Bandar Baru Sri Petaling, 57000 Kuala Lumpur, Malaysia. 電話：(603) 9057-8822　傳真：(603) 9057-6622 Email：cite@cite.com.my
美術設計	洸譜創意設計股份有限公司
印刷	沐春行銷創意有限公司
初版一刷	2017年08月10日
定價	260元
ISBN	978-986-94467-6-1